U0104254

語言文字叢書

形聲字研究與教學

胡雲鳳　著

目次

自序……1

研究篇

第一章　形聲字聲符研究……1
第二章　形聲字聲符結構的位變、形變、省略現象……15
第三章　形聲字形符研究……35
第四章　形聲字形音兼用部件分析……57
第五章　由簡化字看漢字形聲結構的變化……81
第六章　論常用字記號部件的擴散現象……109
第七章　「蛋」字形義源流考……153

教學篇

第八章　形聲字教學法研究……175
第九章　易混字辨析與教學舉隅……187

附表

附表一　常用國字標準字體表……205
附表二　常用聲符及其從屬字表……209
附表三　聲符省略為成字部件表……257
附表四　聲符省略為不成字部件表……261
附表五　多體形符表……265
附表六　常用形符構字能力統計表……267
附表七　形聲字形音兼用部件表……271

引用書目……281

自序

多年來臺灣文字學的研究多存在重古輕今的現象，絕大部分學者都將心力投注於古文字的研究，而忽略了現代漢字的研究價值。現代漢字是今天仍在使用，而且是還會持續使用的文字系統。身為使用者，我們應該對這個文字系統有更完整、更具體的掌握及認識。尤其，隨著中國大陸的崛起，國際間簡化字的使用越益普遍，對使用傳統漢字的臺灣而言，我們對正體字的推廣需要有更積極的作為。此外，近年興起的華語學習熱，就學習者而言，漢字始終是最難跨越的學習障礙。這使得人們認識到了對外漢字教學的重要性及其所面臨的困境。要解決這些問題，就必須對現代漢字的組成內容及結構特點有深入而全面的掌握。

本書的撰寫，正是在面對上述問題與困境的思索下完成的。全書共九章，分為「研究篇」與「教學篇」。「研究篇」第一章至第三章重點討論臺灣常用形聲字的形符及聲符系統。第一章〈形聲字聲符研究〉整理統計臺灣常用形聲字聲符總數、組成內容、構字能力，以及表音能力；第二章〈形聲字聲符結構的位變、形變、省略現象〉則從字形流變角度，分類探討了常用形聲字聲符結構在漢字發展過程中，因部件位移、變形、省略而失去聲符原貌的現象，並進一步提出面對這類形聲字相應的教學策略及方法；第三章〈形聲字形符研究〉主要統計分析常用形聲字形符總數、組成內容、構字能力，以及表義能力。第四章〈形聲字形音兼用部件分析〉歸納整理了常用形聲字中兼用形符和聲符的部件，分類討論這些兼用部件的使用情形及其在形聲字的構形位置，進而提出三種區分形聲字中兼用部件功能的方法。第五章〈由簡化字看漢字形聲結構的變化〉則是歸納分析大陸簡化字對形聲字的簡化方式，並討論簡化後對漢字形聲結構所產生的影響與變化。第六章〈論常用字記號部件的擴散現象〉提出常用字部分喪失理據的記號部件，在古今文字遞嬗演變過程中，存在著逐步替代不同構形偏旁的擴散現象。第七章〈「蛋」字形義源流考〉考證了「蛋」字字形約形成於唐宋之際，是由「蜑」字訛變而來，進而確立了「蛋」字結構屬於半記號半表義字。北宋時期「蛋」開始被借來用作「禽卵義」，經歷元、明二朝發展，至清代「禽卵義」基本得到確立。「教學篇」由第八章〈形聲字教學法研究〉及第九章〈易混字辨析與教學舉隅〉二章組成。前者針對同聲符形聲字字族依據不同的教學法，設計一系列教學活動，提出更為多元的形聲字教學策略及內容；後者則是就常用字中極易混淆的28組字例（絕大多數為形聲字），從字形結構、字音、字義三方面對28組易混字加以辨析，嘗試建立對易混字教學的觀念及方法。

本書研究核心為現代的形聲字，九章中有七章從不同層面討論了臺灣常用字中的形聲結構。對於正體字的形聲字組成成分及結構特點都作了詳細的論述。希望這份研究書稿能為臺灣對外華語及國語文漢字教學提供一份常用形聲字的基礎資料。同時，更期盼能喚起臺灣文字學界對現代漢字研究的重視。

胡雲鳳

研究篇

第一章
形聲字聲符研究

漢字是以形聲結構為主的文字系統[1]，這是漢字的主要特點。形聲字由形符與聲符結合而成，形符提示形聲字的字義，聲符提示形聲字的讀音。這樣的結構使漢字的形、音、義三者形成緊密的連結，可以以有限的形符和聲符創造出無限的組合樣式，應付一切文化的記錄需要。有學者說它是最完美的造字方法[2]，是十分正確的。因此，要了解漢字構形的規則與特點，形聲字無疑是一個很重要的內容。也因此，從古至今形聲字一直是漢字研究的重要課題。此外，由於目前世界掀起一股學習中文的熱潮，有許多學者從對外漢字教學的角度對漢字的結構特點進行重新檢視。從學習對象及學習主體分別論述在對外漢字教學中形聲字教學的重要性。例如：費錦昌在〈對外漢字教學的特點、難點及其對策〉中的主張「增加表音偏旁的教學內容[3]」；〔德〕柯彼德在〈關於漢字教學的一些新設想〉一文中也說：「在現代化的漢字教學中，應該多發揮聲旁的作用[4]」；葉德明調查了62位外籍生對漢字六書結構認讀的難易程度後，顯示外籍生對形聲字的認讀難度遠遠高於象形、指事、會意三種結構[5]；石定果、萬業馨在〈關於對外漢字教學的調查報告〉中指出歐洲、西亞學生高度重視漢字聲旁的價值，應該加強漢字字音教學[6]。學者們一再提出應該依據漢字的特點，在對外漢字教學中加強聲符的教學。我們知道形

1　李孝定《漢字史話》對甲骨文、小篆、宋代楷書三種字體的象形、指事、會意、形聲進行統計，其中形聲字在甲骨文約佔27.24%，小篆增至81.40%，宋代楷書的形聲字已佔總數的90%（臺北：聯經出版，1977年7月，頁41）；李國英在《小篆形聲系統研究》一書也指出：「小篆之後的漢字系統實際上形成了以形聲為結構主體的基本格局。」（北京：北京師範大學出版社，1996年，頁2。）

2　李孝定《漢字史話》頁41；李國英也說：「形聲字是漢字構形中的最優結構」。（《小篆形聲系統研究》，頁2。）

3　費錦昌說：「與表義偏旁相比，表音偏旁的數量要多得多，形體要複雜的多，表音功能也遠不能讓人滿意，大家都感到表音偏旁教學相對表義偏旁教學要困難的多。但是這不能成為我們輕視或是有意無意地迴避表音偏旁教學的理由，我們不能把困難留給學生。惟其困難，我們才更應該加強表音偏旁的教學研究。」（引自趙金銘主編《對外漢字教學研究》，北京：商務印書館，2006年7月，頁136。）

4　引自《對外漢字教學研究》，頁135；原文收錄於《第四屆國際漢語教學討論會論文選》（北京：北京語言大學出版，1995年）。

5　葉德明〈漢字認讀與書寫之心理優勢〉，《中文教學理論與實踐的回顧與展望》，師大書苑有限公司，2005年3月，頁72。

6　《語言教學與研究》1998年第1期，頁48。

聲字聲符的數量非常多，而且表音情況又十分複雜，對外漢字教學的教師在缺少相關參考資料的情形下[7]，往往迴避聲符的教學。如何為對外漢字教學的教師提供一份完整而系統的現代形聲字聲符的基礎知識，顯然是一個非常迫切而且重要的課題。本章主要針對臺灣常用形聲字聲符進行研究，探討常用聲符的表音能力、組成內容及構字能力，研究對象以教育部編著《常用國字標準字體表》[8]所收4,808個常用字（見附表一）為主。希望透過本研究能夠對現行常用聲符的使用情形有一更具體的認識。

一、形聲字判定的標準

研究形聲字，首先要確立判定形聲字的標準，本章對楷書形聲字判定標準有如以下幾點說明：

（一）小篆以前（含小篆）即存在的字，判定主要依據《說文》，《說文》定為「从某，某聲」、「从某，某亦聲」（亦聲字）、「从某，某省聲」（省聲字），即定為形聲字。但有例外，說明如下：

1. 《說文》判定為形聲字、亦聲字、省聲字，但不列入統計者。

（1）楷書形體因筆畫、部件離析或黏連而無法分析的字例，不列入統計。例如：

①壽字，《說文．老部》：「[篆]，久也。从老省，𠷎聲。」楷書變形為「壽」，無法分析。

②年字，《說文．禾部》：「[篆]，穀熟也。从禾，千聲。」楷書變形為「年」，無法分析。

③甫字，《說文．用部》：「[篆]，男子美稱也。从用父，父亦聲。」楷書變形為「甫」，無法分析。

此類字例原為形聲字，但因楷書形體變化甚巨，難以明確拆分出形符、聲符，本章將之排除於形聲字之外，不列入統計。

（2）《說文》依據錯誤小篆字形定為形聲字，不列入統計。例如：

朝字，《說文．倝部》：「[篆]，旦也。从倝，舟聲。」朝字初形作[甲骨]合集23148、[甲骨]合集33130，字形表「日已出草中而月猶在天」的朝暮之朝，會意字。楷書從甲文字形作朝，非形聲字。

（3）《說文》說解有爭議或有錯誤的字例，不列入統計。例如：

---

7 〔德〕孟坤雅曾指出：「到現在為止還沒有一本按照聲旁而排列的並且適合外國學生使用的現代漢語詞典或字典。」（〈通用漢字中的理想聲旁與漢字等級大綱〉，引自趙金銘主編的《對外漢字教學研究》，頁145；原文收錄於《第七屆國際漢語教學討論會論文選》，北京：北京大學出版社，2004年。）

8 教育部編，臺北：正中書局，1987年1月。

①穴字，《說文．穴部》：「，土室也。从宀，八聲。」朱駿聲《說文通訓定聲》說穴字：「象嵌空之形，非八聲」；林義光《文源》：「穴、八不同音，象穴形[9]。」穴字，金文作（彔伯𢦚簋蓋字偏旁），字形應不從八。

②氏字，《說文．氏部》：「巴蜀山名岸脅之旁箸欲落墒者曰氏，氏崩，聞數百里。象形，乀聲。」氏字，西周甲骨作 H11:4，金文作令鼎、干氏叔子盤，構形不明[10]，無法確定結構。

③宜字，《說文．宀部》：「所安也。从宀之下，一之上。多省聲。」宜字，甲金文作合集6157、作冊般甗，像肉在俎上之形，非從多省聲。

④季字，《說文．子部》：「，少偁也。从子，从稚省，稚亦聲。」季字甲、金文作合集14710、曶鼎，均从禾，从子，為會意字[11]，未見从「稚」之寫法。《說文》「从稚省，稚亦聲」，恐非。

2.《說文》未言「从某，某聲」，但依字形演變及實際語音的發展，應視為形聲字之字例，即判定為形聲字，並列入統計。例如：

①屍字，《說文．尸部》：「終主也，从尸死。」《說文》未定為形聲字，段注：「經傳字多作尸。」甲、金文有「尸」而無「屍」，「尸」指古代祭祀時代表死者受祭之活人，亦用作「屍體」義，後增義符「死」作「屍」。由字形的演變觀之，「尸」在「屍」字中兼表音義，且就目前的語音來看，屍、尸同音。據此，屍字可視「从尸聲」的形聲字。

（二）《說文》後之新造字，則依據《廣韻》、《集韻》等韻書判定，並參酌《正中形音義綜合大字典》[12]的分類。例如：

①嫘字，《說文》後新造字，依《集韻》累、嫘同音[13]，故知嫘為从女累聲之形聲字。

②仗字，《說文》後新造字，依《廣韻》丈、仗聲韻具同[14]，故知仗為从人丈聲的形聲。

③羚字，《說文》後新造字，依《廣韻》令、羚聲同韻近[15]，故知羚為从羊令聲的形聲字。

9　二說參見丁福保編纂《說文解字詁林》（北京：中華書局，1988年4月），頁3272。

10　何琳儀《戰國古文字典》氏字條：「甲骨文作 後下21.6，構形不明。」（北京：中華書局）頁754。

11　李孝定《甲骨文字集釋》：「从禾未見其必為稚省。林義光《文源》謂季从禾从子會意，當即穉之古文，引申為長幼之偁，較許說為長。」趙誠《甲骨文簡明詞典》：「季，从禾从子，表示幼禾之意，為會意字。」見于省吾主編《甲骨文字詁林》（北京：中華書局，1996年5月），頁1437。

12　高樹藩編著、王修明校正《正中形音義綜合大字典》（以下簡稱《正中》），臺北：正中書局，1971年3月初版，1974年8月第二版增訂本。

13　《集韻》累、嫘二字音均作倫追切，平聲，脂韻，來紐。

14　《廣韻》丈，直兩切，上聲養韻澄紐；仗，直亮切，去聲漾韻澄紐。

15　《廣韻》令，力政切，去聲勁韻來紐；羚，郎丁切，平聲青韻來紐。

二、常用形聲字聲符總數

根據上述的標準對臺灣教育部編訂《常用國字標準字表》所收4,808字進行分析，統計出常用形聲字共3,937字（見附表二），佔總字數的81.88%。組成3,937個形聲字的聲符共有1,263個，列之於下：

不丶𠃓丁人十卜九乃子士丈弋山刃方亢火尹夫五中壬印比分止主宁它半弗可
古左右加司申田占以旦用尔白氏舍句羊衣寺圭吏老共列百并多兆㕣肖朱夾夾
甬足呂孚矣夋谷每母㓞利我系里官音放府卷空奉青幸兩直昔奇到門奄長屈居
具昌固侯尚非攸委兒卑侖咎為亭叚匽若乍韋建禺畏皆貞則俞扁家旁尃蕐桀鬼
倉散楸庸責敖專堇莫頃崔昜㝅悤曾童堯喜暨尞業象喬雇意義辟畺彊賈農會僉
需盡壽賓憂賞晶諸丽麗嚴也仁且育㕣允网異冃由免元冖豖冫臺令東夌隼周稟
疑皇豈登巢產票畫虡卯齊工奴亥孛巠力敄甚重朕員莫埶厲雚熏去丩凶甫畐夸
匕是甲淮貴八千劦关㔾谷𠂤厂欶猒萬含朿反冒取丂刀口刁七史土于亏寸气乞
幺乇攵文天尺巴厄呈勿及刍少內孔牙支今未丕出包乎付瓜禾冬尼交次艾戔夷
西因米合只休庚言亨折吾口孝那即拍拉亞肯阿炎匋隹念叕虎卸戾客各宣帝咸
曷耑屋剌枼南查垂約奐高釐秋差海桑索馬耆盍蚩恩烏翁臭皋族商麻區婁戛都
曹勞朝黑巤華虛壹賁斯肅幾禽當禁頓喿愛筮奧豪寧嘗赫疐魯向燕龍襄嬰敞爵
聶轉藝羅蘇屬屯或袁才巳丹勻欠昱立平甘皮斥㐺刑㫃亘后成更阜其者易保寔
朔唐涂冢荅真舃盈孰竟執斬野犀隊隋陸隨墒貇亶雍厭叡廣褱歷霸垚爿吉亦果
瞢寅乙丰示㓞壯亡干勺𣎆戶丑夭予冊生朿至少沙良肙吳尾臣辰弔弟宛林昏波
表眉胥某爰疾廉兼冓息叟昆常累焉閑單無㲋羸䝿麼審霜己皿絲茲臼薛辥䜌厷
夗有丯旻躬佰宓盜翏祭莧舄缶正之叀爿道丿介監孨匕凷尸甚屘蜀民网代夆逢
鳥坎宗爭昆朋㰤昇與領獄顛卪父朿晃章敝國曼㦰庶幺廷坐虫臾郎相夏郭發尌
黃敞虘盧聽壬式吕厶耳弘玄廾开采彡景回聿隶旬余寻从复盾散悳微尢夬央布
圣光灰甜同血巩如自旱兑你卒店妻卓罔易季忽医星咢既𡿺悉荒栗氣殷原康貫
動參彐彗虍匿悳戚尉從欲閔焦害備感解雁董滿徵賴縣韱瞿亙咠䖒翟斗殳爪末
巨召石犮另弁乇幼穵安曳旨考丞舌全困呈京夜罙妾疌匡帚卦受匊欣制苗朿柔
癸奏臿軍屏窄茶般蚤島率敢習掌巽最番然毳達虜睪雷詹敬嗀察閣鄭輦罷數樊
闌㲋嶲難矍覺覽㡀求貝攸享㝬亲並析知音麻署暴羲丐匃叚屰矣蒙冢王公午市
矛久丙匡羽疏此危乃宰凡戒邦㔾戔疋契亟耶風盈容㷊貢秦隺留射追羕春楙將
尊裔敢敫節匱廚賣閣斤金哥翕戌自叉希殸毀𡱂家彔女夕心市木大永必世兄四
囚乏州㐬先氐匃㑒告延於忝叔刷松函巠肴留巷前度勇桀勃胡垔胃咼眇拜益威

縣巠弱骨舀奚袞离旋扁㒼帶桼欶張連扆魚條絜覃彭孱閏間殿豊翟睿寫慮賤劉
贏蕭翰彌彎欒巛吹同屵臽肰昭昫巸扇敦莽湯閔遂粲毀樂介敖曼守孟酉師厥蒦
巤鬳邪見法琅英肙睘爾复𠂢辡彥产矢役志豆否林虐脊邑愈養隱㥯鮮癸早完芻
隶盧明牟坴來迷冥堂舜鼓眀切匝典炭展楚氏御失希爯叟參惠嗇歲弓君窒羔規
禼川囪竹伐快均拑泊笵氾巳象衰筑算蔑溥耤滕離籥梁造量云充札戎妥定堅敢
岡致面泉段宿崩繇善黽廛本殸殹而井毛甹矣屖几小月爻北要思卻鬲退貳藏臧
戕品与葛乂化戊冉目汇㐬存任名辛莽𢐑何狄莘孤困洛匍肥席畜浦祘烝孫倍陰
匋悤葛新貌潘澡磨闇頻穌溫号雚卂引叉丘食科虫赦悉歇春橐朮行伏肉庫辱虒
親臾宅产巫忍秀狂宜咨普遣贊兒串毌弌卉襾岁佘武買鴈韯赤戉朵局沓著藺耴
朿斿冢幸豈䍃罨鼻丹啚奠西叉助美臬鹿戴麃侖豳活巻酉夅走会降帛柰唯集沾
淫務霍路貍霝謁便遷鄉玉含頪叔聚冀葬須鬱尤眔噩江壴畀禹戈歹帍希克乘贏
故毒伪舛无毀耦能閡

三、常用聲符的表音能力

對於現行聲符表音能力的研究，大陸自80年代以來逐漸受到重視，學者們從不同角度討論分析聲符表音的能力，除了上引龔嘉鎮〈現行聲符表音功能分析〉一文之外，尚有周有光《漢字聲旁讀音便查》[16]，范可育、高家鶯、敖小平〈論方塊漢字和拼音文字的讀音規律問題〉[17]，李海霞〈現代形聲字的表音功能〉[18]，李燕、康加深〈現代漢語形聲字研究〉[19]等。整體來看，對於現行聲符表音能力的統計分析已具有初步的研究成果。但必須指出的是，以上諸文所分析的對象均為目前流通於大陸的簡化字，以簡化為原則所形成的簡化字系統，對於傳統漢字的形聲結構已造成了部分的改變[20]。因此，大陸在此課題上雖已具初步的研究成果，但那畢竟是屬於簡化字系統，僅符合大陸對外漢

16 吉林人民出版社，1980年12月。

17 《文字改革》，1984年第03期。

18 《西南師範大學（哲學社會科學版）》，1992年第2期，頁74-76。

19 《語言文字應用》，1995年第1期，頁74-83。相關的論文尚有史有為〈漢字的重新發現〉，收入《漢學問題學術討論會論文集》，中國社科院語用所編，1988年，頁177-178；馮麗萍〈對外漢語教學用2905漢字的語音狀況分析〉，《北京師範大學學報》（社會科學版），1998年第6期，頁94-101；王小寧〈從形聲字聲旁的表音度看現代漢字的性質〉《清華大學學報》（哲學社會科學版），第14卷第1期，1999年，頁66-69；寧寧《現代常用形聲字聲符系統研究》，天津師範大學漢語言文字學碩士論文，2007年；張海媚〈現代漢字形聲字聲符研究〉蘭州大學碩士論文，2007年等篇，均對聲符表音功能作了研究分析。

20 參見第五章「由簡化字看漢字形聲結構的變化」，統計正體字的形聲字至簡化字變成非形聲字例共163組。

字教學的需求。那麼，我們確實有必要對臺灣現行的文字系統的聲符表音能力進行研究分析，以呈現正體字聲符表音能力具體的面貌[21]。而在進入正式的討論之前，筆者先將臺灣目前對現代形聲字聲符表音能力的研究現況作一說明。

（一）正體形聲字聲符表音能力研究現況

檢視臺灣目前對現代形聲字聲符表音功能的探討，有少數學者已進行了分析研究，例如：竺家寧〈形聲字聲符表音功能研究〉[22]、黃秀仍《常用形聲字聲符表音功能探究－國語讀音》[23]、劉英茂、蘇友瑞、陳紹慶《漢字聲旁表音功能》[24]等，諸論文集中於正體字聲符表音功能率的探索。下面，筆者對以上三篇論文的研究內容及成果作一簡單的介紹。

1. 竺家寧〈形聲字聲符表音功能研究〉

此論文以抽樣的方式從《國語常用標準字體表》中挑選人部175字、犬部42字、木部169字，共386個形聲字。分別統計分析聲符的表音力。他將聲符表音的情況分為七種類型，分別為：（1）完全具有表音功能（如：仃、伏）；（2）聲符不單獨成字卻常用作聲符，且讀音一致，易於類推（如：俊〔峻、竣〕）；（3）聲符單獨成字，且念法不同，但用作聲符時，卻另有一致的讀法，易於類推（如：偉〔緯、葦〕）；（4）聲符有破音，所用之聲為其中一讀（如：仲）；（5）形聲字有破音，其中一音與聲符同（如：任）；（6）廣義的諧合，即聲韻皆同，只聲調有異（如：仿、住）；（7）聲符喪失表音功能的形聲字（倚、位）。表音力的統計採寬嚴兩種方式，寬統計是將前六種類型均納入計算，嚴統計僅計算（1）類。人、犬、木三部形聲字聲符的嚴統計表音率約在60%上下；寬統計表音率約在35%左右。

2. 黃秀仍《常用形聲字聲符表音功能探究——國語讀音》

此論文根據沈兼士《廣韻聲系》對2,815個常用字進行分析，整理出2,135個形聲字，並根據聲符的表音狀況將此2,135個形聲字分為三類統計，其統計結果表列於下：

---

21 陳瑩漣《對外漢字教學中「同聲旁字組」分析與應用》提到大陸學者研究形聲字聲旁表音功能時也曾指出：「因大陸讀音和臺灣不儘相同，所使用的又是簡化字，研究者認為仍需依照本地讀音再予統計。」（國立臺灣師範大學碩士論文，2010年6月，頁12。）

22 《第五屆文字學全國學術研討會論文集》，1994年5月，頁49-52，此文亦收於中國文字學主編《文字論叢》，文史哲出版社，2004年4月，頁43-53。

23 逢甲大學中國文學研究所碩士論文，1997年6月。

24 高雄復文圖書出版，2001年7月。

	聲符與形聲字讀音完全相同：聲符與形聲字讀音皆為唯一，且兩者聲、韻、調皆相同。	聲符或形聲字為多音，其中聲符有一音與形聲字讀音相同者。	聲符與形聲字讀音相近：聲符與形聲的聲韻相同，而聲調不同。
舉例	疤：巴 芽：牙 歌：哥	鍋：咼 託：乇 盒：合	媽：馬 駕：加 鴉：牙
總字數	400字	440字	146字
比率	17.74%	20.60%	6.84%

作者依據以上三種情形的計算出常用形聲字聲符表音率46.18%[25]。論文初步勾勒出傳統漢字（正體字）形聲字聲符表音功能的面貌，十分值得肯定。但可惜的是作者對所分析的對象2,815個常用字，並未說明其來源，而且，聲符與形聲字讀音關係分類不夠細緻，則甚為可惜。

3. 劉英茂、蘇友瑞、陳紹慶《漢字聲旁表音功能》

此研究基本根據周有光《漢字聲旁讀音便查》分析簡化字聲旁有效表音率的統計方式，對正體字的聲旁表音功能進行比較分析，分析對象為《常用中文詞的出現次數》[26]所收繁體漢字，依據周有光的分析模式，將繁體字分為以下三類：

	字數	**比例**
聲旁	836	15%
含旁字[27]	3,865	70%
孤獨字[28]	807	15%

再根據三類數據統計聲旁的表音功能[29]，計算漢字中聲旁的有效表音率為29%[30]。由於此研究的統計模式完全依循周有光的《漢字聲旁讀音便查》，統計範圍也包含了象形、指事、會意三種結構，例如：

25 《常用形聲字聲符表音功能探究——國語讀音》，頁30-46。

26 劉英茂、莊仲仁、王守珍編，臺北：六國出版社，1975年。

27 所謂「含旁字」是指擁有相同聲旁的合體字，例如：杖、仗。

28 所謂「孤獨字」該字聲旁不作為他字聲旁，以及該字不作他字聲旁，例如：汰（包含「太」的含旁字僅有一個）。劉英茂、蘇友瑞、陳紹慶《漢字聲旁表音功能》頁1-2。

29 計算數值的標準為：同音聲旁為1，多音、異音為0，不成字聲旁減半。（《漢字聲旁表音功能》，頁4。）

30 計算內容請參見《漢字聲旁表音功能》，頁4-5。

聲旁	含旁字
父	斧、釜、交[31]
目	鉬、苜、相[32]

上表中的「交」為象形，「相」為會意，作者均視其中的部件作聲旁。此種將「部首以外的半邊一概視作聲旁」，而依此所作的聲旁表音率的統計，恐怕無法真正呈現形聲字聲旁表音率的實際情況[33]。

此外，該書對部分形聲字聲旁的分析亦誤，例如：

聲旁	含旁字
象	像、橡、豫[34]
米	迷、麋、咪、氣[35]

上表中的「豫」聲旁應為「予」，卻誤為「象」；「氣」的聲符應為「气」，卻誤作「米」，文中不乏此種誤析聲旁的例子，亦大大影響其統計結果。

透過以上三篇臺灣相關研究的介紹，可知對於正體字聲符表音功能的研究，學者們已試圖進行統計分析，但由於分析對象的字集數目偏低，或統計範圍過於寬泛，而減弱了其統計結果的可信度，十分可惜。由此可知，對於正體字聲符表音功能的分析，仍有必要作系統而全面的研究。

（二）常用聲符表音能力統計分析

本研究對於常用聲符表音能力主要是透過形聲字與聲符讀音關係的實際情況來進行探討。而從聲、韻、調的角度可將形聲字與聲符的關係分為八種類型[36]：

（1）聲、韻、調全同，例如：拌（bàn）-半（bàn）；

（2）聲、韻同，調不同，例如：抿（mǐn）-民（mín）；

（3）聲、調同，韻不同，例如：拐（guǎi）-另（guǎ）；

---

31 《漢字聲旁表音功能》，頁21。

32 《漢字聲旁表音功能》，頁23。

33 龔嘉鎮：「那種『把部首以外的半邊一概視作聲旁』的作法，實際上是把非形聲字中的偏旁和形聲字中的聲符混在一起了；據統計出來的表音率，似乎已不再是聲符的表音率了。」（《現行漢字形音關係研究》（武漢：湖北人民出版社，1995年），頁75。）

34 《漢字聲旁表音功能》，頁31。

35 《漢字聲旁表音功能》，頁43。

36 此分類標準參考李燕、康加深〈現代漢語形聲字聲符研究〉《語言文字應用》，1995年第1期，頁74-83。

（4）韻、調同，聲不同，例如：捕（bǔ）-甫（fǔ）；

（5）聲同，韻、調不同，例如：挪（nuó）-那（nà）；

（6）韻同，聲、調不同，例如：抄（chāo）-少（shǎo）；

（7）調同，聲、韻不同，例如：扯（chě）-止（zhǐ）；

（8）聲、韻、調完全不同，例如：抒（shū）-予（yǔ）；

此外，對形聲字及聲符讀音的確定，則參考《漢語大字典》[37]及教育部「重編國語辭典修訂本」（數位版）[38]。依據以上形聲字與聲符八種讀音關係逐一分析3,937個形聲字，並加以統計，得出常用形聲字與聲符讀音關係實際情形如下表：

常用形聲字與聲符讀音關係統計表

	形聲字與聲符關係	字數	百分比	小計
（1）	聲、韻、調全同	1,585	40.26%	53.47%
（2）	聲、韻同，調不同	520	13.21%	
（3）	聲、調同，韻不同	143	3.63%	9.12%
（4）	韻、調同，聲不同	216	5.49%	
（5）	聲同，韻、調不同	125	3.18%	14.31%
（6）	韻同，聲、調不同	438	11.13%	
（7）	調同，聲、韻不同	320	8.13%	23.12%
（8）	聲、韻、調完全不同	590	14.99%	
	總計	3,937	100%	

由上表統計可知，常用形聲字與聲符讀音關係的分佈情況及常用聲符的表音能力。下面依上表的統計數字條列說明之：

1. 常用形聲字與聲符，聲、韻、調完全相同，也就是聲符能完全表音的形聲字有1,585字，佔形聲字總數40.26%。反之，聲、韻、調完全不同，亦即聲符完全不表音的形聲字只有590字，僅佔14.99%。如果進一步將「聲調」排除，合併計算第（2）類「聲、韻同，調不同」及第（1）類「聲、韻、調全同」，聲符能完全表音的形聲字則高達2,105字，佔總數的53.47%，超過半數。同樣的將第（7）類「調同，聲、韻不同」與第（8）類「聲、韻、調不同」合併計算，那麼，聲符完全不表音的形聲字共910字，佔總數23.11%，不到四分之一。承此，我們可以說臺灣常

37 漢語大字典編輯委員會《漢語大字典》（湖北辭書出版社、四川辭書出版社、湖北省新華書店，1986年10月）。

38 教育部國語推行委員會編纂，1997年7月。網址 http://dict.revised.moe.edu.tw/。

用字中超過半數以上的形聲字的聲符為完全而有效的表音；約有四分之一形聲字聲符毫無表音能力。

2. 形聲字與聲符具有雙聲關係（即第3、5類）的，共有268字，佔總數的6.81%；具有疊韻關係（即第4、6類）的，共654字，佔總數的16.61%。這個數字說明當常用聲符在無法完全表音時，較多的選擇疊韻關係來與形聲字讀音產生連結。
3. 扣除23.11%聲符毫無表音能力的形聲字，有高達76.89%（53.47%＋9.12%＋14.30%）的形聲字與聲符存在讀音上的連結。換句話說，有76.89%的常用形聲字聲符在不同程度上提示形聲字的讀音。
4. 值得注意的是，在聲、韻、調完全不同的字例中，有部分形聲字的讀音與聲符讀音的主要元音和韻尾是相同的，例如手部此種形聲字例有：拈（niǎn）-占（zhān）、挑（tiāo）-兆（zhào）、拳（quán）-𢍏（zhuàn）、捎（shāo）-肖（xiào）、搶（qiǎng）-倉（cāng）、撚（niǎn）-然（rán）、攘（rǎng）-襄（xiāng）；口部有吝（lìn）-文（wén）、呈（chéng）-王（tǐng）、君（jūn）-尹（yǐn）、哦（ó）-我（wǒ）、問（wèn）-門（mén）、喊（hǎn）-咸（xián）、喬（qiáo）-高（gāo）、嗆（qiàng）-倉（cāng）、嘎（gā）-戛（jiá）、嚷（rǎng）-襄（xiāng）、囊（náng）-襄（xiāng）。從這個角度來看，這些形聲字和聲符的讀音不能說毫無關係。

承上所述，有高達76.89%的形聲字讀音與聲符存在一定程度的聯繫，這對於開展形聲字聲符教學無疑是一極有利的條件。我認為對於聲符教學，應該分別對具表音能力和不具表音能力兩類聲符，進行教學的研究與設計。針對具表音能力的聲符，系統的設計符合其表音特性的教學方案；對於毫無表音能力的聲符，也要從不同角度設計出有助於這類聲符學習的教學策略。

四、常用聲符的組成內容

本節主要探討1,263個常用聲符的組成內容，分別就聲符的成字與不成字分佈情形，及聲符的象形、指事、會意、形聲四種結構的使用比例進行探討。

（一）常用聲符成字及不成字分析

所謂「成字聲符」是指在現行楷書中能獨立成字使用的聲符；而「不成字聲符」即指在現行楷書中不能獨立成字使用的聲符。1,263個聲符中有多少是能獨立成字使用的？有多少是不能獨立成字使用的？試看下表：

聲符成字與不成字統計表

	總數	百分比
成字聲符	1,014	80.29%
不成字聲符	249	19.71%
總計	1,263	100%

由表中的數據清楚顯示1,263個聲符中有1,014個能獨立成字使用，佔80.29%，僅有249個聲符不能獨立成字使用，佔19.71%。這個數字告訴我們現行常用聲符系統不僅符合科學，而且有助於學習和使用。首先，成字聲符越多，表示使用越多的現行文字作聲符，如此即在一定程度上降低了漢字的部件數量，減輕使用者及學習者的負擔。其次，成字聲符越多，表示聲符的再現頻率相對較高，例如形聲字「媽」，聲符「馬」能獨立使用，學習者接觸它的頻率高，接觸頻率越高，越能幫助漢字的學習和記憶。這一點由這1,014個成字聲符中常用字數量遠多於次常用字及罕用字的現象得到了證明。

成字聲符常用字、次常用字及罕用字統計表

	成字聲符	常用字	次常用字	罕用字
數量	1,014	910	97	7
百分比	100%	89.74%	9.57%	0.69%

透過上表我們可以看到，成字聲符中常用字的比例高達89.74%，再次說明了現行常用聲符系統是一個符合科學，利於學習的系統。

（二）常用聲符的結構分析

在具體掌握常用聲符成字及不成字組成比例後，接著要討論1,263個常用聲符的結構類型，針對常用聲符進行象形、指事、會意、形聲四種結構統計分析，整理出常用聲符在四種結構類型的分佈情形：

常用聲符結構統計

	字數	百分比	會意、形聲結構總合
象形	235	17.94%	
指事	35	2.67%	
會意	508	38.78%	76.72%

形聲	497	37.94%	
其他[39]	35	2.67%	
總計	1,310[40]	100%	

由上表可知現行常用聲符的象形、指事、會意、形聲四結構分佈比例分別為17.94%、2.67%、38.78%、37.94%。會意和形聲的比例最高，二者總和共佔總數的76.72%強，而象形結構僅佔17.94%。這說明現代楷書形聲字聲符結構是以合體字為其主要的組成成分，獨體字使用比例不到四分之一。

綜上所述，可知現行常用聲符主要是由成字聲符（80.29%）和合體結構的會意、形聲（76.72%）組合而成的。

五、常用聲符的構字能力

所謂「構字能力」，是指聲符組構形聲字的能力。所組構字數越多，構字能力越強；反之越弱。經由統計可知1,263個常用聲符中，構字能力最強的聲符可組構18個形聲字，最弱的僅組構1個形聲字。筆者將1,263個常用聲符的構字能力由強至弱整理如下：

字數	18	17	16	15	14	13	12	11	10	9	8	7	6	5	4	3	2	1	總計
聲符數	1	2	3	4	5	6	4	16	16	19	27	32	67	74	111	158	226	492	1,263
	76										1,187								1,263
構字數	18	34	48	60	70	78	48	176	160	171	216	224	402	370	444	474	452	492	3,937
	863										3,074								3,937

透過上表的整理可知聲符的數量與構字能力成反比，構字能力越低的聲符，數量越多。構成形聲字數低於3的聲符就多達876（158＋226＋492）個，約佔總數的70%，而構字數最多的聲符也僅能組構18個形聲字。大量常用聲符構字能力疲弱，即是造成常用聲符數量多達1,263個的主要原因。而構字數量在9字以上，構字力較強的聲符共76個，

39 「其他」類是用以安置無法歸入象形、指事、會意、形聲四類的聲符，包含構形不明無法分析的例，如于、非等；楷書形變至無法分析例，如長、以、者等。

40 此聲符總數多於1,263，主要因為部分聲符兼表音義，亦即會意兼形聲的形聲字，如可、堯、執等字，會意、形聲均列入計算，致使總數多於原聲符數。

可組構863個形聲字。這76個聲符分別為：

聲符構字字數	聲符數	聲符
9	18	句朱夋每旁也周反吾屯果亡䜌爭章央戔賣
10	17	比可加寺奇乍倉尞登票巠支今曷區昜召
11	16	丁占里青堯僉亥甫巴合高婁皮其干監
12	4	圭俞辟艮
13	6	方羊卑工交龍
14	5	分尚非臺令
15	4	白且由莫
16	3	包隹者
17	2	古肖
18	1	各

以上76個構字能力較強的聲符可鎖定為漢字教學中的重點，應將其列為教材編寫的首要內容，並作為漢字教學優先學習的重點。

六、結論

透過本章的研究我們可以對臺灣現行常用形聲字聲符系統有一清楚的認識。具體的研究成果為：

1. 常用形聲字聲符完全表音率高達53.47%，超過半數；而部分表音的則有23.42%，二者共佔形聲字總數的76.89%。揭示了正體形聲字聲符具極強的表音能力。具體的說，聲符表音是正體漢字的一種優勢和特質。在漢字教學中應該全面的利用這種優勢，使漢字的學習及記憶更有系統、更有效率。
2. 常用形聲字聲符的組成內容主要有二特點：一是以成字聲符為主，佔聲符總數的80.29%；二是以會意、形聲的合體結構為主，佔聲符總數的76.72%。
3. 常用聲符的構字能力與聲符數量成反比，聲符構字能力越低，數量越多。這是造成現行聲符數量居高不下的主要因素。

希望藉由以上的研究成果為現代漢字建立一個完整而系統的形聲字聲符的基礎知識，同時也希望為臺灣漢字教學中開展聲符教學提供有利的條件。

第二章
形聲字聲符結構的位變、形變、省略現象

透過前一章統計分析，使我們具體掌握臺灣現行的常用形聲字共有3,937個，佔總字數的81.88%。同時，進一步認識常用聲符系統，不僅符合科學，也利於學習。整體來看，當我們在面對形聲字時，大部分的形聲字我們均可以直觀的辨識形符和聲符的成分，例如：理、幣、清、柏、註、編、像、際、現等。然而不容忽視的是，在漢字的發展過程中，為求書寫便捷及方塊結構平穩要求，而改變筆道書寫的方向及順序，變換部件位置的佈局，使得漢字的形體不斷產生變化，更導致部分形聲字的聲符失去了原有的面貌，難以辨識。例如：「布」字的聲符為「父」，「類」字的聲符為「頪 lèi」，「思」字的聲符為「囟 xìn」等。這些形聲字因聲符不易辨識，致使在漢字教學中極易造成結構的曲解。因此，我們有必要針對這類形聲字進行整理，並加以歸納分析，清楚呈現其聲符的原貌。希望藉此降低對這類形聲字結構的誤解，並提升漢字教學的質量與成效。承此，筆者根據常用的3,937個形聲字，整理出167個形聲字，其聲符均在文字的發展過程中因結構產生了位變[1]、形變、省略的現象，而喪失了原有的面貌。以下即針對此167個形聲字進行分類，具體呈現各聲符位變、形變及省略的情況。希望對現代漢字的形聲結構能有更深入而全面的認識。

一、常用形聲字聲符部件位變例

所謂「位變」是指形聲字為安置形符，維持方塊結構而調整聲符佈局的一種方式，造成聲符部件改變位置，方向或挪移的情形。在167個形聲字中，聲符位變例共16例，列表說明如下：

編號	楷書	小篆	聲符	說明
1.	類	類	頪	類字，《說文．犬部》：「从犬，頪聲」，聲符「頪 lèi」的部件「米」上移，挪出下方空間安置形符「犬」。

---

1 「位變」是借用自張慶艷討論英語及漢語標點符號的變異現象的文章，〈英漢標點符號的量變、位變和形變〉，《讀與寫（教育教學刊）》（2007年12月）一文。

編號	楷書	小篆	聲符	說明
2.	穎	穎	頃	穎字，《說文・禾部》:「从禾，頃聲」，聲符「頃 qǐng」的部件「匕」上移，挪出下方空間安置形符「禾」。
3.	雖	雖	唯	雖字，《說文・虫部》:「从虫，唯聲」，聲符「唯 wéi」的部件「口」上移，挪出下方空間安置形符「虫」。
4.	騰、謄	騰、謄	朕	騰字，《說文・馬部》:「从馬，朕聲」；謄字，《說文・言部》:「从言，朕聲」，聲符「朕 zhèn」的部件「关」上移，挪出下方空間安置形符「馬」、「言」。
5.	雜	雜	集	雜字，《說文・衣部》:「从衣，集聲」，聲符「集 jí」的木部件由「隹」下方，移至左下方。
6.	繁	緐	緐	《說文》有「緐」無「繁」。《上古音系》[2]定「繁」聲符為「緐 fán」，楷書「繁」。部件「每」、「糸」由左右結構改變為「⿱每糸」的形式，空出右上方的位置，安置形符「攵」。
7.	莽	莽	茻	莽字，《說文・犬部》:「从犬，茻聲」，聲符「茻 mǎng」上下部件「艸」各自上移、下移，中間空出的位置，安置形符「犬」。
8.	賴	賴	剌	賴字，《說文・貝部》:「从貝，剌聲」。聲符「剌」的部件「刂（刀）」上移，挪出下方空間安置形符「貝」。
9.	強	強	弘	強字，《說文・虫部》:「从虫，弘聲」，聲符「弘」的部件「厶」上移，挪出下方空間安置形符「虫」。
10.	曼	曼	冒	曼字，《說文・又部》:「从又，冒聲」，聲符「冒（冒）mào」，目為豎形，在「曼」字中，中間的「目」由直向變為橫向「罒」，挪出其下空間安置形符「又」。

2 鄭張尚芳《上古音系》，上海：上海教育出版社，2003年12月。參考網頁：韻典網 http://ytenx.org/。

編號	楷書	小篆	聲符	說明
11.	瓣、辨、辧、辮、辯	[illegible]	辡	瓣，《說文・瓜部》：「从瓜，辡聲」；辨，《說文・刀部》：「从刀，辡聲」；辧，《說文・力部》：「从力，辡聲」；辮，《說文・糸部》：「从糸，辡聲」；辯，《說文・言部》：「从言，辡聲」。五字的聲符「辡 biàn」左右部件「辛」均各自左移、右移，中間空出的位置，安置形符「瓜」、「刀」、「力」、「糸」、「言」。

以上16個形聲字中的類、穎、騰、謄、雖、雜、繁、莽、賴、強、瓣、辨、辧、辮、辯15字，聲符部件的結構位置均有所改變及移動。而僅曼字的聲符部件「目」是由直向改變為橫向。由上表小篆字形可知，16個字例有15個字的聲符部件位置的變化與調整都出現於小篆中[3]（繁字除外），足見形聲字聲符位變現象形成於小篆階段。

二、常用形聲字聲符部件形變例

所謂「形變」是指形聲字聲符結構的變形，包括聲符整體部件的變形，或聲符部分筆畫或部件，因游離、黏合而導致聲符變形。167個形聲字中，這類形聲字共有63個，筆者依據形變的結果，將之再細分為三類。分述於下：

（一）聲符因形變而與其他形近而較常用的部件混同

這類形聲字原本的聲符形體近似某個較常見的部件，而變形為此常用的部件，造成部件混同，同時也干擾了這類形聲字聲符的示音能力。筆者共整理出11組共29個聲符部件混同字例，列述於下：

1. 隶－聿

聲符「隶 dài」由篆書發展至隸書的過程中，形變為「聿」，例如：

肆，小篆作「[illegible]」，即𨽸，《說文・長部》：「極陳也。从長，隶聲。」

肆字原本聲符為「隶」，形變為「聿」，與律的聲符「聿 yù」混同，致使「肆」易被誤解為從「聿」聲。

3 「雖」字的位變，形成時間更早，可上溯至春秋《秦公簋》「[illegible]」。

2. 囟－田

聲符「囟 xìn」由篆書發展至隸書的過程中，形變為「田」，例如：

細，小篆作「」，即䌷，《說文・糸部》：「𢾾也。从糸，囟聲」
思，小篆作「」，即恖，《說文・心部》：「容也。从心，囟聲[4]」

細、思二字的原聲符為「囟 xìn」，形變為「田」，與甸、佃等的聲符「田 tián」混同，干擾了二字聲符的示音能力。

3. 𠯑－舌

聲符「𠯑guā」由篆書發展至隸書的過程中，形變為「舌」，例如：

話，小篆作「」，即䛡，《說文・言部》：「會合善言也。从言，𠯑聲。」
活，小篆作「」，即𣴱，《說文・水部》：「流聲也。从水，𠯑聲。」
括，小篆作「」，即括，《說文・手部》：「絜也。从手，𠯑聲。」

話、活、括三字的原聲符為「𠯑guā」，均隸變為「舌」，與舌頭的「舌」混同[5]。後起的颳風的「颳」字，所從的聲符即是「𠯑」隸變後的「舌」，結構應為從風舌 guā 聲的形聲字。

4. 𦎫、𩫏－享

常用形聲字聲符「享」有兩個來源，一是源自聲符「𦎫（）」，《說文・亯部》：「孰也，从亯，从羊。」以之為聲符的形聲字有淳 chún、諄 zhūn、醇 chún、鶉 chun；一是源自聲符「𩫏（）」，《說文・𩫏部》：「度也。民所度居也。回，象城𩫏之重，兩亭相對也。」「𩫏」字甲骨文作「」，即像城郭之形，以之為聲符的形聲字即「郭」，小篆作「（𩫏阝）」，「𩫏」為一示源聲符[6]。從𦎫、𩫏二聲符的形聲字，在隸變後，𦎫、𩫏

4 段注本《說文》依韻會改作「从心，从囟」，定為會意。大徐本作：「从心，囟聲。」徐灝箋注：「腦主記識，故思从囟，兼用為聲，囟、思一聲之轉也。」（《說文解字詁林》（北京：中華書局，1988年4月），頁10262。）本文從大徐本。

5 聲符由「𠯑」變形為「舌」的討論，已見於裘錫圭著《文字學概要》（臺北：萬卷樓圖書公司，2003年9月再版），頁104。

6 所謂「示源聲符」是指部分形聲字的聲符不僅具有示音功能，同時亦可以提示詞源意義，這是由於這類形聲字屬於源字的分化字。例如：「正」分化出「政」、「征」、「整」等字，「正」即為示源聲符。參見王寧《漢字構形學講座》（臺北：三民書局，2013年4月），頁98-101。

二聲符與「享 xiǎng」字混同了[7]。

5. 㞢（之）—士

聲符「之」由篆書發展至隸書的過程中，形變為「士」，例如：

> 寺，小篆作「」，即⿱㞢寸，《說文・寸部》：「廷也。有法度者也。从寸，㞢聲。」
> 志，小篆作「」，即⿱㞢心，《說文・心部》：「意也。从心，㞢聲[8]。」

寺、志二字的原聲符為「㞢（之）zhī」，均隸變為「士」，與「仕」的聲符「士 shì」混同。

6. 丣、戼—卯

常用形聲字聲符「卯」有兩個來源，一是源自聲符「丣 yǒu」，酉的古文，段玉裁注：「从戼 mǎo 一以閉之」，以之為聲符的常用形聲字有柳、留、劉三字；一是源自聲符戼（）mǎo，《說文・卯部》：「象開門之形」，甲骨文作合集39，金文作旂鼎，以之為聲符的常用形聲字有貿、聊二字。丣、戼二聲符在隸變後，混同為「卯」字。

7. 襾—覀

聲符「襾 yà」由篆書發展至隸書的過程中，形變為「覀」，例如：

> 賈，小篆作「」，《說文・貝部》：「賈市也。从貝，襾聲。」

賈字的原聲符為「襾」，隸變為「覀」後，不僅與票、栗、要、覃等字的「覀[9]」部件混同，同時亦與「垔 yīn」的聲符「西 xī」形近易混。

8. 𣎵—巿

聲符「𣎵 bèi」由篆書發展至隸書的過程中，隸變為「巿」，例如：

> 沛，小篆作「」，《說文・水部》：「沛水。出遼東番汗塞外，西南入海。从水，𣎵聲。」
> 肺，小篆作「」，《說文・肉部》：「金臧也。从肉，𣎵聲。」

7　𩫏、𦎫二聲符變形為「享」的討論，已見於裘錫圭著《文字學概要》，頁104。

8　段注本作「从心㞢，㞢亦聲。」

9　楷書「覀」部件在古文字至少有六個來源，1.西：迺；2.卣：栗；3.角：粟；4.襾：覆、賈、覂；5.鹵：西；6.囟：要、遷。參見梁春勝《楷書部件演變研究》（復旦大學漢語文字學博士論文，2009年4月），頁150。

沛、肺二字原聲符為「朩（𣎳）」，至隸書均形變為「市」，與「柿」的聲符「𠂔（𠂔）[10] zǐ」形近易混[11]。

9. 㞷－主

聲符「㞷 huáng」由小篆發展至隸書的過程中隸變為「主」，如：「往」字，金文作[古文字]吳王光鑑，小篆作「[篆文]」，《說文・彳部》：「之也。从彳，㞷聲。」「往」字原聲符為「㞷」，「从之在土上」，甲骨文作[古文字]合集557，金文作[古文字]集成5322，至隸書形變為「主」，與住、拄、駐、註、注等字的聲符「主 zhǔ」混同。

10. 㞷－王

聲符「㞷 huáng」，由小篆發展至隸書的過程中隸變為「王[12]」。如：

汪，小篆作「[篆文]」，《說文・水部》：「深廣也。从水，㞷聲。」
匡，小篆作「[篆文]」，《說文・匚部》：「飯器，筥也。从匚，㞷聲。」
狂，小篆作「[篆文]」，《說文・犬部》：「狾犬也。从犬，㞷聲。」
枉，小篆作「[篆文]」，《說文・木部》：「衺曲也。从木，㞷聲。」

汪、匡、狂、枉四字的原聲符「㞷」，《說文・之部》：「艸木妄生也。从㞢在土上。讀若皇。」至隸書形變為「王」，在現行楷書中與四字同从「王」聲的「旺」，小篆作「[篆文]」，从日往聲，至隸書階段亦省變為「从日，王聲」。

11. 文－攵

聲符「文 wén」，由小篆發展至隸書的過程中，隸變為「攵 pū」，如：

玫 méi，小篆作「[篆文]」，即玟，《說文・玉部》：「玟瑰，火齊珠。一曰石之美者。

---

10 《說文・𣎳部》「𣎳，止也。从𣎳盛而一橫之也。」段注：「會意」。

11 「市」、「𠂔」二聲符雖書寫的筆畫及筆順有別，但仍易因形近而混。

12 裘錫圭《文字學概要》認為匡、狂、汪、枉等所以从「王」，是因四字篆文中聲符「㞷」已不再獨立使用而被代換為「王」（臺北：萬卷樓圖書有限公司，2003年9月再版六刷，頁196）。裘氏此說似是而非，其言因「㞷」聲符不再獨立使用而遭到代換，但在現行的形聲字中也有為數不少的聲符均不獨立成字使用，例如：夋、莫、隺、褱等，卻未被代換，又作如何解釋？筆者認為部件「㞷」與「王」形體相近，而匡、狂、枉三字在隸變後存在多種異體，如[異體]（《碑別字新編》引〈唐真化寺如願律師墓誌〉）、[異體]（《玉篇・匚部》）、[異體]（《隸辨》平聲・10陽）均為匡的異體；[異體]（《隸辨》平聲・10陽）則為狂的異體；[異體]（《隸辨》卷3・上聲・36養）則為枉字的異體。三字異體中的主、干、[部件]部件均與「㞷」形近。因此筆者認匡、狂、汪、枉四字聲符是因「㞷」形變而與部件「王」混同是極有可能的。

从王，文聲[13]。」

玟字原聲符「文」，形變為「攵」，與枚[14]字的「攵」部件混同。

以上隶－聿；囟－田；昏－舌；𦎫、𩫏－享；之－士；丣、丣－卯；襾－西；𣎵－市；㞢－主；㞢－王；文－攵，11組因形變而與其他部件混同的聲符例，不難看出相混二聲符的形體有相近的成分，例如：

隶－聿　　囟－田　　昏－舌

亦有由繁而省的、由罕見而習用的狀況，例如：㞢－主；㞢－王。同時隸變後的聲符，在現行漢字中多可獨立成字，如聿、田、舌、享、士、卯、西、主、王等，且多為常用字。這些聲符在隸變過程中，儘可能的演變為與之形近且常用的成字部件，其目的應該是為了降低識字過程中過多罕用冷僻聲符的學習比例。

承上，這類常用形聲字的原聲符隶、囟、昏、𦎫、𩫏、㞢（之）、丣、丣、襾、𣎵、㞢均屬罕用字或古僻字，使用者多不認識，故而其示音能力本來就低或毫無作用。因此，當這些聲符形變為聿、田、舌、享、士、卯、西、市、主後，也許在實際的語音關係中確實是一種干擾或破壞，但這樣的變形並未在使用及學習上產生明顯的影響。

（一）聲符因形變而與形符黏合

部分常用形聲字聲符的部件或筆畫因拆解、離析、黏合造成聲符與形符黏合而喪失原貌。筆者在167個形聲字中共整理出了14個聲符丟失的形聲字例：

1. 壹，小篆作「」，《說文・壹部》：「嫥壹也。从壺吉，吉亦聲。」隸變後聲符「吉」與形符「壺」的筆畫黏合而喪失原貌。
2. 夜，金文作集成5433，戰國文字作包2.113，小篆作「」，《說文・夕部》：「舍也。天下休舍。从夕，亦省聲。」隸變後聲符「亦」與形符「夕」的筆畫黏合而喪失原貌。
3. 尤，金文作集成4205，小篆作「」，《說文・乙部》：「異也。从乙，又聲。」隸變後聲符「又」與形符「乙」黏合而喪失原貌。
4. 甫，金文作集成4406，小篆作「」，《說文・用部》：「男子之美偁也。从用父，父亦聲。」隸變後聲符「父」與形符「用」黏合而喪失原貌[15]。

---

13 《龍龕手鑑・玉部》：「玟，莫回反，玫瑰。」《集韻・平聲・灰韻》：「玟，《說文》文齊玫瑰也。一曰石之美者。」

14 枚，《說文・木部》：「榦也。从木攴，可為杖也。」會意。

15 王寧在〈漢字構形理據與現代漢字部件拆分〉一文中曾討論「甫」字，她說：「甫，原从用，『父

5. 市，金文作集成10174，小篆作「」，《說文・冂部》：「買賣所之也。市有垣。从冂，乁象物相及也，古文及字，㞢省聲。」該字由金文字形看，應從「㞢（之）」聲。隸變後聲符「㞢（之）」與形符「冂」、「乁」黏合而喪失原貌。
6. 良，金文作集成9443，小篆作「」，《說文・畐部》：「善也。从畐省，亡聲。」隸變後聲符「亡」與形符「畐」黏合而喪失原貌。
7. 年，甲骨文作合集546，金文作集成2563，小篆作「」，《說文・禾部》：「穀孰也。从禾，千聲。」字本從人，篆文訛從千。隸變後聲符「千」與形符「禾」黏合而喪失原貌。
8. 賊，金文作集成10176，小篆作「」，《說文・戈部》：「敗也。从戈，則聲。」隸變後聲符「則」的「刀」形變為「十」與形符「戈」組合而喪失原貌。
9. 壽，小篆作「」，隸定為「」，《說文・老部》：「久也。从老省，𠷎聲。」隸變後聲符「𠷎 shòu」筆畫拆解後與形符「耂」黏合而喪失原貌。
10. 春，甲骨文作合集29715，金文作集成224，小篆作「」，《說文・艸部》：「推也。从日艸屯，屯亦聲。」隸變後聲符「屯 tún」與形符「艸」黏合而喪失原貌。
11. 泰，小篆作「」，《說文・水部》：「滑也。从廾水，大聲。」隸變後聲符「大」與形符「廾」黏合而喪失原貌。
12. 奉，金文作集成10176，楚簡文字作望2.62，小篆作「」，《說文・廾部》：「承也。从手廾，丰聲。」隸變後聲符「丰 fēng」與形符「廾」黏合而喪失原貌[16]。
13. 失，小篆作「」，《說文・手部》：「縱也。从手，乙聲。」隸變後聲符「乙」與形符「手」黏合而喪失原貌。
14. 禽，金文作集成2835，小篆作「」，《說文・内部》：「走獸總名。从厹，象形，今聲。」隸變後聲符「今」與形符「禸」黏合而喪失原貌。

以上14個形聲字聲符的部件、筆畫之間因發生離析、黏合的情形，導致聲符的喪失。由於形變致使這類形聲字聲符喪失了原貌，因此這類字的楷書形體已非由形符、聲符組合而成的形聲字，故而有必要對這類字形加以重新歸類。因聲符的形變而導致這類字的構形理據[17]部分喪失或全部喪失，前者如：春、泰、奉、禽等字，這一類字應可歸

聲』，父即斧的古字，斧標志權力，所以甫是男子的美稱。……現代漢字除一點離析於外，『甫』已成為非字，『男子的美稱』這一古義已成為已死的古義，「甫」在現代漢字構字時又多作聲符，難以歸納出意義，『甫』的理據遂完全無存。」《語文建設》，1997年第3期，頁7。

16 春、泰、奉三字的「𡗗」部件演變，說見本書第六章〈論常用字記號部件的擴散現象〉。

17 構形理據是指漢字的部件組合成字時，在字形結構中所提供的意義及聲音信息。例如部件「矢」，具有「箭」的意義，在短、矩、矯等字中提供了意義信息；又如「隹」音「zhuī」，在椎、崔、唯等字中，提供了聲音的訊息。（王寧〈漢字構形理據與現代漢字部件拆分〉《語文建設》，1997年第3期，頁6-7。）

為半記號字[18]；後者如：壹、夜、尤、甫、市、良、年、壽、失諸字，這類字則可歸為記號字。其中「賊」字較為特殊，「賊」，原為从戈則聲，隸變後部件「刀」變形為「十」，並置於「戈」部件的左下，成為由「貝」、「戎」組成的理據重構[19]字。

（三）聲符因形變成為不成字部件

部分常用形聲字聲符的部件或筆畫之間因離析、黏合導致聲符成為不能獨立成字應用的部件，致使原聲符結構難以辨識。這類形聲字筆者整理出16例共21字，現將字例條列說明於下：

1. 塞－㥶

塞字，小篆作「」，《說文・土部》：「隔也。从土，𡨄聲」。聲符「𡨄sāi」，《說文・㠭部》：「窒也，从㠭，从廾，窒宀中。」聲符「𡨄」因筆畫黏合形變為「㥶」，成為不能獨立成字應用的部件[20]。相同的字例尚有「賽」字，上部「㥶」亦是由「𡨄」隸變而成[21]。後起的「寨」字上部的「㥶」，應是在「𡨄」，隸變為「㥶」後，被用來作為聲符的[22]。

2. 展－𧘝

展字，小篆作「」，《說文・尸部》：「轉也。从尸，𧝓省聲」，聲符「𧝓zhàn」，《說文・衣部》：「丹縠衣。从衣，㠭聲。」小篆作為「展」字聲符已有所省略，至隸楷因筆畫的黏合形變為「𧘝」，成為不能獨立成字應用的部件。

---

18 半記號字即指半形符半記號字，即由形符和記號（聲符形變）所構成的字。可參蘇培成《現代漢字學綱要》（增訂本）（北京：北京大學出版社，2001年12月第2版，2007年7月第9次印刷），頁97-98；對於半記號字，王寧則從構意的角度稱為構意半存字，指「合成字的直接構件裡有一個是記號構件」，由義符和記號組成，稱為「部分存義字」；由聲符和記號組成，稱為「部分存音字」（《漢字構形學講座》，頁126），本文的半記號字例即屬於「部分存義字」。

19 王寧：「漢字形體書寫變異不能與意義統一時，在使用者表義意識的驅使下，重新尋求符合新的構形系統的構意去與它的新形切合，或按照它的意義重新設計構形，稱之為理據重構。」（《漢字構形學講座》，頁249。）

20 王寧將「塞」中間的部件「共」處理作記號構件，可從。《漢字構形學講座》，頁104-105。

21 賽字，小篆作「」，大徐本《說文・貝部》：「報也，从貝，塞省聲。」

22 常用字同樣從「㥶」部件的尚有「寒」字，然而「寒」字上部的「㥶」來源與「塞」字的「㥶」不同。寒，小篆作「」，《說文・宀部》：「凍也。从人在宀下，以茻覆之，下有仌。」為會意字，「㥶」來自「」。

3. 責－龶

責字，金文作[image]集成2555，小篆作「[image]」，《說文・貝部》：「求也。从貝，朿聲」，聲符「朿 cì」，《說文・朿部》：「木芒也。象形。」作為「責」的聲符，發展至隸、楷形變為「龶」，成為不能獨立成字應用的部件[23]。

4. 貴－虫

貴字，小篆作「[image]」，《說文・貝部》：「物不賤也。从貝，臾聲。」聲符「臾 kui」是蕢 kuì 的古文，象形[24]。作為「貴」的聲符，發展至隸、楷形變為「虫」，成為不能獨立成字使用的部件。

5. 急－刍

急字，小篆作「[image]」，《說文・心部》：「褊也。从心，及聲。」聲符「及」，《說文》：「逮也。从又人。」作為「急」的聲符，至隸、楷形變為「刍」，成為不能獨立成字使用的部件。

6. 券－龹

券，小篆作「[image]」，《說文・刀部》：「契也。从刀，𢍏聲。」聲符「𢍏 juàn」，《說文・廾部》：「摶飯也。从廾，釆聲。」作為「券」字的聲符，至隸、楷形變為「龹」，成為不能獨立成字使用的部件。相同的字例尚有：眷（[image]）、豢（[image]）、拳（[image]）三字。

7. 軋－乚

軋字，小篆作「[image]」，《說文・車部》：「輾也。从車，乙聲。」聲符「乙」，構意不明[25]。作為「軋」的聲符，至隸、楷形變為「乚」，成為不能獨立成字使用的部件。

---

23 責字聲符「朿」變形為「龶」的過程，見本書第六章〈論常用字記號部件的擴散現象〉。

24 《說文・艸部》：「蕢，艸器也。从艸，貴聲。臾，古文蕢。象形。」

25 姚孝遂：「說文以『乙為『象春出木冤苗而出』，又以為『象人頸』，《爾雅》謂『象魚腸』，皆難以為據。章炳麟《文始》且謂『乙當為履之初文。湯自稱予小子履，世本言湯名天乙，乙履一也。』此混音假與初形為一，尤為支離。吳其昌謂『乙象刀形』，更屬傅會。朱駿聲《通訓定聲》既謂『乙』與『燕乙字音義皆別』，又『疑借以紀干日者，本為燕乞之乞。天命元鳥，降而生商，故湯以為號，後世因之也。』玄鳥為燕乞，不得以之取象，李孝定『疑甲乙字與許書訓流之⺄實為一字，訓抴之乀與訓流之⺄，亦實為一字。音讀各殊，乃後世區別之文。』凡此均徒滋紛亂，不足以解釋『乙』之初形。只能存疑待考。」《甲骨文字詁林》（北京：中華書局，1996年5月），頁1180。

8. 定—疋

定字，小篆作「𡧍」，《說文・宀部》：「安也。从宀，正聲。」聲符「正」，甲骨文作𫩏合集6310，从止朝口，像人攻城之形[26]。金文作𫝀集成5432，現代楷書獨立成字，然作為「定」的聲符，至隸、楷形變為「疋」，成為不能獨立成字使用的部件。

9. 殿—展

殿字，小篆作「殿」，《說文・殳部》：「擊聲也。从殳，𡱂聲。」聲符「𡱂tún」，《說文・尸部》：「髀也。从尸下丌居几。」作為「殿」的聲符，至隸、楷形變為「展」，成為不能獨立成字使用的部件。

10. 朕—关

朕字，小篆作「朕」，《說文》：「我也。闕。」段注：「从舟，灷聲。」聲符「灷zhuàn」，《說文》未收。形體像兩手奉火形[27]。作為「朕」的聲符，至隸、楷形變為「关」，成為不能獨立成字使用的部件。

11. 襄—𠀎

襄字，小篆作「襄」，《說文・衣部》：「漢令：解衣耕謂之襄。从衣，𤕦聲。」聲符「𤕦níng」，西周金文作𢻱散氏盤，從土、攴，有耕作之意，疑為襄之初文[28]。作為「襄」字的聲符，至隸、楷形變為「𠀎」，成為不能獨立成字使用的部件。

12. 布—𠂇

布，金文作布集成5407，戰國文字作布信2.015，小篆作「布」，《說文・巾部》：「枲織也。从巾，父聲。」聲符「父」，金文作父集成1623，《說文》：「巨也，家長率教者。从又舉杖。」作為「布」字聲符，至隸、楷形變為「𠂇」，成為不能獨立成字使用的部件。

13. 受—冖

受，甲骨文作受合集64，金文作受集成6041，小篆作「受」，《說文・𠬪部》：「相付也。从𠬪，舟省聲。」受字進入小篆系統，聲符「舟」形體已訛變，隸、楷字形承自小篆[29]，

---

26 朱歧祥《殷墟甲骨文字通釋稿》（臺北：文史哲出版社，1989年12月初版），頁65。

27 姚孝遂說，見《甲骨文字詁林》，頁3162。

28 何琳儀《戰國古文字典》（北京：中華書局，1998年9月），頁689。

29 王寧將「受」字中間的一筆視為「舟」字的變體。其云：「『受』的小篆作受，『爪』與『又』之間

「𠔿」成為不能獨立成字使用的部件。

14. 愛－㤅

愛，小篆作「[illegible]」，隸定為「𢜤」，《說文・夊部》：「行皃也。从夊，㤅聲。」聲符「㤅ài」，《說文・心部》：「惠也，从心，旡聲。」為「愛」字聲符，至隸、楷形變為「㤅」，成為不能獨立成字使用的部件。

15. 在－𠂇

在，金文作[illegible]集成2837，小篆作「[illegible]」，《說文・土部》：「存也。从土，才聲。」聲符「才」，甲骨文作[illegible]合集22708，金文作[illegible]集成5418，《說文・才部》：「艸木之初也，从丨上貫一，將生枝葉。一，地也。」作為「在」字聲符，至隸、楷形變為「𠂇」，成為不能獨立成字使用的部件。

16. 成－𠄐

成，甲骨文作[illegible]合集27511，金文作[illegible]集成2837，小篆作「[illegible]」，《說文・戊部》：「就也。从戊，丁聲。」聲符「丁」，甲骨文作[illegible]合集3096，金文作[illegible]集成2811，《說文・丁部》：「夏時萬物皆丁實。象形。丁承丙，象人心。」本義不明[30]。作為「成」字聲符，至隸、楷形變為「𠄐」，成為不能獨立成字使用的部件。

以上16個聲符𡨄、㞋、𧉮、虫、刍、关、乚、疋、展、关、[illegible]、𠂇、𠔿、㤅、𠂇、𠄐，均因形變成為不成字的部件，而其形變後的形體仍存於現行形聲字中，這與前一類聲符在形變後與形符黏合的情形不同。這類字的結構基本上仍屬於形聲結構，如：塞 sāi、賽 sài、寨 zhài 三字的聲符「𡨄」；券 quàn、拳 quán、眷 juàn 三字的聲符「关」，「𡨄」、「关」二聲符均因同聲符形聲字的讀音相近而起到互相提示讀音的作用，而具備了較高的示音能力。其次，急聲符「刍（及）」，軋字的聲符「乚（乙）」，定字聲符「疋（正）」，三聲符及、乙、正在常用字均獨立成字使用，因此可將「刍」、「乚」、「疋」視為「及」、「乙」、「正」三字的聲符變體，各聲符具備不同程度的示音能力。而展字的聲符「㞋」，貴字的聲符「虫」，朕字的聲符「关」，殿字的聲符「展」，責字的聲符「𧉮」，在常用字中均僅一見，又為古僻字，也無相同聲符之形聲字幫助提示字音，因此這些聲符的示音能力相對較弱。

的一筆難以理解。甲骨文『受』作[illegible]，金文作[illegible]，均像兩手受授承盤，來會『交付』與『接受』之意，因而知道小篆中間一筆是舟的簡化，同時『舟』又有示音作用。因此只要將『受』字中間的一筆處理成『舟』的變體，受的構意就清楚了。」《漢字構形學講座》，頁56。

30 《甲骨文字詁林》（北京：中華書局，1996年5月）第三冊，頁2095。

三、常用形聲字聲符部件省略例

所謂「省略」指聲符的筆畫或部件的減省，這類省略聲符後的形聲字，即類似《說文》的「省聲字[31]」。事實上，形聲字省略聲符的現象已普遍存在於小篆系統中，現代楷書絕大部分的「省聲字」，都承自小篆。筆者在常用形聲字中共整理出87個聲符省略例，依據聲符省略後聲符是否獨立成字分為「聲符省略為成字部件」及「聲符省略為不成字部件」二類，以下分類舉例論述之：

（一）聲符省略為成字部件

這類形聲字聲符省略後仍為成字部件，即在常用字中獨立成字使用者，由於這些省略後的成字部件均有著各自的讀音，而當這些省聲符的讀音又迥異於形聲字讀音時，對於形聲字讀音的識讀即會造成干擾。此處共整理出了32個聲符省略為成字部件的形聲字例（見附表三），現依據其省略字形出現的時間先後分為三類，舉例說明如下：

1. 篆文仍保留聲符，至隸楷階段聲符省略。例如：

（1）沃字，《說文．水部》：「，溉灌也。从水，芺聲。」段注：「隸作沃。」

（2）津字，《說文．水部》：「，水渡也。从水，𦘔聲。」段注：「隸省作津。」

（3）爛字，《說文．火部》：「，火孰也。从火，蘭聲。」段注：「隸作爛。」

相同的字例尚有：愙（恪）[32]、𤎅（焦）、犂（犁）、纍（累）、靁（雷）、鑣（鏖）、賺（賺）、娒（姆）、礳（磨）等這類形聲字在32字例中共有12例，在小篆階段聲符均未省，在隸變過程中形成省略。

2. 篆文已省略聲符者。例如：

（1）杏字，《說文．木部》：「，杏果也。从木，向省聲。」

（2）疫字，《說文．疒部》：「，民皆疾也。从疒，役省聲。」

（3）紂字，《說文．糸部》：「，馬緧也。从糸，肘省聲。」

相同的字例尚有：恬、癘、厲、珊、姍、進、繩、融、襲、准、嵐、配等字，在32字例中共有15例，所佔比例最高，在小篆階段聲符已完成省略。

3. 篆文無字，省聲字首見於隸楷。例如：

（1）砂字，《說文．水部》：「沙，水散石也。」段注：「從石作砂者，俗字也。」《集

---

31 參許錟輝《文字學簡編》基礎編（臺北：萬卷樓圖書公司，1999年3月初版），頁188。

32 括號外為小篆楷化字，括號內為楷書，其後所舉字例亦同。

韻・麻韻》言「沙」,「亦從石。」由此知「砂」為「沙」的俗字,「砂 shā」的讀音承「沙」而來,故《正中》:「从石,沙省聲[33]。」可從。

（2）紗字，古作「沙」,《周禮・天官・內司服》:「內司服，掌王后之六服：褘衣、揄狄、闕狄、鞠衣、展衣、緣衣、素沙。」鄭玄注引鄭司農云：「素沙，赤衣也。」孫詒讓正義：「沙、紗古今字……呂飛鵬云：『古無紗字，至漢時始有之。』」《集韻・麻韻》:「紗，絹屬也，一曰紡纑，通作沙[34]。」承上可知，漢時才出現的「紗」是在「沙」字基礎上，所造專門表示「細絹」一類的絲織品的字，其讀音當然承「沙」而來。《正中》:「少為沙之省文[35]。」其說可從。

（3）辣字，《正中》:「从辛，剌省聲。」認為剌有「戾」義，有舛逆意，辣味入口如火，有剌戾意，故辣从剌省聲[36]。

相同的字例尚有：跚、腺二字，在32字例中共有5例，諸字小篆無字，為隸楷階段新字。

以上32例聲符省略後仍為一成字部件，在現代漢字中仍獨立成字使用，具有自己的讀音和意義，因此，當這些可獨立成字的省聲符的讀音和原聲符不同時，就會產生干擾作用，並降低其示音能力。例如：杏（向→口），恬（甜→舌），津（㳯→聿），焦（雥→隹），雷（畾→田），進（閵→隹），嵐（葻→風），配（妃→已），融（蟲→虫），辣（剌→朿）等。然而整體觀察這類省略聲符的形聲字，絕大部分的聲符的示音能力，並未因為省略而遭到嚴重破壞，原因有二：

1. 部分形聲字的聲符亦為形聲結構，被省略的均為形符，保留下的省聲符，是整個形聲字讀音的源頭，因此，仍有一定程度的示音能力。例如：

   恪 kè，原聲符「客」，為从宀各聲的形聲結構，省略形符「宀」，留下的聲符「各」仍能提示著「恪」的讀音。

   相同的字例還有：爛（蘭 lán→闌 lán）、犁（黎 lí→利 lì）、姆（每 měi→母 mǔ）、繩（蠅 ying→黽 mín）等。

2. 省略後的省聲符憑藉同聲符形聲字的互相提示讀音，維持一定程度的示音能力。例如：

   珊（从玉，刪省聲）、姍（从女，刪省聲）、跚（《韻會》「通作姍[37]」）三字聲符

---

33 高樹藩主編《正中形音義綜合大字典》(臺北：正中書局，1971年3月初版),頁1148。

34 《龍龕手鑑・糸部》「䋜俗，紗正。音沙，絹屬也。」《字彙・糸部》:「紗，師加切，音沙。絹屬。〇亦作紗。」

35 高樹藩主編《正中》,頁1294。

36 高樹藩主編《正中》,頁1851。《字彙・刀部》:「剌，郎達切，音辢。」《正字通》:「辣，郎達切，音剌。」承此筆者認為《正中》定「辣」為「剌省聲」,應可從。

37 「跚」字《說文》未收。《龍龕手鑑・足部》:「跚，今蘇干反，蹣跚，行皃也。」《正字通》:「《韻

均為「刪」，省為「冊 cè」。「冊」的讀音雖與三字字音差距甚大，但由於三字讀音均讀作 shān，具有互相提示讀音的能力，維繫省聲符「冊」的示音能力。

相同的字例尚有：癘/厲；紗/砂；缺/訣[38]；累/雷；犢/竇[39]等。此外，這類聲符省略的部分形聲字讀音與原來的聲符讀音相近或相同，而原來的聲符亦為現行的通用字，則亦能起到示音的作用，例如：

疫 yì，原來的聲符為役 yì，省作「殳」，「役」亦為現行常用字，讀音與「疫」相同。因此，「役」能提示「疫」的讀音。

相同的字例尚有：腺／線；紂／肘；奔／賁；辣／剌；恬／甜；犢/瀆等。

綜上所述，此類省聲字的聲符雖有省略，但由於一部分省聲字保留了聲符的源頭以及同聲符形聲字讀音的提示，使得省略後的聲符，其示音功能並未完全喪失。

（二）聲符省略為不成字部件

形聲字的聲符在省略後成為不能獨立成字使用的部件，即歸為此類。筆者從常用形聲字中共整理出55個屬於這類聲符省略的字例（見附表四），同樣依據其省略字形出現的時間先後分為三類，舉例說明如下：

1.篆文仍保留聲符，至隸楷階段聲符省略。例如：

（1）豪字，《說文・⽷部》：「豪，豕，鬣如筆管者，出南郡。从⽷，高聲。豪，籀文从豕。」《五經文字》：「豪、豪，上《說文》；下經典相承，隸省」

（2）烽字，《說文・火部》：「𤑘，𤑘燧、候表也。邊有警則舉火。从火，逢聲。」《廣韻・鍾韻》「烽，同𤑘。」

（3）浸字，《說文・水部》：「𣹢，𣹢水。出魏郡武安。東北入呼沱水。从水，𡫳聲。」

相同的字例尚有：鏠（鋒）[40]、第（第）、䨮（雪）、癠（膺）、陋（陋）、韓（韓）、薛（薛）、蠹（蠹）、𢿪（撤）等字，在55字例中共有12例。這些省聲字在小篆階段聲符均未省，在隸變過程中省略為不成字部件。

2. 篆文已省略聲符者。例如：

會》『通作姍，引相如傳媻姍』。」王力《同源字典》（臺北：文史哲出版社，1991年10月）亦定「姍」、「跚」為同源字，頁501。筆者案：跚字，原以「姍」用之，後改女旁為為「足」旁。由此知「跚」所從之「冊」應承「姍」字來，為「刪」省聲。

38 亦可與抉、決等字互相提示讀音。

39 亦可與讀、櫝、瀆、牘等字互相提示讀音。

40 括號內為小篆楷化字，括號內為楷書，其後所舉字例亦同。

（1）席字，《說文．巾部》：「席，藉也。禮，天子諸矦席有黼繡純飾。从巾，庶省聲。」

（2）渠字，《說文．水部》：「渠，水所居也。从水，榘省聲。」

（3）瑩字，《說文．玉部》：「瑩，玉色也。从王，熒省聲。」

相同的字例尚有：度、惰、隋、惱、憲、毀、營、縈、鶯、犖、範、徽、黴、贛、充、觴、傷、覺、鷹、剎、囊、夢、嬴、嵌、將、轍、寢、產、潸、奐、逢等字，在55字例中共有34例之多，所佔比例最高。這些省聲字在小篆階段聲符已完成省略。

3. 篆文無字，省聲字首見於隸楷。例如：

（1）毫字，《正中》：「楷書毫從毛，高省聲[41]。」

（2）澈字，《正中》：「从水，徹省聲[42]。」

（3）珮字，《玉篇．玉部》：「珮，玉珮也。本作佩，或从玉。」

相同的字尚有：髓、瑙、螢、篾、梟、喱等字，在55字例中僅有9例，諸字小篆無字，為隸楷階段新產生之字，聲符於造字之始即直接運用省聲符組字。

以上所舉形聲字的聲符均省略為不成字的部件，其中確實有少部分的省聲符部件喪失了示音的作用，例如：席、度二字聲符為「庶」，均省為「广」，不成字，無音讀，無法提示席、度二字的讀音。類似的字例尚有：憲（害→宔）、韓（倝→卓）、雪（彗→ヨ）、囊（橐→𡂨）、陋（匧→𠁥）、充（育→𠫓）、毀（毇→㲋）、嵌（歁→欿）[43]等。

然而，在這類省聲字中，我們也不難發現與前一類有著相同的現象，即大部分聲符都為類推省略，亦即同聲符形聲字成組對應的省略，例如：

營 yíng、瑩 yíng、縈 yíng、鶯 yīng、螢 yíng 五字原聲符均為「熒」，均省為「𤇾」，「𤇾」雖不成字，無音讀，但卻因營、瑩、縈、鶯、螢五字的讀音相同或相近而起互相提示讀音的能力，同時也使得省略後的聲符「𤇾[44]」具備了一定程度的示音作用。相近的字例還有：

41 高樹藩主編《正中》，頁42。

42 高樹藩主編《正中》，頁876。

43 憲的聲符「害」，雪的聲符「彗」，充的聲符「育」，三字聲符的讀音已與形聲字讀音相去甚遠；而韓的聲符「倝」，囊的聲符「橐」，陋的聲符「匧」，毀的聲符「毇」，嵌的聲符「歁」，諸字的原聲符均為古僻字。這些字的聲符，即便不省，對於形聲字字音的提示，其幫助亦有限。

44 「𤇾」聲符營等五字具示音作用，但「犖」字所從的「𤇾」卻為「勞」的省聲，與營等五字的省聲符「𤇾」來源不同。

1. 隋：隋、髓
2. 𡿺：惱、瑙
3. 高：豪、亳
4. 㑴：浸、寢
5. 夆：烽、鋒
6. 雁：鷹、膺
7. 微：黴、徽
8. 昜：觴、傷
9. 敫：擻、轍、澈
10. 羸：贏、羸

其次，也與上一類相同的是，亦有部分形聲字的省聲符為整個形聲字讀音的源頭，例如：渠 qú，聲符為榘，榘為巨的或體，從巨得聲，巨為渠、榘的源頭聲符。渠的省聲符「枲」，保留了聲符的源頭「巨 jù」，也保留了一定程度的示音能力。相近的字例還有：範（㔾）、喱（里）、鷹（雁）、剎（杀）、將（爿）、觴／傷（昜）、烽／鋒（夆）等。

此外，還有部分形聲字的省聲符保留了原聲符絕大部分的形體，例如：覺，聲符為「學」，省聲符保留了「學」的主體結構「𦥯」，如此，在識讀「覺」字時，省聲符「𦥯」極易與「學」字取得聯繫，並提示了覺字的部分音讀。類似的字例，如：梟（鳥）、第（弟）、篾（蔑）、珮（佩）、囊（襄）、薛（辥）等字。

承上所述，該類形聲字的聲符在省略後成為不成字的部件，雖然有少部分的省聲符，不易辨識且喪失了示音能力，然而絕大部分的聲符省略是成系統的類推省略，因此，在省略後，這類省聲字仍可憑藉同聲符形聲字相互提示讀音，維持了一定程度的示音作用。

四、結論

本文主要是從溯源的角度，分類整理並探討了現行常用形聲字聲符形構，在發展過程中所存在的位變、形變及省略的現象，並逐字討論了各形聲字聲符的來源，以提供給漢字教學的教師一份可資參考的形聲字聲符發展與變化的資料。本文總共具體討論了167個常用形聲字，各種變化類型的字例及字數整理如下表：

常用聲符結構變化類型統計表

變化類型	小類	字數	字例
位變		16	類、穎、雖、騰、幐、雜、繁、莽、強、賴、曼、辨、辦、瓣、辯、辮
形變	因形變而與其他形近而較常用的部件混同	29	肆、細、思、話、活、括、颳、淳、諄、醇、鶉、郭、寺、志、柳、留、劉、貿、聊、賈、沛、肺、往、汪、匡、狂、枉、旺、玫

變化類型	小類	字數	字例
	聲符因形變而與形符黏合	14	壹、夜、尤、甫、市、良、年、賊、壽、春、泰、奉、失、禽
	因形變成為不成字部件	21	塞、寨、賽、展、責、貴、急、券、眷、豢、拳、軋、定、殿、朕、襄、布、受、愛、在、成
省略	省略為成字部件	32	恪、杏、恬、沃、津、焦、爛、犁、疫、癘、厲、砂、紗、紂、累、雷、珊、姍、跚、辣、進、鏖、繩、腺、融、襲、賺、准、姆、嵐、配、磨
	省略為不成字部件	55	席、度、惰、隋、髓、惱、瑙、憲、毀、豪、毫、浸、寢、渠、烽、鋒、逢、營、瑩、縈、鶯、螢、犖、珮、第、範、箴、陋、雪、韓、鷹、膺、黴、徽、薛、蠹、梟、覺、觴、傷、贛、充、剎、囊、夢、贏、將、嵌、撤、轍、澈、嗄、產、濬、奐

以上167個常用形聲字的聲符，由於結構位置的變化、形體的變形、筆畫部件的省略，而失去了原有的面貌，增加了這類形聲字聲符直觀辨識的難度，甚而極易造成結構理解上的錯誤，而成為漢字教學中的難點。筆者認為，在面對這類形聲字的教學時，應該把握四項原則：

（一）同聲符的讀音類推原則

如上所述，部分形聲字聲符的形變、省略呈系統的類化現象，因此使得部分形聲字的讀音可依同聲符讀音的類推而得到提示，例如淳、諄、醇、鶉；珊、姍、跚；營、瑩、鶯、縈、螢等。教師應善用這類同聲符形聲字讀音類推，來幫助學習者學習記憶這類字。

（二）源頭聲符讀音提示的運用

有部分形聲字在聲符省略過程中保留了源頭聲符，這些源頭聲符在省聲字中，即起著提示讀音的作用，例如：恪、犁、爛、渠、嗄、範等字。在教學中應強調源頭聲符在這類形聲字中的示音作用。

（三）聲符形變成為記號部件或不成字部件者，教學重點著重講解形符

部分形聲字聲符因形變而喪失原貌，成為記號部件或不成字部件，例如：春、受、

布、泰、在、貴、急、責等字。面對這類字在教學時，宜強調形符與形聲字字義的連結，突出形符的示義作用。

（四）當形聲字形變成為全記號字者，宜採用部件或筆畫筆順教學

部分形聲字因聲符形符均形變而丟失，成為全記號字，例如：壽、市、尤、良、年、失等字。對於這類字，在教學中，不宜再採用字源教學來強調形符及聲符，而應採用部件教學，或筆畫、筆順教學。

綜上所述，筆者認為現代漢字的教學，應該針對漢字不同的結構及屬性，而實施不同的教學策略。換句話說，漢字教學的教師，應該完整而具體掌握現行常用字結構的來源及特點，並因字施教。唯有正確掌握現代漢字結構的來源及教學原則，才能夠減少漢字教學中的曲解與誤解，進而提升教學的成效。

第三章
形聲字形符研究

漢字是至今仍然在使用的表義文字，表義是它最重要的特質之一，而形符又是漢字結構中最重要的表義符號。這個表義符號在常用形聲字中究竟有多少？其中具有多強的表義能力？其與形聲字的字義關係又是如何？這些都是值得注意和研究的問題。如果不解決這些問題，也就意味著我們無法徹底認識漢字表義特質。此外，漢字以形聲字為主，由形符和聲符組合而成的形聲字，相同聲類的字會共用一個聲符，如：估、沽、咕、姑、蛄、詁、枯，都從聲符「古」，這樣的結構會使得許多字的形體變得非常近似，例如戴載、桓垣、響嚮、峻俊、拈沾、掇輟、栽裁、暗黯、撩瞭繚等，書寫這類字時，稍一不慎，就可能會寫錯。因此，在對外華語及本國語文的漢字教學中，清楚繫聯形符義與形聲字義之間的關係，以及辨析「形符」所提示的義類[1]，是幫助學習者正確掌握漢字字形的重要教學方法。因此，我們確實有必要對現代常用形聲字的形符表義能力、組成內容、構字能力及形體的變化作一具體的整理研究。

此外，大陸學者自90年代開始就對簡化字的形聲字形符從不同角度展開研究。例如：康加深〈現代漢語形聲字形符研究〉[2]，施正宇〈現代形聲字形符意義的分析〉[3]，李國英〈論漢字形聲字的義符系統〉[4]，呂菲《現代形聲字意符表義研究》[5]等。各論文均是針對簡化字系統的形符進行統計，研究主要集中在形符的數量及類別整理，形符的表義度統計，形符與形聲字義的關係類型分析三方面。並已取得相當程度的研究成果，

1　對外華語教學的教師認為「形旁的『形符表義』較聲旁的『聲符標音』具規律性，在字例數量上也較多。借重『形聲字』的識字教學，重心不應在不確定性高的『聲符』，相反的，能夠提示義類的『形符』更具教學價值。」（林碧慧〈形聲字於華語識字教學的價值與局限性研究〉2011第十屆臺灣華語文教學年會暨學術研討會，2011年10月29-30日，臺南成功大學）

2　收錄於陳原主編《現代漢語用字信息分析》（上海：上海教育出版社，1993年12月）。

3　見《語言教學與研究》，1994年03期，頁83-103。

4　見《中國社會科學》，1996年03期，頁186-193。

5　中央民族大學，文學與新聞傳播學院碩士論文，2012年4月。相關的論文尚有孫化龍〈常用形符的表義特點〉（《青海民族學院學報》（社會科學版），1998年02期，頁84-86,105）；王貴元〈現代漢字字形三論〉（《語言文字應用》，2005年02期，頁29-33）；陳楓《漢字義符研究》（北京：中國科學出版社，2006年11月）；張翔〈現代漢字形聲字義符功能類型研究〉（《青海師範大學學報》（哲學社會科學版），2010年01期，頁132-136）；史玥〈《常用漢字表》形聲字形符義類分布分析〉（《重慶科技學院學報》（社會科學版），2010年04期，頁81-82）等。

具體揭示了簡化字系統中形符的組成內容及表義能力。反觀臺灣目前尚未見到針對正體字形符系統進行完整研究的文章[6]。正體常用形聲字究竟是由多少個形符構成的？這些形符的組成內容及表義能力又是如何？至今都是懸而未決的問題。因此，對正體字研究的完整性而言，常用形符系統的探討顯然也是無可迴避的課題。

本章持續就臺灣教育部《常用國字標準字體表》中的3,937個形聲字進行形符分析，探討臺灣現行常用形聲字形符的表義能力、組成內容及使用情況，並討論現代楷書形符結構的變形、省略及混同等現象，希望對現代漢字的形聲結構有更完整的認識。

一、常用形聲字形符總數統計

本節針對3,937個形聲字進行分析，並統計形符的總數，分析標準主要依據以下三項：

（一）對於同一形符而形體不同的形符變體，例如：「心」字在擔任形符時，除了形符「心（患）」外，尚有二個形符變體「忄（情）」、「㣺（恭）」。這類形符變體雖然來源於同一個形符，但形體已產生變異，故分別計算。

（二）多體形符[7]以一個獨立形符計算。多體形符指部分形聲字是由兩個（或兩個以上）的形符組成，例如：碧字，《說文．玉部》：「石之青美者。从玉石，白聲。」玉、石均為「碧」的形符，均有表義作用。在常用形聲字中多體形符共有28個，分別是：守、具、釗、品、斈、宮、賓、復、敕、思、坙、歸、爾、军、亩、碧、梲、穼、糿、聽、臭、會、醫、隹、方、佈、男、㕚（見附表五）。這類多體形符是以多個形符為一個整體同時和聲符組成形聲字，如將其分開計算則無法完整呈現這類形符的實際組成面貌，因此，本文將多體形符視為一個獨立的形符，以單一形符計算。

（三）對來源不同的同形形符，例如：晴、旨二字形符均為「日」，而「旨」所從的「日」，來源為「甘」。這類形符因形體相同，故僅計算一次，不重複計算。即

---

6 臺灣有關形聲字形符研究，主要集中於小篆系統的形符討論，例如許錟輝先生〈形聲字形符之形成及其演化〉（《中央研究院第二屆國際漢學會議論文集》，中央研究院發行1989年6月）、〈形聲字形符表義釋例〉（中國文字會主編《文字論叢》第2輯，文史哲出版社，2004年4月），劉承修《《說文》形聲字形符綜論》（東吳大學中國文學系碩士論文2001年）三篇。而對現代漢字的研究，主要集中於對部首的整理分析，例如：蔡信發先生《辭典部首淺說》（漢光文化事業公司，1985年9月2版）、王志成《部首字形演變淺說》（文史哲出版社，1990年8月）、黃沛榮〈漢字部首及其教學問題〉（《中國文化大學中文學報》第24期，2012年4月）等。

7 「多體形符」一詞見康加深〈現代漢語形聲字研究〉一文，《對外漢字教學研究》（北京：商務印書館，2006年7月），頁196-197。

「旨」的形符「日（甘）」與形符「日 rì」計算為一個形符。但考量其來源迥異，因此，在統計表的形符「日 rì」下，並列出「日（甘）」。

根據以上的分析標準，從3,937個常用形聲字中，統計出293個形符，現將293個形符及其從屬字字例列表於下：

常用形符表

編號	形符	形聲字例
1.	一	丕
2.	乙	乾
3.	尢	尬
4.	亼（高）	亭
5.	亻（人）	伴
6.	女	媽
7.	仌	俎
8.	儿	兌
9.	北	冀
10.	目	盯
11.	冃	冕
12.	寸	導
13.	⿱冖寸	冠
14.	昗	冥
15.	冖	冢
16.	冫	冷
17.	几	凳
18.	刀	剪
19.	刂（刀）	劃
20.	刂（刀）	辨
21.	釗	劉
22.	力	勉
23.	勹	匍
24.	匕	匙
25.	匚	匡
26.	匸	匾
27.	卜	卦
28.	皀（艮）	即
29.	卩	卻
30.	㔾（卩）	卷
31.	血	卹
32.	卯	卿
33.	厂	厭
34.	丵	叢
35.	半	叛
36.	又	叔
37.	㯻（橐）	囊
38.	口	叭
39.	吅	嚴
40.	壴	彭
41.	旨	嘗
42.	品	嗣
43.	尺	咫
44.	囗	固
45.	a 土	坊
	b 土（大）	去
46.	兀	堯
47.	a 士	壯
	b 士（出）	賣
48.	⿱𦥯子	學
49.	耂（老）	考
50.	老	耆
51.	夕	夢
52.	多	夥
53.	a 大	奘
	b 大（夭）	奔
	c 大（木）	奈
54.	子	孩
55.	宀	寞
56.	⿱宀爿（㝱）	寐
57.	⿱宀口	害
58.	⿱宀⿱王貝	寶
59.	攴	敲
60.	攵（攴）	政
61.	支（攴）	鼓
62.	卵	孵
63.	八	尚
64.	尸	屏
65.	⿸尸彳	屐
66.	復	履
67.	米	粒
68.	屖（尾）	屬
69.	山	峭
70.	屵	岸
71.	工	巧

編號	形符	形聲字例
72.	邑	扈
73.	巳（邑）	巷
74.	a 阝（邑）	邵
	b 阝（阜）	阱
75.	巾	幛
76.	干	幹
77.	广	庭
78.	廴	廷
79.	㢟	延
80.	廾	弈
81.	杀	弒
82.	弓	張
83.	彡	彰
84.	彳	徊
85.	心	�
86.	㣺（心）	恭
87.	忄（心）	惦
88.	夊	致
89.	思	慮
90.	⿱罒心	憲
91.	戈	戕
92.	戊	成
93.	異	戴
94.	戶	房
95.	斤	斧
96.	手	摹
97.	扌（手）	打
98.	龵（手）	舉
99.	敕	整
100.	死	斃
101.	文	斐

編號	形符	形聲字例
102.	斗	斟
103.	㫃	旗
104.	方	旁
105.	a 日	昫
	b 日（甘）	旨
	c 日（白）	魯
106.	申	暢
107.	旦	暨
108.	曰	曷
109.	扶	替
110.	月	期
111.	月（肉）	肝
112.	肉	腐
113.	⿱夕𡈼	望
114.	木	杖
115.	林	楚
116.	欠	歌
117.	止	歷
118.	步	歲
119.	⿰止帚	歸
120.	歹	殃
121.	殳	毆
122.	𠂉（屮）	每
123.	民	氓
124.	毛	毫
125.	气	氛
126.	氵（水）	汀
127.	水	汞
128.	灬（火）	烈
129.	火	灸
130.	炎	緂

編號	形符	形聲字例
131.	爪	爬
132.	父	爸
133.	爾（冂／㸚）	爾
134.	嗇	牆
135.	片	版
136.	牛	物
137.	⿱冖牛	牽
138.	犭（犬）	狽
139.	犬	獻
140.	玉	璧
141.	王（玉）	玖
142.	玨（珡）	琴
143.	瓜	瓢
144.	瓦	瓷
145.	生	產
146.	男	甥
147.	马	甬
148.	a 田	畔
	b 田（甾）	畚
	c 田（囟）	毗
149.	亩	畝
150.	㐬	疏
151.	疒	瘋
152.	a 白	皎
	b 白（日）	的
153.	皮	皰
154.	皿	盂
155.	矛	矜
156.	矢	矩
157.	石	碘
158.	⿱王石	碧

編號	形符	形聲字例
159.	礻（示）	神
160.	示	禁
161.	禼	禽
162.	禾	稼
163.	[illegible]	稽
164.	穴	竀
165.	[illegible]	竊
166.	a 立	站
	b 立（辛）	童
167.	竹	笆
168.	二	竺
169.	馬	駐
170.	頁	預
171.	糹（糸）	糾
172.	糸	紫
173.	[illegible]	絕
174.	缶	缸
175.	冗（网）	罕
176.	罒（网）	罟
177.	罓（网）	罔
178.	羊	羚
179.	兮	羲
180.	羽	翡
181.	光	耀
182.	耒	耗
183.	耳	聆
184.	乑	聚
185.	聽	聽
186.	镸	肆
187.	聿	肄
188.	臣	臧

編號	形符	形聲字例
189.	臥	臨
190.	至	臻
191.	𦥑（舁）	與
192.	萑	舊
193.	舌	舐
194.	舍	舒
195.	舛	舞
196.	舟	艇
197.	𦰩（堇）	艱
198.	艹	芋
199.	虍	虞
200.	処	處
201.	业	虛
202.	虎	號
203.	亏	虧
204.	虫	螳
205.	鬲	融
206.	蚰	蠶
207.	行	衛
208.	奐	衡
209.	衣	袈
210.	衤（衣）	袖
211.	[illegible]（衣）	雜
212.	襾	覆
213.	見	覦
214.	角	觸
215.	言	訌
216.	[illegible]	詹
217.	谷	谿
218.	豆	豌
219.	臤	豎

編號	形符	形聲字例
220.	豐	豔
221.	豕	豪
222.	象	豫
223.	豸	貊
224.	貝	賂
225.	赤	赧
226.	走	赳
227.	𧾷（足）	蹬
228.	足	蹙
229.	身	躬
230.	車	轅
231.	辛	辜
232.	辶（辵）	返
233.	辵（辵）	徒
234.	酉	醬
235.	[illegible]	釁
236.	釆	釉
237.	里	野
238.	金	釦
239.	帛	錦
240.	門	閣
241.	隶	隸
242.	隹	雁
243.	隹	雅
244.	雨	雹
245.	巫	靈
246.	青	靛
247.	非	靡
248.	面	靦
249.	革	靶
250.	韋	韌

編號	形符	形聲字例
251.	音	韶
252.	頻	顰
253.	風	颸
254.	食	餌
255.	𠂉力	飭
256.	𠂉巾	飾
257.	香	馨
258.	骨	骷
259.	髟	鬆
260.	鬥	鬩
261.	鬼	魏
262.	魚	鯧
263.	共	龔
	共（丌）	巽
264.	鳥	鳩

編號	形符	形聲字例
265.	鹵	鹹
266.	麥	麵
267.	鹿	麋
268.	幺	麼
269.	黍	黏
270.	黑	黔
271.	黽	鼈
272.	鼓	鼛
273.	鼠	鼬
274.	自	自
275.	鼻	鼾
276.	齒	齷
277.	[illegible]	齒
278.	宮	營
279.	十	協

編號	形符	形聲字例
280.	厶	篡
281.	夸	匏
282.	厽	參
283.	彣	彥
284.	恣	懿
285.	𠫓	育
286.	男	虜
287.	止卩	卸
288.	乡阝	鄉
289.	丸	執
290.	舛	舜
291.	弜	弼
292.	旡	既
293.	向	嚮

二、常用形聲字形符結構分析

「形符結構」即傳統六書中的象形、指事、會意、形聲四種造字法。本節主要統計常用形聲字形符在此四種結構中的數量分布，以及各結構的構字能力，進一步瞭解形符構形結構的特點。進行統計前，首先需對本節計算的形符總數及形符結構判定作個說明：

1. 對於所統計的形符總數筆者作了調整，由於多體形符是由多個形符組成，無法對其進行結構分析，故不列入計算。此外，對於相同形符的多個變體（例如：心、忄、㣺），也沒有必要重複計算，因此計算為一個形符。此處所統計的形符總數為241。
2. 關於形符結構的判定，主要參酌《說文解字》[8]、《說文解字詁林》[9]、《甲骨文字詁林》[10]、《戰國古文字典》[11]等工具書，以及前人相關研究的成果，選擇合理可信者，來確立各形符的結構。

---

8 《說文解字》段注本，臺北：藝文印書館，2005年10月。

9 丁福保編纂，北京：中華書局，1988年4月。

10 于省吾主編，北京：中華書局，1996年5月。

11 何琳儀著，北京：中華書局，1998年9月。

現行常用形聲字形符結構的分佈情形統計如下表：

常用形符結構統計表

編號	結構	形符數	百分比	形符
1	象形	132	54.77%	尢、亯（高）、亻（人）、女、夊、儿、目、冃、冖、冫、几、刀、力、勹、匕、匚、卜、卩、厂、丵、又、口、壴、囗、土、兀、士、老、夕、大、子、宀、攴（攴）、卵、尸、米、山、工、阝（阜）、巾、干、弓、彡、彳、心、夂、戈、戌、戶、斤、手（扌）、文、斗、㫃、日、申、月、⺼（肉）、木、止、歺（歺）、屮（中）、毛、气、氵（水）、灬（火）、爪、牛、犭（犬）、王（玉）、瓜、瓦、马、田、白、皿、矛、矢、石、礻（示）、咼、禾、穴、竹、馬、頁、糸（糸）、缶、罒（网）、羊、羽、耳、镸（長）、臣、舌、舟、虍、丘（丘）、虎、虫、鬲、行、衤（衣）、角、豆、豕、象、豸、貝、⻊（足）、身、車、辛、酉、門、隹、雨、革、鬼、魚、鳥、卤、鹿、幺、黽、鼠、自、㓞、去、丸、𠂤、尾（尾）
2	指事	13	5.39%	一、寸、廴、曰、片、二、襾（西）、言、面、音、尺、十、匸
3	會意	67	27.80%	北、血、卯、半、吅、多、邑、广、延、廾、異、死、旦、㚘、林、欠、步、殳、民、炎、父、嗇、玨、生、男、㐬、疒、皮、立、兮、光、耒、㐺（众）、聿、臥、至、臼（舁）、隺、舍、舛、茣（堇）、艹（艸）、処、蚰、見、谷、豐、赤、走、辶（辵）、采、里、隶、頻（瀕）、食、香、骨、髟、鬥、共、黍、黑、厶、[illegible]（[illegible]）、弜、旡、向
4	形聲	20	8.30%	叀（橐）、旨、[illegible]（㝱）、屵、思、叚、帛、青、韋、風、麥、鼓、鼻、齒、宮、夸、㐱、杀（殺）、悤、[illegible]（履）
5	其他	9	3.73%	乙、八、立、亏、巫、非、厶、金、丙
	總計	241	100%	

由上表我們可以清楚看到在241個形符中，屬於象形結構的形符共132個，約佔總數的一半以上，其構字數高達3,072字，佔形聲字總數的78.03%。會意結構的形符雖然也多達67個，雖佔形符總數的四分之一，但其構字數僅534字，佔形聲字總數的13.56%，遠低於象形結構的形符構字能力。指事及形聲結構的形符數分別為13、19個，所佔形符總數分別為5.39%、8.30%，組字數亦僅89字。由此可知，常用形聲字的形符結構是以

獨體的象形結構為主，組構了將近80%的形聲字。這與常用聲符主要是由合體的會意、形聲二結構組成（見第一章），有著明顯的差異。

三、常用形聲字形符構字能力

所謂「構字能力」，是指形符組構形聲字的能力。所組構字數越多，構字能力越強；反之越弱。經由統計，可知293個常用形符中，構字能力最強的形符可組構251個形聲字，最弱的僅組構1個形聲字。筆者將293個常用形符的構字能力由弱至強整理如下：

常用形符構字能力統計表（見附表七）

構字能力	形符數	所構字數
1	126	126
2	39	78
3	17	51
4	10	40
5	14	70
6	5	30
7	2	14
8	5	40
9	5	45
10	3	30
11	7	77
12	4	48
13	3	39
16	3	48
18	1	18
19	1	19
20	2	40
21	1	21
22	2	44
23	3	69
25	1	25
26	1	26
29	2	58
30	3	90
31	1	31
33	1	33
34	1	34
35	2	70
37	1	37
40	1	40
41	1	41
47	1	47
48	1	48
49	1	49
50	1	50
51	1	51
52	1	52
53	1	53
57	1	57
62	1	62
65	1	65
74	1	74
80	1	80
84	1	84
88	1	88
92	1	92
93	1	93
95	1	95
104	1	104
118	1	118
158	1	158
169	1	169
170	1	170
196	1	196
199	1	199
251	1	251
總計	293	3,937

根據上表我們可以清楚看到形符的數量與構字能力成反比，構字能力越低的形符，數量

越多。構成形聲字數低於3的形符共有182（126＋39＋17）個，約佔總數的62.12%，這與構字數低於3的聲符佔總數的70%相差無幾。這說明在常用形符和聲符系統中存在大量的構字能力疲弱的形符及聲符。但不同的是最強形符的構字數卻高達251字，其構字能力是最強聲符（組構18字）的14倍。構字數在20字以上的形符共48個，數量雖少，但卻組構3,164個形聲字，佔形聲字總數的80.36%強。雖然在常用形符有高達62.12%的形符構字數未超過3字，但是卻有16.38%的形符構字數在20字以上，且構字能力十分強大。由於構字能力較強的形符構字數量龐大，因此使得常用形聲字的形符數僅有293個，遠低於聲符數的1,263個，二者的比例為1:4.3[12]。而二者數量上的差異也致使二者平均構字數產生明顯的差距：

字符	字符數量	平均構字數（字符數／形聲字總數）
形符	293	13.44字
聲符	1,263	3.11字

由上表可知形符的平均構字數為13.44字，而聲符則僅有3.11字。再次顯示了形符的構字能力遠高於聲符的事實。

四、常用形聲字形符表義能力——以形符「心」為例

前面二節討論了常用形符結構的組成內容及其構字能力。緊接著探討常用形符的表義功能。關於現代形聲字形符表義能力，大陸已有許多論著對簡化字形符進行統計分析，統計內容主要分為兩部分：一是形符的有效表義率，約為83%~86%之間[13]；一是形符的總體表義度，約在43%~44%之間[14]。下面將此課題具有代表性的研究作一簡單的介紹：

1. 施正宇〈現代漢語形聲字形符表義功能測查報告〉將形符的表義能力等級分為不表義及有效表義二類。而有效表義又分為 A 間接表義（見字而知其義）、B 直接表義（義符有提示作用）。將有效表義的形聲字數除以形聲字總數，再乘上100%，統計出簡化字常用形符的有效表義率為83%[15]。
2. 康加深〈現代漢語形聲字形符研究〉一文，根據形符義和字義的關係，將形符表義分為三個等級，分別為形符完全表義、基本表義、不表義三級。各級字數及所佔百

12 萬業馨亦曾論及簡化字在不同字集中形聲字形符數與聲符數的比例約為1:5。《應用漢字學概要》（北京：商務印書館，2012年12月），頁253。

13 所謂「有效表義率」即指形符表義的形聲字在形聲字總字數中所佔的百分比。

14 所謂「總體表義度」是指形符在個別形聲字中的表義程度。

15 施正宇〈現代漢語形聲字形符表義功能測查報告〉《北京師範大學學報》1992年，增刊。

分比如下表[16]：

形符表義度級別	數量	百分比
完全表義	47	0.83%
基本表義	4838	85.92%
不表義	746	13.25%

（完全表義、基本表義）→有效表義率

並根據此表將完全表義的形符表義值算1分，基本表義的算0.5分，不表義的算0分。將上述的表義值套用下列的運算公式：

$$\frac{\text{完全表義}+\text{基本表義}\div 2}{\text{形聲字總數}}\times 100\%$$

計算出簡化字形聲字形符總體表義度為43.79%[17]。

3. 呂菲《現代形聲字意符表義研究》則將2,415個形聲字形符表義程度分為六個不同的等級，每個等級都給予不同的表義分值：

（1）同義：1分

（2）近義、種類、整體與部分：0.8分，例：少、椽、趾。

（3）相關：0.6分，例：咬、瞪。

（4）涉及：0.4分，例：喧。

（5）曲折相關：0.2分，例：絢。

（6）無關：0分，例：德[18]。

再依據此六種表義關係的分值計算出形符表義能力的總分值為1083.3。再利用下列的運算公式：

$$\frac{\text{各類表義情況的得分總值（1083.3）}}{\text{形聲字總字數（2415）}\times 100\%}\times 100\%$$

計算出簡化字形符的表義度為44.87%[19]。

以上三家對簡化字形符的總表義度的統計各有側重，分別計算出了形符的有效表義率及總體表義度。其中康加深及呂菲統計的形符總體表義度分別為43.78%及44.87%，數值雖然十分接近，二家的運算方式大致相同，不同的是對於形符表義的分

16 引自《對外漢字教學研究》，頁206。

17 引自《對外漢字教學研究》，頁206。

18 引自《現代形聲字意符表義研究》，頁20-24。此六類是作者利用義素分析法對意符義和字義進行對比，分析後所確定的意符義及字義的關係。

19 《現代形聲字意符表義研究》，頁27。

級有著較大的差異。就二者的分級來看，呂菲的分級雖然較康加深的來得細緻，我們知道形符義和形聲字義的關係十分複雜，是否適合過細的分級，仍需要討論。以同從形符「心」的愁、憫、慾、恭四字為例，四字字義：愁主要義項有憂愁、憂慮、悲傷意（發自於心的情感）；憫字主要義項有憐恤、哀憐意（發自於心的情感）；慾字主要義項為慾望、嗜慾意（由心而生的一種意志）；恭字主要義項為肅敬、恭敬意（由心而生的一種品行）。以上四個從形符「心」的形聲字，字義分別為由心所展現出來的情感、意志、品行等，都與形符「心」的意義相關，但要判斷四形聲字義與形符義是屬於相關、涉及，抑或是曲折相關，就十分困難了。因此，康加深認為形符表義的分級「宜粗不宜細」，因為我們很難為形符義和字義之間關係的緊密程度制定客觀的標準[20]，這是很有道理的。承此，本文對於正體字形符表義能力中的總體表義度的分析方式，基本上依循康加深將形符表義的程度分為完全表義、基本表義及不表義三級。形符義只要與形聲字義相關，而又非完全表義的，即歸為形符基本表義一類。

本節針對正體字形符的表義能力作一初步的分析，以常用形聲字的形符「心」為例，探討形符「心」在其所構成的形聲字字義中的表義範疇。這裡從3,937個形聲字中整理出從形符「心」的形聲字共149字[21]，而形聲字字義的確定則依據《漢語大字典》[22]及「教育部重編國語辭典修訂本」[23]。以下即針對形符「心」所呈現的表義範疇進行歸納分析：

初步分析這149個形聲字字義，發現形符「心」在其所構成的形聲字義中的表義範疇，有以下幾種義類：

---

20 參《對外漢字教學研究》，頁203。

21 常用字的心部字共158字，因本文討論的形聲字故須將會意字愣、悉、慶、懿、憩、意、惠6字扣除。此外，愛、憂二字雖原屬於形聲字：愛字，《說文・夊部》:「行皃。從夊，炁（㤅）聲」；憂字，《說文・心部》:「和之行也。從夊，憂（㥑）聲。」由此知愛、憂二字字義原與「行」義有關，所從的部件「心」則屬於聲符的一部分。而因今天字義轉移為情愛、憂慮意，導致二字今義與形體中的部件「心」產生聯繫。但從結構的源流來看，愛、憂二字的部件「心」並非形符，故本文亦將二字排除。

22 漢語大字典編輯委員會《漢語大字典》，四川辭書出版社、湖北辭書出版社，1986年10月第一版。

23 中華民國教育部「教育部重編國語辭典修訂本」http://dict.revised.moe.edu.tw/

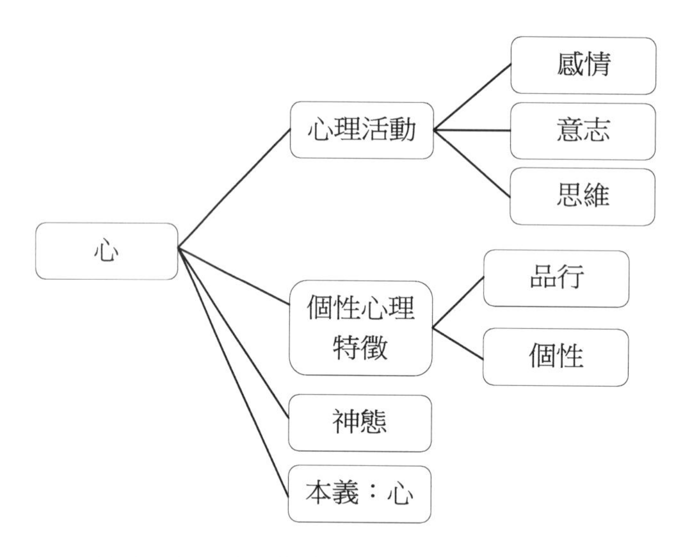

由上圖可知，常用形聲字的形符「心」的表義範疇主要包含心理活動、個性心理特徵、神態、本義四大範疇。其中，心理活動中的感情，指的是心理的感受及由心所發出的情緒，而思維則包含思考、思念、理解三小類。神態則是指由內心狀態所展顯出來的神情和態度。149個從「心」形聲字中，怎（代詞）、恢（恢復）、憲（法令）、應（應當、應允）、您（代詞）、惹（招引）、恙（疾病）七字的現代字義已與形符「心」無涉；懲（懲罰）、愈（病情好轉），二字字義與形符「心」在意義的聯繫較遠[24]。故將上述九字排除，不列入討論。下面，筆者將140個從「心」形聲字，依據現代字義，歸納分析出形符「心」所表示的意義範疇：

形符「心」意義範疇表

形符義類			**形聲字例**		
心理活動	感情	正面	快、愉、悅、慈、慕、戀、恩、恤、憐、憫、惜、愜、恕、慇	14	106
		負面	悽、悲、惻、愁、愴、慟、悽、悼、忿、怒、慍、悻、憤、惱、愾、慨（憤慨）、怨、恨、憎、悵、惆、惘、惋、悔、懊、懺、懼、憚、怵、怖、怕、恫、悚、恐、惶、慄、懍、怯、忌、患、惴、悄、慚、愧、忝、恥、悶、懣、愕、怔、怏、憾、忙、急、慌、憧、惑、悖、懵、惚、恣（放縱）、忍、怪（責備）、恃（依賴）、憑（依賴）、**慣***（縱容）	66	
		中性	情、感	2	

---

24 懲字義為懲罰，懲罰的目的在使心向善，愈字義為病情好轉，病情好轉則心情亦好轉。

<table>
<tr><th colspan="3">形符義類</th><th>形聲字例</th><th></th><th></th></tr>
<tr><td rowspan="4"></td><td>意志</td><td></td><td>志、慾、愿、慫、恰（適當）</td><td>5</td><td rowspan="4"></td></tr>
<tr><td rowspan="3">思維</td><td>思考</td><td>忖、思（思考）、慮、想*（思考）、惟（思惟）、念
忘、忽</td><td>8</td></tr>
<tr><td>思念</td><td>憶、懷、懸、惦、思*（思念）、念、想*（想念）</td><td>7</td></tr>
<tr><td>理解</td><td>悟、懂、恍、憬</td><td>4</td></tr>
<tr><td rowspan="5">個性心理特徵</td><td>品行</td><td></td><td>忠、忱、懇、恭、恪、悌、慎、惕、恆</td><td>9</td><td rowspan="5">25</td></tr>
<tr><td rowspan="3">個性</td><td>正面</td><td>慧、愿</td><td rowspan="4">16</td></tr>
<tr><td>負面</td><td>愎、懦、愚、慢（傲慢）、怠、惰、懶、懈、悍、慘、
惡、慝（邪惡）</td></tr>
<tr><td>中性</td><td>性（本性）、慣*（習性）</td></tr>
<tr><td rowspan="3">神態</td><td colspan="2">正面</td><td>悠、怡、恬</td><td colspan="2" rowspan="3">9</td></tr>
<tr><td colspan="2">負面</td><td>憔、悴、憊、愀、惺</td></tr>
<tr><td colspan="2">中性</td><td>態</td></tr>
<tr><td>本義</td><td colspan="2">心</td><td>悖、息、慰</td><td colspan="2">3</td></tr>
</table>

＊ 慣、想、思三字因具二種不同意義而重出，以粗體表示。

首先，透過上表我們可以很清楚的看到，形符「心」在形聲字義中所表意義的範疇，有以下幾個特點：

1 「心」在漢民族的感知中有著重要的地位，主導人類的感情、意志、思維、品行、性格、行為等。

2. 形符「心」的所表示的義類，以心理活動為主，在143個形聲字中有106字的字義屬於心理活動的範疇，佔74.13%。

3. 其中，形符「心」在表示感情義類的形聲字中，見大量的用以表示心理負面的感受及情緒，包含了悲傷、憤怒、怨恨、煩悶、失意、恐懼、悔恨、憂慮、驚訝、不滿、不安、迷亂等感情，顯示了漢民族對負面感情的深刻體會。

4. 形符「心」用以表示本義的形聲字，在常用字中僅三見，分別為悖，心跳動；息，氣息，氣息源自心臟[25]；慰，撫慰心靈。

其次，再來看形符「心」的表義能力，就有效表義度（形符表義的形聲字在形聲字總字數中的比例）而言，在149個從形符「心」的形聲字中，扣除9個與「心」義完全無涉及聯繫較遠的形聲字，有高達140字的現代字義直接、間接的與其形符「心」有意義

25 《說文・心部》息字段玉裁注：「心氣必从鼻出」。

上的聯繫，佔93.96%強。顯示形符「心」的在常用形聲字中仍然有著極高的表義能力。

再看總體表義度（形符在個別形聲字中的表義程度），此處將形符「心」和形聲字義關係分為完全表義、基本表義及不表義三級，由形符「心」所組成的形聲字在各級表義度字數如下表：

形符表義度級別	字數
完全表義	0
基本表義	140
不表義	9

三種表義度的表義值依序為完全表義1分、基本表義0.5分、不表義0分，將此完全表義及基本表義的表義值及形聲字數進行運算：

$$\frac{(\text{完全表義形聲字數}\times 1)+(\text{基本表義形聲字數}\times 0.5)}{\text{形聲字總數}}\times 100\%$$

$$\frac{0\times 1+140\times 0.5}{149}\times 100\%=46.97\%$$

透過上列的運算，可知形符「心」的總體表義度為46.97%，也就是說形符「心」在其構成的每一個形聲字中的表義度約有46.97%強。

綜上所述，我們可以透過對形符「心」表義的情況來一窺正體字中常用形符的表義能力，我認為在常用形聲字中應有高達九成左右的形聲字形符是具有表義能力的，而單一形符在個別形聲字中的表義度則在五成上下。

五、常用形聲字形符的變形、省略及混同現象

在第二章我們清楚掌握了現代常用聲符在漢字的發展過程，產生位變、形變及省略等三種結構形體上的變化，導致部分形聲字的聲符失去了原有的面貌，難以辨識。以同樣角度檢視常用形符，我們可以透過常用形符表看到293個形符中有部分形符的形體也喪失了原來的面貌，與聲符有著相同情形。仔細審視這些形符，會發現其形體也存在變形、省略及混同的三種現象，讓現代形符的組成內容變得複雜。現將這三個現象論述於下，以清楚呈現形符形體變化發展的軌跡。

（一）形符變形

「形符變形」乃指形聲字的形符由小篆發展至隸楷，形體產生變化而喪失原貌。產生形變的原因有：

1. 形符在形聲結構中因位置不同而變形

漢字是方塊文字，其結構要求方正、四平八穩。因此，為了維持方塊結構、方正美觀的要求，漢字往往會改變其組成部件的形體。有部分形符即在此一原則下，隨著在形聲結構中所處位置的不同而改變了形體，形成了所謂的變體形符[26]。如：

形符	變體	字例	構字數	形符	變體	字例	構字數
人	亻	伴	171	糸	糹	紅	96
刀	刂	劃	29	水	氵	汗	246
	⺉	辨	1	火	灬	煮	12
心	⺗	忝	3	犬	犭	狐	36
	忄	悟	93	示	礻	祈	23
手	扌	拍	200	网	冗	罕	1
	龵	奉	2		罒	署	5
衣	衤	袍	28		罓	罔	1
邑	阝	郊	22	辵	辶	運	79
	巳	巷	1	阜	阝	陽	44
卩	㔾	卷	1				

由上表可知現代楷書這類變體形符共21個，因處於形聲字的左右兩側位置而變形的有13個，分別為亻（人）、刂（刀）、⺗（心）、忄（心）、扌（手）、衤（衣）、阝（邑）、糹（糸）、氵（水）、犭（犬）、礻（示）、辶（辵）、阝（阜），所構字共1,067字；因處於形聲字上下或中間部位而變形的有8個，分別是⺉（刀）、龵（手）、巳（巷）、㔾（卩）、灬（火）、冗（网）、罒（网）、罓（网），所構字共27字。

2. 形符因隸變造成的變形

部分形符從小篆發展至隸楷，因受書寫方向的改變，以及筆順規則的確立，而產生

---

26 「變體形符」一詞見康加深〈現代漢語形聲字研究〉一文，康文針對《現代漢語通用字表》（7,000字）所收形聲字的形符的變體也作了整理。見趙金銘主編《對外漢字教學研究》，頁197-198。

變形的情形[27]。如：

形符	變形	字例	構字數
大	土	去	1
出	土	賣	1
㒸	𠂎	舜	1
屮	𠂉	每	1

以上4個形符的變形，形體變化劇烈，完全無法辨識其原本形符的樣貌，同時也失去了表義能力，成為了記號部件[28]。

3. 形符因與形近部件相混而造成變形

部分形符因與另一部件形體相近而變形為該部件，造成混用。例如：

形符	變形	字例	構字數
夭	大	奔	1
木	大	奈	1
甘	日	旨	1
日	白	的	1
舟	月	朕	2
丹	月	青	1
肉	月	肝	80
襾	西	覆	1
攴	支	鼓	1
囟	田	毗	1
甾（𡿧）	田	畚	1
丌	共	巽	1
丮	丸	執	1

以上13個形符與變形後的部件在形體上十分相近，其中的襾、攴、囟、甾、丌、丹、丮7個形符均為罕用部件，而變形為較常用的西、支、田、月、丸部件，減少了學

27 參萬業馨《應用漢字學概要》，第四章〈隸變以後漢字的發展變化〉，頁134-147。

28 「記號部件」乃指漢字在發展過程中，部件因形體的演變而喪失表形、表義、標示及示音的構意功能，與整字在意義和讀音均無聯繫。可參王寧《漢字構形學講座》（三民書局，2013年4月），頁104-105。

習過程中罕用冷僻形符的學習數量。

（二）形符省略

形符省略指形符部件或筆畫的減省，主要仍是為維持漢字方塊結構所作的一種調整方式，亦即《說文》的「省形」。現代常用形聲字形符省略的例子遠低於聲符省略例，筆者從293個形符中整理出8組形符省略例，共9個形聲字，列述如下：

1. 高（高）

亭，小篆作「」，《說文・高部》：「民所安定也。从高省，丁聲。」

2. 虫（橐）

囊，小篆作「」，《說文・橐部》：「橐也。从橐省，襄省聲。」

3. 耂（老）

考字，金文作「」集成4206，小篆作「」。《說文・老部》：「老也。从老省，丂聲。」

4. ⿸尸彳（履）

屐字，小篆作「」，《說文・履部》：「屩也。从履省，支聲。」

5. 杀（殺）

弒字，小篆作「」。《說文・殺部》：「臣殺君也。《易》曰：『臣弒其君』。从殺省，式聲。」

6. ⿵𦥑冂（爨）

釁字，小篆作「」。《說文・爨部》：「血祭也。象祭竈也。从爨省，从酉，酉所以祭也。从分，分亦聲。」

7. 頻（瀕）

顰字，小篆作「」。《說文・瀕部》：「涉水顰蹙。从顮，卑聲。」段注：「今文作顰。」

8. 𤕫（㝱）

寐字，小篆作「寐」。《說文・㝱部》：「臥也。从㝱省，未聲。」

寤字，小篆作「寤」。《說文・㝱部》：「寐覺而有信曰寤。从㝱省，吾聲。」

以上9個形聲字的形符的省略，其中除了「顰」字的形符「頻」是至隸楷階段才省略了部件「水」之外，其他7個形符均在小篆階段就已完成省略了。

（三）形符混同

現行常用形聲字的形符往往因形體變形，而造成與其他部件混同的現象。前述「形符變形」例中有因與形近部件相混而造成變形的形符，此處亦一併討論。由293個形符中，共整理出11組形符混同例。逐條論述於下：

1. 士－士（出）

賣，小篆作「賣」。《說文・𣎵部》：「出物貨也。从出，从買。」段注：「韵會作買聲。則以形聲包會意也。」邵瑛《群經正字》：「今經典作賣，隸省[29]。」賣的形符「出」隸變為「士」，與形符「士 shì」相混。

2. 土－土（大）

去，小篆作「去」。《說文・去部》：「人相違也。从大，凵聲。」所从去字形符本作「大」，隸變為「土」，與形符「土 tǔ」相混。

3. 日－日（甘）

旨，小篆作「旨」。《說文・旨部》：「美也。从甘，匕聲。」邵瑛《群經正字》：「今經典作㫖，亦或作旨，變从甘為日，此亦隸譌[30]。」旨字所从形符本作「甘」，隸變為「日」，與形符「日 rì」混同。

4. 大－大（夭）－大（木）

奔，小篆作「奔」。《說文・夭部》：「走也。从夭，賁省聲。」

---

29 丁福保編纂《說文解字詁林・出部》（北京：中華書局，1988年4月），頁6333。

30 《說文解字詁林・旨部》，頁5097。

奈，小篆作「𣎵」。《說文・木部》：「果也。从木，示聲[31]。」

奔字形符本作「夭」、奈字形符本作「木」，至隸楷均變形為「大」，與形符「大 dà」混同。

5. 月－月（舟）－月（丹）－月（肉）

朕字，小篆作「𦨯」。《說文・舟部》：「我也。闕。」段注：「按：朕在舟部，其解當曰舟縫也。从舟，灷聲。」邵英《群經正字》：「《石經》作朕，經典相承，隸省作朕[32]。」

青字，小篆作「青」。《說文・青部》：「東方色。木生火。从生丹。凡青之信言必然。」孔廣居《說文疑疑》：「丹，青類也。故青从丹，生聲[33]。」

朕字形符本作「舟」，青字形符本作「丹」及肉字處於偏旁時，均隸變為「月」形，與形符「月 yuè」混同。

6. 田－田（囟）－田（甾）

毗字，小篆作「𣬈」。《說文・囟部》：「人臍也。从囟，囟，取气通也，比聲。」《集韻・脂韻》䚡毗字條：「隸作毗[34]。」

畚字，小篆作「𢍸」。《說文・甾部》：「𦉥屬，蒲器也。所以盛糧。」朱駿聲《說文通訓定聲》：「今字作畚[35]。」

毗字形符本作「囟」，畚字形符本作「甾」，均隸變為「田」形，與形符「田 tián」混同。

7. 白－白（日）

的字，小篆作「旳」。《說文・日部》：「旳，明也。从日，勺聲。」朱駿聲《說文通訓定聲》：「俗字作的，从白[36]。」「的」字形符本作「日」，隸變為「白」，與形符「白 bái」混同。

31 何琳儀認為「柰」為祟之初文。其云：「《說文》㰠或體作款（八下八），隸篆文作隸（三下十一），均其佐證。故㮏、𣪠、柰、奈、祟實則一字之省變。……柰雖祟之初文，然或用為『果木名』，故音轉為『奴帶切』。」《戰國古文字典》（北京：中華書局，1998年9月），頁945。

32 丁福保編纂《說文解字詁林・舟部》，頁8592-8593。

33 《說文解字詁林・丹部》，頁5283。

34 教育部「教育部異體字字典」http://dict2.variants.moe.edu.tw/variants/rbt/word_attribute.rbt。

35 《說文解字詁林・甾部》，頁12464。

36 《說文解字詁林・日部》，頁6771。

8. 阝（邑）－阝（阜）

形符「邑」位於形聲字右側時形變為「阝」，形符「阜」位於形聲字的左側時形變為「阝」，二者成為同形形符。然因所處位置呈互補分佈，可透過結構位置來加以區別，而不致訛混。

9. 王（玉）－王（主的形符）

主字，小篆作「主」。《說文・丶部》：「主，鐙中火主也。从𡈼，象形；从丶，丶亦聲。」主字形符「𡈼」，象燈座形，隸變為「王」，與形符「王（玉）yù」成為同形形符。

10. 共－共（丌）

巽字，小篆作「巽」。《說文・丌部》：「具也。从丌，𢀩聲。」段注：「許云具也者，𢀩之本義也。𢀩今作巽。」巽字的形符本作「丌」，形變為「共」，與形符「共 gòng」混同。

11. 立－立（䇂）

童字，小篆作「童」。《說文・䇂部》：「男有辠曰奴，奴曰童，女曰妾。从䇂，重省聲。」小篆「童」因隸楷部件離析而致使「䇂」變為「立」，與形符「立 lì」混同。

六、結論

本章針對臺灣常用形聲字中的293個形符，探討常用形符的表義範疇、表義能力、形符結構及構字能力，最後探討了在漢字發展過程中形符結體所產生的形變、省略及混同三種現象。主要的研究成果有：

1. 具體統計出常用形符的總數為293。
2. 清楚認識現行常用形符結構是以獨體的象形結構為主，組構了將近80%的形聲字。
3. 具體呈現常用形符的構字能力。雖然有高達182（62.12%）個形符構字數未超過3字，但是構字能力最強的形符卻可組構251個形聲字。而有48（16.38%）個形符構字數在20字以上，共組構80.36%的形聲字。
4. 揭示了常用形符「心」表義範疇的特點。形符「心」所表示的義類，以心理活動的感情類為主，而且大量用以表示負面感情。

5. 透過對形符「心」表義度的分析，概括的掌握了現行常用形符的有效表義度約 90%；而總體表義度約47%。
6. 詳細討論了存在於現行常用形符結體中的形變、省略及混同三種現象。

希望經由以上的研究成果，能讓我們對現行常用形聲字形符的組成及應用有更深入的了解，同時為臺灣漢字教學提供一份可資參考的形符資料。

第四章
形聲字形音兼用部件分析

形聲字是由一批有限的形符和聲符組合而成的，形符提示形聲字的字義，聲符提示形聲字的讀音。然而，作為形符的部件[1]，是否兼用為聲符？作為聲符的部件，是否兼用為形符？這個問題，有學者已嘗試提出解答，漢字部件在用作表義的形符和表音的聲符時確實存在著明顯的分工，而且這樣的分工在小篆系統中就已經出現了。李國英曾針對小篆形聲字中高頻義符[2]進行研究分析，指出小篆的「高頻義符有功能單一化」的分工情形[3]，即指構字能力極強形符絕少或罕用作聲符。此種分工現象在漢字發展過程中一直延續到現代漢字[4]。以臺灣的常用3,937個形聲字為例，組成3,937個形聲字的聲符共

1　本章的「部件」指組成形聲字的形符及聲符，此一概念來自於萬業馨的《應用漢字學概要．七漢字特點與部件教學》一章，萬認為在漢字教學中「部件」不宜過度切分，其舉「湖」字為例，部件的拆分應拆至形符「氵」和聲符「胡」即可，因為部件「氵」和「胡」分別從音義兩分面和「湖」字產生聯繫，分別提示者「湖」字的音義。如將強拆為「氵」、「十」、「口」、「月（肉）」四個部件，對於「湖」字而言「十」、「口」、「月（肉）」都是記號，在漢字教學中「十」、「口」、「月（肉）」三個部件的音義只會起干擾作用，應該予以排斥。因此萬業馨認為根據漢字主要使用意符和音符（筆者案：即形符和聲符）這一客觀事實，為幫助識記漢字的全貌，漢字教學所用的部件應界定在字符這一層次，即部件可與意符音符相對應，部件教學即字符教學（頁249-250）。根據萬業馨的論述，本章所討論的「部件」即限定在組成形聲字的形符和聲符。

2　高頻義符即指構字量高於義符平均的構字量21.78（小篆378個義符構成8,233個形聲字，平均一個義符構成21.78個形聲字）個，小篆的高頻義符共72個。說見李國英〈論漢字形聲字的義符系統〉（《中國社會科學》，1996年3期），頁191-192。

3　李國英《小篆形聲字研究》以小篆中的8,233個形聲字為統計對象，統計分析出378個義符，1,670個聲符。再從378個義符中挑出高頻義符72個，進而探討這72個高頻義符是否同時兼用為聲符？透過比較72個高頻義符作為義符及作為聲符時的構字數，發現其中有19個高頻義符只作義符不作聲符；有11個義符，在用作聲符時，構字數僅1個；有7個義符在作為聲符時構字數僅2個。而這37個高頻義符在用作義符時的總構字數為3,901，佔形聲字總數的47.37%；在用作聲符時的總構字數為25，佔形聲字總數的0.03%。此外，這72個高頻義符在單純作為義符時的總構字數為7,151個，佔形聲字總數的86.86%；而在用作聲符時的總構字數為253個，佔形聲字總數的0.31%。根據以上數據顯示在小篆系統中用作高頻義符的部件罕作為聲符使用，呈現了「高頻義符有功能單一化」的現象。

4　萬業馨在《應用漢字學概要》曾對現漢字字符4的表義、表音職能分工現象進行過分析。針對《漢語水平詞彙與漢字等級大綱》（北京語言學院,1992）中所收2,001形聲字加以統計，她分別比較了意符構字數前15位和後5位，以及音符構字數在前8位和最後3位。她認為「**漢字的結構組成是有自己的規律的，組成漢字的成分各司其職。**」詳見頁254-260。

有1,263個，形符共有293個[5]。其中有1,122個聲符不兼作形符，例如「各」、「莫」、「包」、「者」等；有151個形符不兼用作聲符，例如「扌（手）」、「氵（水）」、「犭（犬）」、「牛」、「疒」等。此數據說明了現代漢字的部件在被挑選擔任形符或聲符時確實存在著角色分工的情形。也就是說，用作形符的漢字部件，原則上不用作聲符；反之亦然。萬業馨曾說：

> 現行漢字中保留下來的音符、意符之間涇渭分明的自然分工……這種分工的保留與延續，說明它確是人們所能接受和需要的[6]。

這樣的分工之所以為人們接受和需要，正是因為形符和聲符的明確分工有利於漢字的學習與認知。對於一個專用於形符或聲符的部件，當我們知道這個部件在一個形聲字中具表義或表音的功能時，我們就可以推論它在其他形聲字中的功能，這使我們在面對龐大數量的形聲字時，能系統而有效的識讀與記憶。既是如此，漢字部件的分工，應該清清楚楚，截然二分：充當形符的部件，不兼用作聲符；充當聲符的部件，不兼用作形符。然而，檢視現代漢字的形符和聲符，事實上作為形符和聲符的漢字部件卻仍存在一定數量的兼用部件[7]，例如：「文」這個部件，在「斐」字中是形符，而在「雯」字中是聲符；又如「父」作為部件，在「爸」字中是形符；在「斧」字中是聲符。面對這類兼用部件時，當我們知道某個部件在一個形聲字擔任形符或聲符，卻不一定能有效而準確的判斷它在另一個形聲字中的功能。這種兼用部件會對漢字的認知產生干擾，不利於漢字的學習。因此，我們有必要對漢字中的這種兼用部件有一個完整而具體的掌握。但在歷來研究多集中於漢字職能分工的探討，而忽略對兼用部件的整理[8]，故而本章嘗試對臺灣常用字中形、音兼用的部件加以分析，希望能對常用形聲字中兼用部件的組成內容和使用情形有一具體的瞭解。

一、形音兼用部件總數

本節針對臺灣常用形聲字中的293個形符及1,263個聲符，根據以下的標準進行分析，進而整理出臺灣常用形聲字中的兼用部件。首先，將各標準說明如下：

---

5 參本書第一章〈常用形聲字聲符研究〉、第三章〈常用形聲字形符研究〉。

6 萬業馨《應用漢字學概要》（北京：商務印書館，2012年12月），頁257。

7 有學者稱作「兩用偏旁」，見林濤〈兩用偏旁初析〉，《語文建設》，1994年第10期。

8 對現代漢字兼用部件的整理，除了前註提到林濤〈兩用偏旁初析〉一文外，僅見王平《韓國現代漢字研究》（北京：商務印書館，2013年7月）第五章「韓國考級用漢字基本字」中所展示的「79個示音義基本字的構字頻率及生字種」一表，頁320-324。

（一）兼用部件擔任形符時，因變形而與擔任聲符時形體不同，例如：「虛」字，從丘，虍聲，形符「丘」作「业」，相對於「蚯」字，从虫，丘聲，聲符作「丘」，「业」和「丘」雖是同一部件，但在楷書中擔任形符及聲符時形體已彼此迥異。這類兼用部件，並不會對漢字的學習與認知造成干擾，也就是說，當學習者學習了「蚯」之後，「丘」的讀音和意義不會造成學習或識讀「虛」字的干擾。因此，本章並未將此類部件列入統計與討論。

（二）某部件在擔任形符或聲符時，因變形而與另一個擔任聲符或形符的部件混同。例如：「𠯑guā」部件在楷書中擔任聲符時均變形為「舌」，字例有括、話、颳、刮、活，而與擔任形符的「舌 shé」混同了。相同的例子尚有：攵、支二部件。「攵 pū」是充當形符的部件，形體來自於「攴」，小篆作「攴」，義為「小擊也」，字例有孜、收、攻、政、故、效、救等字。而「玟」字中的聲符「攵」，則是「文」的變形。如此，玟字所從的聲符「攵（文）」便與上引用作形符的「攵（攴）」混同了。另外，「支」是充當聲符，小篆作「支」，字例有吱、妓、岐、技、枝、歧、肢等字。而「鼓」字作為形符的「支」，實為「攴 pū」的變形。如此，「鼓」字所從的形符「支（攴）」便與上引用作聲符的「支」混同。這類在楷書中的同形部件，形體已經混同，因此，文中將這類部件一併列入統計與討論。

（三）形符及其變體均為兼用部件者，例如：「刀」為兼用部件，用作形符時的字例如「剪」，作為聲符時的字例有「召」；其變體「刂」亦為兼用部件，作為形符的字例如「判」，用作聲符的字例有「到」。這類兼用部件在常用形聲字中僅此一見，雖然「刂」是「刀」的變體，二者屬於同一部件，但在楷書形體已迥異。此處依據楷書形體的差異，同時為清楚呈現每一個不同形體兼用部件使用情形，因此，將「刀」、「刂」分別統計。

筆者根據上述三項標準統計常用字中形音兼用部件共141個，分別為：

乙、亯（高）、亻（人）、女、北、目、冃、寸、冫、几、刀、刂、力、匕、卜、𠳋（㠯）、卩、血、厂、半、口、壴、旨、尺、囗、土、士、老、夕、多、大、子、八、尸、米、山、工、杀（殺）、弓、彡、心、思、戈、戊、異、戶、斤、文、斗、申、旦、⺼（肉）、木、林、欠、止、歹（歺）、殳、民、毛、气、火、炎、爪、父、畓、王（玉）、瓜、生、田[9]、㐬、白、皮、皿、矛、矢、石、礻（示）、禾、立、竹、馬、

9　「田」部件包含了「囟 xìn」及「田 tián」二部件。「囟 xìn」在楷書中擔任形符及聲符時，同時變形為「田」，用作形符的字例有「毗」，用作聲符時的字例為「細」、「思」二字。如此，即和「田 tián」部件混同了。這類兼用部件僅此一見，此處除列入統計外，並將之與「田 tián」部件合併討論。

缶、羊、羽、光、耳、镸（長）、聿、至、舍、莫、虍、虎、亏、虫、鬲、行、衣、襾（覀）、見、言、谷、豆、臤、象、貝、赤、走、足、辛、酉、里、金、門、隹、巫、青、非、面、韋、音、頻（瀕）、風、食、骨、鬼、魚、共、鳥、鹿、幺、黑、黽、鼓、自、十、夸、舌、夊、支

下面，筆者即針對這141個形音兼用部件的使用情形，結構位置，以及組成內容展開討論。

二、形音兼用部件的使用情形

本節根據兼用部件充當形符和聲符時構字數量，亦即依據其功能的主次，將141個兼用部件區分為四種類型[10]，列述如下：

（一）兼用部件用作形符為主，偶用作聲符

這類兼用部件的主要職能為表義，以充當形符為主，偶爾用作聲符。例如部件「木」，充當形符時組成168個形聲字，用作聲符時僅組成「沐」一字。這類表義為主的部件在141個兼用部件中共有45個，分別是：

口、亻（人）、木、言、金、女、土、月（肉）、虫、竹、心、火、石、貝、目、王（玉）、山、馬、刂（刀）、禾、鳥、食、力、攵、礻（示）、魚、酉、衣、米、羽、弓、皿、歹（歺）、走、尸、欠、气、戈、囗、骨、缶、鹿、矢、大、行

現選舉出其中的22個部件列表說明如下：

用作形符為主的兼用部件構字數統計表

編號	部件	用作形符構字數	用作聲符構字數	用作聲符的字例
1.	口	196	3	叩、扣、釦
2.	亻（人）	169	1	仁[11]

10 此種分類方式已見於林濤〈兩用偏旁初析〉。唯林文僅粗略的分為兩用偏旁重在表音、重於表義二類（頁23-24）。

11 仁，《說文》：「親也。从人，从二。」解釋為會意字。戰國文字仁作「[illegible]」、「[illegible]」。何琳儀《戰國古文字典》：「仁，从人，二，[illegible]、[illegible]為分化符號。人亦聲。人、仁一字分化。」（北京：中華書局，1998年9月，頁1135）《唐韻》人、仁二字反切均「如鄰切」，同音。

編號	部件	用作形符構字數	用作聲符構字數	用作聲符的字例
3.	木	168	1	沐
4.	言	117	2	唁、這
5.	金	104	2	錦、欽
6.	女	91	1	汝
7.	土	86	5	吐、杜、牡、肚、徒
8.	月	83	1	育
9.	虫	74	1	融
10.	竹	62	2	竺、篤
11.	心	52	1	沁
12.	火	51	1	伙
13.	石	50	3	拓、斫、碩
14.	貝	49	2	敗、狽
15.	目	47	1	苜
16.	王（玉）	47	1	頊
17.	山	40	5	仙、汕、疝、舢、訕
18.	馬	37	6	嗎、媽、瑪、碼、罵、螞
19.	刂（刀）	34	1	到
20.	禾	33	2	和、科
21.	鳥	29	2	裊、島
22.	食	29	3	蝕、飭、飾

對於這類兼用部件，我們有以下幾點認識：

1. 此類兼用部件的結構以象形為主。在45個兼用部件中，除言、金、食、走、骨、欠6個部件外，其餘39個部件均屬象形結構。
2. 少數部件兼用聲符時，構字數超過了常用聲符的平均構字數「3」[12]。例如：土、山、馬三部件，作為形符時其構字數雖多達86、40、37，但在兼作聲符時的構字數亦多至5個以上，具有一定強度的構字能力。
3. 少數部件的形符變體[13]，也有兼用為聲符的例子。例如：到、祁、視、仁、頊、育

12 常用聲符的平均構字數是由形聲字總數3,937字除以聲符總數1,263個所得，共3.11字。

13 所謂「形符變體」是指同一形符而寫法不同的形符，例如：「心」字在擔任形符時，除了形符「心（患）」外，尚有二個形符變體「忄（情）」、「㣺（恭）」。也有學者稱作「偏旁變體」，見萬業馨《應用漢字學概要》（北京：商務印書館，2012年12月）；也有學者稱「變體形符」，說見康加深

諸字的聲符刂、礻、亻、王、月，分別為刀、示、人、玉、肉五個形符的變體[14]。

4. 極少數部件，在用作形符、聲符時，形體不同。如「鳥」部件，在充當形符時均作「鳥」，而在充當聲符時卻作「鳥」，省略下方的「灬」。此種部件在兼用形符和聲符時的形體稍異，有助於區隔兼用部件的職能。但可惜的是，這類字例並不多見。

（二）兼用部件用作聲符為主，偶用作形符

此類兼用部件的主要功能為表音，以充當聲符為主，偶爾用作形符。例如部件「非」，用作聲符時組成14個形聲字，而用為形符僅組成「靠」、「靡」二字。這類部件在141個兼用部件中共有27個，分別是：

白、非、工、皮、青、里、共、文、生、半、申、炎、至、谷、镸（長）、旨、八、旦、臤、夸、卜、民、匕、㐬、莫、足、支

現選舉出其中11個部件列表說明如下：

用作聲符為主兼用部件構字統計表

編號	部件	作聲符構字數	作形符構字數	作形符的形聲字例
1.	白	15	4	皎、皖、皓、皚
2.	非	14	2	靠、靡
3.	工	13	2	巧、式
4.	皮	11	3	皰、皺、皸
5.	青	11	2	靜、靛
6.	里	10	2	野、釐
7.	共	8	1	龔
8.	文	8	1	斐
9.	生	8	1	產
10.	半	6	1	叛
11.	申	6	1	暢

〈現代漢語形聲字研符研究〉一文，《對外漢字教學研究》（北京：商務印書館，2006年7月），頁196-197。

14 萬業馨認為形符變體作形符居多，罕有作聲旁者，指出只有「刀」的變體「刂」，兼作聲符（如「到」字）。（《應用漢字學概要》頁133。）但檢視兼用部件，可知形符變體兼作聲符尚有礻、亻、王、月四個。

我們可以看到這類以聲符為主的兼用部件的幾個現象：

1. 此類兼用部件的結構不再以象形為主。27個部件中僅：工、止、卜、匕、足、申、文、長8個部件屬於象形，佔總數的29.63%[15]。這和前一類以形符為主的45個部件，就有39個部件屬於象形結構，佔總數86.67%相較，二者在數量上存在明顯的差異[16]。
2. 少數部件在兼用表義的形符時，也同時具有一定程度的示音能力，其示音能力，甚至強於字中的聲符。例如釐、龔、叛、靜四字即是。四字的形符、聲符與形聲字的讀音關係見下表：

形聲字	形聲字字音	聲符	聲符讀音	形符	形符讀音
釐	lí	𠩺	lí	里	lǐ
龔	gōng	龍	lóng	共	gong,gòng
叛	pàn	反	fǎn	半	bàn
靜	jìng	爭	zhēng	青	qīng

表中的形符里、共、半、青四個部件在一般形聲字中的主要職能為表音，以用作聲符為主。然而在兼用為形符時，仍然有著極強的示音能力。其中形符共、半、青的示音程度更是優於龔、叛、靜三字中的聲符龍、反、爭。

（三）兼用部件同時常用作形符和聲符

此類兼用部件，充當為形符和聲符時的構字數量都不低，而且彼此構字數的相差值極小。例如「隹」部件，用為形符時構字數共10個，而用作聲符時構字數亦高達12個。

---

15 林濤在〈兩用偏旁初析〉中指出兩用偏旁在形體上以象形為主，他分析195個兩用偏旁的結構：指事有10個，會意有54個，形聲有12個，象形有119個。象形的數量佔總數的62.6%。並認為兩用偏旁須做形旁故以象形居多。林文所論乃就整體的兩用偏旁言，然而如果就不同類型的兼用部件來看，此說則稍嫌籠統了（頁24）。

16 此一現象前人亦有論及，萬業馨在《應用漢字學概要》中討論「字符分工」現象時比較了構字數最多的前10個意符和構字數最多的前5個音符之後，她說：「音、意符兩者的來源很不一樣。這些意符原來作為獨體字時，它們記錄的都是與人體或人的活動有關的名詞；這些音符所記錄的詞，名詞少而動詞、形容詞多。…可見字符的分工首先取決於它們各自所記錄的詞和詞義範圍。……詞類的不同，不但決定了造字方法的不同，還影響到它們在形聲字中擔任的角色。」（頁257）萬業馨認為形聲字的意符（形符）多為「名詞」，而音符（聲符）多為形容詞、動詞，這是就詞類、詞義的角度而言。而從漢字的結構觀之，不妨也可以說，形聲字充當形符的部件多來源於象形結構，而充當聲符的部件，多來源於非象形結構。此種現象，在比較了以形符為主和以聲符為主的兩類兼用部件的象形結構數據的消長之後，再次得到了驗證。

這類部件在141個兼用部件中共有29個，分別是：

門、耳、黑、冫、子、見、風、寸、彡、斤、殳、几、厂、鬼、隹、羊、立、韋、林、瓜、戶、豆、虍、斗、刀、毛、田、止、舌

現選舉出其中的10個部件列表說明如下：

常用作形符及聲符兼用部件構字數統計表

編號	部件	作形符構字數	字例	作聲符構字數	字例
1.	門	19	閔閘閿闈閣閥閤閭閱閻闊闋闌闍闔闐關闡闢	6	閩聞捫悶問們
2.	鬼	7	醜魂魅魄魏魔魘	7	魁餽瑰槐愧塊傀
3.	隹	10	雅雄雇雉雌雕離雛雞難	12	唯堆崔帷惟推椎淮誰錐維稚
4.	羊	6	羞羚群羯羶羸	13	鮮養詳翔羌祥烊洋氧恙庠姜佯
5.	立	5	站竣竭端靖	7	垃拉泣笠粒颯位
6.	斤	5	所斧斫斯新	4	欣祈芹近
7.	殳	4	殺殿毅毆	3	投股骰
8.	几	4	凰凱凳殼	3	麂飢肌
9.	見	8	視親覦覬覲覺覽觀	3	現硯靦
10.	風	7	颯颱颳颶颺颼飄	3	楓瘋諷

由上表，我們可以清楚看到這類部件在充當形符和聲符時的構字數都非常接近，沒有明顯的主次之分。對於此類兼用部件，我們有以下幾點認識：

1. 這類兼用部件可以常態的用作形符或聲符，例如：「鬼」部件，作為形符時可以組成醜、魂、魅、魄、魏、魔、魘7字；而用作聲符也能組成魁、餽、瑰、愧、塊、傀7字。因此，不管是充當形符還是聲符，「鬼」都是常用部件。其次，再就「鬼」擔任不同職能時在字中的結構位置來看，除了魔、魘二字的「鬼」置於下方部位僅見於形符之外，其餘諸字「鬼」的結構都作左右式，「鬼」用作形符時可置於左側，也可置於右側；用作聲符時亦然。因此，面對這類部件，我們雖然已經認識該部件在某字中的職能，可是卻不容易憑藉此一認知，去準確判斷該部件在另一字中所扮演的角色，而對新字的學習也會產生干擾。例如：當我們認識了「魁」字後，再學習「魅」字時，不僅無法憑藉「魁」字中的「鬼」的了解，去判斷「鬼」在「魅」字中的職能，反而「魁」字讀音和意義也會干擾我們對「魅」字的認知。承

此，我們應該將此類兼用部件及其所組成的形聲字視為漢字教學中的重點與難點。從事漢字教學的教師必須完整掌握它們的形音義關係。

2. 此類兼用部件的結構，以象形為主。29個部件中屬於象形結構的共21個[17]，佔總數的72.41%。這個現象告訴我們，即便從前面兩類以形符為主和以聲符為主的兼用部件中象形結構的消長，看到象形結構的部件似乎都較適合用來充當表義的形符。然而，當一個部件同時要具備形符和聲符兩種主要功能時，仍然以象形結構的部件為首要選擇。這樣的選擇是由漢字結構的特性所決定的，以象形方式所造出的字，字義具體且概括性強。例如：「隹」字，本義為「短尾鳥」，一切與鳥義有關的字，都可以用它作為形符造字；同時每個象形字都有讀音，要以它來充當表音的聲符，也並不難。相反的，以非象形方式造出來的字，字義都較為抽象，故不易用來概括某個義類，例如：莫（暮也，後借用作否定詞）、令（象上位者發號命令），兩字字義抽象，要將其用來充當表示某義類的形符，絕非易事，但是用來充當表音的聲符就容易多了。換句話說，以象形結構的部件充當表義的形符要較非象形結構的部件來得容易。這也就是為什麼在兼用部件中象形結構遠多於非象形結構的原因。

（四）兼用部件偶用作形符和聲符

這類兼用部件在充當形符和聲符時均僅組成1~3個形聲字，例如：部件「冃 mào」，作形符時僅組成「冑，冕」二形聲字，而作聲符時只組成「冒」一字，構字能力明顯極弱。在141個兼用部件中，這類部件共有40個，分別是：

乙、亯（高）、冃、皀、卩、血、壴、尺、士、老、夕、多、希、思、戊、異、爪、父、嗇、矛、光、聿、舍、虎、亏、鬲、覀（襾）、象、赤、辛、巫、面、音、頻（瀕）、幺、黽、鼓、自、十、北

現選舉其中的20部件列表說明於下：

---

17 分別為門、耳、彳、子、彡、斤、几、厂、鬼、隹、羊、瓜、戶、豆、虍、斗、刀、毛、田、止、舌21個部件。

偶用作形符及聲符兼用部件構字數統計

編號	部件	作形符構字數	字例	作聲符構字數	字例
1.	冃	2	冑冕	1	冒
2.	尺	1	咫	1	呎
3.	士	1	壯	1	仕
4.	老	1	耆	2	姥、佬
5.	夕	3	夜夢夤	2	汐、矽
6.	多	2	夠夥	3	移、爹、侈
7.	杀	1	弒	2	殺、剎
8.	思	1	慮	2	鰓、腮
9.	異	1	戴	2	翼、冀
10.	爪	1	爬	1	抓
11.	矛	1	矜	2	柔、茅
12.	光	2	耀輝	3	恍、晃、胱
13.	襾（覀）	1	覆	1	賈
14.	象	1	豫	2	橡、像
15.	赤	2	赧赭	1	赦
16.	辛	2	辜辣	2	鋅、莘
17.	巫	1	靈	1	誣
18.	面	2	靦靨	2	麵、緬
19.	音	3	韶韻響	2	暗、黯
20.	北	1	冀	1	背

這類兼用部件不管用作形符或用作聲符，構字量均未超過三個字，構字能力極弱。值得注意的是，其中有一定比例的兼用部件在用作形符或聲符時，在形聲字中的結構位置呈互補分布。例如：部件「夕」，用作形符所組成的形聲字為「夢」、「夤」二字，「夕」位於形聲字的上下部位；而用作聲符時所組成的形聲字為「汐」、「矽」二字，「夕」固定出現於左右結構形聲字的「左側」，與形符所處的位置截然不同。根據筆者統計此類40個兼用部件在用作形符和聲符時，結構位置呈互補分布的共21個，佔半數以上，比例相當高。這類位置呈互補分布的兼用部件能夠提升自身在形聲字中用作形符及聲符的辨識度。

本節主要分類整理常用形聲字141個兼用部件在用作形符及聲符時的使用情況，分別為（一）用作形符為主，偶用作聲符；（二）用作聲符為主，偶用作形符；（三）同時常用作形符和聲符；（四）偶用作形符和聲符四種兼用類型。現將各類型的部件及數目整理如下表：

常用字兼用部件兼用類型統計表

兼用類型	部件數	部件
以用作形符為主，偶用作聲符	45	口、亻（人）、木、言、金、女、土、月（肉）、虫、竹、心、火、石、貝、目、王（玉）、山、馬、刂（刀）、禾、鳥、食、力、攵、礻（示）、魚、酉、衣、米、羽、弓、皿、歹（歺）、走、尸、欠、气、戈、囗、骨、缶、鹿、矢、大、行
以用作聲符為主，偶用作形符	27	白、非、工、皮、青、里、共、文、生、半、申、炎、至、谷、镸（長）、旨、八、旦、叚、夸、卜、民、匕、㐬、莫、足、支
常用作形符和聲符	29	門、耳、黑、冫、子、見、風、寸、彡、斤、殳、几、广、鬼、隹、羊、立、韋、林、瓜、戶、豆、虍、斗、刀、毛、田、止、舌
偶用作形符和聲符	40	乙、高（高）、冃、㫐、卩、血、壴、尺、士、老、夕、多、杀（殺）、思、戊、異、爪、父、畣、矛、光、聿、舍、虎、亏、鬲、襾（覀）、象、赤、辛、巫、面、音、頻（瀕）、幺、黽、鼓、自、十、北
總計	141	

三、形音兼用部件的結構位置分析

本節主要分析141個形音兼用部件用作形符及聲符時在形聲字中的結構位置分布。根據這141個兼用部件充當形符和聲符時，所組成的形聲字進行結構位置的對比，整理出兼用部件在形聲字中具備三種結構位置的分布類型：

（一）兼用部件用作形符及聲符時，彼此結構位置呈互補分布

所謂結構位置呈互補分布，是指兼用部件作為形符及聲符時在形聲字中所處位置截然二分，例如部件「女」，用作形符時位置多處於左側，如：奸、媏、娥等字即是，偶亦有位於下方者，如：妄、娶等字即是；而用作聲符時僅位於右側，如：「汝」字即

是。彼此於形聲字所處位置截然不同，呈互補分布。在141個兼用部件中共有48個部件的結構位置分布屬於此類，現選舉其中20例列表說明如下：

結構位置呈互補分布的兼用部件構形圖式表[18]

序號	部件	用作形符時的位置圖式	用作形符時的形聲字例	用作聲符時的位置圖式	用作聲符時的形聲字例
1.	女	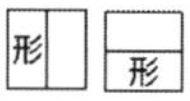 形 形	媏、姿	 聲	汝
2.	土	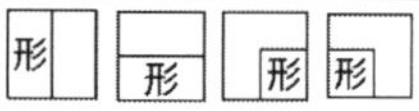 形 形 形 形	地、堂、在、疆	 聲 聲	吐、徒
3.	山	 形 形 形 形 形 形	岐、崙、岱、島、幽、岡	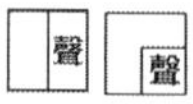 聲 聲	汕、疝
4.	心	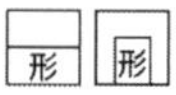 形 形	忠、悶	 聲	沁
5.	木	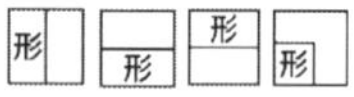 形 形 形 形	朴、案、李、栽	 聲	沐
6.	火	 形 形 形	炳、灸、炭	聲	伙
8.	言	 形 形 形 形	訂、警、謄、辯	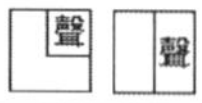 聲 聲	這、唁
9.	鳥	 形 形 形	鴉、鷺、鳳	 聲	島
10.	口	 形	固	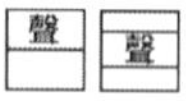 聲 聲	員、韋

18 構形圖式中的「形」即指形符，「聲」即指聲符。

序號	部件	用作形符時的位置圖式	用作形符時的形聲字例	用作聲符時的位置圖式	用作聲符時的形聲字例
12.	戈	形	戮	聲	划
13.	田	形 形 形	畔、界、當	聲 聲	甸、佃
16.	骨	形	骷	聲	滑
17.	光	形	耀	聲 聲	恍、晃
18.	申	形	暢	聲	紳
19.	旦	形	暨	聲	但
20.	止	形 形	歧、歷	聲 聲	址、徙

由上表所舉的20個部件中，清楚看到此類兼用部件用作形符及聲符時的結構位置涇渭分明。而二者在結構位置的截然對立，對於辨識兼用部件在形聲字中的功能有著極大的幫助。例如：「土」這個兼用部件在用作形符時，位於形聲字的左側（形）、下方（形）、右下（形）、左下（形）四個位置上，其中又以形結構為主，但當它在用作聲符時，其結構則僅處於右側（聲）、右上（聲）兩個位置上，迥異於形符的構形。如此，我們即能利用二者構形位置分布的差異，區分部件所充當的職能是形符或是聲符（說見後）。然而，在141個兼用部件中，僅48個部件屬於此類，佔總數的34.04%，比例不算特別高。大部分兼用部件用作形符及聲符時結構位置的分布關係則是互有同異的。

（二）兼用部件用作形符及聲符時，結構位置有同有異

此類兼用部件在用作形符、聲符時，在形聲字中的結構有處於相同位置的，也有見於不同位置的，例如：部件「白」用作形符時，均位於形聲字的左側（形），如

「皎」字，而用為聲符時，則分別位於形聲字的右側（聲珀）、上方（聲帛）、右上方（聲碧、聲迫）、左側（聲魄）。其中位於左側的聲結構與用作形符時所處的位置相同，其餘的聲、聲、聲、聲四種構形位置則不見於用作形符的構形中。在141個兼用部件中共有62個部件的結構位置屬於此類。佔總數的43.97%，比例相當高，結構類型也最為複雜。現選舉其中20個部件在列表說明如下：

結構位置有同有異的兼用部件構形圖式表[19]

編號	部件	用作形符時的位置圖式	用作形符時的形聲字例	用作聲符時的位置圖式	用作聲符時的形聲字例
1.	半	形	叛	聲 聲	判 伴
2.	口	形 形 形 形 形 形、形	可、召、呈、問 哀 叮、和	 聲、聲	 叩、扣
3.	米	形 形 形 形	屎、氣、粉 粱	聲 聲 聲	糜 咪、迷
4.	工	形 形	式 巧	 聲 聲 聲 聲	 功 紅、空、貢
5.	立	形	站	聲 聲 聲	颯 拉、笠
6.	至	形	到	聲 聲 聲	致 姪、窒
7.	豆	形	豌	聲 聲 聲 聲 聲	頭 短、豎、逗、痘

19 表中位於相同位置的形符、聲符圖式置於同一列上。

編號	部件	用作形符時的位置圖式	用作形符時的形聲字例	用作聲符時的位置圖式	用作聲符時的形聲字例
8.	非	形	靠	聲 聲 聲 聲 聲	霏 悲、扉、啡、匪
9.	夸	形	匏	聲 聲	瓠 跨
10.	酉	形 形	醬 酊	聲 聲	醜 酒
11.	弓	形 形 形	弦、發 弩	聲 聲	穹 躬
12.	文	形	斐	聲 聲 聲 聲 聲	雯 紊、紋、虔、閔
13.	羊	形 形 形 形	羸 羚、群、羞	聲 聲 聲 聲 聲	翔、洋、恙 氧、庠
14.	旨	形	嘗	聲 聲 聲	耆 脂、稽
15.	韋	形 形	韜 韓	聲 聲 聲 聲 聲 聲	緯 闈、圍、違、 衛、葦
16.	刀	形 形	剪 切	聲 聲	叨 召

編號	部件	用作形符時的位置圖式	用作形符時的形聲字例	用作聲符時的位置圖式	用作聲符時的形聲字例
17.	力	形 形 形 形 形	努、勉、務、辦 勁	聲	勒
18.	見	形 形	覺 觀	聲	硯
19.	羽	形 形 形 形 形	翠、翅、翡、翰 翔	聲	栩
20.	毛	形 形 形	毯、麾 毫	聲 聲	髦 耗

由上表所舉的20個兼用部件的構形圖式，我們可以看到這類兼用部件用作形符或聲符時所處位置相對較為多變而複雜，例如：部件「羊」用作形符時分別出現在形（羞）、形（羚）、形（群）、形（羸）四個位置上；而用作聲符時，則出現在聲（恙）、聲（翔）、聲（洋）、聲（氧）、聲（庠）五種位置上。結構位置的多變複雜，明顯並不利於辨識兼用部件在形聲字中的功能。以上引的「羚」、「翔」二字為例，「羚」字所從的「羊」為形符，位於左側；而「翔」字的「羊」同樣位於左側，但卻不是形符而是聲符。因此，對於漢字學習者而言，不管先學哪個字，先識字的認知都會對後識字的學習形成干擾。因此漢字教學教師必須對這類兼用部件的結構分布有一定程度的掌握，並將之設定為教學中的重點及難點。需要指出的是，這類兼用部件用作形符或聲符時其所處位置雖然同異並見，但有一部分部件的結構位置仍有明顯的區隔，例如：部件「立」，在擔任形符和聲符時結構位置同異並存如下表：

部件	用作形符的位置	用作形符時的形聲字例	用作聲符的位置	用作聲符時的形聲字例
立	形	站、竣、竭、端、靖	聲	颯
			聲	垃、拉、泣、粒、位
			聲	笠

由上表可知，部件「立」作為聲符時僅「颯」一字與作為形符時所處位置相同，其餘諸字所在位置均與形符的位置有別，用作形符及聲符的位置有明顯的區隔。因此，面對此種兼用部件的教學時，一方面要展示出二者之間的區隔，同時也要將例外字例重點的指出。

（三）兼用部件用作形符及聲符時結構位置完全相同

此類兼用部件在用作形符和聲符時，在形聲字中所處位置完全相同，例如：部件「象」用作形符時位於右側，如「豫」字；用作聲符時亦位於右側，如「像」、「橡」二字。在141個兼用部件中共有31個部件屬於此類，佔總數的21.99%，為三類中數量最少的一類。現選舉其中15個部件在形聲字中構形位置的分布情形，列表說明如下：

結構位置完全相同的兼用部件構形圖式表

編號	部件	用作形符時的位置圖式	用作形符時的形聲字例	用作聲符時的位置圖式	用作聲符時的形聲字例
1.	𠅘（高）	形	亭	聲	毫
2.	北	形	冀	聲	背
3.	鼓	形	鼜	聲	瞽
4.	行	形　形	衙	聲　聲	衡
5.	象	形	豫	聲	橡
6.	赤	形	赧	聲	赦
7.	杀（殺）	形	弒	聲	刹
8.	士	形	壯	聲	仕
9.	覀（襾）	形	覆	聲	賈
10.	亻（人）	形	仃	聲	仁
11.	刂（刀）	形	列	聲	到
12.	竹	形	笆	聲	篤
13.	歹（歺）	形	殃	聲	列
14.	王（玉）	形	玖	聲	項
15.	礻（示）	形	祉	聲	視

由上表所舉的15個兼用部件的構形圖式，我們可以看到這類兼用部件不管是充當形符或是聲符，在形聲字中的位置都完全相同。因此，完全無法透過結構位置加以區分辨識這類兼用部件所充當的職能。需要指出的是，這類的兼用部件大部分是屬構字量極少、構字能力極弱的部件，例如：高（高）、北、杀（殺）、襾（西）、象、赤、鼓、士等八個部件，不管是作為形符或聲符，其構字數均低於3個，因此要完整的掌握這類部件所組成的形聲字應非難事。其次，這類兼用部件中也有為數不少屬於「以用作形符為主，偶用作聲符」的兼用部件，例如：王（玉）、刂（刀）、礻（示）、亻（人）、竹、歹（歺）、行等七個部件。這些部件雖然作為形符或聲符時結構位置完全相同，但由於作為形符時的功能有絕對的優勢，因此，可利用部件功能幫助學習者記憶及區隔這類部件在形聲字中是形符，還是聲符。例如：「王（玉）」是用作形符為主的部件，在用作形符時組成了47個常用形聲字，而用為聲符時則僅組成「頊」一字。如此，在教學時只要特別強調這個例外的「頊」字中的功能，就可以區隔其他47個形聲字中「王（玉）」的用法。

本節針對141個兼用部件在形聲字中的構形位置進行分類整理，以呈現現代漢字兼用部件的各種構形模式。兼用部件用為形符及聲符時結構位置關係可以分為：（一）構形位置成互補分布；（二）構形位置有同有異；（三）構形位置完全相同三類。現將三類的部件例及數目整理如下表：

常用字兼用部件構形位置分類統計表

構形位置成互補分布	48	女、土、山、心、木、火、虫、言、鳥、囗、大、戈、田、缶、走、骨、申、旦、止、里、青、共、镸（長）、八、尺、老、夕、思、戊、異、爪、矛、光、鬲、足、巫、面、音、頻、十、黽、舍、幺、血、聿、乙、匕、㠯（𠂤）
構形位置有同有異	62	寸、半、口、米、工、白、立、羊、耳、至、豆、非、夸、旨、气、貝、酉、弓、文、鹿、馬、衣、韋、舌、生、刀、魚、黑、力、羽、見、金、隹、食、目、冃、几、壴、斤、戶、林、毛、嗇、多、亏、門、風、鬼、皮、厂、子、冃、瓜、石、莫、辛、斗、炎、谷、矢、支（攴）、禾
構形位置完全相同	31	高（高）、亻（人）、北、刂（刀）、卜、卩、攵（攴）、杀（殺）、彡、歹（歺）、殳、民、父、礻（示）、竹、虍、行、襾（西）、臤、象、赤、鼓、欠、士、王（玉）、㐬、皿、自、尸、虎、⺀
總計	141	

四、形音兼用部件的區分與辨識

兼用部件不利於漢字的認知學習，當我們知道某個兼用部件在一個形聲字中擔任形符或聲符時，卻不一定能有效而準確的判斷它在另一些形聲字中的功能。因此，在漢字的認知及使用過程中要如何區別形聲字中兼用部件的功能？顯然是漢字教學的教師需要面對的問題。筆者認為可以透過以下三種方式來辨識形聲字中兼用部件的功能：

（一）從功能的主次加以區別

根據前面的歸納分析，我們知道部分兼用部件功能具主次之分，有的以形符功能為主，聲符為次；有的則是以聲符功能為主，形符為次。面對這類兼用部件宜強調指出它們主要功能，並重點記憶次要功能所組成的形聲字。下面以「木」、「口」、「金」、「非」、「文」五個兼用部件為例，具體說明此一方式。

1. 「木」，用作形符時組成168個形聲字，而作聲符僅組成「沐」一字。教學時應強調指出「木」的主要功能是作為表義的形符，並重點記憶用為聲符所組成的「沐」字。如此，即可將「木」部件的不同功能有效區分。
2. 「口」，用作形符時組成196個形聲字，而作為聲符時僅組成「叩」、「扣」、「釦」三字。教學時應該強調指出「口」的主要功能是作為表義的形符，而特別記憶「叩」、「扣」、「釦」三字中的「口」是用作表音的聲符。
3. 「金」，用作形符時組成104個形聲字，而用作聲符時僅組成「錦」、「欽」二字。教學時應該強調指出「金」的主要功能是用為表義的形符，而重點記憶「錦」、「欽」二字的「金」是作為表音的聲符。
4. 「非」，用作聲符時組成14個形聲字，而用作形符時僅組成「靠」、「靡」二字。教學時應著重指出「非」的主要功能是用作表音的聲符，而突出記憶「靠」、「靡」二字中的「非」是用作表義的形符。
5. 「文」，用作聲符時組成8個形聲字，而用作形符時僅組成「斐」一字。教學應該強調指出「文」的主要功能是表音的聲符，而重點記憶「斐」字中的「文」是作為表義的形符。

筆者認為透過先指出兼用部件的主要功能，強調記憶作為次要功能的罕見字例，即可有效區分這類兼用部件作為形符或聲符的用法。

（二）從構形位置的互補分布進行區別

部分兼用部件在用作形符及聲符時，在形聲字中的構形位置是截然二分的。面對這類兼用部件，應完整展示二種功能所有的構形位置，並強調記憶構形位置較單純的其中一種功能。以下以「山」、「土」、「止」三部件為例，具體說明此一方法。

1.「山」，用作形符及聲符的構形位置，呈互補分布：

	形符	聲符
山	形 崎 形 岱 形 嶺 形 島 形 幽	聲 訕 聲 疝

首先，展示上表中部件「山」在用為形符及聲符時的構形位置。其次，強調記憶用為聲符時的位置。也就是說，當「山」位於右側（聲）及右下側（聲）時，僅用作聲符，而出現在其他位置的「山」均用為形符。如此，也能有效區分兼用部件的不同功能。

2.「土」，用作形符及聲符的構形位置，呈互補分布：

	形符	聲符
土	形 坊 形 堂 形 在 形 疆	聲 吐 聲 徒

首先，展示上表中部件「土」在用為形符及聲符時的構形位置，其次，強調記憶用為聲符時的位置。我們可以這麼說，在常用形聲字中，當「土」位於右側（聲）及右上側（聲）時屬聲符，而異於此二種結構，出現在其他位置上的「土」則為具表義能力的形符。

3.「止」，用作形符及聲符的構形位置，呈互補分布：

	形符	聲符
止	形 歧 形 歷	聲 址 聲 徙

首先，展示上表中部件「止」在用為形符及聲符時的構形位置。其次，強調記憶用為聲符時的位置。我們可以說，當「止」位於右側（聲）及右上側（聲）時，僅用作聲符，而出現在其他位置的「止」均用為形符。

以上，是根據兼用部件擔任形符或聲符時，分別依據出現在形聲字中的不同位置，來區分兼用部件的不同功能。在漢字教學中，教師宜善用這種結構上的差異，幫助學習者區別這類兼用部件。

（三）從與其搭配的形符或聲符部件的結構進行辨識

有部分兼用部件無法透過主次功能及構形位置來加以區分其用法，例如部件「門」，其用作形符時組成了19個形聲字，用作聲符時也組成6個形聲字。其字例見下表：

	形符	聲符
門	閔、閘、閡、閨、閤、閥、閭、閣、閱、閻、闊、闋、闌、闈、闔、闐、闕、闡、闢	閩、聞、悶、問、捫、們

部件「門」在兼用形符及聲符時，功能並沒有明顯的主次之分，構形位置亦同異並見，無法從功能及位置進行辨識。筆者認為對於此種部件，可嘗試就與其搭配的形符或聲符的造字法來區別形符或聲符的功能。首先，就「門」用作聲符時與其搭配組合的形符分別為虫、耳、心、扌（手）、亻（人），均為單純獨體的象形結構；而當「門」用作形符時，與其搭配的聲符分別為文、甲、亥、圭、合、伐、呂、各、兌、臽、活、癸、柬、韋、盍、真、䜌、單、辟。除了文、呂、癸三字為象形外，其餘均屬於較複雜組合的會意（圭、各、伐、合、兌、臽、柬、盍、真、辟）及形聲（活、韋、䜌、單）二結構[20]。因此，我們可以依據與「門」搭配組合的另一個部件結構來判斷「門」在形聲字中所扮演的角色，當我們看到以「門」構成的形聲字時，如「悶」及「闈」，「悶」字所從的「心」部件為單純的象形結構，而「闈」字所從的「韋」部件則為較複雜的形聲結構，由此，可判斷悶字中的「門」為聲符，而闈字中的「門」為形符。

又如部件「瓜」，其用作形符時組成3個形聲字，而用作聲符時組成4個形聲字，字例見下表：

	形符	聲符
瓜	瓠、瓢、瓣	呱、孤、弧、狐

部件「瓜」在兼用形符及聲符時，與兼用部件「門」的情形相同，功能沒有明顯的主次之分，構形位置亦同異並見，無法從功能及位置來區分其在形聲字中所扮演的角色。檢視與其搭配的形符及聲符的結構，據此來區分「瓜」字在形聲字的功能。「瓜」用作聲符時，與其搭配的形符分別為口、子、弓、犭，均為單純的獨體象形結構；而當「瓜」

20 甲、亥二字本義不詳，構形不明。而甲、亥二部件在形聲字中僅用作聲符，不用作形符。

用作形符時，與其搭配聲符分別是夸、票、辡三部件，均屬於較為複雜的形聲（夸[21]）及會意（票、辡[22]）二結構。如此，即可依據與「瓜」搭配組合的另一個部件來判斷「瓜」在形聲字中所擔負的功能。例如當我們看到「瓢」、「呱」二字，即可就「票」為會意結構及「口」為象形結構，來推出「瓢」字的「瓜」部件用作形符，而「呱」字中的「瓜」部件是充當聲符。

以上是筆者在前面的論述基礎上初步提出區分兼用部件的幾個方法。希望透過本章的研究，能對現代常用字中的兼用部件有一充分的認識，並為漢字教學提供一個能有效的區分辨識形聲字中兼用部件功能的方法。

五、結論

本章對現行常用形聲字中141個形音兼用部件的使用情形及構形位置進行了通盤的整理與分類。首先，就使用情形來看，可以分為四種類型：

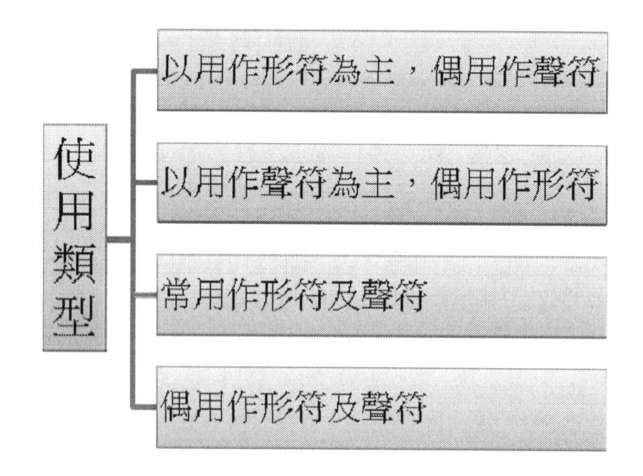

21 夸，《說文・大部》：「夸，奢也。从大，于聲。」

22 票，《說文・火部》：「火飛也。从火，㢴。與䙴同意。」段注：「當作从火，䙴省。蓋省廾為一也。䙴即𢍜之或體，𢍜訓升高，火飛亦升高，故為同意。」辡字，《說文》：「辡，辠人相與訟也从二辛。」饒炯《部首訂》：「辡，即爭辯本字，謂辠人互訟，爭論曲直，各自疏解其事，故從二辛見義。」（《說文解字詁林》，頁14151。）

就構形位置而言，則可分為三種類別：

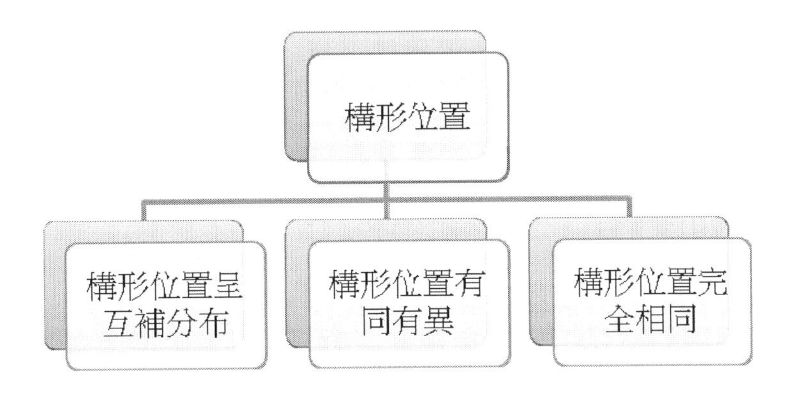

最後，進一步提出三個判別兼用部件在形聲字中不同功能的方法，分別為：

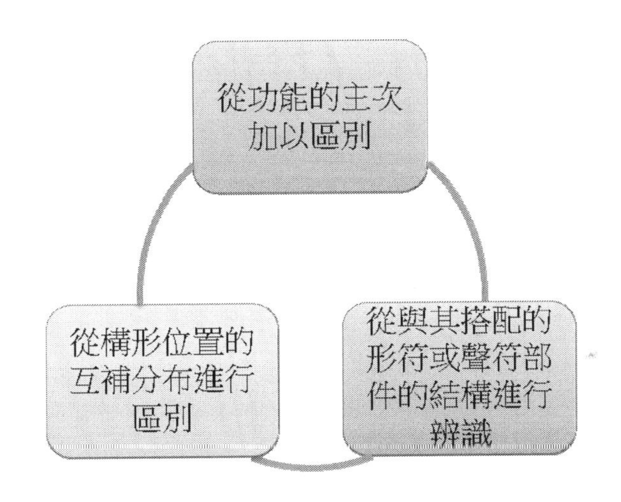

希望透過本章的整理歸納，能對臺灣常用形聲字兼用部件的認識和教學有更具體的掌握。

第五章
由簡化字看漢字形聲結構的變化

簡化字[1]是中國大陸現行的文字系統，歷來對簡化字的研究多著重於簡化過程、即簡化的方法[2]，鮮少論及簡化的結果，也就是從六書的角度[3]檢視簡化字對漢字結構的影響。我們都知道漢字是以形聲結構為主的一種文字體系，而簡化字的簡化對象，也是以形聲結構為主的[4]。因此，本章擬對正體字及簡化字的形聲結構進行排比分析，由此來檢視簡化字對漢字結構的影響。

本章所選用的材料為《漢語通用字繁簡對照手冊》[5]中所收7000字繁簡對照字表，筆者從這7000字中，共整理出416組繁簡對照的形聲結構。首先，就簡化字對正體字省改方式進行歸納，整理出三種簡化方式，即對形聲字聲符的省改；對形聲字形符的省改；對形聲字形符、聲符同時進行省改。其次，在排比分析形聲結構由正體字過渡至簡化字的變化類型，則整理出聲符同化、聲符異化、非形聲化、記號字化四種變化類型。其中非形聲字化、記號字化則與漢字的形聲化發展規律及發展趨勢是相違背的。

一、簡化字對形聲字的省改方式

本節首先針對正體字及簡化字中的形聲結構進行比較分析，由此歸納出簡化字對形聲字的省改，主要有以下幾種方式：

---

1 簡化字「專指1956年中華人民共和國國務院公布的《漢字簡化方案》以及1964年文字改革委員會根據這個方案編製的《簡化字總表》中的字。」胡雙寶《漢字史話》，北京：首都師範大學出版社，2008年8月，頁112。

2 例如：蘇培成《現代漢字學綱要》（北京：北京大學出版社，2001年12月），頁116-117；楊潤陸《現代漢字學通論》（長城出版社，2000年7月），頁121-122；呂浩《漢字學十講．第四講現代漢字》（上海：學林出版社，2006年6月），頁76-77；胡雙寶《漢字史話》，頁116-117。

3 此處所言六書結構，實際上是指象形、指事、會意、形聲四種造字方法。

4 形聲結構為結合形符、聲符所形成的合體字，筆畫自然較獨體的象形、指事字多，自然成為簡化字的主要簡化的對象。

5 吳越編《漢語通用字繁簡對照手冊》（北京：群言出版社，1993年8月）。

（一）對形聲字聲符的省改

這裡所謂的省改，包含替換聲符、省略聲符、省略及改造聲符。舉例說明如下：

1. 替換聲符

替換聲符主要是指將正體形聲字聲符替換為筆畫較簡且仍具表音功能的聲符，或替換為筆畫較簡，但已不具表音功能的記號部件二種。

（1）以聲符替換聲符

「以聲符替換聲符」是以筆畫較簡的聲符字替換較繁雜的聲符。替換後的聲符仍具有表音作用。例如：

編號	正體字	簡化字	正體字結構說明
1.	進	进	從辵，隹聲
2.	遼、療	辽、疗	從辵尞聲，從疒尞聲
3.	階	阶	從阜，皆聲
4.	價	价	從人，賈聲

替換後的聲符有些的確較正體字原本的聲符更準確的提示讀音。例如：态（態）、迟（遲）、达（達）、运（運）。但是，也有不少替換後的聲符在提示讀音上並未較正體字的聲符來的更準確，例如：灯（燈）、积（積）、袄（襖）、赃（贓）、脏（臟）。由這些例子可知，簡化字以聲符替換聲符的省改方式雖然已努力維繫聲符示音功能，但整體來看絕大部分替換後的簡化字聲符並沒能更準確的提示形聲字的讀音[6]。

（2）以記號部件替換聲符

此種簡化方式是以十畫以內獨立成字使用的部件，替換形聲字的聲符，替換後的部件在簡化字中不僅喪失了表音功能，同時也不具任何表義能力，成為一個記號部件。這類喪失表音、表義功能的部件，有部分是草書字形楷化而來，例如：穷（窮）、苏（蘇）、戏（戲）、尧（堯）、赵（趙）、峦（巒）、郑（鄭）、导（導）、乱（亂）、还（還）、过（過）、团（團）。這些簡化字中的記號部件主要有：$力_2$、$乂_2$、$卩_2$、$又_2$、

6 蘇培成《現代漢字學綱要》也提到簡化字削弱聲符的表音功能，他說：「雖然有簡化字提高了音符表音功能，但是數量較少。」頁118-119；胡雙寶在《漢字史話》中也提到這種現象，頁119。

巳$_3$、夭$_4$，云$_4$、不$_4$、戈$_4$、办$_4$、舌$_6$、亦$_6$、矢$_6$等[7]，其筆畫大部分都在五畫以內。而這些部件在整個字形結構中完全不具備表音和表義的功能。

（3）以義符替換聲符

此種簡化方式是將筆畫較繁的聲符，替換成筆畫較簡的表義符號，這類例子極少，例如：

編號	正體字	簡化字	正體字結構說明
1.	淚	泪	從水，戾聲
2.	筆	笔	從竹，聿聲[8]
3.	陽	阳	從阝，昜聲
4.	陰	阴	從阝，侌聲
5.	塵	尘	從土，𪋻省聲
6.	簾	帘	從竹，廉聲

「泪」字是以「目」替換正體字聲符「戾」，「目」與眼淚義有關，因此，「泪」字所從的「目」，具有表義作用。而「笔」字以「毛」替換聲符「聿」，形成上竹下毛的結構，正好與「毛筆」的組成形式及材質完全吻合。因此，「笔」字所從的「毛」具有一定程度的表義功能。「阴」、「阳」二字的「月」、「日」，正好象徵一陰一陽的義涵，從這個角度看，阴、阳二字所從的「月」、「日」也具有表義的功能。此外，「尘」字以小土會塵土意，亦可視為會意字。泪、笔、阴、阳、尘五字在正體字為形聲結構，到了簡化字中變成了會意結構。

2.省略聲符

省略聲符主要包含省略整個聲符、省略聲符部分筆畫，以及省改聲符部分筆畫。

（1）省略整個聲符

此簡省方式，是將形聲字的聲符整個省略，僅保留形符。有時為了避免省略後的字形與他字混同，會增加「丶」、「丿」等筆畫，或減少筆畫，以示區隔。這類省略後的簡

7　諸部件右下角的數字為筆畫數。

8　筆字段注本《說文・聿部》：「秦謂之筆，从聿竹。」慧琳《一切經音義》89卷4頁筆字引《說文》為「从竹，聿聲。」王筠《說文釋例》：「聿部收筆字，與其字在箕部正同。蓋皆一字也。……則聿固早是筆形，且字作聿，亦當是手持半竹。」《說文解字詁林》，頁3520。據此可知聿和筆本是一字，筆是在聿字上加形符「竹」，與箕字在其字上加形符「竹」是一樣的。因此「筆」應是从竹，聿聲的形聲字。

化字形，已變成非形聲結構了。而以此種方式產生的簡化字，數量也不多，例如：

編號	正體字	簡化字	正體字結構說明
1.	辦	办	從力，辡聲
2.	寶	宝	從宀玉貝，缶聲
3.	幣	币	從巾，敝聲
4.	麼	么	從幺，麻聲
5.	廠	厂	從广，敞聲
6.	廣	广	從广，黃聲
7.	處	处	從虍，処聲
8.	虧	亏	從亏，雐聲
9.	畝	亩	從亩，久聲[9]
10.	繫	系	從糸，毄聲

以上10組字例中，1、3、4、10的办、币、么的「丶」、「丿」即為區隔符號，而「廠」的簡化字「厂」則以減少字首的「丶」，以與「广（廣）」字區隔。其中「寶」字，省略聲符「缶」及形符「貝」，嚴格來說應該屬於同時省略形符及聲符例，但簡化字中此種字例，似僅此一見，故將「宝」置於此類，而簡化後的「宝」，可理解為「屋子裏有玉」以示珍貴意，自可視為會意結構[10]，其餘諸字均變成喪失表音或表義功能的記號字。

（2）省略聲符的部分部件

此種省改方式是將形聲字聲符的部分部件或筆畫省略，直接拆解聲符結構，並將其中的某一部件或筆畫省略。例如：条（條）、触（觸）、盘（盤）、时（時）。條，從木，攸聲，簡化字省略聲符「攸」的部分筆畫；觸，從角，蜀聲，簡化字省略聲符「蜀」的部分部件；盤，從皿，般聲，簡化字省略聲符「般」的部分部件；時，從日，寺聲，簡化字省略聲符「寺」的部分部件。此種省略聲符的部分部件或筆畫的方式，即承自於《說文》的「省聲[11]」模式，由条、触、盘、时四字可知此種省聲方式勢必會削弱或破壞聲符的表音功能。然而整體而言，此省改的方式省略後的聲符基本呈現兩種結果：

a. 省略後的聲符已無表音功能。例如：標—标、際—际、時—时等，标、际、时中的示、寸，已不具表音的功能，換句話說，簡化字結構已由形聲結構變成非形聲結構。

---

9 畝，《說文．田部》：「畮或从十久。」段注：「十者阡陌之制，久聲也。每久古音皆在一部。」疑「畝」字應是由小篆「畮」字「每」旁解散筆畫而來的（說見第六章）。

10 「寶」字的甲骨文有作「[illegible]」，即從宀從玉從貝，簡化字的「宝」即承此來。

11 《說文》中的「省聲」即指形聲字聲符省略，例如《說文．夕部》：「夢，不明也。从夕，瞢省聲。」

b. 省略後的聲符仍具有表音功能。這類簡化字聲符省減後仍具有表音功能的原因，有兩點：

i 獨立成字的簡化字，亦為形聲字的聲符，也就是說這些簡化聲符的形體與獨立成字時的寫法相同。例如：扩、矿、旷、邝、圹、纩一組形聲字，所從的「广（廣）」聲符，其獨立成字時亦簡化為「广（guǎng）」。因此，當「广」作為聲符時，同樣以「guǎng」音標注著扩、矿、旷、邝、圹、纩諸字的讀音，而「广」則變為純粹的記音符號。

ii 正體形聲字的聲符亦為形聲結構，而簡化字減省聲符中的形符部件，保留下來的仍是聲符部件[12]，為整個形聲字讀音的源頭，因此，簡化後的聲符仍具有表音功能。例如：

編號	正體字	簡化字	正體字結構說明
1.	墾、懇	垦、恳	墾，從土，貇聲；貇，從豸，艮聲。
2.	滬	沪	滬，從氵，扈聲；扈，從邑，戶聲。
3.	湧、踴	涌、踊	湧，從氵，勇聲；踴，從足，勇聲；勇，從力，甬聲。
4.	嶺	岭	嶺，從山，領聲；領，從頁，令聲。

簡化字垦、恳所從的聲符「艮（gěn）」，正體字聲符為「貇（kěn）」，「艮」為「貇」的聲符，也就是說，「艮」為正體「墾」字讀音的源頭，因此，簡化字垦、恳雖然省略了「豸」，但是「艮（gěn）」仍在某種程度上標注了垦、恳的讀音，還是具有表音作用。其餘諸字「岭」、「沪」、「涌」、「踊」所從的「令」、「户」、「甬」聲符與「艮」的省略情形相同，都具有標音作用。因此，垦、恳、岭、沪、涌、踊仍屬於形聲結構，但在簡化字中這種例子並不多。

（3）省改聲符

省改聲符，是指以改變聲符的組成部件來達到簡化形聲字字形的目的。此類簡化方式與上述「省略聲符部分部件」不同，上述簡化方式主要是省略聲符的部分部件或筆畫。而此簡化方式是以原聲符結構的輪廓為基礎，對其中部件進行省略或改造。例如：渦—涡、滄—沧、場—场、濤—涛、擠—挤、圍—围等，簡化字所從的聲符「呙」、「仓」、「𠃓」、「寿」、「齐」、「韦」均保留了聲符大致的輪廓及外觀，但組成的部件已經改變。此方式是所有省改方式中數量最多、字數也最多的，是簡化字主要的省改方式。

---

12 這與第二章討論常用聲符省略現象時，因聲符省略後仍保留了形聲字讀音的源頭，使省略後的聲符仍具有一定程度的表音作用是相同的情形。

這類省改的聲符絕大部分來源於草書字體的楷化，例如：𠃓（昜）、寿（壽）、仑（侖）、韦（韋）、乐（樂）、东（柬）、东（東）、农（農）等等[13]，另外，則有一部分源自宋元俗字，例如：罗（羅）、呙（咼）、齐（齊）、义（義）、严（嚴）等。少數為新造字，例如：历、进等。

此外，這類簡化字的聲符，有部分是不易拆分的，例如：韦、𠃓、来、专、乐、发、农、党、戋、夹、佥、卖、龟等。即便能夠拆分，但絕大部分拆分後的部件，已完全喪失構字理據，例如：寿（𡗗／寸）、乔（夭／川）、岁（山／夕）、罗（罒／夕）、仑（人／匕）、盏（戋／皿）、执（扌／丸）等[14]。

（二）對形聲字形符的省改

簡化字對形聲字形符的省改方式，主要有替換形符、省略形符兩種。

1. 替換形符

簡化字對形聲字形符的替換十分罕見，目前僅見3例，請看下表：

編號	正體字	簡化字	正體字結構說明
1.	願	愿	從頁，原聲
2.	黨	党	從黑，尚聲
3.	養	养	從食，羊聲

三例中的「愿」，以「心」替換正體「願」字的形符「頁」[15]，是一種符合字義的替換，「願」是以願望為主要義項，是一種心理活動，因此，愿所從的「心」，仍然具有表義作用。而「党」、「养」所從的「儿」、「川」即與「黨」、「養」二字字義無任何關聯，「儿」、「川」在「党」、「养」二字中已喪失表義功能，成為純粹的記號部件。

2. 省略形符

簡化字對形聲字形符省略，主要省略整個形符，以及省略形符的部分部件二類。下面對此二省略方式舉例說明：

---

13 參張書岩、王鐵昆、李青梅、安寧編著《簡化字溯源》，北京：語文出版社，1997年11月。

14 乔、拆分為夭、川，二部件對「乔（喬）」字音、義均無理據可說，同樣的岁拆分為山、夕；罗拆分為罒、夕；仑拆分為人、匕；尧拆分為戈、兀；执拆分為扌、丸，拆分後的部件整個音義，均無造字理據可言。關於此論點蘇培成《現代漢字學綱要》已論及，他說：「有些簡化字的形體不便分解合稱說，特別是那些草書楷化字。」草書楷化字即指此類省改方式所形成的簡化聲符。

15 《說文．頁部》：「頁，頭也。从百，从儿。」

（1）省略整個形符例

此種省略方式是將形聲字的形符全部省略，僅存聲符。但若就省略的過程來看，卻有兩種不同的產生途徑，一是直接省略形聲字的形符；一是因同音替代的簡化方式造成形符的省略。列述於下：

a.直接省略形符例

此類省略形符後的簡化字所保留的聲符，在正體字系統中，並未獨立成字使用。例如：

編號	正體字	簡化字	正體字結構說明
1.	產	产	從生，彥省聲
2.	親	亲	從見，亲聲
3.	殺	杀	從殳，杀聲
4.	鞏	巩	從革，巩聲

以上产、亲、杀、巩四簡化字，在正體字系統中均未成字使用。而這類簡化字因省略了形符，而從形聲結構變成了非形聲結構。

b.同音替代而致形符省略例

同音替代是指將兩個筆畫一繁一簡的同音字合併使用，以筆畫較簡的字替代筆畫較繁的字。例如：表（錶）、胡（鬍）、采（採）、面（麵）、克（剋）。簡化字表、胡、采、面、克，都是原形聲字的聲符，因此，這類簡化字雖然屬於同音替代的簡化過程，但就字形結構看，卻是省略形聲字形符，保留聲符的方式。而此類與上述「直接省略形符例」不同之處，在於省略後的簡化字在正體字系統中可獨立成字使用，而「直接省略形符例」在正體字系統卻不能獨立成字使用。而相同之處在於省略形符後之簡化字，均由形聲結構變成非形聲結構。

（2）省略形符的部件

相較於前述省略整個形符，此簡化方式僅省略形符的部分部件，目前僅見3例：点（點）、虑（慮）、虏（虜）。「點」，從黑，占聲，簡化字省略形符「黑」的「里」部件；慮，從思，虍聲，簡化字省略形符「思」中的「田」部件；「虜」，從毌從力，虍聲，簡化字省略形符「毌」[16]。這種簡化方式類似《說文》的省形，但省形的結果勢必

16 「虜」字與其他二字的省略稍有不同。點（点）、慮（虑）二字的省略均為省略形符中的部分部

造成形符表義功能的弱化。

（三）同時對形聲字形符、聲符的省改

有部分的簡化字對形聲字形符、聲符的省改是同時進行的。省改方式主要包括：形符聲符同時被替換，形符聲符同時替換部分部件，以另一同音字替代原形聲字，以記號字取代原形聲字四種形式。下面分別對四種方式進行說明：

1. 以筆畫較簡之形符聲符同時替換形符聲符例

此類簡化字的簡化方式是以筆畫較簡的形符及聲符，替換原形聲字筆畫較繁的形符及聲符，替換後的形符聲符仍具有表義、表音的功能。這類簡化字筆者整理出10組，見下表：

編號	正體字	簡化字	正體字結構說明
1.	護	护	從言，蒦聲
2.	憂	忧	從夊，憂聲
3.	聽	听	從耳，從悳，王聲
4.	籲	吁	從頁，籥聲
5.	驚	惊	從馬，敬聲
6.	髒	脏	從骨，葬聲
7.	蹟	迹	從足，責聲
8.	衝	冲	從行，重聲
9.	響	响	從音，鄉聲
10.	幫	帮	從帛，封聲[17]

觀察以上10組簡化字，發現簡化字的形符仍具有不同程度的表義功能，而聲符能更準確的標注形聲字讀音的僅护、忧、听、吁、帮五字，其餘五字的聲符並未較正體字的聲符更能準確標音。

件。而「虜」字乃是从毌，从力，虍聲的雙形符形聲字，而簡化字是省略了其中的形符「毌」，保留了形符「力」，這與前三字的省略有別，但雙形符省為單形符的例子，僅一見，故將之置於此討論。

17 「幫」，意指鞋的邊緣部分。古字為「鞤（鞶）」，《玉篇・革部》：「鞤，軍人皮也。」；「鞶，鞋革皮」。清桂馥《鄉里舊聞・鄉言正字（附）・服飾》：「鞵（筆者案：古鞋字）上曰鞤。」由此知，「幫」的結構應為從帛封聲。

2. 以筆畫較簡之部件同時替換形符聲符的部分部件

這類簡化字有的是以筆畫較簡的部件，替換整個聲符及形符之一部分，例如：

編號	正體字	簡化字	正體字結構說明
1.	屬	属	從尾，蜀聲
2.	劉	刘	從金，從刀，卯聲
3.	學	学	從敎，從冖，臼聲
4.	竊	窃	從穴，從釆，卨聲

簡化字「属」，以「禹」部件替換原形聲字形符「屖（尾）」的「氺」及整個聲符「蜀」。「刘」、「学」、「窃」三字也是同樣的替換模式。

有的簡化字是以筆畫簡單的部件替換整個形符及聲符的一部分，例如：1. 賓—宾：賓字，从貝，宩聲。簡化字以「兵」替換了「賓」字聲符「宩」的「丏」和形符「貝」；2. 勝—胜：勝字，从力，朕聲。簡化字以「生」替換了「勝」字聲符「朕」的「关」及形符「力」；3. 應—应：應字，从心，雁聲。簡化字以「业」替換了「應」字聲符「雁」的「隹」及形符「心」。三字均以成字部件或記號部件替換原形聲字的整個形符及聲符的部分部件。

3. 因同音替代而致形符聲符省略例。

上述形符省略的同音替代與此處的同音替代，雖然都是將兩個筆畫一簡一繁的同音字合併使用，但二者卻有本質上的不同。前者合併後的簡化字，均為原形聲字的聲符，例如：錶—表；後者合併後的簡化字，只是與原形聲字字形毫無關係的同音字或音近字。例如：

編號	正體字	簡化字	正體字結構說明
1.	醜	丑	從鬼，酉聲
2.	蔔	卜	從艸，匐聲
3.	彆	别	從弓，敝聲
4.	薑	姜	從艹，畺聲
5.	纔	才	從糸，毚聲
6.	穀	谷	從禾，𣪊聲

以上簡化字除了姜（从女，羊聲），仍維持形聲結構之外，其餘五字均由形聲結構變成非形聲結構。

4. 以記號字替代形聲字

記號字是指不具表音功能，亦不具表義功能的文字符號。例如：

編號	正體字	簡化字	正體字結構說明
1.	擊	击	從手，毄聲
2.	專	专	從寸，叀聲
3.	舊	旧	從萑，臼聲
4.	頭	头	從頁，豆聲
5.	韋	韦	從舛，囗聲
6.	靈	灵	從巫，霝聲
7.	聖	圣	從耳，呈聲

這類記號字多半來自草書的楷化字體，例如：专、头、韦；也有一部分來自宋元俗字，例如：圣、旧、灵[18]；有部分則新造的簡化字，例如：击[19]。而這類簡化字基本上已成為純粹記號字了。

以上為簡化字對形聲結構的各種省改方式。下面，將各省改方式的數量進行統計製成一表：

18 灵和靈原為不同的二字，灵的本義為小熱貌，為罕用字，因此用來替代「靈」字，明《正字通》將「灵」收為「靈」的俗字。張書岩、王鐵昆、李青梅、安寧編著《簡化字溯源》，頁68-69。

19 《簡化字溯源》，頁103。

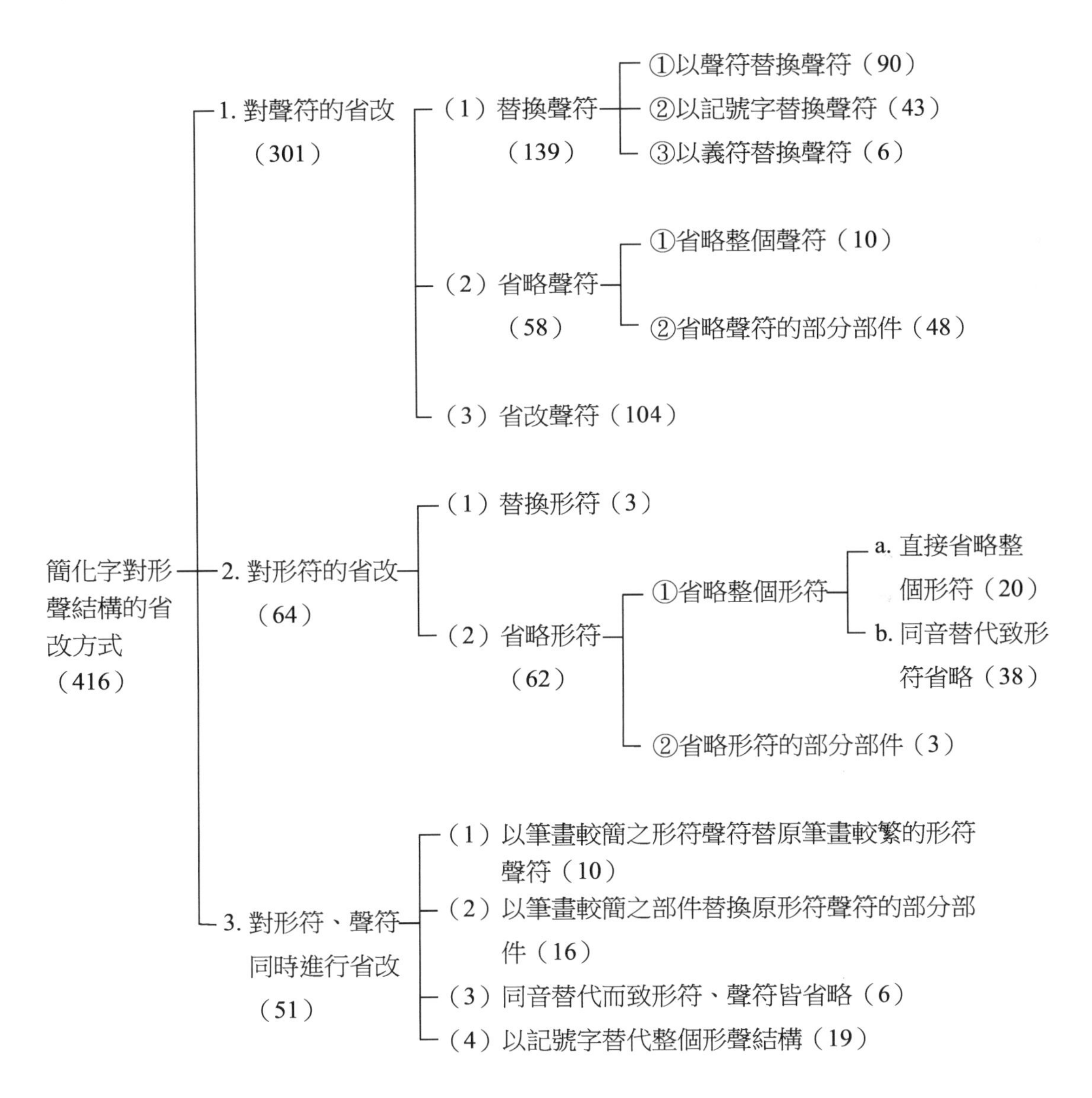

由上表中，我們大致可以看出簡化字對形聲結構進行省改的幾個特點：

1. 簡化字對形聲結構的省改有半數以上是對聲符進行替換與省改的，較少替換及改動形符。
2. 而在對聲符的省改中，又以替換聲符（91）及省改聲符（104）二方式為主。
3. 在省略聲符中，簡化字省略整個聲符的字例有9例，省略整個形符例卻高達60例；相反地簡化字在省略聲符的部分部件的字例共48例，而在省略形符的部分部件的字例卻只見3例。這個數據指出簡化字在省略整個形符、聲符上，以省略形符為主；而在省略形符、聲符部分部件上，以省略聲符為主的現象。
4. 簡化字以記號字省改形聲結構例共60例，60例均對形聲字聲符或整個形聲結構進行替換，但並未見單獨替換形符例。

二、論簡化字對形聲結構的影響

承前所述，簡化字對形聲字的省改，主要集中在對聲符的替換與省改，而這樣的省改方式，對形聲結構產生了哪些影響呢？本節即針對此一問題，並根據上述416組正簡形聲字進行排比分析，歸納整理出形聲結構由正體字到簡化字的變化類型。

（一）形聲結構聲符同化

所謂聲符同化，是指簡化字往往將形聲結構中若干筆畫較繁的聲符同化為一筆畫較簡化的聲符。筆者整理出簡化字聲符同化的字例，約24組，列述於下：

（1）量、襄→良[20]：粮（糧）、酿（釀）。
（2）䙴、韱、䍃→千：迁（遷）、纤（纖）、纤（縴）。
（3）義、妻、麗→西：牺（犧）、栖（棲）、洒（灑）、晒（曬）。
（4）甫、菐→卜：补（補）、扑（撲）、仆（僕）、朴（樸）。
（5）責、戠→只：积（積）[21]、职（職）、织（織）、帜（幟）。
（6）赫、叚→下：吓（嚇）、虾（蝦）。
（7）軍、昷→云：运（運）、酝（醞）。
（8）單、亶、贊→占：战（戰）、毡（氈）、钻（鑽）。
（9）雍、庸、雝→用：拥（擁）、佣（傭）、痈（癰）。
（10）憂、酋→尤：优（優）、扰（擾）、犹（猶）。
（11）養，羕→羊：痒（癢）、样（樣）。
（12）意、埶→乙：亿（億）、忆（憶）、艺（藝）。
（13）翟、奥→夭：跃（躍）、袄（襖）。
（14）賈、皆→介：价（價）、阶（階）[22]。
（15）絜、皆→吉：洁（潔）、秸（稭 jiē）。
（16）藏、舂、葬→庄：脏（臟）、赃（贓）、桩（樁）、脏（髒）[23]。

20 右為簡化字之聲符，左為正體字聲符，下同。

21 簡化字將「積」簡化為「积」，而將「績」簡化為「绩」，原本正體字的「積」、「績」，彼此可以互相提示讀音，但簡化字卻切斷了二字在讀音上的連結。

22 許淑華曾指出「價」簡化為「价」，筆畫雖減少，但是形聲字標音的正確性卻被犧牲了。說見〈漢字簡化對漢語教學的衝擊〉，《第十六屆中國文字學全國學術研討會論文集》，高雄師範大學，2005年，頁6。

23 「庄」字又為「莊」的簡化字。

（17）垔、燕→因：烟（煙）、咽（嚥）。

（18）登、聽→丁：灯（燈）、厅（廳）。

（19）蒦、扈、盧→戶：护（護）、沪（滬）、炉（爐）、庐（廬）、芦（蘆）、驴（驢）[24]。

（20）執、埶（yì）→执：挚（摯）、垫（墊）、絷（縶）；亵（褻）、热（熱）、势（勢）。

（21）隹、冓→井：进（進）、讲（講）。

（22）登、徵→正：证（證）、症（癥）。

（23）敻（xiòng）、敬→京：琼（瓊）、惊（驚）。

（24）粦（lín）、領→令：怜（憐）、邻（鄰）、岭（嶺）。

以上24組都是將二或三個聲符同化為一個筆畫較簡的聲符，而這些聲符基本上仍具有表音功能。有學者曾指出形聲字的「義符和聲符的不斷類化，是漢字系統化根本條件。」[25]表面上來看，上述簡化字形聲字聲符的同化似乎與此發展趨勢相吻合，但整體的觀察，可以發現簡化字形聲結構聲符同化是不規則和不一致的，絕大部分僅是個別形聲字的同化，而非整個形聲字字族的同化。由此可知，上述的聲符同化對於漢字的系統化的發展並沒有太大幫助。此外，有一部份的簡化字將若干聲符同化為一個筆畫極簡，且為無表音、表義功能的記號部件。這類聲符同化的字例，筆者整理出8組：

（1）睘（qióng）、褱（huái）—不（bù）：还（還）、环（環）、怀（懷）。

（2）亶（dǎn）、曾、重、壘→云（yún）：坛（壇）、层（層）、动（動）、坛（罈）

（3）寺、咼（wāi）→寸（cùn）：时（時）、过（過）。

（4）臱（biān）、昜（yáng）、躬→力（lì）：边（邊）、伤（傷）、穷（窮）。

（5）穌（sū）、劦（xié）→办（bàn）[26]：苏（蘇）、协（協）、胁（脅）。

（6）𦰩（jǐn）、堇（jǐn）、登、虘（xī）、雚（guàn）、奚→又（yòu）：汉（漢）、叹（嘆）、难（難）、仅（僅）、邓（鄧）、戏（戲）、权（權）、劝（勸）、观（觀）、鸡（雞）。

（7）舄（xì）、與→与（yǔ）：写（寫）、欤（歟）、屿（嶼）。

（8）票、祭→示（shì）：标（標）、际（際）。

以上8組字例將若干聲符混同為一筆畫極簡，而且無表音、表義功能的純粹記號部件。這些記號式的偏旁，均為硬性替代的部件[27]，是簡化字中很有爭議的一批字形。這批字

---

24 從盧聲的另一組形聲字顱、壚，簡化字作颅、垆。

25 李國英《小篆形聲系統研究》，頁2。

26 「办」為「辦」的簡化字。

27 曾昭聰《形聲字聲符示源功能研究》，合肥：黃山書社，2002年。

形不僅干擾原形聲系統在字形上的統一規則，同時也破壞形聲字字音與字形緊密聯繫的優勢。以第（3）組「寸」為例，「寸」混同了「寺（sì）」、「咼（wāi）」二聲符，然而簡化字又未將形聲字中所有從寺、從咼的聲符完全簡化為「寸」，例如：待、侍、峙三字聲符仍作「寺」；窩、禍、渦三字聲符「咼」簡化作「呙」。因此，就字形來看，簡化字的时，脫離了待、侍、峙形聲字系統；过，也脫離了窩、禍、渦的形聲系統[28]。同時，「寸（cùn）」在讀音上既無法提示「时（shí）」的讀音，也無法提示「过（guò）」的讀音。因此，就字音言，簡化字的「时」、「过」基本上切斷了原形聲字「時」、「過」與聲符「寺」、「咼」的聯繫。

（二）形聲結構聲符異化

所謂「聲符異化」，是指正體字中從相同聲符的一組形聲字，至簡化字中異化為不同的聲符或部件，使原本依賴相同聲符繫聯的形聲字字族受到了破壞。例如同從「甫」聲的捕、輔、圃、埔、補的形聲字，聲符「甫」不僅提示五字的讀音，同時也在字形上使這五個形聲字得到緊密的繫聯。然而，簡化字卻將其中的「補」省改為「补」，切斷「补」字與捕、輔、埔、圃四形聲字形上的聯繫。這種對形聲字字族的破壞，在簡化字中十分常見。筆者整理出以下幾組字例：

編號	聲符	正體字	簡化字	說明
1.	尞 liáo	遼、療 潦、撩、僚、獠	辽、疗 潦、撩、僚、獠	聲符尞，異化為了、尞。
2.	襄 xiāng	讓 釀 壤、鑲、攘	让 酿 壤、镶、攘	聲符襄，異化為上、良、襄。
3.	甫 fǔ	補 捕、輔、圃、哺	补 捕、辅、圃、哺	聲符甫，異化為卜、甫。
4.	責 zé	積 績、嘖、漬、債	积 绩、啧、渍、债	聲符責，異化為只、责。
5.	詹 zhān	擔、膽 澹、簷、瞻	担、胆 澹、檐、瞻	聲符詹，異化為旦、詹。
6.	叚 jiā	蝦 暇、假、霞、瑕	虾 暇、假、霞、瑕	聲符叚，異化為下、叚。

28 許淑華亦提到此點，云：「將表音偏旁簡化，以致字形無系統可歸屬。」〈漢字簡化對漢語教學的衝擊〉，頁5。

編號	聲符	正體字	簡化字	說明
7.	冓 gòu	講 溝、購、構 媾、遘	讲 沟、购、构 媾、遘	聲符冓，異化為井、勾、冓。
8.	軍 jūn	運 揮、輝、暉、暈、 鄆、渾、葷	运 挥、辉、晖、晕、 郓、浑、荤	聲符軍，異化為云、军。
9.	翏 liù	膠 廖、戮、謬、繆	胶 廖、戮、谬、缪	聲符翏，異化為交、翏。
10.	昷 wēn	醞 緼、溫、氳、塭	酝 组、温、氲、塭	聲符昷，異化為云、昷。
11.	登 dēng	燈 證 鄧 凳、蹬	灯 证 邓 凳、蹬	聲符登，異化為丁、正、登、又。
12.	單 dān	戰 彈、撣、嬋、殫 蟬	战 弹、掸、婵、殚、 蝉	聲符單，異化為占、单。
13.	贊 zàn	鑽 讚、攢、囋	钻 赞、攒、囋	聲符贊，異化為占、赞。
14.	亶 dǎn	氈 壇 檀、擅、顫	毡 坛 檀、擅、颤	聲符亶，異化為占、云、亶。
15.	袁 yuán	遠、園 猿、轅	远、园 猿、辕	聲符袁，異化為元、袁。
16.	敝 bì	斃 幣 蔽、弊	毙 币 蔽、弊	聲符敝，異化為比、丿、敝。
17.	監 jiān	艦 檻、濫、藍、籃 鑑	舰 槛、滥、蓝、篮 鉴	聲符監，異化為见、监、[illegible]。
18.	羕 yàng	樣 漾	样 漾	聲符羕，異化為羊、羕。
19.	意 yì	臆、薏 億、憶	臆、薏 亿、忆	聲符意，異化為意、乙。

編號	聲符	正體字	簡化字	說明
20.	奧 ào	襖 澳、懊	袄 澳、懊	聲符奧，異化為夭、奥。
21.	賁 bēn	墳 憤、噴	坟 愤、喷	聲符賁，異化為文、贲。
22.	皆 jiē	稭 階 諧、偕、楷	秸 阶 谐、偕、楷	聲符皆，異化為吉、介、皆。
23.	昜 yáng	觴、殤 傷	觞、殇 伤	聲符昜，異化為𠃓、力。
24.	劦 xié	脅、協 勰	胁、协 勰	聲符劦，異化為办、劦。
25.	雚 guàn	權、勸、歡、觀 灌、罐	权、劝、欢、观 灌、罐	聲符雚，異化為又、雚。
26.	堇 jǐn	僅 謹、勤、槿、瑾	仅 谨、勤、槿、瑾	聲符堇，異化為又、堇。
27.	肖 xiào	趙 俏、梢、稍、捎、 消、哨、宵	赵 俏、梢、稍、捎、 消、哨、宵	聲符肖，異化為乂、肖。
28.	曾 zēng	層 僧、增、贈、蹭	层 僧、增、赠、蹭	聲符曾，異化為云、曾。
29.	耶 yé	爺 椰、揶	爷 椰、揶	聲符耶，異化為卩、耶。
30.	專 zhuān	團 傳、轉、磚	团 传、转、砖	聲符專，異化為才、专。
31.	瞢 mèng	夢 瞢	梦 瞢	聲符瞢，異化為林、瞢。
32.	咼 wāi	過 窩、禍、渦、鍋	过 窝、祸、涡、锅	聲符咼，異化為寸、呙。
33.	疑 yí	擬 凝	拟 凝	聲符疑，異化為以、疑。
34.	重 zhòng	鍾、種、腫 動	钟、种、肿 动	聲符重，異化為中、云。
35.	寺 sì	時 詩、侍、峙、等、 待、痔	时 诗、侍、峙、等、 待、痔	聲符寺，異化為寸、寺。

編號	聲符	正體字	簡化字	說明
36.	票 piào	標 漂、飄、嫖、剽、 驃	标 漂、飘、嫖、剽、 骠	聲符票，異化為示、票。
37.	般 bān	搬 盤	搬 盘	聲符般，異化為般、舟。
38.	蜀 shǔ	觸、濁、燭、獨 屬 鐲	触、浊、烛、独 属 镯	聲符蜀，異化為虫、禹、蜀。
39.	麗 lì	灑、曬 驪、儷、鸝、酈 鱺、釃	洒、晒 骊、俪、鹂、郦、 鲡、酾	聲符麗，異化為西、丽。
40.	齊 qí	齎 儕、躋、擠、濟、 劑、臍、霽、齏	赍 侪、跻、挤、济、 剂、脐、霁、齑	聲符齊，異化為齐、亝。
41.	來 lái	麥 萊、崍、徠、淶、 錸	麦 莱、崃、徕、涞、 铼	聲符來，異化為𠀐、来。
42.	柬 jiǎn	揀、練、煉 楝、諫	拣、练、炼 楝、谏	聲符柬，異化為东、柬。
43.	畾 léi	壘 儡 纍	垒 儡 累	聲符畾，異化為厽、畾、田。
44.	樂 lè	藥 爍、鑠、礫	药 烁、铄、砾	聲符樂，異化為约、乐。

由以上44組字例，可知簡化字導致形聲字聲符大量異化。表面上看，大幅度的縮減形聲字的筆畫，使書寫漢字可以更加快速。然而，從學習漢字的角度來看，聲符大量異化的結果卻衍生出許多學習漢字的問題。關於簡化字在識字教學上的問題，已有不少學者提出探討。黃沛榮先生就曾提出：

> 簡化字部件的數量比傳統字形多了一百多個，也就是說，學習簡化字的人，在不知不覺中付出了較多的心力[29]。

此外，也有學者指出簡化字的不統一與缺乏規律性，使得漢語教學變得無系統也不科

29 引自數位資料「華語處處通」黃沛榮〈兩岸語文比較〉，1999年8月4日。http://www.chinesewaytogo.org/teachers_comer/expert/twoshore/ twoshore.php

學[30]。此處針對簡化字中大量聲符異化對於漢字的學習與認知的影響，作一具體討論。我們知道在學習任何新知識，都是在已知的舊知識基礎上進行的，當我們已知的知識能較多的與新知識產生聯繫，那麼我們的學習效率相對會比較高；相反的，當我們已知的知識較少的與新知識聯繫，那麼學習效率自然會比較低。以此概念檢視以上44組聲符異化的簡化字，筆者發現學習簡化字的學習者，在學習新形聲字時，其新舊知識的關聯，要較正體字的學習者來得少，也就是說，簡化字的學習效益要比正體字來得低。下面筆者以第2組「襄」聲符為例，來說明這個現象。

首先，正體字的學習者在學習了「襄」之後，進一步學習讓、釀、壤、鑲、攘五個新字，他可以運用已習得的「襄」連結這五個從襄的新形聲字，來幫助他記憶與學習。其新舊知識的連結為：

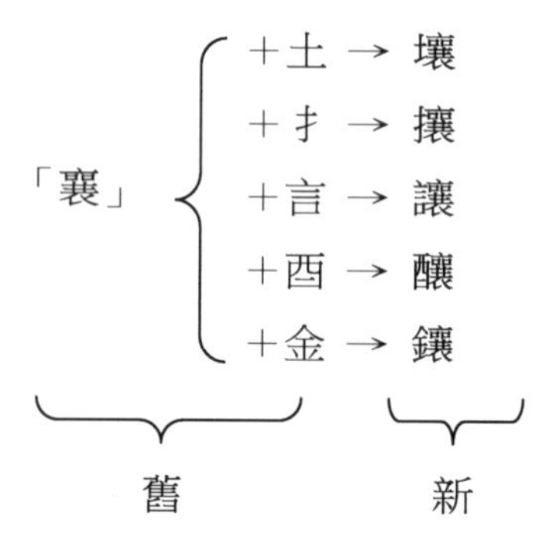

由上圖可以清楚看到，學習者要學習的五個新字形，皆與學習者已學過的「襄」有所聯繫。除此之外，就五字的讀音來看，除「釀（niàng）」的讀音須獨立記憶之外[31]，其他四字均能在新舊知識的連結中獲得不同程度讀音的提示：鑲（xiāng）由聲符「襄（xiāng）」的讀音獲得提示，而讓（ràng）、攘（rǎng）、壤（rǎng）三字則彼此提示讀音。

其次，來看簡化字學習者學習這五個新字的情形，這五個字簡化字作让、酿、攘、镶、壤，當學習者學習了聲符「襄」之後，他能夠運用已習得的「襄」來幫助學習的新字僅有攘、镶、壤三字，让、酿二字的學習，學習者必須再從舊知識中搜尋與二新字有所連結的元素，其新舊知識的連結為：

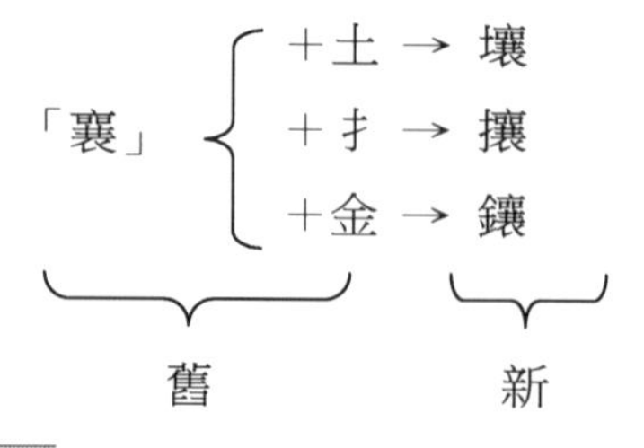

30 許淑華〈漢字簡化對漢語教學的衝擊〉，頁7。

31 「釀」的讀音雖然與其他三字的讀音差異較大，但釀的韻母「-iang」與聲符「襄」的韻母「-iang」疊韻，仍能從聲符「襄」獲得讀音提示。

很明顯的簡化字學習者利用舊有知識「襄」僅能學習到三個新字，而正體字學習者則能利用「襄」學習到五個新字[32]。由此可知簡化字的學習效益，相對而言是比較低的，換句話說，簡化字對聲符的替換與省改，造成大量聲符異化的現象，這對於漢字學習者而言，是弊多於利的。

（三）形聲結構的非形聲化

漢字構形系統的發展歷程，事實上，就是形聲化的過程，李孝定先生曾經對甲骨文、小篆、宋代楷書三種字體的六書結構進行統計，其中形聲字在殷商甲骨文約佔27.24%，在小篆中則增加至81.40%[33]，到了宋代的楷書，形聲字的數量已佔總字數的90%。此數據告訴我們整個漢字構形體系內在發展規律，就是形聲化的發展過程。自甲骨文以後，整個漢字構形體系一直朝著形聲結構前進，經過小篆而至楷書，形聲字基本上已經成為漢字構形系統的主體。

形聲字之所以能夠成為漢字構形系統的主體，正如第一章所言，主要原因在於形聲字形符、聲符的結合使漢字形、音、義三者得以緊密的連結，可以以有限的形符和聲符創造出無限的組合樣式，應付一切文化意義的需要。此外，形聲結構基本上解決了漢字形音關係疏遠的問題。

承上所述，可知形聲字是漢字構形體系中的最優結構。然而，此種最優結構在簡化字系統中卻面臨了最嚴峻的考驗，有大量的形聲字在簡化過程中變成了非形聲字。筆者根據上面416組正簡形聲結構的對照表，整理出簡化字由形聲結構變為非形聲結構的字例共155組，列表於下：

編號	正體字（形聲字）	簡化字（非形聲字）
1.	邊	边
2.	傷	伤
3.	窮	穷
4.	廟	庙
5.	脇、協	胁、协
6.	蘇	苏

32 黃沛榮於〈漢字審思〉一文中對於學習簡化字時亦曾提及：「為了讓寫字時少寫幾筆，卻讓學生多學許多部件。例如：使用傳統字者可根據『幼』、『拍』、『林』等字的部件學寫『樂』字，學習簡化字則除了要學這三字外，還要加學一個『乐』字。」《華語文教學研究》第三卷第二期2006年12月。

33 據李國英的統計，小篆中的形聲字佔87.39%。《小篆形聲系統研究》，頁 2。

編號	正體字（形聲字）	簡化字（非形聲字）
7.	權、勸、觀	权、劝、观
8.	嘆、漢、難	叹、汉、难
9.	僅	仅
10.	戲	戏
11.	鄧	邓
12.	雞	鸡
13.	堯	尧
14.	畫	划
15.	蠶	蚕
16.	獻	献
17.	趙	赵
18.	壇	坛
19.	罈	坛
20.	層	层
21.	動	动
22.	變、巒、攣、孿、臠、孌、欒、彎、鸞、鑾、蠻	变、峦、挛、孪、脔、娈、栾、弯、鸾、銮、蛮
23.	爺	爷
24.	鄭	郑
25.	導	导
26.	鐵	铁
27.	亂	乱
28.	適	适
29.	團	团
30.	稱	称
31.	國	国
32.	璽	玺
33.	夢[34]	梦
34.	還、環	还、环

34 《說文・夕部》:「夢，不明也。從夕，瞢省聲。」夢字雖然是省聲字，聲符已無法準確示音，但卻可以與「瞢」互相提示聲音。

編號	正體字（形聲字）	簡化字（非形聲字）
35.	懷、壞	怀、坏
36.	獵、臘、蠟	猎、腊、蜡
37.	牽	牵
38.	寫	写
39.	過	过
40.	師	师

以上40組字例，正體均為形聲結構，而簡化字在以記號字替換他們的聲符後，使這些字的結構產生變化，由形聲結構變成非形聲結構。

編號	正體字 形聲字	簡化字　非形聲字
41.	辦	办
42.	寶	宝
43.	幣	币
44.	麼	么
45.	廠	厂
46.	廣	广
47.	處	处
48.	虧	亏
49.	畝	亩

41～49組在簡化過程中省略聲符，僅保留形符及附加筆畫。除宝字可以視作會意字之外，其餘諸字已無法歸入象形、指事、會意任何一種造字方法，只能視為純粹記號字。這些字例也從形聲結構變成非形聲結構。

編號	正體字　形聲字	簡化字　非形聲字
50.	條	条
51.	瘧	疟
52.	雖	虽
53.	標	标
54.	際	际
55.	匯	汇
56.	觸、燭、濁、獨	触、烛、浊、独
57.	糶	粜

編號	正體字　形聲字	簡化字　非形聲字
58.	糴	籴
59.	婦、掃	妇、扫
60.	掛	挂
61.	務	务
62.	謄	誊
63.	盤	盘
64.	類	类
65.	懸	悬
66.	厭	厌
67.	時	时
68.	懨	恹
69.	寧	宁

50～69組字例在簡化過程省略聲符的部分部件，而保留下來的部分聲符部件已無表音功能。因此，也由形聲結構變為非形聲結構。

編號	正體字　形聲字	簡化字　非形聲字
70.	產	产
71.	親	亲
72.	殺	杀
73.	啟	启
74.	號	号
75.	離	离
76.	錄	录
77.	屍	尸
78.	術	术
79.	殼	壳
80.	氣	气
81.	麗	丽
82.	獸	兽
83.	電	电
84.	復	复
85.	複	复

編號	正體字　形聲字	簡化字　非形聲字
86.	閤	合
87.	錶	表
88.	採	采
89.	繫	系
90.	佈	布
91.	鼕	冬
92.	鉅	巨
93.	捲	卷
94.	剋	克
95.	崑	昆
96.	睏	困
97.	裏	里
98.	麵	面
99.	衊	蔑
100.	闢	辟
101.	鞦	秋
102.	捨	舍
103.	昇	升
104.	陞	升
105.	係	系
106.	鹹	咸
107.	嚮	向
108.	鬚	须
109.	餘	余
110.	製	制
111.	佔	占
112.	週	周
113.	硃	朱
114.	準	准
115.	雲	云
116.	紮	扎

70～116組在簡化過程中，省略了整個形符，僅保留聲符，這些簡化字的結構已非形聲結構，但大致仍能劃歸象形、指事、會意等表義結構中[35]。

編號	正體字　形聲字	簡化字　非形聲字
117.	擊	击
118.	鑿	凿
119.	個	个
120.	頭	头
121.	蘭	兰
122.	衛	卫
123.	盧	卢
124.	韋	韦
125.	盡	尽
126.	關	关
127.	舊	旧
128.	書[36]	书
129.	歸	归
130.	靈	灵
131.	歲	岁
132.	葉	叶
133.	聖	圣

117～133組字例，是以草書楷化字及宋元俗字取代原形聲結構，變成非形聲結構。這類簡化字結構大部分已無法拆解，少部分可以拆分，然而，無論可否拆分，均喪失構字的理據，既不表義，也不表音，只能視為純粹記號字。

編號	正體字　形聲字	簡化字　非形聲字
134.	莊	庄
135.	憑	凭
136.	簾	帘
137.	筆	笔
138.	淚	泪

35 其中的「产」字只能歸為記號字。

36 書，從聿，者省聲。

編號	正體字　形聲字	簡化字　非形聲字
139.	陽	阳
140.	陰	阴

以上七組字例中的簡化字部分取自古時的俗字，如庄、笔、阳、阴[37]；有來自意思相通的古字，如凭、帘[38]。這些字也都從形聲結構轉變為非形聲結構，但與前述記號字不同，這些字的偏旁都在不同程度提示整個字的字義，例如：庄，从广从土，表示土上的房舍；凭，从任从几，表依靠几欄；帘，从穴从巾，表示房舍內外的布巾；笔，从竹从毛，表示毛筆的形式；泪，从水从目，表淚水；阳，从阜从日；阴，从阜从月，以日、月為陰、陽的象徵。因此，這七個簡化字都可視為會意結構。

編號	正體字　形聲字	簡化字　非形聲字
141.	嘗	尝
142.	風	风
143.	鳳	凤
144.	屬	属
145.	應	应
146.	岡	冈
147.	雜	杂
148.	鹽	盐
149.	學	学
150.	劉	刘
151.	齋	斋

141～151這組簡化字字例已完全破壞了原來的形聲結構，變成非形聲結構。此類簡化字拆分後已無造字理據可言，例如「尝」，部件「⺌」、「云」既不表音，也不表義。其餘字例也都是同樣情況，這些字亦只能視為純粹記號字。

編號	正體字　形聲字	簡化字　非形聲字
152.	曆	历
153.	歷	历
154.	勝	胜
155.	竊	窃

37 「庄」見於唐《干祿字書》;「笔」，最早見於北齊的雋敬碑和房周陀墓志；「阳」、「阴」，見於《京本通俗小說》。參見《簡化字溯源》，頁92；49；83-84。

38 凭，指靠在几、欄等物體上，引申為依靠；帘，酒店門外的旗幟，參《簡化字溯源》，頁72，68。

152～155這組簡化字的历、胜，有認為是現代新造的形聲字[39]，而「窃」則由宋元俗字演變而來[40]，一般也將之視為形聲字。但是，如果我們將這三個簡化字結構比對正體字的形聲結構，會發現历、胜、窃三字是否可以歸為形聲字，仍有可討論的空間。首先，就曆、歷二字而言，歷，從止，厤聲，義為經過；曆，從日，厤聲，義為「經過的日月[41]」。簡化字將兩字合併，並以「力」取代「⿱秝止」、「⿱秝日」，簡化作「历」，其中以部件「力」擔負表音的職能，而「厂」則是原聲符（厤）保留下來的部分部件。這樣的組合可以視作形聲字嗎？我們知道，形聲字的形符表示形聲字的義類，而聲符提示的是形聲字的讀音，以此規則檢視「力」字，「力」具有表音功能，可以視作聲符，而「厂」部件則無任何提示「历」字音義方面的職能，純粹只是一個具備了區別功能的符號。由此可知，「厂」並不具備作為形聲字形符的條件。它既不是形符，那麼「历」字就不能算是形聲字。再看勝（胜）字，《說文・力部》說「勝」字「任也，从力，朕聲。」「任」有擔當、勝任之意。有能力才能有擔當，故勝字從「力」。簡化字將之簡化為「胜」，表音的功能由「生」擔負，保留原作為聲符「朕」的部件「月」，「月」在此字中已不具表義、表音的功能，純為表區別的記號部件。因此「胜」字亦不能視作傳統意義上的形聲字。最後看竊（窃）字，竊字小篆作「[illegible]」，《說文・米部》：「盜自中出曰竊。从穴米，卨廿皆聲也。」卨、廿均為聲符，至楷書的「竊」省略「廿」聲，原「米」旁訛成「釆」。「竊」字的結構如依《說文》從穴從米，只能表米在穴中之義，並無法表示米自穴中盜出之義[42]。筆者認為此字中的「卨」雖為聲符，但由其本義為「蟲[43]」，可以將此字理解為「蟲於穴中偷蝕米」來表示偷盜義。如此「竊」字的偷盜義即可由字形呈現，同時亦可將此理解用於識字教學中，幫助學習者記憶字形。但簡化字將之簡化為「窃」後，以「切」替代釆、卨，擔任表音職能，確實可以視作「聲符」，然而原形符「穴」在省略掉「米」、「卨」之後，是否仍保留原字形所表的義項，則是有待商榷的[44]。

---

39 《簡化字溯源》，頁67、106。

40 《簡化字溯源》，頁74。

41 《說文・止部》：「歷，過也。」《說文・止部》（大徐本）：「曆，厤象也。」《淮南子・本經》：「星月之行，可以曆推得之。」

42 段玉裁注：「米自穴出，此盜自中出之象也，會意。」恐非。

43 《說文・内部》：「蟲也，从厹，象形。」

44 類似的例字，還有毕、窜二字。正體字為畢、竄，兩字原為會意字，畢，从田从華，華，像古時田獵用的一種長柄網；而「竄」《說文》：「匿也，从鼠在穴中藏匿之意。」當二字被簡化為毕、窜時，一般認為是現在新造的形聲字（《簡化字溯源》，頁100、101）。但，當我們進一步檢視二字的結構時，發現二字也不能簡單的視作形聲字，以竄字來說，本義為藏匿，以「鼠」在洞穴中來會意，但當以具有表音功能的「串」替換具表義功能的「鼠」，簡化為窜，雖然「窜」具備了表音符號的作用，但保留下來的形符「穴」，同時也喪失了表義功能。我們知道「竄」，以老鼠躲在洞穴來會藏匿之意，簡化字將藏匿的主體「鼠」替換成「串」，既沒有了藏匿的主體，那麼藏匿空間的意

因此，嚴格的說這三字的結構都不能視作傳統形聲結構。只能看作是表音符號與區別符號所結合的新字。

以上155組簡化字字例均由形聲結構變為非形聲結構，這與上述漢字的形聲化發展規律及發展趨勢是相違背的。值得注意的是，大量非形聲結構的字例均為不具表音表義功能的純粹記號字，喪失了造字的理據。不僅非形聲結構如此，形聲結構的聲符經省改後，大部分只具有記音的功能，也喪失了造字理據。例如：仑（侖）、乐（樂）、东（東）、军（軍）、韦（韋）、农（農）、发（發）、属（屬）等。此種記號字化的演變不僅與漢字表義特質背道而馳，同時也為漢字教學帶來不少學習上的困難。呂浩在《漢字學十講》中明確的說道：

> 很多簡化字實際上就是另外創造了一些的異體字，這些新異體字看起來筆畫較少，但由於喪失理據，記憶起來比繁體字要困難得多，而且這些簡化字是增加了漢字的字量，特別是常用字的字量，給漢字教學帶來諸多不必要的麻煩[45]。

三、結論

本文主要針對正體字與簡化字中的形聲結構進行比較分析，對簡化字形聲結構的省改方式及變化有更深入的認識。就前者而言，簡化字對形聲字的省改，主要是以替換及省改聲符為主，極少改動形符。就後者來看，簡化字對形聲字的省改，基本上造成形聲字聲符同化、聲符異化、形聲字的非形聲化及記號字化四種結構上變化。聲符同化，即指兩個或兩個以上的不同的聲符因省改而同化為 個聲符（仍具表音功能）或記號部件（無表音功能）；聲符異化，是指相同的聲符因省改而異化為兩個或兩個以上的不同聲符或記號部件。然而這種聲符的同化、異化具有高度的不規則性及不一致性，絕大部分只是個別或部分形聲字聲符的變化，而非整個形聲字族規則的變化。也因為如此，此種不規則的變化，實際上已衝擊了形聲字內部結構系統化的傳統優勢。除此之外，形聲字的非形聲化及記號字化，更是在本質上撼動了漢字形音義緊密結合的穩固結構，以及堅持表義的特質。

義也就消失了。「毕」字狀況也是如此。因此，窜、毕均不能作為形聲字，只能看作是表音符號串、比與區別符號所結合的新字。

45 呂浩《漢字學十講》，頁77。

第六章
論常用字記號部件的擴散現象

現代漢字的結構分析，基本包括意符、聲符和記號部件三部分。其中的意符和聲符在漢字演變過程中都具有較清晰的因承脈絡，唯獨記號部件在隸楷以來才大量的出現，成為組成隸楷字體中一重要的書寫部分。所謂「記號部件」是指在漢字形體發展至隸楷字形有部分部件「在演變中喪失了構意功能，變得無法解釋」[1]。例如：春、秦、泰等字中的「𡗗」；素、毒等字中的「龶」；交、亦、享、市等字中的「亠」。這些記號部件均無法由形構分析理解其字義。雖然這些部件喪失了理據，然而在常用字中卻十分常見。具體觀察這類記號部件的發展演變軌跡，我們發現記號部件在隸變過程中存在擴散現象。「擴散現象」一詞首見於語言學的研究。美國學者王士元提出語音演變在詞彙中呈逐步擴散發展，首先由若干詞彙開始，隨著時間的推移逐漸的擴散到其他相關的詞彙中，並將此種語音的變化稱為「詞彙擴散現象」[2]。這與古今字形演變過程中，隸楷部分記號部件逐步的、漸進的透過形近歸併類化不同部件形體，最終擴散至不同文字中的現象相近似。因此，此處即借用「擴散現象」一詞來描述此類記號部件的演變過程[3]。此種記號部件擴散現象揭示了隸楷字形的一大特色：記號部件透過形近類化相關文字的書寫筆畫，硬性取代了不同部件的組合功能，讓漢字字形組合形式相對減少，從而減輕隸楷書寫學習上的負擔。

本章選取「𡗗」、「𠆢」、「丷」、「亠」、「𠂉」、「龶」六個記號部件進行分析，這六個部件均為現代漢字的基礎部件[4]。六部件的使用情形為：1.「𡗗」部件出現在秦、

1　王寧《漢字構形學講座》，頁104。

2　〔美〕王士元著，石鋒譯《語言的探索——王士元語言學論文選譯》〈詞匯擴散原理〉篇，北京：北京語言文化大學出版社，2002年12月。

3　將語言學中「詞匯擴散現象」運用在漢字字形演變研究的，已見於2010年賴佳瑜〈文字層面的詞匯擴散現象〉見 *Proceedings of the 22nd North American Conference on Chinese Linguistics (NACCL-22) & the 18th International Conference on Chinese Linguistics (IACL-18). Volume 1 .2010. (Edited by Lauren E. by Clemens and Chi-Ming Louis Liu)* pp.81-89.該文論述「阜」、「水」二部首在隸書合體字中演變為「阝」、「氵」的過程，屬於漸變，而非一次性的變化。

4　王寧：「我們把漢字進行拆分，拆到不能再拆的最小單元」，這些最小單元即為基礎部件。參見王寧《漢字構形學講座》，頁80。本章為了擴大討論的範圍，亦有對部分基礎部件再作進一步的拆分，例如：前、並、兼三字上方的基礎部件「䒑」，其中的「丷」正與本章所討論的「丷」記號部件相同，故將「䒑」部件再拆分為「丷」、「一」，而將前、並、兼三字列入討論。

春、奉、泰、奏、舂六字中；2.「丷」部件出現在其、真、典、貝、貞、員、只、六、興、與、兵、具、共、異、黃、頁十六字中；3.「\/」部件出現在羊、美、善、義、羔、前、尊、首、並、弟、兼十一字中；4.「亠」部件出現在卒、衣、玄、享、高、亭、京、六、立、亦、交、文、方、亡、稟、旁、市、帝、畝、亥二十字中；5.「乀」部件出現在衣、旅、食、辰、長、喪、艮、畏、良九字中；6.「龶」部件出現在青、責、表、素、毒五字中。希望透過這些記號部件的主從或先後演變的分析，合理的提出研治隸楷文字書寫時，需密切注意記號部件的「擴散現象」。下面依序對每個部件所屬字例形體的發展軌跡，探討現代漢字記號部件的擴散情形。

一、夫

楷書「夫」部件分別見於常用字的秦、舂、春、奉、奏、泰六字，均位在字形的上端。觀察諸字例的形構演變，逐字列表說明如下：

1. 秦、春

字例	甲骨文[5]	金文[6]	戰國文字[7]	小篆	秦隸[8]	漢隸[9]
秦	合集 299 合集 34064	師酉簋 秦公簋	秦苛𦡞勺 包 2.132		睡答 203 睡甲 82 背	馬王堆問 094[10] 銀 303[11] 居新[12] 武燕禮 045[13]
春	合集 17078 正	伯春盉			睡答 132	馬王堆方 415 張二 23[14] 張二 25 綏民校尉熊君碑

5 本章甲骨文字形僅限商代甲骨，選取自劉釗《新甲骨文編》（福州：福建人民出版社，2014年12月）及臺灣中央研究院資訊所建構的「漢字構形資料庫」。

6 本章金文字形主要包含西周及春秋金文，選取自容庚《金文編》（北京：中華書局，1985年7月）、臺灣中央研究院資訊所建構「漢字構形資料庫」、史語所「殷周金文暨青銅器資料庫」（http://app.sinica.edu.tw/bronze/qry_bronze.php）。

7 本章戰國文字字形主要包含戰國金文及楚簡資料，選取自臺灣中央研究院資訊所建構「漢字構形資料庫」及史語所「殷周金文暨青銅器資料庫」（http://app.sinica.edu.tw/bronze/qry_bronze.php）。

8 本章秦隸字形主要為戰國及秦代階段的秦簡牘文字，選取自方勇編著《秦簡牘文字編》（福州：福建人民出版社，2012年12月）。

9 漢隸字形主要包括漢代簡牘及漢碑文字，漢代簡牘選取自陳松長編著《馬王堆簡帛文字編》（北京：文物出版社，2001年6月）；駢宇騫編著《銀雀山漢簡文字編》（北京：文物出版社，2001年7月）；張守中編撰《張家山漢簡文字編》（北京：文物出版社，2012年12月）；徐富昌編撰《武威儀禮漢簡文字編》（臺北：國家出版社，2006年3月）；陸錫興編著《漢代簡牘草字編》（上海：上海書畫出版社，1989年12月。）；張顯成《尹灣漢墓簡牘校理》（天津：天津古籍出版社，2011年3月）；漢碑主要選自清顧藹吉《隸辨》（清康熙57年項絪氏玉淵堂刻本）（臺南：大孚書局1993年1月，顧南原撰集）。電腦字形取自「教育部異體字字典」http://dict2.variants.moe.edu.tw/variants/rbt/query_by_standard_tiles.rbt?command=clear。

10 此編號為張松長編著《馬王堆簡帛文字編》之編號，下同。

11 此編號為駢宇騫編著《銀雀山漢簡文字編》之編號，下同。

12 此編號為陸錫興編著《漢代簡牘草字編》之編號，下同。

13 此編號為徐富昌編撰《武威儀禮漢簡文字編》之編號，下同。

14 此編號為張守中編撰《張家山漢簡文字編》之編號，下同。

秦字，「象抱杵舂禾之形[15]」；舂字，會雙手持杵擣臼之意[16]，二字均為會意字。二字隸楷上方的「」部件，即象雙手抱杵之形的「」、「」演變而來。而「」至秦簡中已變形為「」（舂字），形體已接近「」，但仍保留午、廾二部件，此寫法為西漢初期文字所承，其中「秦」字有寫作「銀303」，首見近似「」的寫法。而在其後的居延漢簡「秦」字上方的「」正式取代從午從廾的「」，成為常態的寫法。由此，可知秦、舂二字例上方雙手持杵的「」部件變形為「」的時間應在西漢初期。

2. 春

字例	甲骨文	金文	戰國文字	小篆	秦隸	漢隸
春	合集29715 合集6759	欒書缶 蔡侯墓殘鐘	春成侯壺 包2.200		睡乙224叁 睡乙251	馬王堆陰甲098 馬王堆刑乙071 張引105 居495.4B 孔宙碑（東漢）

春字，甲骨、金文字形從艸、木、日，屯聲，戰國楚系文字承之。而至秦文字中產生較劇烈的變化，從原本從艸、木、日，屯聲的結構變形為從日從奉[17]的「」，其上部的「（奉）」形[18]，為西漢隸書繼承，而至西漢中後期居延漢簡中進一步省變為「」。因此，春字上方「」變形為「」的時間應在西漢中後期。

15 見于省吾主編《甲骨文字詁林》（北京：中華書局，1996年5月），頁986。

16 李孝定：「契文正象一人兩手奉杵臨臼擣粟之形。」《甲骨文字詁林》，頁2680。

17 何琳儀認為秦文字春的結構乃从日从奉，會興作出動之意，為會意字。見《戰國古文字典》（北京：中華書局，1998年9月），頁1329。

18 張世超根據北大簡《雨書》的「」字（2022,2411簡），分析漢隸「春」字結構為從艸，從日，出聲。並認為漢碑的「」字即源自此。說見〈北京大學藏西漢竹書的文字學啟示〉，復旦大學出土文獻與古文字研究網 http://www.gwz.fudan.edu.cn/SrcShow.asp?Src_ID=2011，2013年2月1日。蘇建州則認為隸書「春」字上方的「」仍應為「屯」而非「出」，是也。說見〈北大簡《老子》字詞補正與相關問題討論〉，《中國文字》新41期（臺北：藝文印書館，2015年7月），頁108。

3. 奉

字例	金文	戰國文字	小篆	漢隸
奉	 散氏盤	 包2.73 侯馬318		 馬王堆春087 　馬王堆戰089 　張引21 居513.14 　尹灣YM6D23反 武相見001

奉字，《說文・収部》:「承也。从手廾，丰聲。」西周金文及六國文字「奉」不從手。秦文字中不見「奉」，漢隸「奉」字承自小篆。然在西漢初期的漢隸中絕大部分的奉字上方仍寫作從廾、丰的「[19]」，隸楷上方作「𡗗」即由此形演變而來。就表中「奉」字形體流變來看，部件「」變形為「𡗗」的時間也應該在西漢中後期。

4. 奏

字例	甲骨文	金文	小篆	秦隸	漢隸
奏	 合集6016正	 蔡大史鉚	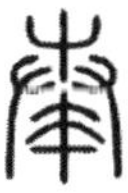	 睡語13	 馬王堆足027 　馬王堆談027  張奏228 　張引111  武泰射095  魯峻碑（東漢）

奏字，甲骨文作，從、從。象雙手持農作為以祭之形[20]。秦文字演變為

19 張家山漢簡中有寫作「張奏86」上方的「」已接近楷書「𡗗」形，但僅此一見。

20 說見朱歧祥先生《殷墟甲骨文字通釋稿》（臺北：文史哲出版社，1988年12月），頁183。另姚孝遂則認為「奏」字，有指收聚（桼）汁而會集之，用以表采聚眾物以進之意，其云：「即奉，亦即『桼』。……《說文》『奉』、『奏』皆云从『夲』，均形體之譌。……奏為湊之本字。……皆為會合聚集之意。……桼皆聚集點滴而成，取桼者皆以管收聚桼汁而會集之。奏字从，从，即會此意。故『奏』者，謂采聚眾物以進之。」說見《甲骨文字詁林》，頁1479-1481。

，從奉，從矢，轉會承矢以進之意[21]。據秦簡「奏」字，可知此字隸楷形體上方「夫」部件即由「[22]（奉）」形演變而來。但秦隸中「奏」字上方仍見雙手持「出（中，丯）」形，維持「奉」的形體，西漢初期的隸書亦承之。就目前的文字資料來看，至西漢後期的漢簡中才出現接近「夫」的寫法，如武威漢簡的字例。因此「奏」字上方「夫」的變形時間應稍晚於前述的「秦」、「舂」、「春」、「奉」諸字。

5. 泰

字例	小篆	秦隸	漢隸
泰		嶽部 5 關簡 349 陶彙 5.326	馬王堆陰甲 150　張二 35　銀 327 正泰尉 009 韓耕碑（東漢）

泰字不見於甲金文，《說文·水部》：「滑也。从収、水，大聲。」秦隸「泰」字上部仍維持从大从廾的「」。至西漢初期簡牘中其上部的「」、「」，仍遺留秦隸的寫法，直至西漢晚期从大从廾的結體才變形為「夫」。

對比以上諸字字形，隸楷中的「夫」部件的來源及其擴散情形：

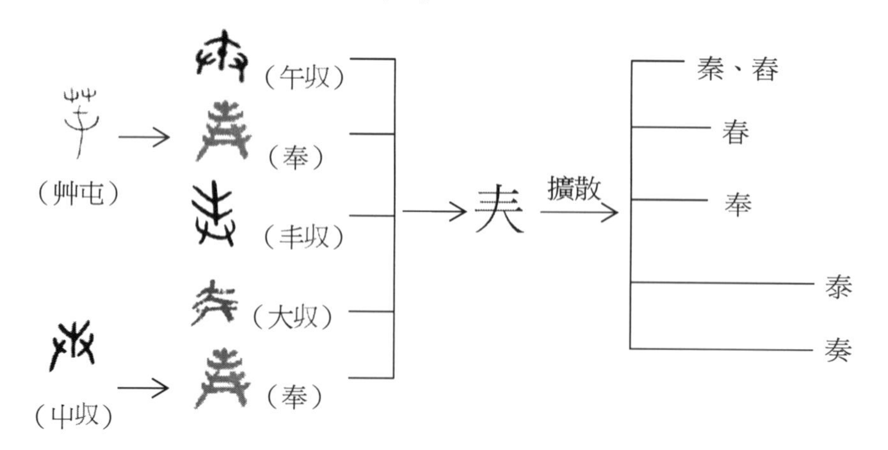

21 見何琳儀《戰國古文字典》，頁384。
22 從収，丯聲。

根據上列五個部件形體可以看出，諸形均具備「[illegible]（収,廾）」、「[illegible]」、「[illegible]」的共象，透過此一共象使本來不同形體的部件均朝著「𡗗」形演變。「𡗗」部件主要先見於「秦」、「春」二字，出現在西漢初期隸書中，至西漢中後期「奉」、「春」二字上方的「[illegible]」、「[illegible]」均形變為「𡗗」形；「奏」、「泰」二字上方的「[illegible]」、「[illegible]」則至西漢晚期文字中才形變為「𡗗」。由此可見作為「𡗗」部件的擴散，由秦、春字例開始，後擴散至奉、奏、春、泰等相關形近字例。楷書後成為一固定書寫的記號部件。

二、丷

楷書「丷」部件分別見於常用字中的其、真、典、貝、貞、員、只、六、興、與、兵、具、共、異、黃、頁十六字，主要位於字形下端。觀察諸字例的形構演變，逐字列表說明如下：

1. 其、真

字例	甲骨文	金文	戰國文字	小篆	秦隸	漢隸
其	合集 904 正	沈子它簋蓋 小克鼎	中山王壺 郭.緇衣		睡乙 202 嶽為 15 正貳	馬王堆療 銀 275　張奏 60 尹灣 YMJ112
真		季真鼎 真盤	陶縣 61 天策		睡法 49	馬王堆老乙 189 張二 105 尹灣 YM6D7 正 韓勑碑（東漢）

其字，《說文・箕部》：「所以簸者也。从竹𠀠。象形。丌其下也。」本義象簸箕之形，箕的初文。西周金文其下增「丌」形，《說文・丌部》：「丌，下基也。薦物之丌，

象形。」知「丌」乃象小桌子之形。「其」字隸楷字形下方的「ノ丶」部件，初形為桌腳。隸楷字形中「ノ丶」部件最初就是由小桌子「丌」下方桌腳演變而成。我們從西周金文小克鼎的「」字即可看出該部件承襲的痕跡。

真字，西周金文作「」從鼎，從匕[23]，亦作「」形，易鼎為貝，下加「丌」，至戰國文字貝形又訛作目形（見天策）。透過真字形體演變的軌跡，可知其隸楷字形下部的「ノ丶」部件亦源自「丌」形下方的兩斜筆（即桌腳），來源及形成時間與「其」字相同。

2. 典

字例	甲骨文	金文	戰國文字	小篆	秦隸	漢隸
典	合集 38306	六年召伯虎簋 格伯簋	陳侯因𬯀錞 包 2.3		睡律 14 龍簡 239	馬王堆易 041 張二 201 居甲 346 孔龢碑

典字，甲骨文从収，从冊，會雙手奉冊之意。西周金文易収為丌[24]。隸楷「典」字下方「ノ丶」的部件亦源自「丌」下方的二斜筆，「ノ丶」部件出現時間與其、真二字相同，都在西周金文階段。

23 何琳儀認為從鼎，匕聲。《戰國古文字典》，頁1115。

24 典字甲骨文亦有作「」形，增「二」形，有認為乃表示承典之物。西周金文作「」，省収。其下的「二」形演變為「丌」形。（見何琳儀《戰國古文字典》，頁1324。）亦有認為「二」形為單純的文飾。（見朱歧祥先生《殷墟甲骨文字通釋稿》，頁394。）

3. 貝

字例	甲骨文	金文	戰國文字	小篆	秦隸	漢隸
貝	合集 11429 合集 19895	呂方鼎 叔微簋蓋	中山王壺賀字 曾 80		睡為 182 關簡 225 財字	馬王堆周 031 張二 261 販字 居 24.6 孔宙碑（東漢）

貝字，象海貝之形。西周金文貝字下方引出二短豎筆及斜筆。此二斜筆即為隸楷字形的「丿㇏」部件所承，其出現時間在西周金文階段，如〈叔微簋蓋〉，與其、真、典三字同。

4. 貞、員

字例	甲骨文	金文	戰國文字	小篆	秦隸	漢隸
貞	花東 446 合集 38791	徐鼎	沖子鼎 新乙 4.35		睡律 125	馬王堆二 011 銀居 160.14
員	合集 10978 英 1782	員父鼎	秦 1.2 郭.緇.2		睡律 123 嶽為 69 正	馬王堆星 033 銀 210

貞字，甲骨文作「」，象鼎具耳足之形，借為貞卜之貞[25]。花東甲骨從卜，鼎聲[26]，金文承之；員字，从鼎，鼎口為圓形，加 以示鼎口之圓[27]。二字甲、金文均

25 參見朱歧祥《殷墟甲骨文字通釋稿》，頁364。

26 《說文．卜部》:「卜問也。从卜貝，……一曰鼎省聲。」

27 參見孫海波〈卜辭文字記〉，《考古學社社刊》第3期，引自《甲骨文字詁林》，頁1314。

從鼎，至戰國文字鼎形省作貝，為小篆及秦隸所承。因此，貞、員二字隸楷形體所從之「丿乀」，初形本為鼎足，後省變混為「貝」形，鼎足省作二斜筆的時間約在戰國文字階段。

5. 六

字例	甲骨文	金文	戰國文字	小篆	秦隸	漢隸
六	合集 13452 合集 7403	保卣	鑄客簠 包 2.91		睡效 3 嶽 27 質 2 正	銀 537 銀 276

六字，甲骨文假借「入」字表之[28]。其後在「八」形下部附加二撇筆作為分化的部件[29]。二撇筆成為「六」字隸楷形體中「丿乀」部件的來源。二撇筆發展至秦隸中，形體已近隸楷字形，由向外彎曲形變為二斜直筆，如嶽27質2正。

6. 頁

字例	甲骨文	金文	戰國文字	小篆	秦隸	漢隸
頁	合集 22216	卯簋蓋	信 2.05		睡封 36 頭字 放甲 34 頸字	馬王堆陰甲 063 須字 銀 417 順字 武 87 乙煩字

頁字，象人跪坐並突出其頭首之形[30]，表頭首之義。字形下方人跪坐形，甲骨、金文及戰國文字皆一脈相承，至小篆跪坐之人形變為「（人）」，下開秦漢文字「」、「」的寫法。由此知「頁」字下方的「丿乀」部件，初形乃象人垂手跪坐形，亦即象人之臂脛之形[31]。至秦隸中「（人）」形變為二斜筆，已接近隸楷的「丿乀」形。

28 參于省吾、丁山之說。見《甲骨文字詁林》，頁3577。

29 參見何琳儀《戰國古文字典》，頁225。

30 參《甲骨文字詁林》，頁1012。

31 段玉裁注：「籀文（筆者案：指）兼象臂脛，古文奇字（筆者案：指）則惟象股腳詰詘。」

7. 興、與、兵、具、共

字例	甲骨文	金文	戰國文字	小篆	秦隸	漢隸
興	 合集 270 合集 28000	 興作寶鼎	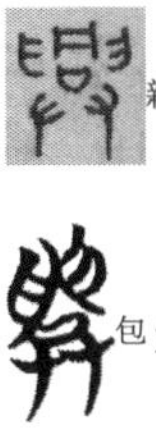 新郪虎符 包 2.159		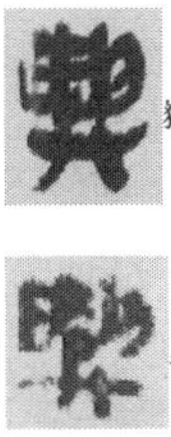 嶽為 65 正貳 里 J1（16）6 正	 馬王堆稱 154 銀 558
與		 𥃝鎛	 中山王鼎 包 2.128		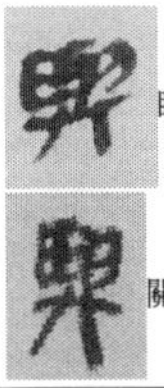 睡答 172 關簡 352	 銀 546
兵	 合集 7204	 𢦏簋 庚壺	 楚王酓志鼎 包 2.81		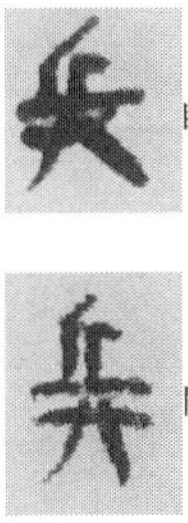 睡律 102 關簡 298	 張二 216 銀 66 居 128.1
具		 圅皇父簋 孫叔師父壺	 郭.緇.16		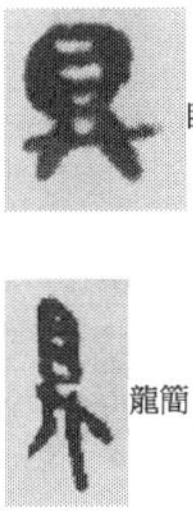 睡封 25 龍簡 181	 馬王堆經 005 銀 604 尹 YM2D1 反
共		 亞共覃父乙簋	 楚王酓肯簠 郭.五.37		 睡效 35	 馬王堆胎 028 銀 255

字例	甲骨文	金文	戰國文字	小篆	秦隸	漢隸
					嶽簡 690 壹	YM6D3 反.3

興字，从舁，从凡，會四手共執盤而興起之意[32]；與字，从舁，牙為疊加音符[33]；兵字，从廾，从斤，表雙手持斤之意[34]；具字，从鼎，从廾，象兩手舉鼎之形[35]。後鼎形省變作貝，貝又省作目；共字，从廾，从口，象兩手奉器之形[36]。五字下方均从「（廾）」部件，此部件至戰國文字中演變為「」，至秦隸變為「」，至漢隸再變為「」。由此可知以上五字隸楷字形中的「」部件，初形為雙手手臂形，而由手臂形變形為「」部件的時間在西漢初期。

8. 黃

字例	甲骨文	金文	戰國文字	小篆	秦隸	漢隸
黃	合集 4368 合集 3476	師𡵂父鼎	曾侯乙鐘 包 2.109		睡律 34 關簡 238	馬王堆陰甲 138 馬王堆牌 3 銀 92 尹 YM2D1 反

黃字，據甲骨文字形可知其本形應即「矢」形，而與矢字形又有所區別[37]。金文及戰國文字於矢形上方附加「」形。字形為小篆及隸楷所承。「黃」字隸楷形體下方的「」，初形為象矢栝歧出之二斜筆形，至秦及西漢初期的隸書中仍保留矢栝歧出

32 商承祚說，見《甲骨文字詁林》，頁2851。

33 見何琳儀《戰國古文字》，頁541。

34 《甲骨文字詁林》，頁2517。

35 陳夢家《西周銅器斷代》，參見周法高主編《金文詁林》（上）（京都：中文出版社，1981年10月），頁436。

36 說見林義光《文源》，參《金文詁林》（上），頁441。

37 姚孝遂：「契文『矢』、『寅』、『黃』本同源。以用各有當，漸致分化。……『矢』、『寅』、『黃』諸形，既有聯繫，復有區別，要皆自矢形演化而出。」《甲骨文字詁林》，頁2537。

之形作「」，而到西漢晚期隸書才由「」變為「」（如尹灣簡 YM2D1反）形。

9. 異

字例	甲骨文	金文	戰國文字	小篆	秦隸	漢隸
異	 合集29395	 [illegible]鼎  虢叔旅鐘	 包2.190  包2.52		 睡答172  關簡350	 馬王堆十092  張奏174  銀371  居335.54  韓勅碑（東漢）

異字，象一正立人形雙手戴物於首之形[38]，至西周金文戴物的首形有與人身體分離，如〈虢叔旅鐘〉的「異」字，為小篆字形所承。然在秦簡中仍承襲首身未分的寫法，一直保持至西漢簡牘。直至東漢字形中兩足的結體才形變為「[39]」。

10. 只

字例	戰國文字	小篆	漢隸
只	 郭.尊.14[40]		 馬王堆陰乙098 枳字  馬王堆方442  張二65 枳字  張休崖涘銘（東漢）

只字，甲、金文及秦漢簡牘均未見。《說文・只部》：「語已詞也。从口，象气下引之形。」郭店楚簡「只」字下方似作側立人形。就目前的文字資料來看，「只」字下方的「」產生於小篆，但西漢初期文字中卻不循小篆形體，而承襲楚文字多寫作

---

38 見《甲骨文字詁林》，頁285。

39 異字在戰國楚簡文字有寫作「」郭.性.9 者，其下部的兩足形已變為「丌」形，然此種寫法僅出現於郭店楚簡中，且楚文字「異」字絕大部分均寫作「」形。

40 見張光裕主編《郭店楚簡研究》第一卷文字編（臺北：藝文印書館，1998年1月），頁107。

「[ancient form]」，直至東漢碑刻中才出現「丿㇏」形的寫法[41]。

對比以上諸字，隸楷「丿㇏」部件的來源及其擴散情形：

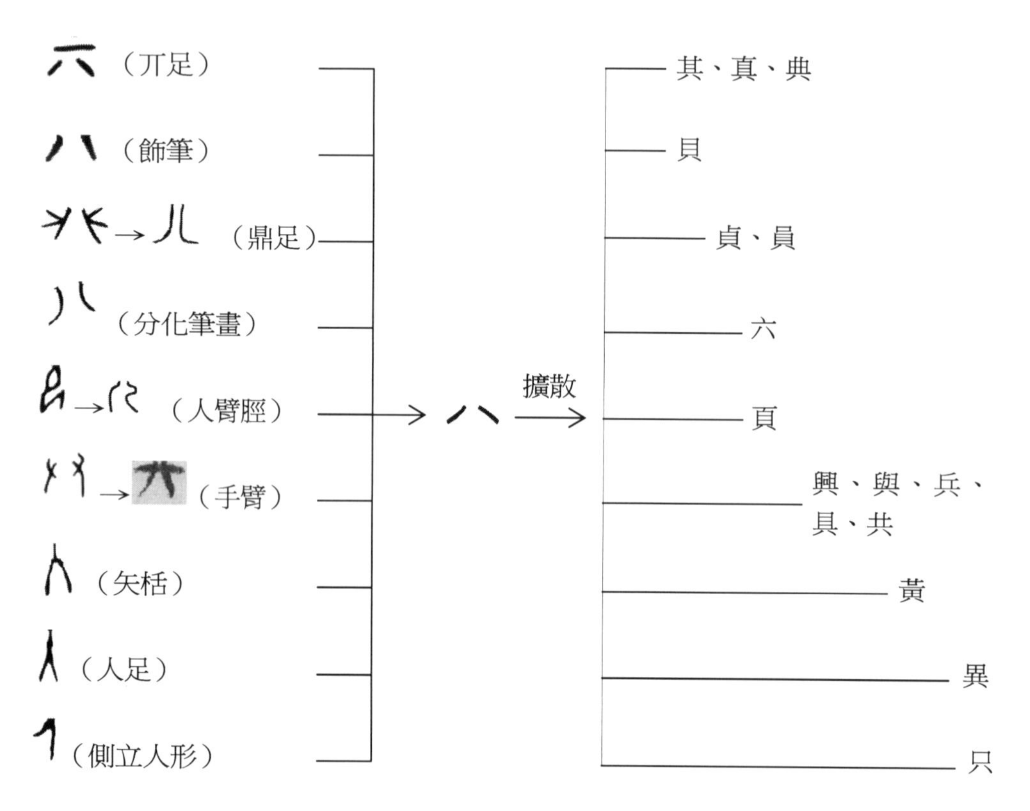

根據上列九個部件形體可以看出，諸形均具備「向下歧出二斜筆」的共象，透過此一共象使本來不同形體的部件均朝著「丿㇏」形演變。而透過以上字形的對比，也可以看出九個初形部件逐步演變成「丿㇏」部件的過程。隸楷「丿㇏」部件主要源自於「丌」形下二斜筆（丌足），首見於其、真、典三字，緊接著貝字下方引出的二斜筆也向「丿㇏」形體歸併，四字早在西周金文中就已出現「丿㇏」的寫法。其後鼎足、分化筆畫、人臂脛諸形則於秦隸中類化演變為「丿㇏」形，貞、員、六、頁四字即是。最後雙手臂、矢栝、人足、側立人形諸形在漢隸中完成演變，興、與、兵、具、共、黃、異、只七字是。由此可見，作為「丿㇏」部件寫法的擴散早在西周時的其、真、典、貝字例中開始，入秦後擴散至貞、員、六、黃、頁等字，入漢後擴散至興、與、兵、具、共、異、只等字例。楷書後成為一固定書寫的記號部件。

41 由於「只」字缺乏字形的對比，目前僅能就現有文字資料作出推斷。

三、\/

楷書「\/」部件分別見於常用字的羊、美、善、義、羔、前、尊、首、並、弟、兼十一字，均位在字形的上端。觀察諸字例的形構演變，逐字列表說明如下：

1. 羊、美、善、義、羔

字例	甲骨文	金文	戰國文字	小篆	秦隸	漢隸
羊	合集 1072	羊父辛觶 叔德簋	中山王壺 包 2.181		睡雜 32 嶽為 68 正壹	馬王堆方 010　張脈 15 銀 532 武 48　武有司 013
美	合集 27352	美爵	中山王壺		睡筆 065 關簡 247	馬王堆陰甲 064 張算 141　銀 681
善		毛公鼎	三年藺令戈 包 2.168		睡甲 69 背 嶽為 27 正叁	張引 107　銀 464 居 505.37A
義	合集 27979	史牆盤	十三相邦義戈 包 2.249		睡律 27 里 J1（8）134 正	馬王堆戰 238 銀 257
羔		索諆爵	曾 212		龍簡 102	馬王堆胎 008　羹字 馬王堆養 216　鬻字 衡方碑

羊字，象羊首之形，上方歧出形為羊角；美字，象一正立人形並突出頭飾[42]（⺌）之形，頭飾亦似羊角歧出形。至小篆字形變為从羊，从大；善字，从羊，誩聲[43]；義字，本屬獨體，金文後訛變為从羊，我聲[44]；羔字，从羊，从火，會羊羔宜火燒烤之意[45]。以上美、善、義、羔四字，除美、義二字外，其餘二字初形皆从「羊」，而美、義二字上部至小篆亦變作「羊」形。由此可知，隸楷從羊、美、善、義、羔諸字形上方的「丷」部件，其來源均為羊角形「⺌」。直到秦簡文字中羊角形的「⺌」變形為「 （⺌）」，至西漢隸書中出現了向上歧出的二斜筆脫離其下的橫畫形成「丷」部件，如 武48、 張算141、 張引107等。

2. 前

字例	金文	戰國文字	小篆	秦隸	漢隸
前	兮仲鐘	包2.145 郭.老甲.4	[46] （剪）	睡牘11正[47] 關簡342	張二313　銀724 居123.26　武有司037

前字，小篆以前的的文字作「歬」，从止，从舟，會人足在舟前進之意[48]。前字隸楷形體上方的「丷」，初形即為「止」字，「止」形一直保留至小篆階段，到秦簡中「止」變化為「 」形，為漢文字[49]所承，至西漢初期的隸書中上方的「丷」才脫離其下的橫畫，成為一個獨立部件。

3. 首

字例	甲骨文	金文	戰國文字	小篆	秦隸	漢隸
首	合集6032	農卣	商鞅量		睡甲41背貳	馬王堆遣3　張引37　銀352

---

42 姚孝遂：「甲骨、金文『美』字均不从羊。其上為頭飾。羊大則肥美，乃據小篆形體附會之談。」見《甲骨文字詁林》，頁224。

43 見何琳儀《戰國古文字典》，頁1013。

44 見《甲骨文字詁林》，頁2437。

45 見何琳儀《戰國古文字典》，頁298。

46 「歬」即古前後之「前」，小篆「𠝣」本義為「剪」，其後用「𠝣（剪）」為「前」字。

47 秦簡中「前」字已用為前後之「前」。

48 說見林義光《文源》，參周法高《金文詁林》，頁277。

49 西漢初期隸書中少部分「前」字上方仍保留「止」形的寫法，如 張蓋29，顯示在西漢初期「前」字上方的「丷」形並未完全取代「止」形。

字例	甲骨文	金文	戰國文字	小篆	秦隸	漢隸
			包2.269		關簡151貳	武甲服059 尹YM6D9反道字

首字，象側面人首之形，甲骨文「首」字上部的三短豎畫即象頭髮形。此三豎畫的頭髮形仍保留至小篆中，而筆畫稍彎曲。至秦簡文字出現「　」[50]形，又由三曲筆省變為向上歧出的二斜筆，為漢隸所承。至西漢初期隸書絕大部分的「首」字上方均變形為「\/」。

4. 尊

字例	甲骨文	金文	戰國文字	小篆	秦隸	漢隸
尊	合集999	作父辛方鼎 三年瘨壺	令狐君嗣子壺 郭.唐.4		睡為27壹	銀523 居202.8　武甲服043 華山廟碑

尊字，甲骨文从酉，从収，象雙手奉酒尊之意[51]。西周金文或从「酋」（三年瘨壺），「酋」字《說文・酋部》：「繹酒也。从酉。水半見於上。」依《說文》「酋」字上部的「八」，應是指酒氣蒸發形，亦有認為象酒熟之香氣四溢形[52]。「八」形從西周金文至秦簡字形均作「八」形，至西漢簡牘中演變作「\/」形。然而，在漢簡及漢碑中「八」形部件仍保留在部分「尊」字的書寫中[53]。

5. 弟

字例	甲骨文	金文	戰國文字	小篆	秦隸	漢隸
弟	英2674正	豦簋	包2.80		睡封93	馬王堆稱155　銀283

---

50 秦簡中部分字形仍保留毛髮形的原始寫法，如睡甲41背貳的「　」即是。

51 羅振玉說，見《甲骨文字詁林》，頁2691。

52 參何琳儀《戰國古文字典》，頁759。

53 如張家山漢簡尊作「　二302」，武威漢簡尊作「　乙服003」。

字例	甲骨文	金文	戰國文字	小篆	秦隸	漢隸
		臣諫簋			關簡 193	武相見 011 武甲服 050 尹 YM6D13 正 北海相景君銘（東漢）

弟字，據甲骨文字形可知从（柲），从己，象柲以繩纏繞之形[54]。西周金文字形「柲」的豎畫穿過下方的短橫，而為戰國文字、小篆及秦隸所承。由此，知「弟」字隸楷形體上方的「丷」部件，實源自柲頭歧出之二斜筆。至西漢初期文字中，柲形上方歧出二斜筆出現了脫離柲的豎畫形，變作「丷」，如銀283。西漢後期的漢簡中，弟字上作「丷」已成為主要寫法，如武威漢簡中的武甲服050。

6. 並

字例	甲骨文	金文	戰國文字	小篆	秦隸	漢隸
並	合集 376 正	並爵	中山王壺 包 2.153		睡律 137 睡雜 39	馬王堆氣 B054 張蓋 19 居 507.3B 武泰射 051 曹全碑（東漢）

並字，象二正立人形並立之形。「並」字隸楷形體上方的「丷」部件，初形原為二正立人形的首部，由甲骨至戰國文字均維持二大字形「」並立於「一」上的寫法。至小篆二大字形省變作「」形，人的二足直接與人雙臂黏連。此形為秦及西漢初期隸書繼承，至西漢中後期文字中原為二首四臂之形的「」省變作「」，上部歧出的二短豎筆即為隸楷形體中的「丷」部件。

7. 曾

字例	甲骨文	金文	戰國文字	小篆	秦隸	漢隸
首	合集 1012	小臣鼎	楚王酓章鎛		睡律 28 增字	馬王堆遣一 230 馬王堆稱 154

54 見《甲骨文字詁林》，頁3232-3233。

字例	甲骨文	金文	戰國文字	小篆	秦隸	漢隸
		曾伯𩰫簠			睡雜 41	張算 13 增字 張算 166 武 50 武丙服 010 尹 YM6D3 正 尹宙碑（東漢）

曾字，《說文・八部》：「詞之舒也。从八，从曰，㓁聲。」段注：「从八者，亦象氣之分散。」亦有說為甑之初文，甑甗用以炊飯，因此，認為曾字上部的「丨丨」、「八」形疑象蒸氣之形[55]。二說均釋曾字上「八」形象氣體四散形，本文從之。曾字上方的「八」形，從甲文「)(」而金文「八」、「八」，進而演變至小篆的「八」，一脈相承。至秦及西漢前期的文字中仍維持「八」形的寫法，直至西漢晚期的隸書中才出現了「丷」的形體（如尹灣 YM6D3正），但在漢簡及漢碑中「八」形仍為「曾」字的主要結體。而「丷」完全取代「八」形則至漢以後的文字中才出現，例如：曾魏胡昭儀墓誌、曾魏元尚之墓誌、曾魏元保洛墓誌銘[56]。

8. 兼

字例	金文	戰國文字	小篆	秦隸	漢隸
兼	徐王子旃鐘	商鞅方升 曾 11		睡律 137	馬王堆戰 042 銀 541 張奏 121 居 109.11 居 206.9 武泰射 059 孔宙碑 陳球後碑

兼字，《說文・秝部》：「从又持秝」，會手持二禾兼有之意。兼字隸楷形體上方的「丷」部件，初形即為二禾穗下垂之形。字形由金文至秦隸一脈相承，變化不大。即便是在西漢初期文字中仍維持禾穗下垂之象，雖亦有少數字形已訛作「丷」（居

55 說見陳初生《商周古文字讀本》（北京：語文出版社，2007年1月），頁300-301；亦見《甲骨文字詁林》，頁2125。

56 秦公編著《碑別字新編》（北京：文物出版社，1985年7月），頁206。

206.9），然在漢文字並不見「\/」的寫法。「兼」字由禾穗下垂形「」省變作「\/」形，出現在魏石刻文字中，如 魏元遙墓誌、 魏于祚妻和醜仁墓誌[57]。

對比以上諸字，可知隸楷中「\/」部件的來源及其擴散情形：

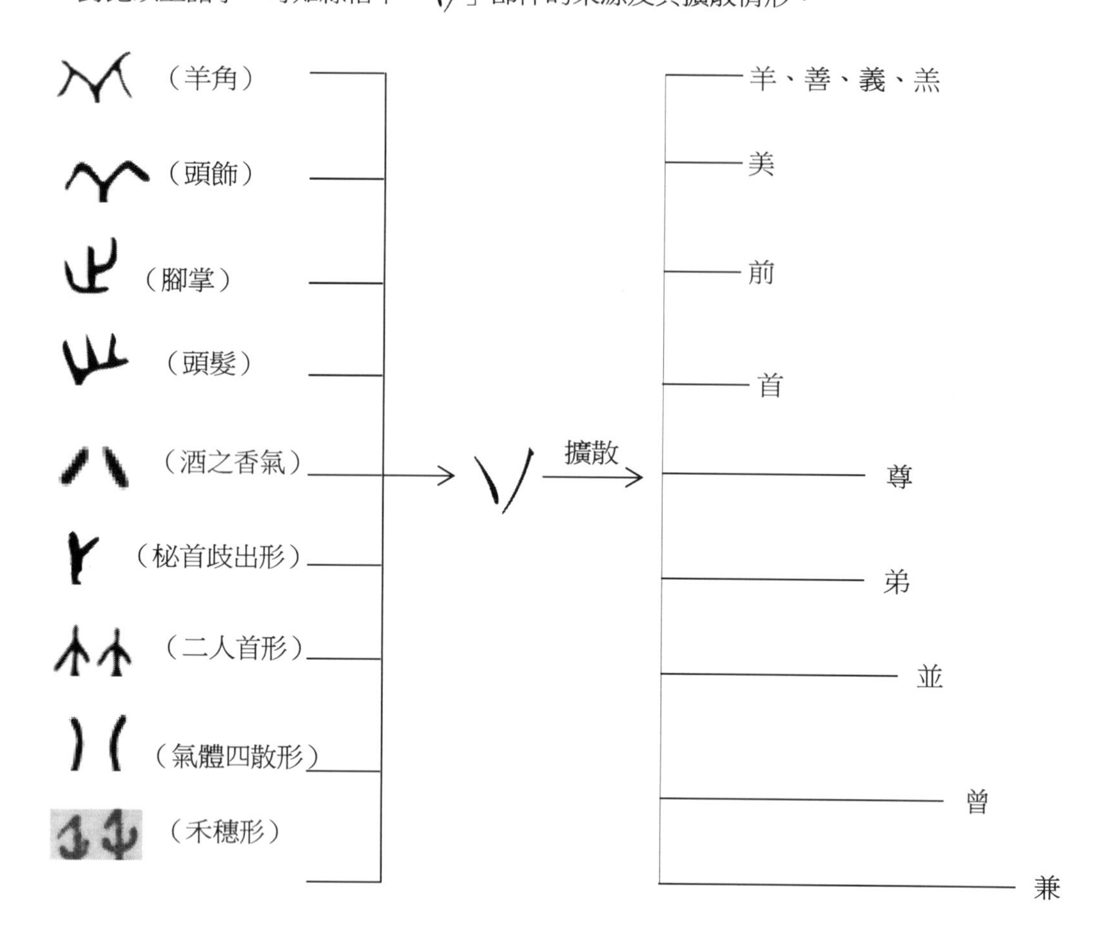

根據上列九個部件形體可以看出，諸形均具備「歧出斜筆」的共象。透過此一共象，使本來不同形體的部件均朝著「\/」形演變。對比以上字形，可知隸楷「\/」部件首見於羊、美、義、善、羔等從羊的字例，主要由羊角形省變而成。而「前」字上方的「止」形及「首」字上方的頭髮形亦在秦文字階段類化為「\/」。「尊」、「弟」、「並」、「曾」四字上方「八」、「)(」、「」、「八」則至西漢簡牘中類化發展成「\/」形。最後則是「兼」字所從的垂穗形，要至魏碑中才出現「\/」形的寫法。由此可見，作為「\/」部件的擴散始於羊、義、善、美、羔、前、首諸字例，進入西漢後擴散至尊、弟、並、曾等字，最後在入魏後擴散至兼字。至楷書後成為一固定書寫的記號部件。

57 秦公．劉大新著《廣碑別字》（北京：國際文化出版公司，1995年8月），頁175。

四、亠

楷書「亠」部件分別見於常用字的衣、卒、玄、享、高、京、亭、六、立、亦、文、交、方、亡、稟、旁、市、帝、畝、亥二十字，均位在字形上端。觀察諸字例的形構演變，逐字列表說明如下：

1. 衣、卒

字例	甲骨文	金文	戰國文字	小篆	秦隸	漢隸
卒		邿子姜首盤	口外卒鐸 仰 25.4		睡答 127 睡雜 8	馬王堆合 131　張奏 228 銀 413 流戍 5　居 506.28 武相見 012 尹 YM6D3 正.3
衣	合集 28877	天亡簋 頌簋	包 2.89 新甲 3.269		睡乙 189 壹 嶽為 78 正三	馬王堆療 064 張引 49　銀 903 居 504.19 武甲服 057 尹 YM6D12 正

衣字，本義像衣領左右襟衽交覆之形[58]；卒字則從衣字分化而來[59]，二字形上部的「︿」，為衣領部位。從此部件形體流變觀之，部件由「︿」而「」而「」。「卒」字上方的「」變形為「亠」，時間在西漢初期；「衣」字則至西漢中後期的居延漢簡中才出現「亠」的寫法。

58 羅振玉說衣字：「此蓋象襟衽左右掩覆之形。」《甲骨文字詁林》，頁1903。

59 參見何琳儀《戰國古文字典》，頁1171。

2. 玄

字例	甲骨文	金文	戰國文字	小篆	秦隸	漢隸
玄	合集 27306	師奎父鼎 吳方彝	新甲 3.314 天策		睡甲 58 正壹 嶽占 13 正壹	馬王堆老乙 192 張二 49 銀 404 畜字 居 157.10A 畜字 流烽 10 武少牢 011 武榮碑（東漢） 史晨後碑

玄字，本義像束絲之形，至戰國文字，玄字在上部短豎筆加左右二短斜畫為飾筆[60]，作「新甲3.314」。因此，楷書玄字上方「亠」的橫畫原為飾筆，至秦隸寫作「」。銀雀山漢簡中始見寫作「」，推測「玄」字上部由「」變形為「亠」的時間，應在西漢初期。

3. 享（亨）

字例	甲骨文	金文	戰國文字	小篆	秦隸	漢隸
享	合集 26993	大盂鼎 殳季良父壺	包 2.103 十年陳侯午敦		睡甲 33 背叁 睡為 26 伍	馬王堆方 171 張二 289 武燕禮 048 武甲服 019 孰字 華山亭碑（東漢） 張公神碑

享、亨屬同源分化字，本義象宗廟之形[61]。字形上方所從之「亠」，原為宗廟屋頂之形。由上面的字形流變表，可知該部件至秦隸上方之屋頂形仍保留兩筆向下斜出的「人」，至西漢初期隸書中才出現「亠」的寫法，如馬王堆方17。

60 說見何琳儀《戰國古文字典》，頁1108。

61 吳大澂說，說見《甲骨文字詁林》，頁1932。

4. 高、亭、京

字例	甲骨文	金文	戰國文字	小篆	秦隸	漢隸
高	合集 709 反	毓祖丁卣 高密戈	𨜏君啟車節 望 2.13　曾 147		睡乙 158 睡封 76 嶽占 4 正	馬王堆遣三　張算 149 銀 243 居 95.7 尹 YM6D9 反 尹 YM6J130 胥 1
亭			三晉 129　方足小布 陶彙 4.159		睡效 51 嶽為 21 正叁	張奏 40 居 506.10B 居 254.12 漢 56.4
京	合集 6	大令方彝 遹簋	𠫑羌鐘 璽彙 3093 包 2.120 倞字		睡效 49 就字 睡律 48 就字 關簡 17 伍就字	馬王堆戰 235 就字 張二 143 就字 銀 542 景字 居 505.20 就字 居 231.104 就字 尹 YM6D3 反.3

高字，本義《說文．高部》說「象臺觀高之形」，可信；京字，像高臺上有建築物之形，二字屬象形；亭，《說文．高部》：「民所安定也。亭有樓，从高省，丁聲。」字屬形聲，「⿳亠口冂（高省）」為形符，意指樓臺建築[62]。高、京、亭三字上的「」，初形即為屋宇形。根據表中三字的形體流變，可以看到「」部件演變的序列為：→→→。高、亭二字上部由「」變形為「亠」出現在西漢初期，而京字則至西漢中後期的居延漢簡中才出現[63]。

5. 六

字例	甲骨文	金文	戰國文字	小篆	秦隸	漢隸
六	合集 13452 合集 7403	保卣	鑄客簠 包 2.91		睡效 3 嶽 27 質 2 正	馬王堆易 001　江 167 銀 537　銀 276 居 161.82　居 317.24 尹 YM2D1 正　武甲服 007

六字，甲骨文假借「入」字表之。其後在「八」形下部附加二撇筆作為分化的部件（見前述）。但上方的「八」部件初形不明[64]，其形體演變列序亦為：「八」→「」→「」→「」。此部件變形為「亠」的時間，應在西漢中後期。

62 《說文．高部》「亭有樓」段注：「故从高。」

63 從高省的字形尚有「亮」字，段注本《說文．儿部》：「亮，明也。从儿，高省。」段注：「各本無。此依六書故所據唐本補。」由於「亮」字缺少小篆以前的字形，因此未將之列入討論，但根據高、京、亭三字上方「」部件的演變脈絡可以推知，亮字上方的「亠」演變亦應該和三字相去不遠。

64 姚孝遂：「《說文》以入為『象从上俱下』不可解。朱駿聲《說文通訓定聲》以為『象艸木根入地形』；于鬯《說文職墨》『象芒刃形，芒刃能入物者，故其象如此』；林義光《文源》以為『象銳端之形，形銳乃可入物也。』凡此諸說，均難以置信。」《甲骨文字詁林》，頁1903。

6. 立、亦、文、交

字例	甲骨文	金文	戰國文字	小篆	秦隸	漢隸
立	合集 7365	史獸鼎	中山王壺 望 1.2		睡雜 4 睡乙 178	馬王堆氣 F089 銀 98　銀 542 漢 42.12　武 51 尹 YM6D10 正
亦	合集 12722	禹鼎 哀成叔鼎	者汈鐘 郭.老甲.20 郭.緇.10		睡乙 64 關簡 331	馬王堆養 091　馬王堆二 005 張引 36　銀 474 居 18.14B 尹 YM6J110 武有司 061
文	合集 956 正	史牆盤	驫羌鐘 包 2.42		睡編 4 貳 睡答 162	馬王堆戰 275　張二 197 銀 701　銀 898 流器 36　流遺 14 公羊
交	合集 20799	交鼎 琱伐父簋	包 2.146 郭.語 1.42		睡乙 4 嶽為 33 正貳	馬王堆合 104　張算 17 銀 102　銀 407 羅 34

字例	甲骨文	金文	戰國文字	小篆	秦隸	漢隸
						 尹YM6D13反 尹YM6J130

立字，像人正立於地之形，會站立之意[65]；亦字，本義腋下，字形從大，兩點表示腋下的部位，為腋之初文，屬指事[66]；文字，本義指文（紋）身，甲骨文亦有寫作「」，像人正立胸前刻畫紋飾之形[67]；交字，从大，象交脛之形，表相交之義。由立、亦、文、交四字的本義來看，字形上部的「」、「」的部件，原像人首頸及上肢之形。透過上表各字形的流變，可以看到「亠」部件在秦及西漢初期文字資料中均寫作兩斜筆的「」，至西漢中後期的文字才出現「亠」的寫法[68]。

7. 方

字例	甲骨文	金文	戰國文字	小篆	秦隸	漢隸
方	 合集8451	 保卣	 中山王鼎		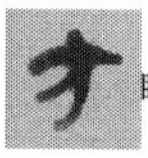 睡為24壹	 馬王堆遣102 　張引36 銀31 居286.3 　羅19 尹YM6D13反 　武有司021

方字，徐仲舒釋為像耒形，上短橫像柄首橫木，下長橫即足所蹈履處，旁兩短畫或即飾文[69]。由此知「方」字上部的「亠」部件，初形為耒的柄首橫木，由上表字形流

65 《說文・立部》:「从大立一之上。」朱駿聲《說文通訓定聲》:「會意。大，人也；一，地也。」參見《說文解字詁林》，頁10229。

66 《說文・亦部》:「人之臂亦也。从大，象兩亦之形。」

67 說見朱芳圃《殷周文字釋叢》，亦見於《甲骨文字詁林》，頁3264-3265。

68 與立、亦、文、交四字相同的尚有「亢」字，「亢」字甲骨文作「合集18070」，字從大形，下肢中間加斜筆，學者有認為加斜筆表遮攔之意（何琳儀，《戰國古文字典》，頁637）。至秦及西漢初期隸書均寫作「睡乙97壹」，然由於缺少西漢中後期之後的文字資料，因此未將此字列入討論。

69 徐說參見《甲骨文字詁林》，頁3147。

變，知該部件的形體演變序列為：→→。秦及西漢初期隸書均承襲金文的寫法，至西漢中晚期「方」字上部才出現「」的寫法。

8. 亡

字例	甲骨文	金文	戰國文字	小篆	秦隸	漢隸
亡	合集369	獻簋 大克鼎	中山王鼎 包2.176		放甲18貳 睡答139 嶽占31正壹	馬王堆春042 馬王堆易018 張二8 銀72 居145.28 居34.3A 尹YM6J120

亡字，本義不明[70]。就字形觀之，楷書「亡」字的「」部件源自於，此部件至西周金文變為二弧筆「」，為戰國文字及小篆所承。秦隸及西漢初期文字，基本沿續「」形而稍變為二斜筆作「」、「」、「」。至西漢中後期的字形才由二斜筆的「」變形為一點一橫的「」寫法（如居34.3A）。

9. 稟

字例	金文	戰國文字	小篆	秦隸	漢隸
稟	六年召伯虎簋	二年寺工壺		睡效25 睡雜14	張二234 張算90 居177.15 居520.15 居178.10

稟字，從禾，從㐭，會倉廩藏禾穀之意[71]。上部的「㐭」，甲骨文作合集9636，像倉廩之形，上方的「」初形應為覆蓋禾穀的頂蓋之形[72]。其形體演變順序：→

70 何琳儀根據甲骨文「」形釋「亡」字「从刀，刀刃施短豎表示刀刃鋒鋩。指事。鋩之初文。《集韻》:『鋩，刃端。』亡與刃造字方法相同。唯指事符號在刀刃之位置有別而已。」《戰國古文字典》，頁726。

71 說見何琳儀《戰國古文字典》，頁1414。

72 陳夢家說，見《甲骨文字詁林》，頁1965。

→→。秦及西漢初期隸書仍保留頂蓋形，直至西漢中後期居延漢簡才出現「」的寫法，如：居178.10。

10. 旁

字例	甲骨文	金文	戰國文字	小篆	秦隸	漢隸
旁	合集 36945	旁㢑鼎 𡚬嬰每簋	帛甲 5.19 梁十九年亡智鼎		睡乙 201 壹 里 J1（8）158 背	馬王堆老乙 231　張二 117 居 349.14 尹 YM6J129 尹 YM6D13 正

旁字，何琳儀認為從冂，方聲，並認為西周金文的冂聲化為凡，其後凡旁下移與方旁橫畫重合作「」，再於「」上方加一橫筆作「」[73]，為隸楷字形所本。透過上表「旁」字形的流變，西漢初期「旁」字基本承襲秦隸，至西漢晚期的尹灣簡中才出現「」的寫法，如「尹 YM6J129」。可知「旁」字上方的「」部件變形為「」，應在西漢晚期。

11. 市

字例	金文	戰國文字	小篆	秦隸	漢隸
市	兮甲盤	包 2.95 璽彙 3093		睡答 71 龍簡 17 關簡 190	馬王堆方 053　張二 2 銀 14　銀 876 居 300.8　居 63.14 尹 YM6D5 正.1　武相見 016

---

73 說見何琳儀《戰國古文字典》，頁717。

市字，《說文·冂部》:「買賣所之也。市有垣。从冂。从乁，象物及也。乁，古文及字。㞢省聲。」楷書「市」字的上方「亠」部件，原即從「㞢（之）」聲，在戰國文字中「之」與其下「丂」部件的橫畫合併，「丂」旁的兩點則與橫畫兩端相接，為小篆所承。至秦簡中上部仍保留「[字形]」的寫法，西漢初期文字亦承之，但偶見上部出現「[字形]」形，如「[字形]銀14」。至西漢中後期才大量出現中豎筆直接貫串「一」、「冂」二部件的寫法，如：[字形]居300.8，卻未見先寫「亠」後寫「巾」的「市」。至東漢碑刻中才出現上部作「亠」的「市」字，如[字形]史晨後碑、[字形]衡方碑[74]。

12. 帝

字例	甲骨文	金文	戰國文字	小篆	秦隸	漢隸
帝	[字形]合集900正	[字形]仲師父鼎	[字形]中山王壺 [字形]帛.甲6.33	[字形]	[字形]睡甲38背參	[字形]馬王堆經052 [字形]銀256 [字形]居677 [字形]白石神君碑

帝字，王輝認為帝是火祭的一種，是由「一」與「木（或朿）」二部分組成，「木」是柴祭，「朿」是束柴，「一」是一種指示符號，代表天空[75]。本文從之。由此知「帝」字上方的「亠」初形為表示天空的指示符號。西周金文於上方加一短橫，形成「[字形]」，《說文》:「从二（上）」。從上表「帝」字形來看，其上方的部件「亠」，由金文至西漢隸書均寫作「[字形]」。直至東漢碑刻才出現「亠」的寫法。

74 見清顧藹吉《隸辨》，頁347。

75 王輝〈殷人火祭說〉見《一粟集—王輝學術文存》(臺北：藝文印書館印行，2002年1月)，頁17。

13. 畞

字例	小篆	或體	秦隸	漢隸
畞			 青牘正 1 　睡律 38	 銀 937 　張算 96 　居 90.4 　丁魴碑 　孔宙碑

畞字，小篆從田，每聲。秦文字作「」，何琳儀釋此字從田，久聲，又亦聲[76]。但細審秦隸可知，何認為從「久」的形體「」，似應從「又」；而從「又」的形體「」、「」則應從「屮」形。我認為秦漢隸書中「畞」字所從的「」、「」，應是由小篆的「每（）」旁解散而成，秦隸中的「屮」形來自「」的「」，「又」形則來自「」的「」。漢隸繼承了秦隸的寫法，唯「田」旁減省作「」。小篆或體來自秦隸，其中的「屮」形變為「十」形，至西漢中晚期的居延簡中「十」形部件再變形為「亠」。由此可知「畞」字所從的「亠」部件演變序列為：→→亠。

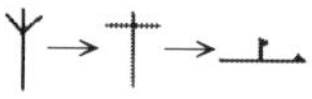

14. 亥

字例	甲骨文	金文	戰國文字	小篆	秦隸	漢隸
亥	 合集 11883	 邐方鼎 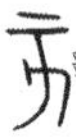　虢季子白盤	 鄂君啟車節 　包 2.27		 睡甲 101 背 　嶽 27 質三正	 馬王堆陰甲 188 　張曆 9 　銀 569 刻字 　居 128.1 　居 36.2 　武燕禮 045 　曹全碑

亥字，《說文》：「，古文亥。亥為豕。與豕同。」形構由甲文的「」至西周晚期金文的「」上部增一短橫，應為飾筆。春秋戰國文字承之，亥字上部均寫作「」。楷書「亥」字上方的「亠」即來自於此。唯秦隸及漢隸中「亥」字上方的

76 說見何琳儀《戰國古文字典》，頁30。

形體均寫作「[image]」，未見寫作「亠」者。「亥」字上方的「[image]」變形為「亠」，大量見於魏晉文字中，如：[image]魏高道悅墓誌劾字、[image]魏巨始光造象刻字[77]。由此推判其變形的時間應在魏晉時期。

對比以上諸字，隸楷「亠」部件的來源及其擴散情形：

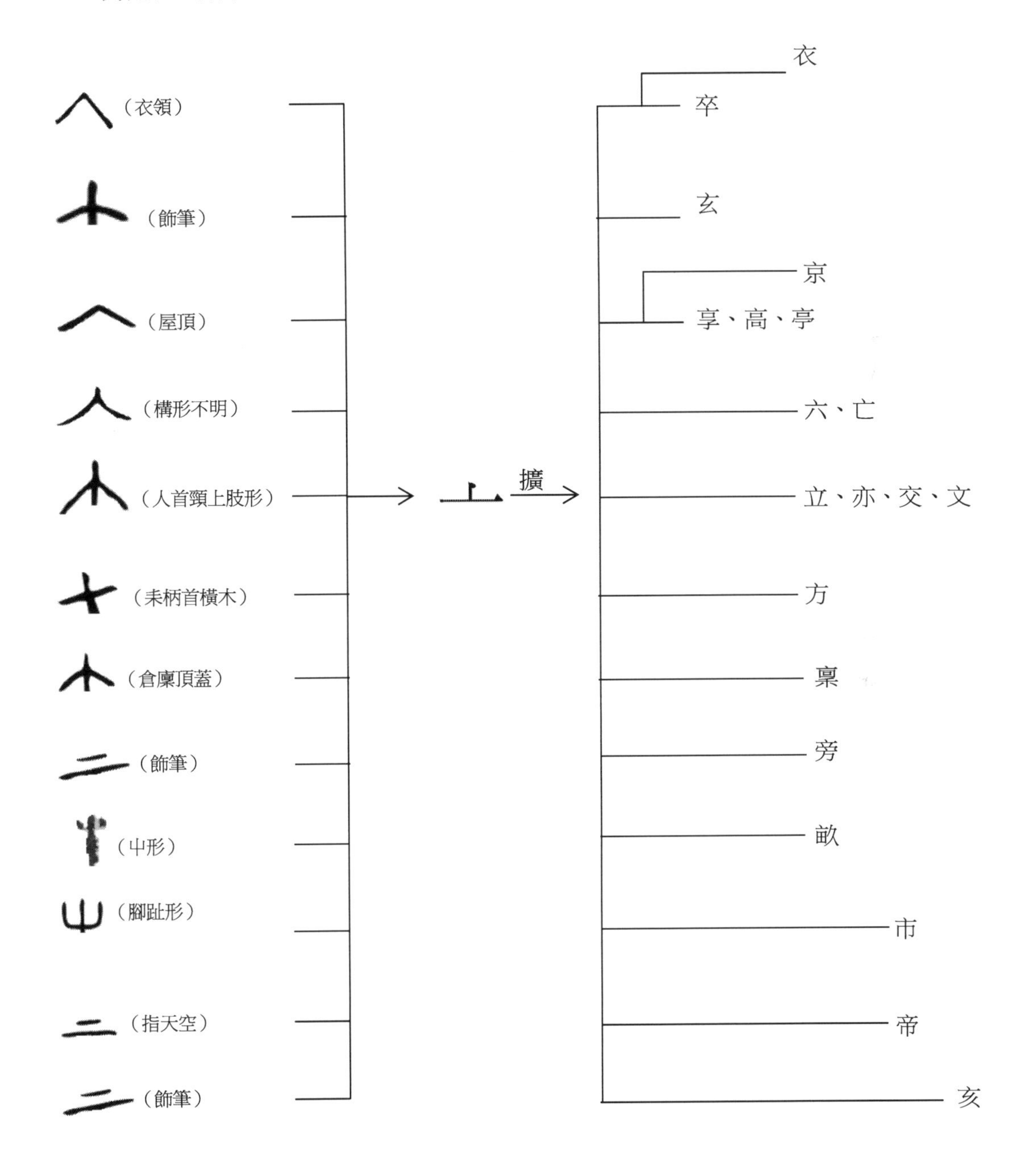

---

77 劉公編撰《碑別字新編》，頁51。

首先，檢視以上十二個初形部件可以看到「亠」部件的來源較為複雜，主要源於三類共象形體，一是具備尖頂形的「𠆢」、「朩」，如衣、卒、玄、京、享、高、亭、六、亡、立、亦、交、文、方、稟諸字所從；一是具備「二」形，如旁、帝、亥三字所從；三是具備尖叉形的「屮」，如市、畝二字所從。三類形體在不同時間朝向「亠」形演變。三類形體的演變過程條列說明如下：

（1）「𠆢」、「朩」的演變

這些具備尖頂形共象的部件變形為「亠」時間最早，均在西漢時完成變形。大部分的部件均先書寫為「亠」一過渡形體，其後起筆與下方橫畫斷開，變形為「亠」。其演變的序列為：人→→→。這類字例「亠」部件的擴散，首見於卒、玄、享、高、亭五字中，五字所從的衣領、屋頂、飾筆形在西漢初期隸書中變形為「亠」。其後再擴散至衣、京、六、立、亦、文、交、方、亡、稟等字。諸字中所從的人首頸上肢形、耒柄首橫木形、倉廩頂蓋形至西漢中後期均變形為「亠」。

（2）「二」形的演變

此部件變形為「亠」時間較晚於前一類，主要來源於飾筆及指示符號。其擴散首見於西漢晚期的「旁」字，其後再擴散至東漢時期的「帝」字，最後再擴散至魏晉時期的「亥」字。

（3）尖叉形的「屮」的演變

此部件變形為「亠」時間亦較第一類晚，初形為止、中二形。此類部件均先書寫為「十」一過渡形體，如西漢初期「市」字寫作「市銀14」及小篆「畝」字作「畝」，其後再省變為「亠」。「亠」在西漢中後期先擴散至「畝」，東漢時再擴散至「市」字。

承上可知，「亠」部件極為強勢，從西漢至魏晉時期強勢的替代十二個不同初形的結構，至楷書後成為一個固定書寫的記號部件。

五、乀

楷書「乀」部件分別見於常用字的食、辰、良、喪、長、衣、旅、艮、畏等九字，均位在字形的右下方。觀察諸字例的形構演變，逐字列表說明如下：

1. 衣

字例	甲骨文	金文	戰國文字	小篆	秦隸	漢隸
衣	合集 28877	天亡簋 頌簋	包 2.89 新甲 3.269		睡乙 189 壹 嶽為 78 正三	馬王堆療 064 銀 903　銀 257 居 56.40A　居 504.19 尹 YM6D12 正 羊竇道碑（東漢）

衣字，本義像衣領左右襟衽交覆之形（見前述），字形下方的「」為衣襟部位。從衣字形體流變來看，楷書「衣」字的「𠄌」來源於衣服的右襟，部件的演變軌跡為：→（金文）→（秦、漢隸）→（漢隸）。「」即為「𠄌」形的來源。「衣」字右襟部件寫作「」形當在西漢中期以後，至東漢時期成為一常態寫法，如羊竇碑、石經尚書殘碑[78]。

2. 旅

字例	甲骨文	金文	戰國文字	小篆	秦隸	漢隸
旅	合集 38177	此鼎 陳公孫㝬父瓶	曾 68		睡效 41 睡答 200	馬王堆春 089　馬王堆周 073 武特牲 039　武泰射 027 孔宙碑（東漢）

旅字，本形像旗下聚眾之形，表軍旅義[79]。小篆承甲、金文的寫法，然秦隸的㫃旗與其下的二人訛變為「」形，似衣字，西漢初期文字承襲之。至西漢晚期的武威漢簡中出現了「」的寫法。東漢碑刻文字直接書寫為衣服之衣，且成為常態之寫法，如武榮碑、孔宙碑[80]。由此知楷書「旅」字的「𠄌」部件，原為側立人形，至秦隸訛變

---

78 前字形見清顧藹吉《隸辨》，頁71；後字形見頁356。

79 李孝定釋旅字：「契文與小篆同。象旂下聚眾之形，軍旅之本義。」見《甲骨文字詁林》，頁3061。

80 字形見清顧藹吉《隸辨》，頁359。

為似衣服之右襟形，至西漢晚期文字再變為「」，即為楷書旅字「」部件的來源。

3. 食

字例	甲骨文	金文	戰國文字	小篆	秦隸	漢隸
食	合集 1163	命簋飤字 仲義昱鼎	楚子𣪕簠飤字 信 2.021		睡乙 156 嶽占 42 正壹	馬王堆談 013 銀 486　銀 627 居 10.3　居 335.25 尹 YM6D22 反

食字，本形像食物在器，上有蓋之形[81]。春秋金文所從「皀」旁底座的筆畫漸變為「」形[82]，為小篆字形所本。至秦隸下方的「」再變為「」，西漢初期文字承之。至西漢中後期的居延漢簡較潦草之書體作「」、「」，下方的「」寫作「」、「」。由此可知楷書「食」字下方的「」部件，原為古盛食器的底座，形體的演變序列為：→→→→→。

4. 辰

字例	甲骨文	金文	戰國文字	小篆	秦隸	漢隸
辰	合集 25747	夨令方彝 伯晨鼎	包 2.21 辱字		睡律 144 農字 睡乙 105 壹	馬王堆經 043　張曆 5 銀 412 振字 居 82.18A 農字 流烽 10 尹 YM6D10 正

81 于省吾《甲骨文字詁林》，頁2759。亦有認為「食」字應從（倒口）在皀上，表吃食義（林義光《文源》，說見《說文解字詁林》，頁5330）。

82 說見何琳儀《戰國古文字典》，頁65。

辰字，像大貝殼之形，蜃之初文[83]。可知「辰」字的部件「」初形應為貝殼邊緣形，即「」。字形中下部位至小篆訛變為「」，秦隸再變為「」，此形體亦為西漢初期文字所承。至西漢中後期的居延漢簡潦草書體寫作「」（如流烽10），為楷書辰字的「」部件來源。

5. 長

字例	甲骨文	金文	戰國文字	小篆	秦隸	漢隸
長	合集27641	長方鼎 寡 史墻盤	車大夫長畫戈 包2.61		睡語4 龍簡206	馬王堆陰乙101　銀318 居512.9　居157.10A 居203.46 尹YM6D15反　尹YM6D8反

長字，本形像人髮長貌，用以表達長久之義[84]。字形下方為一側立人形，為楷書「」部件的來源。至西周金文人手下方增一杖作「」。該字形為小篆所本，但原人形訛變為「」，杖形訛變為「」，長髮形訛變為「」。至秦隸人形再變為「」，西漢初期文字仍承之作「」。至居延漢簡中「」出現「」形，如居203.46至西漢後期的尹灣漢簡進一步出現「」的寫法，如尹 YM6D8。判斷楷書長字的「」部件形成時間應在西漢後期。

需要指出的是食、辰、長三字所從的「」，雖然在西漢中後期部分隸書中均出現了「」一形的寫法，但在東漢碑刻中仍以寫作「」形為主，如：桐柏廟碑、韓勑碑；孔龢碑、曹全碑；衡方碑、張遷碑[85]，罕見作「」或「」形者。一直至魏晉文字中才出現「」部件的寫法，如：梁程虔墓誌、苻秦廣武將軍□產碑、魏宋景妃造象[86]。

83 說見《甲骨文字詁林》，頁1126。

84 說見《甲骨文字詁林》，頁75。

85 三字形均引自《隸辨》，食字見頁746-747；辰字見頁120；長字衡方碑見頁230；張遷碑見頁439。

86 三字形均引自劉公編撰《碑別字新編》，食字見頁109；辰字見頁44；長字見頁75。

6. 喪

字例	甲骨文	金文	戰國文字	小篆	秦隸	漢隸
喪	合集 1083	毛公鼎 洹子孟姜壺	冉鉦鋮 郭.語 1.98		日書 952 睡乙 191 貳	馬王堆星 17　銀 503 武甲服 037 侯成碑

喪字，李孝定釋為從吅，桑聲[87]。至兩周金文桑樹形變為、，下部變從「亡」聲，為戰國文字及小篆所承。而「」聲至秦隸及漢隸均寫作「」，此寫法在東漢碑刻的文字中亦未改變。直至魏晉碑刻才出現「」部件的寫法，如：魏孝文帝弔比干文、晉任城孫夫人碑[88]。

承上，良、喪二字下方均從「」，而其部件「」變形為「」時間應在東漢以後，均較其他字形晚。

7. 畏

字例	甲骨文	金文	戰國文字	小篆	秦隸	漢隸
畏	合集 14173 正	大盂鼎 王孫遺者鐘	郭.五.34 郭.成.5		睡甲 24 背貳 嶽為 24 正叁	馬王堆經 015 銀 422　銀 273 居 238.23 猥字　尹 YM6J115 武泰射 69 楊著碑

87 李孝定：「按契文諸形以作佚549……為正構，……其另一旁从作……諸形為一樹木之象形字。揆其字形，與卜辭桑字全同。……字實从吅桑聲。」見《甲骨文字詁林》，頁1407-1408。

88 劉公編撰《碑別字新編》，頁193。

畏字，本形像鬼執杖之形，表可畏之義[89]。小篆保留鬼頭形，而人持杖形訛變為「[illegible]」，右側伏身的人形即為楷書「畏」字「[illegible]」部件的來源。由畏字形體流變來看，「[illegible]」部件的演變軌跡為：[illegible]（甲文）→[illegible]（小篆）→[illegible]（秦、漢隸）。「畏」字在秦隸及漢隸下方的「[illegible]」均寫作似人形的「[illegible]」。至魏晉以後的碑刻文字才出現「[illegible]」的寫法，如[illegible]齊徐徹墓誌[90]。

8. 艮

字例	金文	戰國文字	小篆	秦隸	漢隸
艮	[illegible]鼎 [illegible]比盨	曾 4 䩻字		睡律 74 狠字 睡為 6 叁根字 睡治 56	馬王堆道 170 根字　馬王堆相 002 張脈 13　銀 524 根字 武 84 乙根字 三公山碑

艮字，本形從目，從人。何琳儀釋「艮」字為見之反文，說「見」為前視，而「艮」為後視[91]，可備一說。據此可知楷書「艮」字的「[illegible]」部件源於人上肢之形。其下方的「[illegible]（人）」形一直保留至秦隸中，唯小篆訛變為「匕」形，則為漢隸所承。西漢簡牘及東漢碑刻的「艮」字均未見楷書「[illegible]」的寫法。至魏晉碑刻中才出現「[illegible]」的寫法，如[illegible]魏小劍戍主元平墓誌根字[92]。

9. 良

字例	甲骨文	金文	戰國文字	小篆	秦隸	漢隸
良	合集 24472	季良父盉 齊侯匜	天卜　信 2.03		睡語 9 關簡 363	馬王堆易 030　銀 372 居 495.13

89 說見《甲骨文字詁林》，頁361。

90 劉公編撰《碑別字新編》，頁198。

91 說見《戰國古文字典》，頁1319。

92 劉公編撰《碑別字新編》，頁125。

字例	甲骨文	金文	戰國文字	小篆	秦隸	漢隸
						尹YM6D3正.3 武5 曹全碑

良字，構形不明[93]。單就字形觀之，字下部原作平行兩曲筆「」，至兩周金文兩曲筆中加一短畫如「」，戰國文字變形為「」，似「亡」字，為小篆所承，變從亡聲。秦隸承之作「」，西漢隸書承秦隸，至東漢的碑刻文字中仍未見「」的寫法。

對比以上諸字，楷書「」部件的來源及擴散情形：

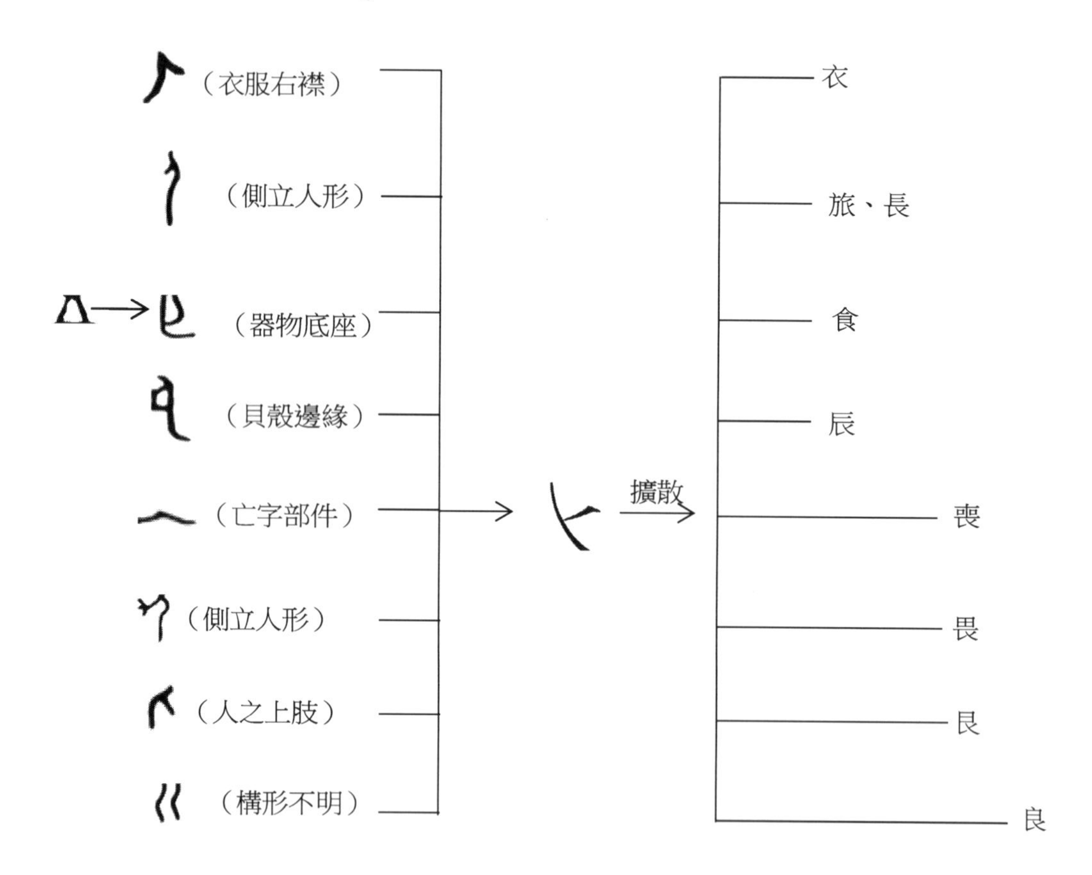

首先，根據上列八個初形部件來看，各形體之間似乎並沒有所謂的共象關係，但細審之，我們仍可以看出這些發展為「」的初形都具備了曲筆（如食字的 、辰字的

93 徐中舒認為良字像半穴居有兩道出入之形，待商。說見《甲骨文字詁林》，頁3355。

、旅、長、畏字的）及折筆（如衣字的、喪字的）的筆畫，諸形發展至小篆後「曲筆」的共象更為明顯，如辰、衣、旅、長、畏等字。而透過此一共象使不同形體的部件均朝著「乀」形演變。其次，就「乀」部件的擴散來看，我們發現「乀」部件形成時間要較上述幾個部件晚，「乀」形在衣、旅、長、食、辰、喪、畏、艮、良九字中成為常態寫法，均出現在魏晉南北朝的楷書中。即便是在西漢出現「」形的衣、旅、食、辰、長五字，也是至魏晉時期的碑刻中「乀」形才成為一常態部件。因此，我認為「乀」形應屬楷書書體的部件而非隸書。然而檢視上述九字「乀」部件的流變，我們可以清楚看到「乀」部件的源頭，雖有七種不同的來源，但是這七種不同的形體，至秦隸中均不約而同的類化為「」、「」二形，繼之而起的漢隸完全承襲此二形的寫法，並成為漢隸階段普遍而常態的部件。直至魏晉楷書中「」、「」二部件才完全為「乀」形所取代，成為一個常態固定書寫的部件。

六、龶

楷書「龶」部件分別見於常用字的青、責、素、毒、表五字，均位在字形的上端。觀察諸字例的形構演變，逐字列表說明如下：

1. 青

字例	金文	戰國文字	小篆	秦隸	漢隸
青	史牆盤 吳方彝蓋	郭.唐.2		睡律 31 關簡 190	馬王堆合 117 銀 346　銀 224 武 50 尹 YM2D1 反　尹 YM6D12 反

青字，初形從生，井聲[94]，「生」，本義為草生於地，於「青」字用以表草木顏色之義。「生」旁由金文至秦隸均保留草木初生形，至西漢初期銀雀山漢簡中出現三橫一豎的「（銀346）」形體，而西漢中後期的文字中「生」旁均由「」變形為「龶」。

94 何琳儀說，見《戰國古文字典》，頁821。

2. 責

字例	甲骨文	金文	戰國文字	小篆	秦隸	漢隸
責	合集 21306 甲	旂鼎 秦公簋	郭.太.9		睡效 60 嶽雜 5	馬王堆相 073 張二 72 銀 257 居 176.32 居 264.16B

責字，《說文・貝部》:「求也。从貝，朿聲。」小篆字形與甲、金文相同。字上部為聲符「朿」，原作「」，小篆稍變作「」。至秦隸訛變為「」，西漢初期文字基本承襲秦隸的寫法，但已出現「主」的寫法，如 張二72。至居延漢簡三橫一豎的「主」部件則成為常態寫法，如居176.32，居264.168。

3. 表

字例	戰國文字	小篆	秦隸	漢隸
表	包 2.262		睡雜 36 睡為 3 伍	馬王堆稱 144 張蓋 23 銀 343 居 484.9A 居 311.33A

表字，初形從衣，從毛，會裘衣毛在外之意[95]。由「表」字的流變來看，秦及西漢初期的隸書均保留衣領及裘毛形的寫法，至西漢中後期的文字中已出現三橫一豎的「主」形。判斷楷書「表」上方的「主」，應是由衣領及裘毛形的「」黏合變形而成。

95 徐灝段注箋:「古者衣裘毛在外，故表从衣从毛。」見《說文解字詁林・衣部》，頁8352。

4. 素

字例	金文	戰國文字	小篆	漢隸
素	師克盨 秦公鎛	天策		馬王堆遣一247 馬王堆經052 張遣25 銀268 居505.34 史晨奏銘

素字，像絲緒紛披之形[96]。楷書「素」字上方原作「[illegible]」，戰國文字變為「[illegible]」，小篆訛變作「[illegible]」。「素」字未見於秦隸，西漢初期的銀雀山漢簡雖有承自戰國楚簡文字的寫法，如[illegible]銀135，亦有寫作三橫一豎的「[illegible]馬王堆遣一247」、「[illegible]銀268」，但豎筆未出頭作「王」形，此寫法一直沿襲至居延漢簡。「主」的寫法至東漢碑刻中始見。

5. 毒

字例	小篆	秦隸	漢隸
毒		睡律5 嶽為5正貳	馬王堆周079 張二19 銀374 武87乙 長田君斷碑

毒字，《說文・屮部》：「厚也。害人之艸。往往而生。从屮，毒聲。」本義為毒艸[97]。隸楷上方「主」形在秦及西漢時期的隸書中均寫作「[illegible]」，或寫作「[illegible]」，未見寫作「主」例。「主」寫法至東漢碑刻中始見。

---

96 說見何琳儀《戰國古文字典》，頁585。

97 徐灝注箋：「毒之本義為毒艸。因與篤同聲通用，而訓為厚耳。」《說文解字詁林》，頁1434。

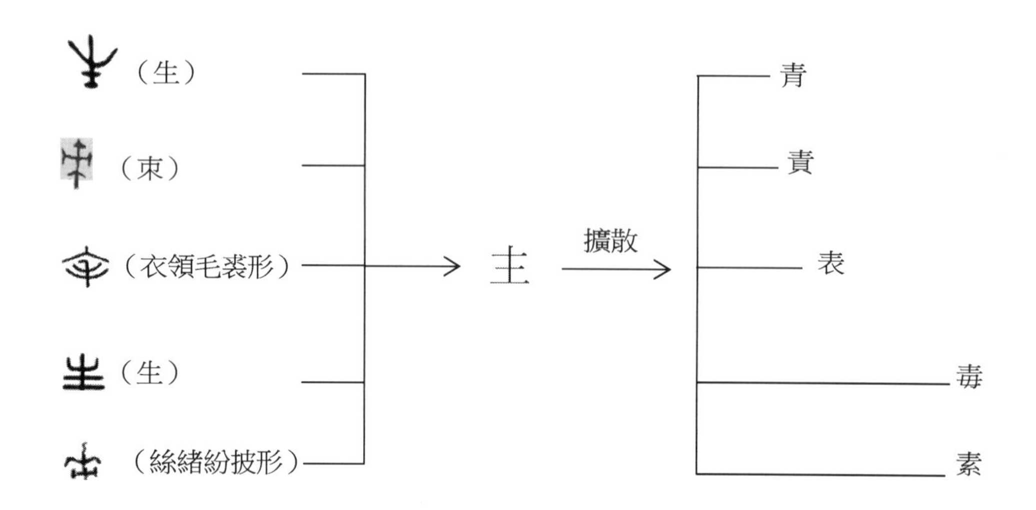

細審上面的五個初形部件，可以發現各形均具備「一豎筆貫串二個以上橫畫」類似「丰」形的共象，透過此一共象使本來不同形體朝向「龶」形演變。隸楷「龶」部件主要源於「（生）」，首見於西漢初期的「青」字。大約相同的時間「責」字所從「（朿）」亦變形為「龶」，其後是「表」字所從衣領毛裘形的「」跟著變形，時間約在西漢中後期。最後則是「素」字原本絲緒紛披形「」及「毒」字所從的「」形至東漢時期也類化為「龶」部件。由此可知，楷書「龶」部件的擴散，首見於西漢初期「青」、「責」二字，其後再擴散至西漢中後期的「表」字，最後擴散至東漢時期的「素」、「毒」二字。楷書後成為一固定書寫的記號部件。

七、結論

透過上面對「龹」、「𠆢」、「䒑」、「亠」、「⺄」、「龶」六個記號部件所屬字例形體演變的整理分析，我們可以看到現代漢字的記號部件在漢字的發展過程中確實存在著擴散現象。而此種擴散現象呈現兩個特點：

（一）形近類化

記號部件擴散是一種採取形近類化的方法。該部件基本上會以某個形體作為媒介，透過該形體去歸併類化形體相近的部件。例如上述的「龹」部件，即以「（廾）」形為媒介，將形近的、、、、五個部件加以歸併類化，達到擴散效果。

（二）逐步擴散

記號部件的擴散並非同時間或在同一文字系統中的一次性擴散，而是在不同文字階段逐步擴張。以上述的六個部件為例，所屬字例的類化有的發生在秦隸，有的則發生在漢隸，甚至更晚的文字系統。這種文字上的漸變與語言學中「詞彙擴散現象」中的漸變特點是一致的。

其次，對於記號部件擴散現象的形成原因，筆者認為主要也有兩個：其一，記號部件藉著擴散作用，歸併類化不同的部件，讓漢字字形的組合形式相對減少，進而減少漢字部件的數量，從而減輕學習者的負擔；其二，大部分記號部件筆畫相對較少，藉由擴散作用減少隸楷字形的筆畫，達到方便書寫的目的。

最後，需要指出的是，我們知道在研究古今漢字時，「隸變」是一個普遍的用詞，但是透過本文對記號部件擴散現象的研究，讓我們對這些部件從屬字例形體的演變有了更清楚的認識。我們看到這些字例由原部件演變至記號部件，有的發生在秦隸階段，有的出現在漢隸階段，有著明顯的時間差異。也就是說，以往我們談「隸變」一詞，多混秦隸、漢隸為一談。透過本文的研究，對於「隸變」有了更清楚的認識，今後討論漢字演變中的「隸變」時，應該具體將秦隸、漢隸分開論述。

第七章
「蛋」字形義源流考

現行常用字中有部分字形直至楷書階段才形成，例如：蛋、找、丟、耍、卞、做、凹、凸、嫩、幫等字，這些字均不見於小篆以前的古文字。雖然這些字的形成很晚，但我們對這些字的形義源流發展、形體結構，甚至形成時間，都缺少清楚的認識。因此，在現代漢字的研究中，應該給予這類字例應有的重視，並對其進行整理與考釋。本章即以「蛋」字為例，嘗試考證其形義來源、結構及其形成的時間。

「蛋」字是現代漢字中一個極為常用的字，今天一般用作表禽卵義。《漢語大字典》中記錄了這個義項：

> 禽類或龜蛇所產的卵。《字彙補．虫部》：「俗呼鳥卵為蛋。」[1]

「蛋」的「禽卵」義從何來？形成於何時？這些問題，我們並不容易回應，甚至對「蛋」字形體的形成及結構，我們也一無所知。本章首先對「蛋」字形體的進行探索，找出字形來源及其形成的時間，確立「蛋」字的結構。其次，對蛋字「禽卵義」形成及演化進行整理歸納，勾勒出「蛋」字字義的發展軌跡。

一、蛋字字形探源

「蛋」字見於字書，首見於清吳任臣的《字彙補》：

> 蛋，徒歎切。音淡。俗呼鳥卵為蛋。又江上地名有鴨蛋洲。[2]

接著《康熙字典》也收錄「蛋」字：

> 《字彙補》徒歎切，音但，古作蜑，柳宗元《饗軍亭記》：「胡夷蛋蠻」[3]，又字

---

1 漢語大字典編輯委員會《漢語大字典》（湖北：湖北辭書出版；成都：四川辭書出版社，1990年5月）。頁2845。

2 《字彙補．申集》《續修四庫全書》經部，小學類，頁649。

3 查柳宗元《柳河東集》下冊〈饗軍亭記〉一文，知「胡夷蛋蠻」應作「胡夷蜑蠻」（北京：中華書局，1964年2月），頁443。

彙補俗呼鳥卵為蛋[4]。

《康熙字典》的解釋大體依據《字彙補》，唯一的不同在於《康熙字典》提到蛋字「古作蜑」，認為「蜑」、「蛋」是古今字。在稍後胡鳴玉的《訂訛雜錄》進一步指出「蛋」字乃由「蜑」字演變而來：

蜑，壇上聲。南海夷種曰蜑戶，以舟楫為家，采海物為生，且生食之。……俗以禽卵為蜑，不知誤自何時？且變文作蛋。[5]

胡鳴玉此說是可信的，南宋吳自牧《夢粱錄》卷20有「併以彩畫鴨蜑一百二十枚」[6]，其中的鴨蜑之「蜑」即作「禽卵」義[7]。胡氏認為「蛋」是由「蜑」字演變而來，此觀點，早在明代李實的《蜀語》中已有所論述：

攷字書有蜑字，从虫，延聲，南方蠻也。魚蜑取魚，蠔蜑取蠔，木蜑取木。若從疋，疋音踈，並無此字，想因蜑字訛為蛋字耳。[8]

明清學者們均認為「蛋」由「蜑」訛變而來。但是，「蜑」如何演變成蛋，又於何時演變？學者並沒有進一步說明。要解決這些問題，首先要看「蜑」這個字，大徐本《說文・虫部》新附字云：

蜑，南方夷也。从虫，延聲，徒旱切。[9]

由此可知「蜑」是指活動於中國東南方和南方的少數民族[10]。大概在魏晉時期的史書中就已記錄了蜑人的活動，如《華陽國志・巴志》：

其地東至魚腹，而至僰道北接漢中，南极黔涪，……其屬有濮、賨、苴、共、努、獽、夷、蜑之蠻。[11]

「蜑」字從魏晉以來的史書及字書中均指「南方夷種」，是中國南方一支少數民族。就

4 《御定康熙字典》卷26，文津閣四庫全書，經部，小學類，第79冊，頁521。

5 《訂訛雜錄》卷3，文津閣四庫全書，子部，雜家類，第285冊，頁270-271。

6 文淵閣四庫全書，史部，地理類，第590冊，頁165。

7 范常喜對胡鳴玉之說持不同意見，他說：「據我們所知語料並未發現表『禽卵』義的『蛋』寫作『蜑』，胡氏之說是否可信尚待進一步查證。」(〈「卵」和「蛋」的歷時替換〉《漢語史學報》第6輯，2006年12月，頁200）案：由《夢粱錄》此例可知，范說並不符合事實。

8 明李實《蜀語》(李雨村函海本)(臺北：藝文印書館影印，1968年)，頁40。

9 中華書局，2003年1月。

10 古代蜑民主要分佈於巴蜀、江淮、嶺南及閩浙等六大地區，說見蔣炳釗〈蛋民的歷史來源及其文化遺存〉《廣西民族研究》，1998年第4期，頁77-79。

11 晉常璩《華陽國志》卷1，文淵閣四庫全書電子版，史部，載記類。

這個意義而言，「蜑」和「蛋」字似乎沒有任何的關聯。然而為什麼明清學者會認為「蜑」是「蛋」的古字呢？事實上，如果我們翻閱有關蜑民族的史料，會發現明清學者這樣的論述，並非沒有道理。因為在唐宋之際的古書中，記載蜑民族的相關史料開始出現蜑、蛋互用的情形，如：

> 蜑人哀之，胥棧而濟釋……（唐張說《張說之文集》卷19[12]）
> 蛋人哀之，葺棧而濟釋……（宋李昉《文苑英華》卷930[13]）

唐代「蜑人」到北宋的《文苑英華》寫作「蛋人」，這種互用現象在北宋以後更加頻繁，例如：

（1）蠻蜑望見輒大哭，自此狼戾之心輟矣。（宋鄭樵《通志》卷197[14]）
　　蠻蛋見輒大哭，自此狼戾之心輟矣。（宋李昉《太平御覽》卷785[15]）

（2）二廣居山谷間不隸州縣謂之猺人，舟居謂之蜑人。（北宋陳師道《後山叢談》卷4[16]）
　　二廣居山谷間不隸州縣謂之猺人，舟居謂之蛋人。（北宋陳師道《後山集》卷21[17]）

（3）二十六年，罷廉州貢珠，散蜑丁。（《宋史．食貨志》卷186[18]）
　　閏月丙午，罷廉州貢珠，縱蛋丁自便。（《宋史．高宗本紀》卷31[19]）

（4）蜑家自云海上珠池……（宋周去非《嶺外代答》卷7[20]）
　　蛋家船在岸之東。（明鄒智《立齋遺文》卷5[21]）

由以上史料的對比可知，北宋以後「蜑」和「蛋」形成同字異形的現象。這也使得明清學者們得出「蛋，古作蜑」的論斷。由以上蜑、蛋二字互用的情形來看，明清學者認為「蛋」古寫作「蜑」的論述應該是正確的。然而令人感到疑惑的是，「蜑」是如何演變成「蛋」？而且又於何時演變的呢？

---

12 《叢書集成續編》第123冊（臺北：新文豐出版公司印行，1989年），頁108。
13 〔宋〕李昉《文苑英華》第六冊（臺北：新文豐公司印行，1979年），頁4895。
14 見《十通》新興書局，1963年10月版，頁3160。
15 文津閣四庫全書，第298冊，子部，類書，頁479。
16 文津閣四庫全書，第345冊，子部，小說家，頁104。
17 文津閣四庫全書，第372冊，集部，別集類，頁723。
18 （元）脫脫等撰；楊家駱主編《新校本宋史并附編三種》，（臺北：鼎文書局，1980年），頁4565。
19 《新校本宋史并附編三種》頁586。
20 見《筆記小說大觀》29編之3，頁1830。
21 見〔夜泊馬寧呈胡用晦吳獻臣〕詩，文淵閣四庫全書，集部，別集類。

就二字字形看，蜑、蛋的差異在「虫」部上方，一作「延」；一作「疋」，二字在小篆階段形體差別甚大，延寫作，而疋作。到了魏晉時期的楷書，二字的形體亦區別甚嚴，例如：

	魏晉墓誌碑刻文字
筵	魏王誦妻墓誌 魏元彝墓誌
誕	魏元定墓誌 齊暴誕墓誌
旋	晉好大王碑 魏穆亮妻尉太妃墓誌

透過以上筵、誕與旋字的比較[22]，可知，魏晉時期的延、疋二字形體相差甚遠，不大可能發生形近誤寫的情形。然而在唐代俗字中我們發現，從延、疋的字，延、疋的形體普遍出現相近，甚至相同的寫法，例如：

筵	《盧山遠公話》[23] 《朱信墓誌》[24]	《盧山遠公話》 《唐寧思真墓誌》[25]	《張才字陁墓誌》[26] 《太上同玄靈妙經篇序章》[27]
誕	《語對》[28] 《王庭芝墓誌》[29]		

22 諸字例見秦公《碑別字新編》（北京：文物出版社，1985年）。筵字，頁255；誕字，頁304；旋字，頁163-164。

23 見黃征《敦煌俗字典》（上海：上海教育出版社，2005年），頁476。

24 見吳剛輯、吳大敏編《唐碑俗字錄》（西安：三秦出版社，2004年），頁153。

25 秦公《碑別字新編》，頁255。

26 見吳剛輯、吳大敏編《唐碑俗字錄》，頁68。

27 《敦煌俗字典》，頁476。

28 《敦煌俗字典》，頁76。

29 《唐碑俗字錄》，頁166。

	[illegible]	[illegible]	[illegible]
蜒		[illegible]《開蒙要訓》[30]	
延		[illegible]《李起宗墓誌》[31]	
旋	[illegible]《靈寶自然齋儀》[32] [illegible]《失名道經》[33] [illegible]《竇君妻楊氏墓誌》[34] [illegible]《延州都府土曹參軍長孫盱墓誌》[35]	[illegible]《雙恩記》[36] [illegible]《同上》	[illegible]《澍城劉府君韓夫人墓》[37]
疋	[illegible]《郭恒墓誌》 [illegible]《高文墓誌》[38]		

從以上資料的排比分析，可以清楚看到這時期所從延、疋的寫法幾乎完全相同：

延	疋
[illegible]、[illegible]、[illegible]、	[illegible]、[illegible]
[illegible]、[illegible]	[illegible]、[illegible]
[illegible]	[illegible]

30 《敦煌俗字典》，頁476。

31 《唐碑俗字錄》，頁66。

32 《敦煌俗字典》，頁466。

33 《敦煌俗字典》，頁466。

34 《碑別字新編》，頁164。

35 羅振玉《碑別字拾遺》，見《石刻史料新編》第一輯，第29冊（臺北：新文豐出版公司印行），頁21957。

36 《敦煌俗字典》，頁466。

37 《碑別字拾遺》，頁21957。

38 二疋字例見《唐碑俗字錄》，頁66。

因此，延、疋二字在這個階段因形體近似而混同的可能性是非常高的。此外，就目前資料顯示，「蛋」字最早出現於北宋太宗李昉所編的《太平御覽》(977-984)：「鑾蛋見輒大哭，自此狼戾之心輟矣。」由此推論，「蜑」字形體訛變成「蛋」，應是受到唐代俗字「延」、「疋」二字形體相近的影響，而產生的訛變，訛變的時間，應該在唐宋之際。換句話說，「蛋」字的形成時間，也應該就在唐宋之際。

掌握了「蛋」字形體來源及形成時間，「蛋」字的結構就可以分析了。承上「蛋」字來源於「蜑」，「蜑」字從虫，延聲，屬形聲字。而在唐代因延、疋二字形體混同，致使「蜑」訛變為「蛋」。「蛋」下方的「虫」則提示「蛋」字字義，仍可視為形符。但上方的「疋（pǐ）」已無法提示「蛋（dàn）」的讀音，也沒有表義作用，成為一記號部件。因此，「蛋」字的結構是由形符和記號部件組合而成的半表義半記號字。

二、論「蛋」字禽卵義的形成與演化

「蛋」的字義，今天均用作「禽卵」義，但就字形的生成來看，其最初的意思並非「禽卵」義。那麼，蛋字的「禽卵」義是怎麼產生的？其發展過程又是如何？關於這兩個問題，1996年范常喜先生已於〈「卵」和「蛋」的歷時替換〉[39]一文中有所論述，然而，筆者認為其中的部分論述，仍有討論空間。以下即在范文的基礎上，對「蛋」字「禽卵」義的發展過程作進一步的分析。

（一）論「蛋」字禽卵義的形成時間

就目前資料顯示，「蛋」字傳承「蜑」字，原先並沒有圓形的意思，而在「蛋」字形體形成後不久，推測應該隨即被用以表示「禽卵」這個意思，「蛋」用以表示「禽卵」義，首見於北宋初年的醫書《太平聖惠方》卷14：

> 竹茹一雞蛋大。[40]

其後在南宋末年的楊士瀛《仁齋直指》、吳自牧《夢粱錄》也出現了相同的用法：

> 搗為粉就作成塊，如鴨蛋大。[41]
> 三日女家送冠花綵段鵞蛋。[42]

---

[39] 范常喜〈「卵」和「蛋」的歷時替換〉，《漢語史學報》第6輯（2006年12月），頁193-203。

[40] 北宋王懷隱《太平聖惠方》卷14（臺北：新文豐出版公司印行，1980年），頁1161。

[41] 南宋楊士瀛《仁齋直指》卷16，文淵閣四庫全書，子部，醫家類，第744冊，頁323。

[42] 南宋吳自牧《夢粱錄》卷20，文淵閣四庫全書，史部，地理類，第590冊，頁165。

以上三條資料，是宋代僅見「蛋」字用為「禽卵」義的資料。由這些資料可知，「蛋」字用作「禽卵」義至遲應該在北宋初年就已經產生了[43]。

（二）論「蛋」字禽卵義的形成原因

這個問題主要包含兩層面，一是「禽卵」的原義為什麼需要被替換？一是為什麼選擇「蛋」字來表示「禽卵」義？下面分別針對這兩個問題，論述如下：

首先，「禽卵」義在上古漢語是以「卵」這個詞來擔負的[44]，例如：

雞卵不可合鱉肉食之。（漢張機《金匱要略》卷24[45]）

二月種，至十月乃成，卵大如鵝卵，小者如鷄卵。（後魏賈思勰《齊民要術》卷10[46]）

《說文・卵部》：「卵，凡物無乳者卵生，象形。」因此，「卵」在上古漢語中既已用來表示「禽卵」義，為什麼到了宋代人們還需要以「蛋」表示「禽卵」義呢？這應該與「卵」的另一個義項有關，我們知道在古代漢語中，「卵」除了表示禽卵義之外，還有一個重要的用義，即指「雄性動物的生殖器官（睪丸）」，例如：

取豚卵二枚，溫令熱酒吞之。（唐王燾《外臺祕要方》卷3[47]）

---

43 「蛋」字用作「禽卵」義的時間，范文已經指出，說見頁193-194。

44 在「卵」之後，人們也曾使用「子」來表示禽卵義，例如：《爾雅・釋樂》：「大塤，謂之嘂。」郭樸注：「塤燒土為之，大如鵝子，銳上平底形，如秤錘，六孔，小者如鷄子。」據范文研究指出「子」這個詞作為禽卵義，在東漢時期開始增多，至魏晉南朝「雞子」基本上取代「雞卵」，這個現象表現當時的人們想要以「子」來替換雞卵、鴨卵、鵝卵中的「卵」，但是這樣的替換後來並沒有成功的維持，原因主要有二：
1. 「子」這個詞身上所擔負的用義過多，因此當「子」作為禽卵義使用時，有時會與「子」的其他用義混淆，例如時代相近的二書：
（1）《洗冤集錄・服毒》：「取雞子一個，鴨子也可以，打破取白……」
（2）《祖堂集》卷15：「忽然野鴨子飛過去，大師問：『身邊什麼物？』」
例（1）的「鴨子」據上文可知指的是「鴨蛋」，「子」用作「禽卵」義，而例（2）的「鴨子」，即指「飛禽」，「子」在此作為詞綴，由此可知，「鴨子」一詞，如果不根據上下文義，我們很容易混淆上引二「鴨子」的意思。
2. 當單獨以「卵」表禽卵義時，不能以「子」來替換。例如：
《搜神記》：「古徐國宮人娠而生卵，以為不祥……」
這裡的「卵」如果以「子」替換，意思就完全不同了（「雞子」、「雞卵」禽卵義的使用清況，范文論述甚詳，說見頁197-198。）。

45 文津閣四庫全書，子部，醫家類，第243冊，頁653。

46 文津閣四庫全書，子部，農家類，第243冊，頁358。

47 文淵閣四庫全書，子部，醫家類，第736冊，頁132。

腰痛不可以轉搖，急引陰卯。(《黃帝內經素問》卷16[48])

以上二例中的「卯」均指睪丸義，「卯」的這個義項應該就是促使人們在「禽卯」義的使用中，欲以「蛋」取代「卯」的主要原因。由於「卯」具有睪丸這個義項，使人們對「禽卯」義產生避諱的行為，這個觀點在范文中已有論述：

> 「卯」的「禽卯」義在宋代開始替換，……主要可能源於避諱，……在言語的禁忌中，性器官的避諱是古今中外廣泛存在語言事實，而「卯」的「禽卯」義在生活中又較為常用，如雞卯、鴨卯等都與生活息息相關，所以人們在口語交際中自然會主動選擇另外的詞來避諱表示「睪丸」的卯。[49]

范文的論述是可信的，「禽卯」義的「卯」之所以被「蛋」所替換確實是與這種對性器官避諱習俗有直接的聯繫。但是這一觀點早在明代的王世貞就已指出了：

> 男子之陰曰勢曰陽，今吳中人卻以鳥卯之卯呼之，而遂多諱其字[50]。

因吳中人以鳥卯之卯來稱呼男性生殖器，因此，人們都避諱以「卯」來稱呼「鳥卯」。這條資料直接反映當時人們以「蛋」替換「卯」的心理因素，就在於「避諱」。

在明白「禽卯」義之「卯」是因為避諱而被替換之後，再來看人們為什麼選擇「蛋」字來替換「卯」呢？范文也對這個問題提出解釋，他認為蛋民在宋代是以採珠、貢珠為主要職責，所以到元代「蛋戶」被稱作「珠戶」，因此人們進而將「『蛋』和圓球狀而且高貴的珍珠聯繫起來」，用來替換「禽卯」義的「卯」[51]。范文的論述重點在於「蛋」之所以被選來替換「禽卯」義在於它和圓球狀而且高貴的珍珠取得聯繫，但筆者認為范先生的論點太過轉折，且有待商榷，論述如下：

1. 如文中提到的「珍珠」的形象是「高貴」的，然而採珠的蛋民在當時「以船為室，浮海而生」，被人們視為「蠻夷」，且為人們所鄙視虐待，身分低賤[52]。這樣的賤民形象如何與高貴的珍珠取得聯繫，是值得討論的。
2. 其次，因為「圓球狀」的珍珠與「蛋」產生聯繫，而使人們選擇以「蛋」來替換「卯」。這個說法令人感到疑惑，如果「圓球狀」是人們選擇「蛋」替換「卯」的主要因素，為什麼不直接以「珠」來替換「卯」，而要轉折的以採珠蛋人的「蛋」來替換「卯」呢？

---

48 〈骨空論篇〉第60，文淵閣四庫全書第733冊（臺北：臺灣商務印書館，1983年）。

49 范常喜〈「卯」和「蛋」的歷時替換〉，頁197。

50 說見王世貞《弇州四部稿》卷168，文津閣四庫全書，集部，別集類，第428冊。王說范文並未指出。

51 范常喜〈「卯」和「蛋」的歷時替換〉，頁198。

52 詳見陳序經《蜑民的研究》，《國民叢書》第三編，第18冊，（上海書店，1946年），頁110-115。

承上所述，范文所提出的解釋並沒有辦法客觀的說明，人們為什麼以「蛋」替換「卵」的問題。關於這個問題，筆者認為人們選擇「蛋」來稱呼「禽卵」義，應該與另一個字有關，北宋初年人們在進行「卵」字的替換時，除使用「蛋」之外，也有人選擇另一個詞來替換「卵」，試看以下的資料：

掌有八卦，紋路鮮明，或如噀血尖起三峯奇紋異紋，節如雞彈，指尖相稱。（北宋陳摶《神相全編・十觀》[53]）

其法乃以鳧彈數十，黃白各聚一器。（南宋周密《齊東野語》[54]）

雞頭籃兒，鵞彈、月餅。（南宋周密《武林舊事・蒸作從食》[55]）

以上是目前所見宋代「彈」字作「禽卵」義的資料，第一例是北宋初年陳摶所撰，二、三例為南宋末年的材料。從上引詞例可知，北宋初年人們在以「蛋」替換「卵」的同時，也嘗試用「彈」來替換「卵」。[56]蛋、彈被用來替換「卵」的時間幾乎是重疊的：

	彈	蛋
北宋初	雞彈《神相全編》	雞蛋《太平聖惠方》
南宋末	鳧彈《齊東野語》	鴨蛋《仁齋直指》
	鵝彈《武林舊事》	鵞蛋《夢粱錄》

由上表可知，「蛋」字在當時可能並非最先被選擇來替換「卵」的，根據當時彈、蛋的字義及使用情況來看，「彈」字被挑選來替換「卵」的機會要比「蛋」字高出許多。首先，就彈、蛋二字的使用情形看，在同時期的資料中「彈」字較「蛋（蜑）」字用例更為常見，換句話說，作為「卵」字用義的替代，在當時「彈」字的使用頻率要較「蛋」高出許多。而「蛋」字不僅較為少見，而且還是一個剛產生不久的新字[57]。相較之下，「彈」字對於人們而言，要較「蛋」來得更為熟悉，如此，「彈」字被挑選替換的機率自然是比較高的。

其次，就彈、蛋二字的字義看，「蛋」字承「蜑」而來，因此，「蛋」字當時的字義僅指「東南方的少數民族」，這與圓形的「卵」的用法，很難取得聯繫[58]，而「彈」字

---

53 宋陳摶秘傳；明袁忠徹訂正（出版地不詳，出版者不詳，1927年），頁5。

54 〔南宋〕周密著《齊東野語》卷16，文津閣四庫全書，子部，雜家類，第286冊，頁694。

55 〔南宋〕周密著《武林舊事》卷6，文淵閣四庫全書，史部，地理類，第590冊，頁250。

56 范文僅討論「蛋」、「卵」替換過程，並未對「彈」字禽卵義的發展過程加以論述，只在明代的語料中觸及到「彈」字的此一用法。

57 「蛋」雖然是「蜑」的變體，但就字形而言，它仍是一個新字。

58 本章蒙季旭昇先生指正，季先生指出以「蛋」替換「卵」是否由於二字字音相近的緣故？蛋（蜑）字「徒旱切」，定紐/旱部（《廣韻》頁284），〔dan〕；卵字「盧管切」，來紐/緩部（《廣韻》頁285），〔luan〕，《廣韻》時代旱、緩二韻同用，定、來二紐發音部位相同，均為舌尖音，蛋、卵二字字音

除作動詞「彈劾」、「彈琴」之外，在許多資料中被用作指「圓球狀物體」，例如：

> 元帝永光二年八月，天雨草，而葉相樛結大如彈丸。(《漢書・五行志》[59])
> 臨海異志曰：「其子大如彈子。」(《齊民要術》卷10[60])
> 朱彈星丸燦日光，綠瓊枝散小香囊。(唐徐夤〈荔枝〉[61])
> 回頭索取黃金彈，遶燒藏身打雀兒。(〈花蕊夫人〉[62])

前二例見「彈」形容圓形物體，且與圓球的「丸」字連用；後二例用以指稱圓球狀之物[63]，而這個義項正與「禽卵」義的圓形形象取得聯繫，正由於「彈」、「卵」共同具有圓球狀物體的義項，使得人們在進行替換行為時，理所當然的會先聯想到「彈」這個字。此一觀點，明代李實《蜀語》也已經指出：

> 禽卵曰彈。彈字見《大明會典》「上林苑雞、鵝、鴨彈若干」，皆用彈字。言卵形之圓如彈也。[64]

李實認為以「彈」指稱「鳥卵」的原因在於「卵形之圓如彈」，即是指「彈丸」之彈與「禽卵」之卵均為圓形物體的形象，因而借「彈」來稱「卵」。因此就當彈、蛋二字的使用情形及字義來看，筆者認為以「彈」稱呼「禽卵」之卵，應該先於「蛋」字。也就是說，「彈」字因為與「卵」字所指涉的物體形象相近，而被借來稱呼「卵」。其後，又因為「蛋」與「彈」字聲音相同[65]，使得「蛋」字也迅速的被選擇來稱呼「卵」了[66]。

相近。但筆者認為禽卵義的「卵」之所以被替換，主要原因在於「避諱」，即人們在使用禽卵義時欲避讀「卵」字字音。因此，既是因避諱讀音所產生的替換心理，那就不大可能再去找一個與避諱字讀音相近的字來替換。

59 北京：中華書局，頁1414。

60 文津閣四庫全書，子部，農家類，第243冊，頁385。

61 〔清〕彭定求、沈三曾、汪士鋐、汪繹、俞梅等人奉敕編校《全唐詩》第21冊，卷708（北京：中華書局，1960年，2003年第7刷），頁8152。

62 《全唐詩》第23冊，卷798，頁8976。

63 《說文・弓部》:「彈，行丸也。」指以彈丸射擊之意。其後彈亦引申指射擊所用的圓丸。

64 明李實《蜀語》(李雨村函海本)(臺北：藝文印書館影印，1968年)，頁40。

65 《廣韻》彈字「徒案切」(頁401)，定紐／翰部（去聲）;「蜑（蛋）」「徒旱切」(頁284)，定紐／旱部（上聲），二字在《廣韻》時代聲韻皆同，僅聲調有異，其餘皆同。

66 根據文中所引資料可知，以〔dan〕替代〔luan〕的時間大致在北宋初期，這是就歷時的角度而言；如果就共時的角度來看，以〔dan〕替代〔luan〕的語言現象，最早出現於哪個區域呢？從目前的資料推測，此一語言現象可能源於中國東南地區，理由有二：

1. 在上引明王世貞《弇州四部稿》中指出因吳中人以鳥卵之卵稱呼男性生殖器，故而人們開始避諱以「卵」來稱呼鳥卵。由此推知「吳地」極有可能是以〔dan〕替代〔luan〕一語言現象的起源地，而「吳地」則「相當於今日的蘇南、浙西、皖南」(《浙江古今地名詞典》，陳橋驛主編，浙江教育出版社，1991年，頁325。）一帶，即中國東南地區。

綜上所述，可知今天「蛋」字的禽卵義的形成，主要原因一方面是在於人們對於「卵」之「睪丸」義的避諱；而另一方面「蛋」與「彈」字讀音相近，所以在「彈」被用來指稱禽卵義之後，也被借來表示「禽卵」義的用法了。

（三）論「彈」、「蛋」禽卵義的使用過程

早在宋初彈、蛋被賦予「禽卵」義之後，「蛋」並沒有迅速佔有「禽卵」義，而是與「彈」展開了對「禽卵」義的爭奪，這場爭奪持續了約六百多年，歷經宋、元、明三個朝代。宋代是二字剛被用來稱呼「禽卵」義的階段，資料已見前述，這裡不再重述。下面分別就元、明二代「彈」和「蛋」「禽卵」義的使用情形進行論述，如下：

1. 元代「彈」、「蛋」禽卵義的使用情況

「彈」作為禽卵義使用，在元代的資料中共七見[67]，列舉於下：

（1）光滑膩如雞彈子。（元無名氏《居家必用事類全集》戊集[68]）

（2）收鵝鴨彈。（元魯明善《農桑衣食撮要》卷下[69]）

（3）余家藏石子一塊，色青而質粗，大如鵝彈。（楊瑀《山居新話》卷1[70]）

（4）鱉不與雞鴨彈、山雞與雀肉同食。（汪汝懋《山居四要》飲食反忌[71]）

（5）燒鵝百煠鷄，以炒豬肉，鴿子彈。（元末《樸通事諺解》上[72]）

---

2. 承上所述「蛋（蜑）」因與「彈」聲音相同，因此，很快地被用來指稱禽卵義。而「蛋（蜑）」原指中國「東南方少數民族」，那麼，東南地區的人們對「蛋」這個詞的使用和重視程度，理應高於其他地區。因此當東南「吳地」出現以〔dan〕替代〔luan〕的語言現象時，此地區的人們很快地選擇「蛋」字來指稱禽卵義。

根據以上兩點筆者認為以〔dan〕替代〔luan〕一語言現象的起源地應該是中國東南地區，其後，才逐漸向中原擴散。

67 以下統計資料均根據中央研究院漢籍電子文獻資料（此資料庫內容包括經、史、子、集四部，其中以史部為主，經、子、集部為輔。若以類別相屬，又可略分為宗教文獻、醫藥文獻、文學與文集、政書、類書與史料彙編等，二十餘年來累計收錄歷代典籍已達四百六十多種，三億五千八百萬字，內容幾乎涵括了所有重要的典籍。）文淵閣四庫全書電子版（是由香港迪志文化出版有限公司和上海人民出版社合作建成的一個大型漢文古籍圖文資料庫。以《景印文淵閣四庫全書》為底本，用數碼掃描的方式，錄入原書二百三十多萬葉的全部圖文，1998年出版）統計。

68 北京圖書館古籍珍本叢刊（北京：書目文獻出版社，1988年），頁216-2。

69 〔元〕魯明善《農桑衣食撮要》卷下，文津閣四庫全書，子部，農家類，第242冊，頁443。

70 文津閣四庫全書，子部，小說家類，第346冊，頁199。

71 見明《醫方類聚》卷250，養性門七，頁541。

72 《奎章閣叢書》第8（據日本昭和十九年（1944）韓國京城帝大圖書館影印奎章閣叢書活字排印本影印，臺北：聯經出版公司，1978年），頁13。

（6）擲金釵擷斷鳳凰頭，繞池塘捽碎鴛鴦彈。（查德卿小令〔寄生草・閒別〕[73]）

（7）駝駱上架兒，麻雀兒抱鵓彈，木伴哥生娃娃。（無名氏〔朱太守風雪漁樵記〕第二折[74]）

「蛋」字資料共九見，如下：

（1）奇石子一色青而質相大如鵝蛋形（湯允謨《雲煙過眼錄續錄》[75]）

（2）雞蛋清調韶粉。（汪汝懋《山居四要》[76]）

（3）用雞蛋敲去清，留黃。（朱震亨《丹溪醫集》卷8[77]）

（4）鴨蛋買下些，我來便要吃酒。（無名氏《魯智深喜賞黃花峪》第四折[78]）

（5）忽一日閑行到於蘆草坡中，見數十個鴨蛋在地，王員外言道：「荒草坡中如何得這鴨蛋？」王員外將鴨蛋拿到家中，不期有一雌雞正在暖蛋之時，王員外將此鴨蛋與雌雞伏抱數日，個個抱成鴨子。（關漢卿《劉夫人慶賞五候宴》第四折[79]）

根據以上資料，可以看到用作「禽卵」義的「彈」至元代，已由宋代的3例增加到7例；而「蛋」亦由宋代的3例增至9例。比較「彈」和「蛋」在元代的使用情形，雖然「蛋」的用例較「彈」字稍多，然而如果就二字與禽鳥種類的搭配來看，「彈」的搭配種類則要較「蛋」字多出二類，見下表：

	彈	蛋
元	雞彈、鴨彈、鵝彈、鴿子彈、鴛鴦彈	雞蛋、鴨蛋、鵝蛋

上表清楚呈現「蛋」僅搭配雞、鴨、鵝三類禽鳥，而「彈」除了雞、鴨、鵝之外，尚與鴿子、鴛鴦搭配。就這一點看，元代「彈」字禽卵義的使用，似乎要較「蛋」字來得活潑一些。此外，值得注意的是，在元末朝鮮人所編寫的漢語教材中出現「鴿子彈」一例，也顯示了以「彈」來表示禽卵之「卵」，在當時使用的普遍性。

以上是元代「彈」和「蛋」字同時俱禽卵義的使用概況。

73 見徐征《全元曲》第12卷（石家莊市：河北教育出版社，1998年8月版），頁8481。

74 《全元曲》第9卷，頁6417。

75 文津閣四庫全書，子部，雜家類，第288冊，頁399。

76 見明《醫方類聚》卷194，湯火傷門，頁299。

77 小兒雜病類第22，浙江省中醫藥研究院文獻研究室編校（北京：人民衛生出版社，1993年），頁997。

78 《全元曲》第9卷，頁6585。

79 《全元曲》第1卷，頁458。

2. 明代「彈」、「蛋」禽卵義的使用情況

元代資料顯示「彈」作為禽卵義的使用，應較「蛋」來得廣泛而靈活，然而這一發展趨勢到了明代產生了變化。明代「彈」、「蛋」作禽卵義使用更加的普遍，使用率大幅的增加，根據統計，明代「彈」、「蛋」二字作禽卵義的詞例已多達一千條。二字使用呈現了與元代完全不同的面貌，筆者將二字作為禽卵義的詞例數分別統計如下表：

	彈	**蛋**	**備註**
明實錄	**343**[80]	1	明代官修，太祖至熹宗的十三朝實錄以及後人補輯的崇禎實錄
大明會典	**13**	0	明代官修政書，1497年。
國朝典故	**3**	0	雜史，記錄明初至隆慶之事。
禮部志稿	1	**4**	官修政書，1620年。
小計	**360**	5	
普濟方	2	**5**	
救荒本草	**3**	0	
醫方類聚	**18**	9	
名醫類案	0	**7**	
古今醫統大全	0	**22**	
赤水玄珠	0	**3**	
遵生八牋	**1**	0	
證治準繩	1	1	
景岳全書	0	**7**	
仁端錄	0	**2**	
小計	25	**56**	以上為醫書類。
農政全書	**3**	1	
物理小識	0	**2**	
玉芝堂談薈	0	**2**	
小計	3	5	
西遊記	0	**3**	
金瓶梅	4	**5**	

80 此數目根據范常喜〈「卵」和「蛋」的歷時替換〉一文的統計（頁196），范文將「彈」、「蛋」合計為344見，筆者查《明實錄》「蛋」字「禽卵」義之用例，共1見，344扣除1見的「蛋」字例，即為「彈」字的343見。

	彈	蛋	備註
三寶太監西洋記	0	**36**	
隋史遺文	0	**1**	
平妖傳	36	**401**[81]	
醒世恒言	0	**1**	
警世通言	0	**2**	
韓湘子全傳	0	**1**	
歡喜冤家	0	**1**	
識小錄	0	**1**	
型世言	0	**2**	
小計	40	454	以上為明小說。
總計	**428**	**520**	

由上表可以清楚看到，明代「彈」、「蛋」用作「禽卵」義的資料，大致可區分為三類：一為官修之政書及史書；二為醫學書籍；三為通俗文學的小說。明代「彈」、「蛋」二字的使用面貌，可就以下幾點說明：

（1）表中的數據顯示明代官修的政書及史書主要使用「彈」來稱呼「禽卵」義，共使用360例，而「蛋」字卻只見5例；相反的在通俗文學的創作中，卻大量使用「蛋」字，共454見，而「彈」只有40見。顯而易見的，明代「彈」和「蛋」的使用出現在不同的層級中，官方著作以「彈」為主；而民間創作則習慣使用「蛋」字，這個現象已被記錄於明代李實的《蜀語》中：

> 禽卵曰彈。彈字見《大明會典》「上林苑雞、鵝、鴨彈若干」，皆用彈字。言卵形之圓如彈也，俗用蛋字。[82]

李實這段文字真實的反映了明代禽卵義「彈」、「蛋」二字的使用面貌。

（2）另外，由上表可知明代「彈」用作禽卵義共428見，而「蛋」則520見，「蛋」比「彈」多出了92例，這意味著，在明代二字對禽卵義的爭奪中，「蛋」已取得領先的優勢。「蛋」字除在數量上取得領先外，也可以發現這個階段「蛋」在作禽卵義的使用上，要較「彈」更為活潑多樣，而且掌握禽卵的用義更加穩固。這主要展現在二字使用詞彙及環境上，首先，看二字在此階段中所使用的詞彙：

---

81 此數目亦根據范常喜〈「卵」和「蛋」的歷時替換〉一文的統計（頁196），范文將「彈」、「蛋」合計為437見，筆者查《三遂平妖傳》「彈」字「禽卵」義之用例，共36見，437扣除36見的「彈」字例，即為「蛋」字的401見。

82 李實《蜀語》，頁40。

彈	蛋
雞彈	雞蛋
雞彈白	鴨蛋
鴨彈	鵝蛋
鵝彈	鳳凰蛋
鳥彈	雞蛋殼
鹹彈	蛋殼
彈兒	雞蛋白
沒縫兒彈	打雞蛋花
買彈	雞蛋清
有彈的鱉	雞蛋湯
	雞抱蛋
	鹹蛋
	醃蛋
	下蛋
	生蛋
	兩個蛋
	一雙蛋
	玳瑁蛋

由上表可清楚看到「蛋」字的詞例，不僅新詞多，而且靈活的與其他詞例搭配。值得注意的是，「蛋」開始單獨使用，與非禽鳥類的詞搭配使用，例如：蛋殼、鹹蛋、醃蛋、下蛋、生蛋、兩個蛋、一雙蛋、蛋兒、蛋裏、好吃的蛋等，呈現豐富多樣的變化。反觀「彈」字，除了舊有雞彈、鴨彈、鵝彈之外，新產生的詞例並不多。雖然，也有與非禽鳥類的詞例搭配，例如：鹹彈、彈兒、沒縫兒彈、買彈四例，但在數量遠遜於「蛋」字。由二字使用的詞例可知，明代「蛋」字禽卵義的使用要較「彈」更為靈活多樣，具備了更強勁的生命力。

其次，再從二字所出現的語言環境來分析，也可以看出二字的使用差異，試看下表：

	彈	蛋	備註
1. 形容圓形物體之形狀及大小	341	9	《明實錄》彈字除直接指稱禽卵義二例外，餘皆用作形容圓形物體之形狀及大小。
百分比	97%	3%	
2. 直接指稱禽卵義	73	478	其中《平妖傳》「蛋（彈）子和尚」一詞，用「彈」有29見；用「蛋」有345見。
百分比	13%	87%	

由上表1、2項的用法所顯示的百分比來看，「彈」作為禽卵義使用時，絕大部分被用來形容圓形物體之形狀及大小，極少部分用來具體指稱禽卵義。而「蛋」字用作禽卵義時，呈現與「彈」字相反的面貌，絕大部分用來具體指稱禽卵義，而罕見用以形容物體之形狀及大小。這個現象告訴我們此階段的「蛋」字較「彈」更具體而且實質的佔有禽卵義。

另外，從明代的醫書資料中發現「彈」的使用共25見，「蛋」字則有56見，較「彈」字多出了31例。雖然，古代醫書多傳承前代內容，保守性較強，用作漢語詞彙研究材料有其侷限性，然而不可否認這樣的數據也從另一側面反映了明代彈、蛋禽卵義使用的消長。

（3）最後，要注意的是，明代「彈」、「蛋」二字禽卵義開始由飛禽之卵，擴展到爬蟲類之卵，如「有彈的鱉」、「玳瑁蛋」。

總的來看，明代「蛋」字禽卵義的使用，實際上已取得優勢地位，靈活而多樣的詞例，穩固掌握了禽卵義的使用。而「彈」字在使用上，卻有著很大的侷限，而這樣的侷限，也使得它到最後不得不退出這場詞義的爭奪戰場。

（四）「蛋」字禽卵義的確立

透過以上資料的排比與分析可知，北宋初年人們開始以〔dan〕[83]替換禽卵義的〔luan〕，然而卻先後使用兩個同音的字「彈」、「蛋」來表達禽卵義，而二字對於禽卵義的爭奪從北宋開始一直持續到明代。承此，「蛋」字究竟於何時完全取得禽卵義呢？關於這個問題，下面筆者分別從「蛋」和「彈」，以及「蛋」和「卵」在清代的使用情況進行論述。

1. 清代「蛋」和「彈」的使用情況

據上節引明代的資料顯示了二字的使用情形，如果就總數來看，「彈」字共428見，「蛋」字520見，二字用作禽卵義的使用頻率，似乎並無明顯的差異。但仔細分析資料，可知此時期民間創作的小說中，大量使用「蛋」字，指稱禽卵義，試看「彈」、「蛋」二字在明代小說中的使用情形：

83 蛋、卵的讀音乃根據林慶勳、竺家寧著《古音學入門》（臺北：學生書局，1989年七月）所擬，頁73、82。

	彈	蛋
加計《三遂平妖傳》	40（8%）	454（92%）
扣除《三遂平妖傳》[84]	4（7%）	52（93%）

由上表可以清楚知道，相較於「彈」字，明代以「蛋」字指稱禽卵義，在民間實際上已取得優勢，而這樣的優勢一直沿續到清代。根據中央研究院漢籍電子文獻資料庫統計，清代「蛋」字用作「禽卵」義的用例約284例，見於章回小說共124例，而「彈」字卻未見使用。由此可見，清代資料以「彈」字作為禽卵義的用例已極為罕見。基本上，到了清代「彈」字已退出「禽卵」義的舞臺。相反的，「蛋」字的使用則更加的豐富多變，這個階段「蛋」字禽卵義的使用，產生了大量的新詞彙，如：茶蛋、紅蛋、變蛋（即皮蛋）、皮蛋、喜蛋、鴿蛋、蛋黃、蛋白石、鴿蛋、蛋清湯、蛋白質、炒蛋、溜蛋、蛋花湯、燉蛋、蛋糕、蝦仁炒蛋、蛋炒飯、荷苞蛋、茶葉蛋、煮蛋、八珍蛋、蛋皮、蛋熟色黃、三鮮蛋、蛋餃、鹽蛋、鵪鴿蛋、鹹鴨蛋、糟蛋[85]、攤蛋[86]、芙蓉蛋等。此時期的「蛋」字也開始出現於罵詈語中，如「忘八蛋」、「渾蛋」等。

以上這些新詞例，均是明代以前未見的。這些新詞彙呈現了清代「蛋」作為禽卵義使用的豐富生命力，同時也宣示了完全佔有禽卵義的事實。

2. 清代「蛋」和「卵」的使用情況

「禽卵」義從北宋人們以〔dan〕（彈、蛋）來指稱的同時，人們也持續的使用〔luan〕（卵）這個用語。事實上，「卵」字用作禽卵義是一直持續到清代的。而「卵」這個詞是何時讓出禽卵義的呢？對於這個問題，范常喜先生認為：「到了明代，『蛋』變得更為常用，在『禽卵』義項上基本完全替代了『卵』，『卵』只在偶爾的場合下纔會見到[87]。」

范文認為到「蛋」到了明代已完全替代「卵」，「卵」只在偶然的場合下才會見到，檢視明代「蛋」和「卵」共同出現的著作中，可知范文的說法並不符合「蛋」、「卵」二字當時的使用情形，試看下表：

84 《三遂平妖傳》「蛋」字例，其中有345例為固定人名「蛋子和尚」的稱呼，列入統計死有失客觀，故分別呈現兩種計算方式。

85 「糟蛋」是指一種用酒糟、鹽和醋等腌製的蛋品。經過四、五個月，即可成熟。蛋白似乳白膠凍，蛋黃軟，色橘紅，香味濃厚。

86 「攤蛋」指炒雞蛋。

87 范常喜〈「卵」和「蛋」的歷時替換〉，頁194。

	蛋	卵	備註
明實錄	1	50	
禮部志稿	4	2	
小計	5	52	以上為編年史書及政書。
三遂平妖傳	401	30	「卵」字30例中有2例為熟語。 「蛋」字有345例為「蛋子和尚」之稱呼。
西遊記	3	7	「卵」有3例為「鵝卵石」。
金瓶梅	5	2	
三寶太監西洋記	36	29	
醒世恒言	2	0	
警世通言	1	1	
喻世明言	0	2	
小計	448	71	以上為小說。
普濟方	5	110	
醫方類聚	9	96	
赤水玄珠	3	10	
名醫類案	7	18	
古今醫統大全	22	31	
遵生八牋	0	9	
證治準繩	1	34	
景岳全書	7	4	
物理小識	2	35	
農政全書	1	6	
小計	57	353	以上為醫書及科技類書。
總計	510	476	

由上表可知明代禽卵義的「卵」，使用頻率其實並不低，在這些資料中通俗文學作品較能反映當時的口語，我們就以明代小說中「蛋」、「卵」的使用頻率來作說明：

	蛋		卵		備註
	次數	百分比	次數	百分比	
西遊記	3	60%	7	40%	
金瓶梅	5	71%	2	29%	
三寶太監西洋記	36	55%	29	45%	
三言	3	50%	3	50%	

由上表可知「卵」字的使用率介於29~50%之間[88]，使用頻率仍相當高，絕非「只在偶爾的場合下纔會見到」，此外，《三國演義》、《水滸傳》二部章回小說也只見「卵」而不見「蛋」。換句話說，「蛋」在明代並沒有完全替代「卵」。

明代「蛋」並沒有完全替代「卵」，直到清代，「蛋」才完全取代「卵」佔有「禽卵」義。下面筆者對同時使用「蛋」和「卵」的清代章回小說進行統計，見下表：

	蛋	卵	備註
醒世姻緣	25	0	
紅樓夢	23	3	
歧路燈	20	0	
儒林外史	7	2	「卵」字2例均為「鵝卵石」。
綠野仙蹤	13	5	「卵」字1例為熟語「覆巢之下無完卵」。
鏡花緣	22	7	「卵」字2例為熟語「以卵就石」、「泰山壓卵」
兒女英雄傳	6	2	「卵」字2例一為「鵝卵石」、「石卵」。
海上花列傳	8	2	「卵」字2例均為「鵝卵石」。
總計	124	21	
百分比	86%	14%	

根據上表資料顯示「卵」字使用率只佔了14%，似乎仍佔有一定的比率，但是，如果進一步檢視「卵」字所使用的詞例，實際用來直接指稱「禽卵」的用法是罕見的，再看下表：

	詞例	次數
儒林外史	鵝卵石	2
綠野仙蹤	鵝卵石	1
	胎卵	1
	卵生	2
	雞抱卵	1
鏡花緣	以卵就石	1
	泰山壓卵	1
	卵生	3
	鳳卵	1
	鴨卵	1

88 本統計表並未將《三遂平妖傳》「蛋」(401見，93%)、「卵(30，7%)」的使用頻率列入計算，原因在於「蛋」字有345例為固定人名「蛋子和尚」的稱呼，如列入統計將有失客觀。

	詞例	次數
兒女英雄傳	鵝卵石	1
	石卵	1
海上花列傳	鵝卵石	2

上表顯示清人小說中「卵」字一般都用在「熟語」，亦即所謂的傳承詞[89]之中，如「鵝卵石」、「卵生」、「以卵就石」、「泰山壓卵」等。如果我們將這些傳承詞扣除，那麼「卵」字具體指稱「禽卵」義的用例僅剩5例（4%），相較「蛋」86%的使用率，確實十分罕見。而由上文的論述中，我們知道，「蛋」作為禽卵義的使用在清代，得到進一步的發展，不僅新詞大量的產生，而且使用頻率迅速的升高。整體來看，這個階段「蛋」已成功取代「彈」、「卵」二詞，佔有了禽卵義。換言之，「蛋」的禽卵義發展至清代，可說已完全確立。

三、結論

透過以上對「蛋」各時期資料的分析比較，大致可以勾勒出「蛋」字禽卵義形成與發展軌跡：

	宋	元	明	清
禽卵義的主要指稱	卵	卵	蛋、彈	蛋
禽卵義的次要指稱	彈、蛋（罕見）	彈、蛋	卵	彈、卵（罕見）

由上表可知，「蛋」的禽卵義，於北宋開始形成，經過元代，到了明代取代「卵」成為主要的使用者，而發展到清代，更排擠了「彈」、「卵」，完全佔有禽卵義。也就是說，清代人們在口語交流中，基本已完全使用「蛋」來稱呼「禽卵」義了。

然而，最後我們要問的是，為什麼「蛋」字最後可以成功排擠「彈」而取得禽卵義？關於這個問題，我們可以從字義和字形兩個方面來討論。首先，就二字字義來看，「彈」是一個歷史悠久的漢字，在它的身上背負了太多的字義，在它與「蛋」字競爭的同時，它也具有以下幾個意思：

1. 彈弓。《元史・刑法志》卷105：「諸都城小民造彈弓及執者杖七十七。」
2. 彈丸。《元史・天文志》卷48：「渾象之制，圓如彈丸。」
3. 用彈丸射擊。《宋景文公筆記・雜說》：「珠丸之珍，雀不祈彈也。」
4. 用手指撥弄弦。《空同集》：「伯牙違鍾期，有琴不復彈」

89 范常喜〈「卵」和「蛋」的歷時替換〉，頁196。

5. 彈擊、叩打。《一枝花．閑樂》套曲：「**不彈三尺劍，靜閱滿床書。**」
6. 彈劾。《元史．百官志》卷87：「**彈壓四員。**」

由上引資料可知，「彈」字指稱「禽卵」義的同時，也具備了以上六個主要用義，由於「彈」字擔負的字義太多，因此，當「彈」字單獨使用時，往往會造成文義的混淆，例如：

> **奏准停養，將養牲稻穀折價，買彈造送。**[90]

此段文字主要說明政府允許百姓以買的「雞鴨鵝彈」來繳交貢賦。這裡的「買彈」如果沒有從上下文義來看，「彈」字極易理解為其他的意思。又如：

> **夜有流星，大如雞彈，色赤，尾跡有光。**
> **昏刻有舍譽星見，如彈，凡大色黃……。**[91]

前例當「彈」字與禽鳥類的詞連用時，意思明確，但當它單獨使用時，意思就產生了混淆，「如彈」之「彈」，究竟是「彈丸」，還是「雞彈」，就難以確定了。

相較「彈」而言，「蛋」所擔負的字義，就單純許多了，在它被用來表示「禽卵」義之前，身上只有「蜑民族（南方及東南方之少數民族）」一義，因此，當它被用以指稱「禽卵」義時，並不會發生如「彈」字意義混淆的現象，如：

> **有迎暉僧，拾得此蛋。**[92]
> **實橢圓，略如蛋。**[93]

由上引二例，可以看出「蛋」單獨使用時，意思是非常明確的，不會產生詞義混淆現象。顯然在對「禽卵」義項上，「蛋」字義的單純，確實具備較強競爭力。而「彈」字義項的過多，是造成它未能成功取得「禽卵」義的原因之一。

其次，再就字形看，漢字是以形表義的文字，雖然，發展到楷書，其形體已不符合此標準。但是，這並沒有改變漢字以形表義的本質。因此，如果一個漢字字形能夠直接或間接與它所代表的意義有所聯繫，那麼，它就是一個稱職的文字符號。就此觀點來看，彈、蛋二字的形體部件，不難看出，「蛋」的形體顯然要較「彈」字更適合「禽卵」義。我們知道「禽卵」義除了指飛禽類之卵外，也指爬蟲類（例如烏龜、蛇等）。

---

90 李東陽等奉敕撰，申明行等奉敕重修《大明會典》卷217（臺北：國風出版社，1963年），頁2904-1。

91 二例分別見於《明實錄．宣宗實錄》（中央研究院歷史語言研究所校勘，臺北：中央研究院歷史語言研究所，1966年）卷71，頁1667；卷73，頁1711。

92 〔明〕馮夢龍《三遂平妖傳》第37回（臺北：桂冠出版社，1983年），頁347。

93 徐珂《清稗類鈔．譏諷類》（北京：中華書局，1984年），頁1694。

而由上文可知明代「蛋」字禽卵義，已開始用以指爬蟲類之卵（如玳瑁蛋）。而此用義，與「蛋」字下部的「虫」形，剛好產生了聯繫，這使得禽卵這個用義可以緊扣「蛋」的形體。反觀，「彈」的形體，從弓，單聲，沒有任何一個部分可與「禽卵」義取得聯繫。可想而知，當人們在使用的過程中，自然而然會選擇「蛋」，而捨棄「彈」字。

綜上所述，對於「禽卵」義而言，「蛋」無論就字形、或字義上，都要較「彈」更具有競爭優勢，而這樣的優勢使得「蛋」字「禽卵」義最終得以確立，並使用至今。

教學篇

第八章
形聲字教學法研究

臺灣學生國語文能力低落已是不爭的事實，且有持續惡化的趨勢。其中寫錯字、寫別字的情形更是嚴重，造成錯別字隨處可見的現象。其原因除了「火星文」般的網路用語頻繁的使用之外，新聞、廣告標題諧音字的濫用恐亦責無旁貸。面對一個以網路、傳播媒體為主導的社會，我們要如何改善目前國語文能力低落的頹勢？顯然是必須面對的問題。筆者認為要提升國語文能力，應積極的檢討並豐富當前國語文教育中的識字教學內容及方法。此外，全球掀起學習中文的熱潮，使得許多非華語國家的學校紛紛開設中文課程，越來越多人開始或正在學習中文。對這些非華語語系的學習者而言，要如何有效而正確的學習漢字，顯然是他們在學習華語過程中勢必要碰到的難點。因此，如何使漢字教學兼具正確和生動有趣？如何豐富國語文及華語教學中漢字教學的內容及方法？這都是目前漢字教學應該正視的問題。

形聲結構發展到小篆已成為漢字結構的主體。也就是說，當我們在學習漢字時主要面對的字形結構大都是形聲結構，因此，如果能夠在學習漢字的過程中，對形聲結構和規律有一定程度的客觀認識，勢必能收到事半功倍的效果。已有許多前輩學者提出利用形聲結構的組成規律來幫助我們學習和記憶漢字的論點，如語文教育學家老志鈞先生就曾說：

> 漢字中，合體字最多，合體字中，又以形聲字為最多。因此，漢字教學尤須注意形聲字，多著重形聲字的分析，有助於學生記憶生字[1]。

此說法十分正確。而在形聲字中有很大一部分的形聲字的聲符並不單純只提示形聲字的讀音，它們還肩負著形聲字的部分字義，例如：「清」意指水清澈，無雜質；「晴」意為天空晴朗無雲；「菁」意指菁粹、菁華；「精」有純粹、精華意；「靚」則有艷麗、美好意。五字均以「青」作為聲符，「青」聲符不僅在不同程度上提示清、晴、菁、精、靚五字的讀音，同時也提示了五字所共同具有的「純淨」、「美好」義項[2]，我們稱這類形聲字為聲符兼義的形聲字。東漢許慎的「亦聲字」、宋王聖美的「右文說」早已為我們揭示了此種形聲結構的組合規律。就識字教學角度來看，這類形聲字的聲符兼備

1　老志均《語文與教學》（臺北：師大書苑有限公司，2006年6月），頁201。

2　邱昭瑜《字的家族3》（臺北：大千文化出版事業公司，2005年4月），頁116。

了字音及字義的雙重提示，因此，我們只要掌握這類形聲字聲符兼義的規律，將一組組具有相同聲符的形聲字結合生動活潑的教學設計，可使學習者的識字過程「由機械式的硬記，變為有意義的認識[3]」。

本章嘗試以聲符兼義的形聲字為主要教學內容。下面筆者以廷、長、加、宛、方、昜、堯、莫、包、丁、婁、章等12個聲符為例，針對由12個聲符帶出的12組形聲字，設計若干不同的教學活動[4]。由於此種形聲字教學法，學習者須對具有相同聲符的形聲字字義透過分析歸納，理解聲符所兼之義項，因此必須具備概念的、抽象的邏輯思考及分析能力[5]。此教學法就本國語文教學言，適用於國小三、四年級以上的學生；就華語教學言，則適合中高級的華語學習者，二層級以上的學生基本上掌握了一定數量的字詞，較容易接受此教學法，也易於提高學習成效。

一、韻文教學法

此教學法利用形聲字聲符表音的優勢，設計一組組的押韻兒歌，使學習者在輕快的韻律當中掌握形聲字的讀音及用法。此法一般稱為「字族文識字法」，所謂『字族』即指具有相同聲符的形聲字；而所謂「字族文」即是以一組同聲符的形聲字創編韻文體或散文體的課文[6]。目前已有學者對此法進行研究，並具初步的成效。例如著名的字族文識字韻文「小青蛙[7]」：

河水清清天氣晴，小小青蛙大眼睛。
保護禾苗吃害蟲，做了不少好事情。
請你保護小青蛙，它是莊稼好哨兵。

此篇韻文即是將同從「青」聲符的形聲字「請、清、情、晴、睛」為識字對象，並將此字族常用的詞彙編成一段能朗朗上口的小韻文，使學習者透過韻文的韻律節奏，成組的記憶形聲字的字形、字義、字音[8]。下面以「蜓、挺、艇、霆、庭」及「脹、帳、

---

3 李學銘《中國語文教學的現況與發展》（香港：學思出版社，1997年），頁20。

4 本章部分教學設計引自本人指導陳婉君、許秋萍、李思賢、張榛容、陳虹静五位同學製作《形聲字研究與教學》專題（育達商業科技大學應用中文系97學年度）。

5 老志鈞《語文與教學》，頁207-208。

6 戴汝潛、謝錫金、郝嘉杰《漢字教與學》：「字族文識字法是以字族文為載體，掌握『結構化、規律化的漢字』的識字方法。所謂『字族文』是一種根據漢字構字规律，以一組具有相同『構形母體』、音形相近的漢字為識字對象作基本素材，新創編的課文類型，其文多數為易讀易記的韻文體」（濟南：山東教育出版社，2000年），頁189。

7 戴汝潛、謝錫金、郝嘉杰《漢字教與學》，頁191。

8 「字族文識字法」目前已有學者作系統的研究，參見羅秋昭《字族識字活用寶典》（臺北：小魯文化事業股份有限公司，2006年初版，2008年初版二刷）。

漲、張」兩組形聲字為例，具體介紹此種教學法。

（一）「蜓、挺、艇、霆、庭」形聲字韻文教學例

聲符「廷」屬於形聲結構，《說文，廴部》：「廷，朝中也。从廴，壬聲。」聲符「壬ㄊㄧㄥˇ」，甲骨文字形作「」，本義為像人直立於土上[9]。「直、長」義成為從「廷」聲符形聲字的共同義項。舉例說明如下：

蜓ㄊㄧㄥˊ：蜻蜓，昆蟲名。其身體細直而長[10]。

霆ㄊㄧㄥˊ：閃電[11]。閃電外形細長。

庭ㄊㄧㄥˊ：古代宮室建築[12]。古代「庭」的形狀多為長條狀。

挺ㄊㄧㄥˇ：拔也。「拔」的動作均需將物品拉直，故「挺」有直意[13]。

艇ㄊㄧㄥˇ：輕便狹長的小船[14]。

以上蜓、霆、庭、挺、艇諸形聲字，均具有「長直」之意。嘗試將此組形聲字編成一短韻文[15]，如下：

草原好多小蜻蜓
螞蟻挺胸向前行
池邊樹葉當遊艇
雷神公公發雷霆
大雨滂滂躲門庭

（二）「脹、帳、漲、張」形聲字韻文教學例

聲符「長」，甲骨文作「」，本義為像人披長髮之形[16]。「長」作聲符使用時，有

9 大徐本《說文．壬部》：「人在土上壬然而立也。」（北京：中華書局，1993年12月），頁169。

10 蜓，原指蝘蜓，即壁虎。《說文．虫部》：「蜓，蝘蜓也。从虫，廷聲。」（臺北：藝文印書館，2005年10月，頁671）；《說文．虫部》蝘字云：「在壁曰蝘蜓，在艸曰蜥易。」（頁671）壁虎身體亦屬細長。

11 《說文．雨部》：「霆，靁餘聲鈴鈴，所以挺出萬物。从雨，廷聲。」頁577。

12 《說文．广部》：「庭，宮中也。从广，廷聲。」段注：「宮者室也，室之中曰庭。」頁448。

13 《說文．手部》：「挺，拔也。从手，廷聲。」頁611。

14 大徐本《說文．舟部》：「艇，小舟也，从舟，廷聲。」頁176。

15 韻文見陳婉君、許秋萍、李思賢、張榛容、陳虹静《形聲字研究與教學》，頁81。韻文末句原為「大雨花花躲門庭」，因「花花」一詞未見形容大雨的用法，故改作「滂滂」。

16 余永梁說，見《甲骨文字詁林》（北京：中華書局，1996年5月），頁75。

擴張意。舉例說明於下：

帳ㄓㄤˋ：一種遮蔽用的帷幕[17]，使用時需將「帳」展開並撐起，故有擴展之意。

張ㄓㄤ：拉開弓弦[18]。故「張」亦有擴張意。

脹ㄓㄤˋ：物體膨脹，體積變大[19]。「脹」亦有擴張意。

漲ㄓㄤˇ：大水；水上升貌[20]。

以上帳、張、脹、漲四字所從聲符「長」，均兼有「擴張」的意思。可嘗試變成韻文[21]如下：

吃太飽，肚子脹。

想睡覺，搭蚊帳。

颱風來，水庫漲。

被狗追，別慌張。

以上二韻文教學例，主要使學習者透過反覆誦讀的韻文，自然而然的記憶形聲字讀法及用法。韻文教學需把握二原則：

（1）適用於讀音相同或相近的形聲字字族。

（2）韻文的內容不宜太脫離生活，詞彙亦不宜過於冷僻。

二、圖文教學法

圖文教學法，即看圖識字[22]。此教學法一般多用於非形聲字（象形、指事、會意）的教學，例如《細說漢字部首》[23]、《部首字形演變淺說》[24]諸書，即是以具體圖畫來講述漢字部首的意義及來源。筆者認為圖文教學亦可用於形聲字教學。我們可以利用圖文

---

17 《說文．巾部》：「帳，張也。从巾，長聲。」頁362。

18 《說文．弓部》：「張，攱弓弦也。从弓，長聲。」段注：「攱，數也。張弛，本謂弓施弦解弦。」頁646。

19 《急就篇》卷四：「寒氣泄注腹臚脹。」顏師古注：「脹，謂腹鼓脹。」《文淵閣四庫全書》電子版（迪志文化出版有限公司，1999年）經部，小學類，字書之屬，頁5。

20 《廣韻．漾韻》：「漲，大水。」（臺北：廣文書局，1961年10月），頁405。

21 韻文見陳婉君、許秋萍、李思賢、張榛容、陳虹靜《形聲字研究與教學》，頁82。

22 圖文識字方法在我國起源很早，刊印於明太祖洪辛亥年（1371）的《對相四言難字》（和刻本中國古逸書叢刊，經部，小學類，第15冊，南京：鳳凰出版社，2012年）即以此種方式編寫。其體例為：文字豎排，每字之旁有一相應圖畫以供對照。

23 左民安、王盡忠著《細說字部首》（北京：九州出版社，2005年）。

24 王志成、葉紘宙著，葉紘宙繪畫《部首字形演變淺說》（臺北：文史哲出版社，2000年）。

教學，使學習者具體而明確掌握形聲字字族聲符所表示的共同義項，透過生動具象的圖畫內容，將形聲字聲符的形構與形聲字的字義進行有意義的連結，加深學習者對形聲字字義的印象，進而以理解的方式記憶形聲字字形。下面以「枷、珈，痂、架、駕、賀」一組形聲字為例，對此教學法加以介紹：

《說文．力部》：「加，語相譄加也，从力口。」「加」作為聲符時，有增加之意。

珈ㄐㄧㄚ：古代婦女的一種首飾[25]，裝飾於頭部的物品。故字有附加意。

枷ㄐㄧㄚ：枷鎖[26]。古代加在犯人頸上的木製刑具。亦有外加意。

痂ㄐㄧㄚ：瘡痂[27]，亦即瘡殼。傷口表皮上由血小板和廢死細胞凝結而成的硬塊，附生於皮膚上。

架ㄐㄧㄚˋ：支承或擱置物體的用具或構件[28]。無論是指物體加於此構件上，或以木加於牆上支承物體，「架」字都有加意。

駕ㄐㄧㄚˋ：以車加於馬身上者[29]。

賀ㄏㄜˋ：慶賀時，以禮物加於人[30]。

以上珈、枷、痂、架、駕、賀六字所從聲符「加」，均兼有「外加[31]」的意思。以此形聲字的字族可設計出圖文教學法[32]如下例：

25 大徐本《說文．玉部》：「珈，婦人首飾。从玉，加聲。」頁14。

26 《廣韻．麻韻》：「枷，枷鎖。」頁146。

27 《說文．疒部》：「痂，疥也。从疒，加聲。」頁353。

28 《正字通．木部》：「架，以架架物。古者架謂之閣，今俗曰閣板。」《續修四庫全書》（上海：上海古籍出版社，1995-2002年）第234冊，頁518。

29 《說文．馬部》：「駕，馬在軛中也。」段注：「……轅有衡，衡，橫也。橫馬頸上其扼……駕之言以車加於馬者也。」頁469。

30 《說文．貝部》：「賀，以禮物相奉慶也。从貝，加聲。」段注：「賀之言加也，猶贈之言增也。」頁282。

31 也可理解為「置彼於此」意。

32 見陳婉君、許秋萍、李思賢、張榛容、陳虹靜《形聲字研究與教學》，頁85-86。繪圖由張榛容、陳婉君設計。

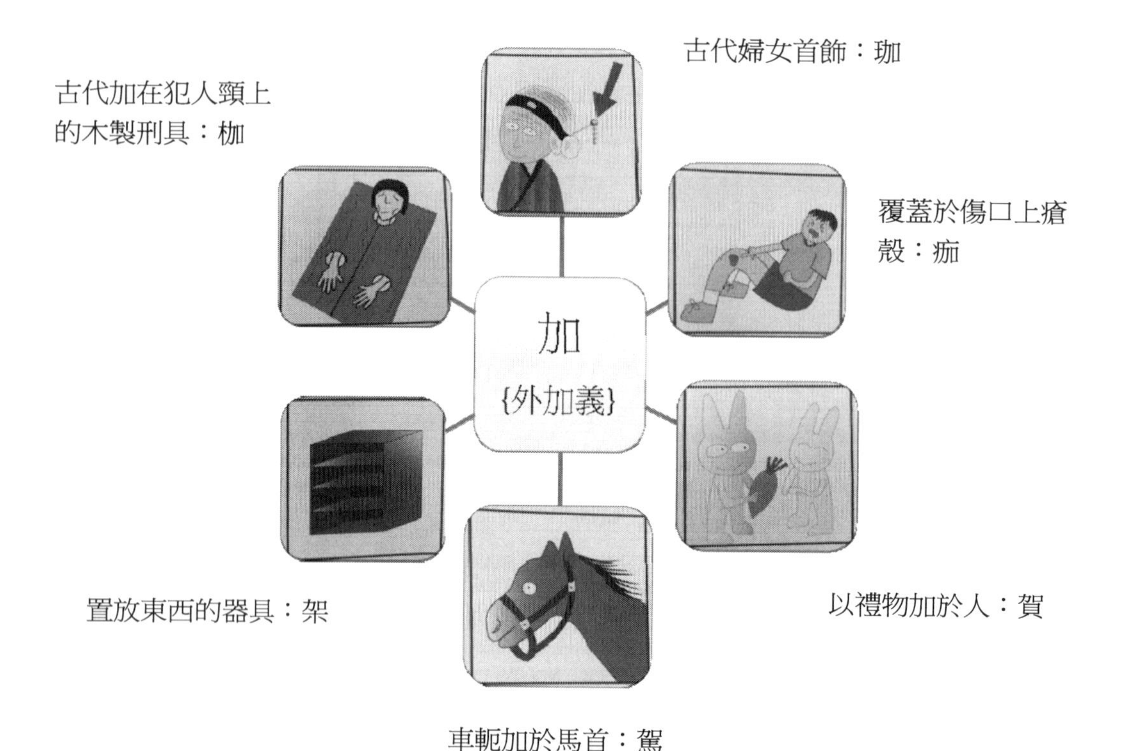

形聲字圖文教學著重於相同聲符所表義項的繫聯，使學習者透過生動圖片聯繫形聲字聲符與形聲字字義之間的關係，進而加強記憶形聲字。

三、故事教學法

所謂「故事教學法」，即是將欲學習的形聲字字族，編寫成一篇小短文，教師以說故事的方式帶出短文中形聲字字族的相應詞彙。例如：

> 星期天，秀秀坐在透明的玻璃窗下學綉花。媽媽耐心誘導她，一針針，一線線，綉山上的亭閣，綉水上的游船，還綉歡歌的小黃鵝。秀秀專心地綉啊，綉啊，小伙伴在院子裡遊戲都不能吸引她。奶奶說：「秀秀，出去玩玩吧。」媽媽說：「您不用操心了。針不用要生銹，人貪玩要落後，就讓秀秀好好地學習學習吧。」[33]

以上短文根據「文從字」的原則，將「秀、透、綉、誘、銹[34]」字族的常用詞彙編成一段完整的故事。整段故事透過教師生動活潑的講述方式，使學習者正確理解形聲字

33 此短文名稱為「綉花」，見《字族文識字讀本》第4頁。引自戴汝潛、謝錫金、郝嘉杰《漢字教與學》，頁194。

34 此字族文中的「綉」、「銹」為簡化字，正體字作「繡」、「鏽」。

的字義及用法。為能達到更好的學習效果，教師可在講述過程中，出示形聲字字形的字卡及形聲字字義的圖卡。下面以蜿、碗、豌、惋、婉為例說明此教學法：

「宛」，有彎曲意。《說文・宀部》：「宛，屈草自覆也。从宀，夗聲。」徐灝注箋：「夗者，屈曲之義。宛从宀，蓋謂宮室窈然深曲，引申為凡圓曲之偁，又為屈折之偁[35]。」從「宛」的聲符，都有彎曲的意思。如：

> 蜿ㄨㄢ：彎曲，不直貌[36]。
>
> 碗ㄨㄢˇ：盛飲食的器具[37]。器具底部呈弧形。亦有彎曲意。
>
> 豌ㄨㄢ：一種形狀彎曲的豆類[38]。
>
> 惋ㄨㄢˋ：悵恨[39]。表示一種曲折的情緒。
>
> 婉ㄨㄢˇ：順從、溫順[40]。即指個性不剛直。

以上蜿、碗、豌、惋、婉都從聲符「宛」，皆有彎曲的意思。以此形聲字字族設計一故事如下：

> 這條[蜿蜒]的河流是當地著名的旅遊景點，我和幾個朋友搭了一艘小船順著河流而下，岸上有許多奇怪的石頭，有的石頭像一個個[飯碗]；有的像彎彎的[豌豆]，十分有趣。船行了一會兒，從岸上傳來陣陣[婉轉]的鳥叫聲，悅耳的聲音，讓我們感到很舒服。但令人[惋惜]的是，這美麗的河流，因受到人類的破壞，將在不久後關閉，禁止遊客參觀。

教師講述此故事過程中，提及蜿蜒、飯碗、豌豆三詞彙時可出示圖片，在提到婉轉、惋惜二詞彙時，可出示字形，以加深學習者的印象。需要注意的是，此教學法的故事短文應貼近學生的生活，文中的詞彙不宜太過冷僻。

四、遊戲教學法

遊戲教學法主要在鞏固學習者對形聲字形音義的學習成效。從形聲字字形及字義切

---

35 丁福保編纂《說文解字詁林》（北京：中華書局，1988年4月），頁7415。

36 《正字通・虫部》：「蜿蜒，蟲盤曲貌。」《續修四庫全書》（上海：上海古籍出版社，1995-2002年）第235冊，頁426。

37 碗為盌的後起俗字。《字鑑・上聲・緩韻》：「盌，烏管切，《說文》：『小盂也。从皿，夗聲』音宛。俗作碗。」《文淵閣四庫全書》電子版，經部，小學類，字書之屬，字鑑，卷3，頁10。

38 李時珍《本草綱目・穀部・豌豆》：「胡豆，豌豆也。其曲柔弱宛宛，故得豌名。」《文淵閣四庫全書》電子版，子部，醫家類，本草綱目，卷24，頁20。

39 《戰國策・秦策二》：「受欺於張儀，王必惋之。」（臺北：藝文印書館，1951年）頁75。

40 《說文・女部》：「婉，順也。从女，宛聲。」頁624。

入，設計各種教學遊戲，教學模式可以分為兩種類型：一是教師提示形聲字字形（包含形符、聲符），學習者透過字形聯繫形聲字字義：一是教師提示字義，學習者根據字義連結形聲字字形。利用不同的遊戲活動使學習者對形聲字的形體、讀音、意義能夠有更全面的掌握，並能進一步鑑別形近、音近、義近易混的形聲字。下面列舉教學活動四例，介紹此一教學法：

（一）親子關係[41]

此教學活動主要在加強學習者對形聲字結構的認識，以及鞏固學習者對形聲字與聲符關係的連結；同時加強其對形聲字和非形聲字的分辨能力。下面以從「方」聲符的形聲字為例，介紹此教學活動的流程：

1.首先，板書從「方」聲符之形聲字，其後領讀及認讀此組形聲字3-5次，誦讀後將形聲字擦去。

2.出示已設計好之教學海報如下圖，教師下達二指令：

（1）請將從「方」聲符的字卡貼在跟母雞同顏色的雞蛋上。

（2）請將不從「方」聲符的字卡貼在藍色雞蛋上。

（3）學生根據教師所給的字形，將字卡貼到正確的位置。

（4）產生錯誤，教師可請其他學生更正，且需對此字的形、音、義再作一簡單的說明。

此教學活動可用於辨別容易造成混淆的聲符，例如：陽／賜（昜、易）；拾／捨（合、舍）；決／泱（夬、央）等。

41 「親子關係」見陳婉君、許秋萍、李思賢、張榛容、陳虹静《形聲字研究與教學》，頁95-97。

（二）一個蘿蔔一個坑[42]

此教學遊戲在鞏固學習者對形聲字形符、聲符與形聲字義之間的聯繫，同時加強認識形符、聲符在形聲結構中的功能。下面以從「昜」聲符的形聲字為例，介紹此教學活動的流程：

1. 首先，板書此組形聲字，講解此組形聲字字義，進而歸納總結聲符所兼之義項。

   場ㄔㄤˊ：古代祭祀或治穀的平坦空地[43]。有寬大意。
   瘍ㄧㄤˊ：皮膚潰瀾[44]。有擴大意。
   暘ㄧㄤˊ：日出，即大陽升高[45]。
   揚ㄧㄤˊ：高舉[46]。
   湯ㄊㄤ：沸水、熱水[47]。水溫度升高至沸騰，有高意。

   以上場、瘍、暘、揚、湯五字所從「昜」聲符，均有高、大之意。

2. 講解各字義後，領讀及認讀該組形聲字3-5次，誦讀後將形聲字擦去。
3. 出示「一個蘿蔔一個坑」教具，如下圖。要求學生尋找正確的形聲字，放入正確的蘿蔔坑中。

   （1）___平坦的空地。
   （2）___傷口潰爛。
   （3）___太陽升起。
   （4）___高舉雙手。
   （5）___煮沸的熱水。

---

42 「一個蘿蔔一個坑」見陳婉君、許秋萍、李思賢、張榛容、陳虹静《形聲字研究與教學》，頁91-92。

43 《說文・土部》:「場，祭神道也。一曰山田不耕者，一曰治穀田也。从土，昜聲。」頁699-700。

44 《素問・風論》:「皮膚瘍潰。」王冰注:「皮膚破而潰爛也。」《文淵閣四庫全書》電子版，子部，醫家類，黃帝內經素問，卷12，頁2。

45 《說文・日部》:「暘，日出也。从日，昜聲。」頁306。

46 《說文・手部》:「揚，飛舉也。从手，昜聲。」頁609。

47 《說文・水部》:「湯，熱水也。从水，昜聲。」頁506。

（三）拼字遊戲[48]

此一教學遊戲在使學習者有效掌握形聲字中形符與字義之間的關係，及其在形聲結構所具備的區別功能。下面以從「堯」聲符的形聲字為例，介紹此教學活動的流程：

1. 首先，板書形聲字，並講解各字字義，進而歸納總結該組形聲字聲符「堯」所表示的義項。

   嶢ㄧㄠˊ：山高貌[49]。

   曉ㄒㄧㄠˇ：明亮[50]。太陽高升則明，故曉亦有高意。

   蹺ㄑㄧㄠ：舉足[51]。

   饒ㄖㄠˊ：豐富[52]。物產豐富即表數量多而高。

   翹ㄑㄧㄠˋ：尾巴高舉[53]。

   顤ㄒㄧㄠ：頭高長貌[54]。

   以上嶢、曉、蹺、饒、翹、顤六字所從「堯」聲符，均有「高」意，

2. 講解分析字義，領讀及認讀該組形聲字，誦讀後將形聲字擦去。
3. 由教師提示形聲字字義及聲符，並要求學生根據形聲字義，將形符填入答案格中。如下圖所示[55]：

（1）___堯　舉起腳。

（2）___堯　頭高長的樣子。

（3）___堯　物產豐足。

（4）___堯　高舉長尾。

（5）___堯　形容山高。

（6）___堯　日光充足。

4. 當學生拼出正確的形聲字後，要求學生使用該字造詞或造句。

48 「拼字遊戲」見陳婉君、許秋萍、李思賢、張榛容、陳虹靜《形聲字研究與教學》，頁93-94。

49 《說文・山部》:「嶢，焦嶢。山高貌。从山，堯聲。」頁445-446。

50 《說文・日部》:「曉，明也。从日，堯聲。」頁306。

51 《玉篇・足部》:「蹺，舉足也。」《文淵閣四庫全書》電子版，經部，小學類，字書之屬，重修玉篇，卷10，頁5。

52 《說文・食部》:「饒，飽也。从食，堯聲。」頁224。

53 《說文・羽部》:「翹，尾長毛也。从羽，堯聲。」頁140。

54 《說文・頁部》:「顤，高長頭。从頁，堯聲。」頁422。

55 形符可以是字卡，由學生選擇正確的形符，貼在相應的聲符旁。

（二）、（三）教學活動的規則基本上均有教師提示形聲字字義，由學習者透過各形聲字字義連結相應的形聲字字形，使學習者能正確無誤的使用，減少錯別字。此外，二教學活動亦可用來辨別容易混淆的形聲字，例如：俊／竣；捥／婉；悟／悟；漫／慢；距／拒；摟／樓等。同時在教學模式上，亦可設計更好的互動形式，例如將欲學習的形聲字字組的形符、聲符分別製作若干字卡，並將字卡打散發給學生，由教師提示字義，學生根據教師所提示的字義，出示正確的形符與聲符。如此，不僅可以提高學生的參與度，亦能提升學習效果。

（四）文字心臟病[56]

此一教學活動為團體遊戲，主要在加強對形聲字字形的認識，鞏固對形聲字學習。下面以五組形聲字為例，說明此教學活動的流程：

1. 首先，準備五組形聲字的字牌。

莫聲符：摸、模、漠、寞、暮、幕、慕、墓、驀、募、摹。
包聲符：咆、泡、抱、胞、炮、袍、苞、跑、雹、飽、鮑。
丁聲符：仃、叮、釘、盯、訂、頂、亭、酊。
婁聲符：嘍、屢、樓、摟、數、螻、褸、縷、簍、髏。
章聲符：幛、彰、璋、樟、漳、瘴、障、蟑。

2. 活動步驟依撲克牌「心臟病」遊戲規則。遊戲流程如下：

（1）洗牌、發牌，並指定一組形聲字為題目。
（2）開始依序出牌，出牌者須讀出該形聲字讀音。
（3）如所出牌上之形聲字為所指定形聲字組中的任何一字，遊戲者必須立刻拍擊該字牌。
（4）最後拍擊者，必須大聲讀出該形聲字的讀音，並以此形聲字造詞或造句，所造之句由老師裁定對錯後，再將已丟出的牌全數收回最後拍擊者手中，並從他開始繼續遊戲。
（5）最先將手中的牌出清者，即為贏家。

此教學活動要求快速辨別形聲字字形，並作出反應，因此使得遊戲者必須全神貫注的辨識字形，在實施了幾個回合後，對於識記形聲字字形會有明顯的成效。

56 「文字心臟病」見陳婉君、許秋萍、李思賢、張榛容、陳虹靜《形聲字研究與教學》，頁104-106。

五、結論

漢字的學習其實就是形聲字的學習。我們唯有突破形聲字教學的困境及瓶頸，才能有效提升漢字教學的成效。本章在前人研究基礎上，提出以聲符兼義形聲字為主的四種識字教學法：韻文教學法、圖文教學法、故事教學法以及遊戲法。韻文教學法，是利用形聲字聲符表音的規律，將聲音相同或相近的形聲字字族，編成押韻的短文或歌謠，學習者可以透過富有韻律節奏的韻文，快速記憶成組形聲字的讀音及意義。圖文教學法，是利用形聲字聲符兼義的規則，將形聲字字族中聲符所兼表的義項，以具體的圖畫呈現，使學習者透過生動的圖片，具象的連結形聲字義及聲符之間的關係。故事教學法，是將形聲字字族編成一段貼近學習者生活的短文，並由教師以生動活潑的方式講述，目的在使學習者能正確掌握字形，進而認識由詞彙而句子的使用規則。遊戲法，則是運用形聲字的形符及聲符的組合規律，設計不同形式的教學遊戲，主要使學習者透過活潑有趣的教學活動，加深其對已識形聲字的印象，鞏固學習，進而減少錯別字的發生率。

第九章
易混字辨析與教學舉隅

我們寫漢字時常常會寫錯字，不僅學中文的外國人是如此，即便是從小學習漢字、每天使用漢字的本國人也是如此。寫錯字的原因，主要有主觀與客觀二方面。就主觀言，是因為寫字的人粗心大意，大而化之的態度所致。但就客觀言，漢字本身的特點，也是造成寫錯字的重要因素。首先，是字形部分，我們知道現代漢字是以形聲字為主的文字系統，在形聲字中具有相同意義大類的字，會共用一個形符，如：板、枚、枕、杭、枯、桔、梧、格、枸、柯、槁諸字字義與「木」相關，都從「木」旁。相同聲類的字，會共用一個聲符，如：估、沽、咕、姑、蛄、詁、枯、骷、怙，都從「古」旁。形聲結構使得許多字的形體變得非常近似。除形聲字外，非形聲結構的表意字[1]中，也有許多形體近似的字形，例如：入-人，千-干-于，夭-夭，鳥-烏，戍-戌、未-末，爪-瓜，己-已-巳，士-土等，這些字形的差別，僅在於筆畫的長短、有勾、無勾，橫筆、斜筆等，差異非常微小。寫這類字時，稍一不慎，就可能會寫錯。

其次，是字音部分，漢字同音字非常多，例如：讀作「ㄌㄧˋ」音的常用字就約有30個字，如：力、立、利、厲、癘、例、曆、隸、歷、吏、栗、荔等。讀作「ㄧㄢˋ」音的常用字就約有20個字左右，如：彥、燕、驗、宴、雁、艷、焰、厭、讞、硯、焱等。大量同音字對於書寫漢字的人，也造成了不少的干擾。

最後，是字義部分，漢語詞義的發展過程中，存在引申、通假、孳乳等現象，使得漢字的字義產生混同的關係，例如像象、迴洄、青輕、做作、聯連、決絕、供貢等。這些音近義通的字，往往使書寫者難以分辨清楚，並正確使用。

由此可知，漢字在形、音、義三方面均影響和干擾著書寫者，再加上書寫者的粗心大意，那麼就非常容易寫錯字了。因此，有人說漢字是各種文字當中書寫出錯率最高的，不無道理[2]。

針對因字形、字音、字義的相近似，而容易混淆而寫錯或讀錯的字，稱作「易混字」。面對這些「易混字」，我們在國文及華語文教材及教學法上應該如何面對與因應，則是一個很值得探討的課題。因此，本章從現行常用字中挑選出28組的易混字例，28組

1 表意字一般指象形、指事、會意三結構。參裘錫圭著許錟輝校訂《文字學概要》（臺北：萬卷樓圖書公司，1991年3月初版，2003年9月再版6刷），頁133。

2 王鳳陽《漢字學》（吉林：吉林文史出版社，1989年），頁887。

字例中有26組字例屬於形聲字。首先，依據其致混原因加以分類，並嘗試在前人研究基礎上予以辨析，進而掌握「易混字」的特徵和規律。下面即根據易混字的形成原因，分別從形、音、義三方面將28組易混字例細分為5類，並提出辨析及教學的方法。

一、因形體相近而易混例

1. 己ㄐㄧˇ—已ㄧˇ

二字字形非常近似，唯一的差別僅在於「コ」部件左側屬全開或半開。因此，一不小心即可能寫錯，並進而讀錯。己字義現今主要用為「自己」、「天干名」；「已」字字義則為「完成」、「停止」，二字字義差別頗大。另外，與二字形相近的「巳」也需留意區分。有人為了分清己、已、巳三字的形體，編了幾個順口溜，如：

> 封巳不封己，半封是個已[3]。

又如：

> 左上敞口是個己，
> 半開半封叫做已，
> 巳字左上全封閉，
> 個中差別莫忘記[4]。

此外，以「己」為聲符偏旁的紀、記、忌、杞、配、妃等字，也應加強辨明。

2. 戍ㄕㄨˋ—戌ㄒㄩ

戍、戌二字字形極易混淆。字形的區別僅在於「戊」部件中間的一筆，斜點為戍，短橫為戌。事實上，二字的本義及結構差別非常大。戍字，甲骨文作，從人從戈。本義像人負戈戍守之意，為會意字。而戌字，甲骨文作，金文作，小篆作，本義像斧鉞之形，為獨體象形字。當我們在辨析二字時，如果能加以展示二字結構及本義的話，應該可以幫助區別並正確記憶二字。此外，與二字相近的「戊」字，也應注意區分。有人也同樣編了順口溜來區別戍，戌、戊三字：

> 橫戌，點戍，戊中空[5]。

---

3 殷寄明、王如東著《現代漢語文字學》（上海：復旦大學出版社，2007年5月），頁169。

4 賀師堯《漢字應用辨誤手冊——容易用錯的字和詞》（上海：上海教育出版，2008年1月），頁86。

5 殷寄明、王如東著《現代漢語文字學》，頁168。亦有人將「戊中空」編為「戊空空」。

3. 沾ㄓㄢ—拈ㄋㄧㄢˊ

沾、拈二字讀音有別，但均從相同的聲符「占」，致形體相近而易寫錯及讀錯。面對相同聲符的易混形聲字，必須加強辨析形符，並應該重點展示形聲字字義和形符之間的關聯。「沾」字字義為浸濕、浸潤，舉凡物體為浸濕或浸潤，均與水有關，故沾字形符從「水（氵）」。而「拈」字字義指用手指夾、捏取物體[6]，與手的動作相關，故字的形符從「手（扌）」。由於二字讀音差別甚巨，為避免讀錯，也應加強二字讀音的區分。

4. 垣ㄩㄢˊ—桓ㄏㄨㄢˊ

垣、桓二字均從相同聲符「亘（ㄒㄩㄢ）」，字形非常相近，很容易受先學之字的讀音影響而讀錯。「垣」字本義為矮牆[7]，古代的牆是以土夯打而成，故字從「土」。「城垣」、「斷垣殘壁」的垣，皆指牆壁，應用「垣」字。「桓」字本義指古代郵亭旁邊用為標識的柱子[8]，柱子為木造，故字形符從「木」。桓字今日常用的詞彙為「盤桓」，有徘徊、觀望之意。

5. 掇ㄉㄨㄛˊ—輟ㄔㄨㄛˋ—綴ㄓㄨㄟˋ

掇、輟、綴三字讀音有別，但同從「叕（ㄔㄨㄛˋ）」旁而致形體相近，容易讀錯或寫錯。「掇」字義為拾取[9]，屬手部的動作，故字從「手」。「輟」字指車隊行進時因故中斷，修整後繼續行進[10]，故字形從「車」。其後引申出停止、暫停義。如「輟學」、「中輟」、「不輟」諸詞均應用「輟」。「綴」字有縫補、連結之意[11]，縫補、連結需要用絲線，故字形從「糸」。三字中又以「輟」、「綴」二字較為常用，應為辨析的重點。

6. 黜ㄔㄨˋ—拙ㄓㄨㄛˊ

黜、拙二字從相同聲符「出」，但讀音差別大。常常先學了「拙」字，再學「黜」字會造成誤讀。「黜」字，从黑，出聲，義為「貶降」、「罷退」[12]。被貶降則有由明轉

---

6 《說文・手部》：「拈，掫也。从手，占聲。」頁604。

7 《說文・土部》：「垣，牆也。从土，亘聲。」頁691。

8 《說文・木部》：「桓，亭郵表也。从木，亘聲。」頁260。

9 《說文・手部》：「掇，拾取也。从手，叕聲。」頁611。

10 《說文・車部》：「輟，車小缺復合者。从車，叕聲。」頁735-736。徐灝箋：「言行斷而續也。」《說文解字詁林》（北京：中華書局，1988年4月），頁13881。

11 《說文・叕部》：「綴，合箸也。从叕糸。」段注：「聯之以絲也。」頁745。

12 《說文・黑部》：「黜，貶下也。从黑，出聲。」頁493。

暗之意，故字從「黑」。詞彙如「罷黜」、「廢黜」。「拙」字，从手，出聲。字義為手不靈巧[13]，故字從「手」[14]。詞例如：「笨拙」、「拙劣」等。

7. 鎩ㄕㄚ—鍛ㄉㄨㄢˋ

鎩、鍛二字從相同的形符「金」，雖從不同聲符「殺」、「段」，但二聲符有相同部件「殳」，因此造成二字形體相近似，十分容易混淆而讀錯。「鎩」字義為摧殘、傷害[15]，聲符「殺」不僅能準確表示「鎩」字的讀音，同時也有提示著字義「摧殘」、「傷害」的作用。「鍛」字義指將燒紅的金屬錘打鍛練成形[16]，如「鍛鍊」一詞。

二、因形近義近而易混例

「形近義近」是指形體接近，意義相關。此類易混字僅舉一例。

8. 髫ㄊㄧㄠˊ—髻ㄐㄧˋ

髫、髻二字同從形符「髟（ㄅㄧㄠ）」，形體相近，容易混淆。「髫」字義指小孩額前垂下的頭髮，詞例如「垂髫」；而「髻」字義則指挽在頭頂或腦後的髮結，詞例如：「髮髻」、「雲髻」。二字字義均與頭髮義有關[17]，因此二字除字形相近外，字義亦屬相關。辨析二字宜強調聲符間的差異。

三、因形近音近而易混例

9. 跋ㄅㄚˊ—拔ㄅㄚˊ

跋、拔二字從相同聲符「犮（ㄅㄚˊ）」，讀音相同，字形亦近，從足從手屬人體類部件，容易混淆。「跋」字，從足，犮聲，字義指在陸地上行走[18]，行走用腳，故字從

---

13 《說文．手部》：「拙，不巧也。从手，出聲。」頁613。

14 「拙」字有拙著、拙見二詞，須加強區分與「卓著」，「卓見」二詞在意義上的差別。

15 鎩字的本義為有劍鼻的劍，見《說文．金部》：「鎩，鈹有鐔也。从金，殺聲。」（頁713）鈹即劍，而鐔為劍鼻。

16 《說文．金部》：「鍛，小冶也。从金，段聲。」徐鍇《說文繫傳》：「椎之而已，不銷，故曰小冶。」（《說文解字詁林》，頁13485）意指僅錘打而已，並未鎔化金屬，故稱小冶。

17 《說文．髟部》：「髟，長髮猋猋也。从镸彡。」（頁430）本義指長髮下垂貌。因此，凡字從「髟」形符，均與毛髮義有關，例如髮、鬢、鬆（髮亂貌）、鬍、鬚等。

18 跋字本義為仆倒，見《說文．足部》：「跋，蹎也。从足，犮聲。」頁84。

「足（⻊）」，詞例如：「跋山涉水」、「跋涉」。「拔」字，從手，犮聲，字義為抽拉[19]、除去，抽拔為手的動作，故字從「手」。由「抽拔」義引申出超出、動搖的義項，詞例如：「拔地」、「堅忍不拔」等，即用此意。

10. 浚ㄐㄩㄣˋ—俊ㄐㄩㄣˋ—峻ㄐㄩㄣˋ

浚、俊、峻三字均從聲符「夋（ㄑㄩ）」，讀音相同，字形亦近，容易混淆。「浚」字義為舀取[20]，舀取一般為取水的動作，故字從「水」。其後衍生出「疏浚」義。「俊」字本義指才智超群的人[21]，故字從「人」。「俊秀」、「俊美」、「才俊」、「俊俏」等均用以形容人的才智與容貌。「峻」字義指山高而陡峭[22]，故字從「山」。詞例「峻峭」，即形容山高而陡絕；「嚴峻」、「冷峻」則形容人冷漠、嚴厲的性格。此外，與三字相近的「竣」、「駿」、「唆（ㄙㄨㄛ）」、「逡（ㄑㄩㄣ）」諸字亦應就用意的差距留意其區別。

11. 裁ㄘㄞˊ—栽ㄗㄞ

裁、栽二字從相同聲符「𢦏（ㄗㄞ）」，形符衣、木均置於左下一隅，形體近似，同時讀音亦相近，造成二字易混淆。「裁」的本義為制作衣服[23]，故字從「衣」。製衣需剪裁，復由「剪裁」引申出刪減義，如「裁員」；另引申有決斷義，如「裁判」、「總裁」等。「栽」字本義為築牆的立板[24]，其材質為木頭，故字從「木」。其後衍生出「種植[25]」義，所從的木，表示種植的草木。

12. 低ㄉㄧ—抵ㄉㄧˇ

低、抵二字均從聲符「氐（ㄉㄧ）」，形體及讀音均相近，但意義差別甚大，「低」字義低下，離地面近[26]；「抵」字義為排擠、抗拒。因此，二字較易區別。但與「抵」相近的字形「牴（ㄉㄧˇ）」、「砥（ㄉㄧˇ）」二字，讀音亦與「抵」相同。因此，三字極易混淆。「牴」意指牛羊用角相撞，字從「牛」，詞例「牴觸」；「砥」意為磨刀石，字從「石」，詞例「砥礪」。

另外，從「氐」的字除上列的低ㄉㄧ、抵ㄉㄧˇ、牴ㄉㄧˇ、砥ㄉㄧˇ之外，尚有邸ㄉㄧˇ、底ㄉㄧˇ、詆ㄉㄧˇ

---

19 《說文・手部》：「拔，擢也。从手，犮聲。」頁611。

20 《說文・水部》：「浚，抒也。从水，夋聲。」（頁566）抒，即挹取。

21 《說文・人部》：「俊，材過千人也。从人，夋聲。」頁370。

22 《說文・山部》：「陵，高也。从山夋聲。峻，陵或省。」頁444。

23 《說文・衣部》：「裁，制衣也。从衣，𢦏聲。」頁392。

24 《說文・木部》：「栽，築牆長版也。从木，𢦏聲。」段注：「植謂之栽。栽之言立也。」頁255。

25 《廣韻・咍韻》：「栽，種也。」頁80。

26 大徐本《說文・人部》：「低，下也。从人、氐，氐亦聲。」頁168。

等，聲符「氐」下方的短橫，常常受「氏」旁的影響而漏寫。而從「氏」的字如紙ㄓˇ、祇ㄓˊ，「氏」字下方則又常受「氐」旁干擾而誤加短橫。兩組字應如何區分？似可借助讀音來加以區別，凡音節為「ㄉㄧ」的字，均從「氐」；凡音節非「ㄉㄧ」的，則從「氏」。

13. 摧ㄘㄨㄟ—催ㄘㄨㄟ

摧、催二字同從聲符「崔」，且讀音相同，容易混用。「摧」本義為推擠[27]，後衍生出折斷、毀壞，均與「手」有關，故字從「手」，詞例如「摧枯拉朽」、「無堅不摧」。「催」的本義為催促[28]，詞例「催眠」、「催討」、「催化」、「催生」的「催」，均為「催促」義。

14. 撩ㄌㄧㄠˊ—繚ㄌㄧㄠˊ—瞭ㄌㄧㄠˇ

撩、繚、瞭三字同從聲符「尞（ㄌㄧㄠˋ）」，讀音相近，形體亦近，故易混淆。撩字義為撥弄[29]，為手的動作，故字從「手」。繚字義為纏繞[30]，纏繞多以絲繩，故字從「糸」。「瞭」義為眼珠明亮[31]，故字從「目」。後衍生出明白、清楚義，詞例如「瞭亮」。其中撩有「紛亂」義，因此，「撩亂」一詞實應用「撩」字，但現亦有作「繚亂[32]」、「潦亂」。

15. 稿ㄍㄠˇ—槁ㄍㄠˇ

稿、槁二字同從聲符「高」，形符禾、木，義類相當，形體亦近，而且讀音全同。因此，二字非常容易混淆。「稿」的本義為穀物類植物的莖[33]，故字從「禾」。「稿」字今天的意思主要作文字或繪畫的草底，詞例如：「草稿」、「文稿」、「底稿」等。「槁」的本義則為枯木[34]，故字從「木」。後引申出乾枯的意思，如「槁木死灰」。

---

27 《說文・手部》：「摧，擠也。从手，崔聲。一曰挏也。一曰折也。」頁602。

28 《說文・人部》：「催，相擣也。从人，崔聲。」（頁385）「相擣」即相迫蹙也。

29 撩亦有「紛亂」義，《說文・手部》：「撩，理也。从手，尞聲。」頁605。桂馥《說文段注鈔案》：「詞家謂紛亂為撩亂，亦與此義相成，亦猶亂兼治亂二義也。」《說文解字詁林》，頁11784。

30 《說文・糸部》：「繚，纏也。从糸，尞聲。」頁653。

31 《玉篇・目部》：「瞭，目明也。」《文淵閣四庫全書》電子版，經部，小學類，字書之屬，卷4，頁11。

32 繚，本義為「纏繞」，有事物纏繞，即有「亂」意。

33 《集韻・豪韻》：「稿，秆也。」（上海：上海古籍出版社，1985年5月），頁190。

34 《廣韻・晧韻》：「槁，木枯也。」頁283。

16. 篷ㄆㄥˊ—蓬ㄆㄥˊ

篷、蓬二字同從聲符「逢」，上方所從的形符⺮、艹，均屬植物類，形體亦近。此外，二字讀音全同，因此，在使用時易混淆而導致寫錯。「蓬」的本義為蓬草（蓬蒿）[35]，故字從「艸（艹）」。蓬草長得茂盛，秋後枝葉散亂，常因風而紛飛，因此引申出「散亂」意，如「蓬頭垢面」、「蓬鬆」，亦引申出「旺盛」意，如「蓬勃」。「篷」的本義為覆於舟車上竹製的遮蔽物[36]，故字從「竹（⺮）」。後引申泛指其他篷狀物，例如如「帳篷」、「斗篷」。二字的區別為凡指植物及散亂、旺盛等義者，都用「蓬」；凡指遮蓋物及其他篷狀物，則用「篷」[37]。

17. 蹋ㄊㄚˋ—塌ㄊㄚ—榻ㄊㄚˋ

蹋、塌、榻三字均從聲符「㬎」，讀音相近，形體亦近，容易混淆。「蹋」字義指腳著地或踩物[38]，故字從「足」。「糟蹋」義為損壞、踐踏蹂躪，故應用「蹋」字。「塌」的本義為傾倒、土地下陷[39]，物體傾倒、下陷而離地近，故字從「土」。「一塌糊塗」、「死心塌地」二詞的「塌」字均有「傾倒」義，故應用「塌」字。而「榻」的本義為牀[40]，故字從「木」。「榻」字由字義的角度較易與「蹋」、「塌」二字區分。

18. 靡ㄇㄧˇ—糜ㄇㄧˊ

靡、糜二字同從聲符「麻」，讀音相同，字形相近，故容易混淆。在「靡爛」、「靡靡之音」的詞例中，二字已混用。但在部分詞彙的使用上，二者仍需區分清楚。「靡」字有兩個讀音ㄇㄧˇ、ㄇㄧˊ，讀「ㄇㄧˇ」的字義為倒下[41]，如「風靡」（隨風倒下）、「披靡」（散亂傾倒）；亦用作否定副詞，相當於「不」、「沒」，例如：「鉅細靡遺」（重要的或不重要的，都不會遺漏），在這個義項中，「靡」字所從的形符「非」，具用提示字義的作用，可幫助記憶字形。而讀「ㄇㄧˊ」時則有浪費義[42]，如：「靡費」。「糜」的本義為稠的粥[43]，或像粥的食品，故字從「米」。例如：「肉糜」。後引申出「腐爛」

---

35 《說文・艸部》：「蓬，蒿也。从艸，逢聲。」頁47。

36 《字彙・竹部》：「篷，編竹夾箬覆舟車者。」《續修四庫全書》（上海：上海古籍出版社，1995-2002年）第223冊，頁151。

37 賀師堯《漢字應用辨誤手冊－容易用錯的字和詞》，頁136。

38 《說文・足部》：「蹋，踐也。从足，㬎聲。」頁82。

39 《廣雅・釋詁二》：「塌…墮也。」《文淵閣四庫全書》電子版，經部，小學類，訓詁之屬，廣雅，卷2，頁6。

40 大徐本《說文・木部》：「榻，牀也。从木，㬎聲」（頁126）。今指長狹而低的坐臥用具。

41 《說文・非部》：「靡，披靡也。从非，麻聲。」頁588。

42 《玉篇・非部》：「靡，侈靡也。」《文淵閣四庫全書》電子版，重修玉篇，卷26，頁3。

43 《說文・米部》：「糜，糝糜也。从米，麻聲。」頁335。

義[44]，如「糜爛」。

19. 躁ㄗㄠˋ—燥ㄗㄠˋ—噪ㄗㄠˋ

躁、燥、噪三字同從聲符「喿（ㄘㄠ）」，讀音全同。其中「躁」、「燥」在「暴躁」一詞已通用，在意義上二字均有「急」義。容易混淆而誤寫。「躁」，古作「趮」，本義為性情急[45]，後引申有「動」義。當人性急、浮動時，多無法鎮定於一處，而會來回走動，故字從「足」。詞例「躁動」、「浮躁」、「躁進」諸詞宜用「躁」。「燥」本義為乾枯[46]，物體置於火中會乾枯，故字從「火」。今「燥」字仍用為「乾枯」義，詞例「枯燥」、「口乾舌燥」、「天乾物燥」諸詞，應用「燥」字。「噪」，古作「喿」，本義為群鳥鳴叫[47]，故字從口。後引申出喧嘩、吵鬧的義項。詞例「聒噪」、「鼓噪」、「名噪一時」等詞，應用「噪」字。

20. 響ㄒㄧㄤˇ—嚮ㄒㄧㄤˋ

響、嚮二字同從聲符「鄉」，形體與讀音均相近。容易混淆而誤寫或誤讀。「響」字義指聲音[48]，發出聲音，故字從「音」。其後引申出「回應」義，如「回響」、「響應」的「響」均有回應意。「影響」一詞本指影子和聲音，後引申為感染、感應義[49]。「嚮」字本義為面向、趨向[50]，故字從「向」。「嚮往」指心思慕而神往，有趨向、朝向某種事物的意思；「嚮導」為指引方向的人，二詞均應用「嚮」字。

21. 戴ㄉㄞˋ—載ㄗㄞˋ

戴、載二字同從聲符「𢦏（ㄗㄞ）」，所從形符「異」、「車」均有「田」形，致使形體近似，而且讀音亦近，極易混淆而寫錯或讀錯。「戴」字義為把東西附加在頭、面、胸等處，形符從「異」。把東西附加在頭、面、胸等處的義項，與「異」字有什麼聯繫呢？我們可以從「異」的古漢字形體來解答這個問題。「異」字甲骨文作、，本義為「像人雙手持物高置於頭上[51]」之形。「人首戴物」，即是把東西附加於頭上的意思。其字形演變如下：

---

44 《字彙．米部》：「糜，爛也。」《續修四庫全書》第233冊，頁156。

45 《說文．走部》：「趮，疾也。从走，喿聲。」段注：「趮，今字作躁。」頁64。

46 《說文．火部》：「燥，乾也。从火，喿聲。」頁490。

47 《說文．品部》：「喿，鳥群鳴也。从品在木上。」段注：「俗作噪。」頁85。

48 《說文．音部》：「響，聲也。从音，鄉聲。」頁102-103。

49 教育部《常用國字辨似》（臺北：教育部，1996年8月），頁213。

50 《集韻．漾韻》：「鄉嚮，面也。或从向。」頁599。

51 朱歧祥《殷墟甲骨文字通釋稿》（臺北：文史哲出版，1989年12月），頁32。

甲骨文	金文	小篆	楷書
			異

其後在「異」字上附加聲符「𢦏」，形成「戴」字，意義也從頭上戴物，擴展到把東西放在頭、面、胸等處。承此，可知「戴」字是「異」的後起形聲字。詞例如：「戴帽子」、「戴眼鏡」、「戴胸章」等。「戴」字後又衍生出擁護、推崇的意思，如「擁戴」。「載」字義為乘坐[52]、裝運，乘坐、裝運均需用車，故字從「車」。其後引申出承受、記錄、充滿等意，如「承載」、「記載」、「怨聲載道」等詞。

四、因音近義近而易混例

此處所謂的「音近」包含讀音相同例，而義近則指意義相關。

22. 齒ㄔˇ—恥ㄔˇ

齒、恥二字字本義及字形均相差極大，但由於讀音相同，且「不齒」、「不恥下問」二詞，均與「不」連用，使得二字容易混淆。「齒」本義即牙齒[53]，牙齒一般均為一顆一顆整齊排列，故引申出「並列」之義。因此，「不齒」意指不願與之同列[54]。「恥」義為羞辱、恥辱[55]，羞辱乃心理活動，故字從「心」。「不恥下問」的不恥，義為不以為羞恥。承此，可知「不恥」是指不覺得羞愧，而「不齒」是覺得羞恥，所以不與之同列。意思完全不同。在感情色彩義，「不恥下問」是褒義詞，「令人不齒」是貶義詞。

23. 絕ㄐㄩㄝˊ—決ㄐㄩㄝˊ

絕、決二字讀音完全相同，且絕有「切斷」義；決有「判斷」義，使二字字義產生聯繫。此外，今日二字在部分詞彙上有混用的情形，例如：「決對」與「絕對」、「決斷」與「絕斷」、「決非」與「絕非」等，因而造成二字的誤用。「絕」的本義為斷絲[56]，故字從「糸」。其後引申出斷絕的意思，例如：「絕交」。又引申出必定、鐵定的意思。因此如「絕對」、「絕斷」、「絕非」等詞都應當用「絕」字。「決」的本義疏通河道，使水下流[57]。引申為沖破堤岸，如：「決堤」。又引申出判斷、堅決等義項，如：「判決」、

52 《說文・車部》：「載，乘也。从車，𢦏聲。」頁734。
53 《說文・齒部》：「齒，口齗骨也。象口齒之形。止聲。」頁79。
54 季旭昇總策畫，司馬特著《誰還在寫錯字》（臺北：商周出版，2002年8月），頁61。
55 《說文・心部》：「恥，辱也。从心，耳聲。」頁519。
56 《說文・糸部》：「絕，斷絲也。从刀糸，卪聲。𢇍，古文絕，象不連體，絕二絲。」頁652。
57 《說文・水部》：「決，下流也。从水，夬聲。」頁560。

「決定」、「猶豫不決」等詞都應用「決」字。

24. 戴ㄉㄞˋ—帶ㄉㄞˋ

戴、帶二字讀音全同，且「戴」字有加東西於頭、胸、臂上的意思；「帶」有掛、佩帶，此亦有把東西放在身上的意思，使二字字義有所聯繫。除此之外，近代的文學作品中，已有混「帶」為「戴」的情形，例如：《初刻拍案驚奇》卷12：「頭帶斜角方巾，手持盤頭拄拐。」句中的「帶」應作「戴」字。今天二字亦有通用的現象，例如：佩戴、披星戴月、戴罪立功諸詞，亦可用帶。應該如何區分二字呢？

「戴」字形義的辨析已見前，而「帶」字作為動詞時，有以下幾個意思：一、隨身攜帶義，如「帶著印章」；二、佩掛義[58]，如「帶寶劍」；三、帶領義，如「帶隊」；四、連著義，如「連滾帶爬」；五、含有義，如「話中帶刺」。

二字的主要區別，在於「戴」字側重於把東西放在頭、胸、手等處，「帶」則側重在隨身攜帶。例如有人以「帶手銬的旅客」與「戴手銬的旅客」意思上的差異來區別二字，即是很成功的區分方式。前者指旅客攜帶手銬，可能是執行公務的警察。後者則指旅客銬上手銬，是個罪犯[59]。

25. 爛ㄌㄢˋ—濫ㄌㄢˋ

爛、濫二字讀音相同，字義亦相關，容易混淆。「爛」的本義指以火煮熟[60]，故字從「火」。其後引申出食物或瓜果熟透、腐壞義，故「腐爛」、「海枯石爛」等詞，應用「爛」字。「濫」字義指水滿溢出，大水氾濫之意[61]。其後衍生出肆意妄為、過度、品質低劣等義項。「濫用」指肆意的過度使用；「陳腔濫調」意指陳腐之腔，浮濫之調；「濫竽充數」；「寧缺勿濫」之濫均指品質低劣，故應用「濫」字。

五、因形音義俱近而易混例

部分漢字有因形體相近，讀音相同或相近，意義亦相關等因素，而容易混淆。例如：

26. 朦ㄇㄥˊ—矇ㄇㄥˊ

朦、矇二字讀音相同，且朦指「月不明」，矇指「眼失明」，在字義字均有不明、不

---

58 《禮記・少儀》：「僕者右帶劍。」孔穎達疏：「右帶劍者，帶之於腰右邊也。」《十三經注疏》（臺北：藝文印書館，2001年12月），頁629。

59 說見賀師堯《漢字應用辨誤手冊－容易用錯的字和詞》，頁44。

60 爛古作爤，《說文・火部》：「爤，火孰也。从火，蘭聲。」頁487。

61 《說文・水部》：「濫，氾也。从水，監聲。」頁554。

清楚義。因此，在寫「矇昧」、「矇騙」等詞時，往往誤寫成「朦」。現代漢語中使用「朦」字的詞彙僅「朦朧」一詞，形容月色昏暗不明[62]，故字從「月」。其後引申不清楚，模糊的意思。而「矇」的本義指眼睛失明[63]，故字從「目」，讀作「ㄇㄥˊ」。有「矇矓」一詞，用以形容眼睛的狀態，指視線模糊或眼睛欲閉又張的狀態。「矇」，另有欺騙意，讀作「ㄇㄥ」，如「矇混」、「矇騙」、「矇蔽」、「矇著」等詞的「矇」均用此意。

27. 複ㄈㄨˋ—復ㄈㄨˋ—覆ㄈㄨˋ

複、復、覆三字讀音全同，而三字字義均有再、又、重等義。因此在某些詞彙上三者可以通用，例如：「反復」可作「反複」、「反覆」；「重複」可作「重覆」、「重復」等。因而造成三字在某些本不應混用的詞彙上，也常常誤用。「複」的本義為有內裏的衣服[64]。有內裏的衣服即指布料重疊，因此，複引申出重疊、繁雜之義。「複雜」、「複試」、「繁複」、「複方」、「複審」等詞的「複」均有重疊、繁雜意，故宜用「複」字。而「復」的本義為往來[65]，往來交通，需依靠道路，故字從「彳」旁[66]。由往來義引申出「去而復返」的返回、恢復義。「康復」、「恢復」、「復學」、「復活」、「復興」等詞的「復」有恢復義。「回復」、「報復」等詞的「復」有返回義，故應用「復」字。「覆」的本義為覆蓋[67]。由覆蓋義引申出底朝上翻過來、顛倒等義項，例如「翻覆」、「顛覆」等詞即用此意。由翻覆義又引申出滅亡義，例如「覆滅」一詞。以上諸詞均只能用「覆」。

28. 暗ㄢˋ—黯ㄢˋ

暗、黯二字讀音全同，字義相近，容易混淆。而「暗」較「黯」字常用，因此在必須使用「黯」的「黯然」一詞，常錯寫成「暗」。「暗」的本義指光線不足，不明亮[68]，故字從「日」。後引申出不外露、偷偷地等義項，如「暗無天日」、「明爭暗鬥」、「暗淡無光」等詞均應用「暗」字。而「黯」的本義為深黑色[69]，故字從「黑」。由「黑」的義項，引申出昏暗、陰暗義。也衍生出精神沮喪、情緒低落的意思，例如「黯然神傷」

---

62 大徐本《說文．月部》：「朦，月朦朧也。从月，蒙聲。」頁141。

63 《說文．目部》：「矇，童矇也。从目，蒙聲。一曰不明也。」頁136。

64 《說文．衣部》：「複，重衣也。从衣，复聲。一曰褚衣。」（頁397）《釋名．釋衣》：「有裏曰複，無裏曰禪。」《文淵閣四庫全書》電子版，經部，小學類，訓詁之屬，釋名，卷5，頁2。

65 《說文．彳部》：「復，往來也。从彳，复聲。」頁76。

66 「彳」字，《說文．彳部》「彳」為「行」的偏旁，「行」，甲骨文作「𠀘」，本義為像十字路口之形。十字路口，即道路。故其旁的「彳」亦指道路。徑、徙、得、往諸字所從「彳」旁，均有道路意。

67 《說文．襾部》：「覆，覂也。从襾，復聲。一曰蓋也。」頁360。

68 《說文．日部》：「暗，日無光也。从日，音聲。」頁308。

69 《說文．黑部》：「黯，深黑色。从黑，音聲。」頁492。

的黯然，即為此意。

「暗」與「黯」最大的區別在於「暗」的暗主要指光線，「黯」的暗則主要指色彩[70]。因此，「暗淡無光」宜用「暗」字，「黯然失色」應用「黯」字。

六、結論

本文挑選出了28組易混字例，分析易混形成的原因，有形近易混、形義俱近易混、形音俱近易混、音義俱近易混、形音義俱近易混五類。並嘗試從字形結構、字音、字義三方面加以辨析。雖然本文僅討論28組的易混字例，但漢字因為上述各種客觀因素所形成的易混字例，是非常多的。教育部所編的《常用國字辨似》一書中就收有1,293條的易混字例[71]。漢字的易混字不僅多，而且易混字之間關係亦相當複雜，例如「裁」不僅與「栽」字形近易混，同時也與「材」字音近易混[72]；「戴」不僅與「載」字形近易混，同時亦與「帶」字音近易混。漢字的易混字多而複雜，說明了在客觀條件上漢字更容易出現誤寫或誤讀的情形。在我們的國語文及對外華語教學中要如何面對易混字的問題呢？筆者認為，第一，應該在不同學習階段中的國文及華語文教材編入各教材中所見易混字組的形、音、義辨析及辨正測驗，以加強學生對易混字的辨別能力。第二，在國語文及華語文教學中應增加易混字教學。易混字教學首先，要個別加強形符對應的比較訓練、聲符差別的特例學習、各用義大類的區隔字例說明，都能幫助學生了解易混字間的異同，並增進學生對易混字結構、本義等基本知識的認識；其次，教師應該在符合漢字造字理據的條件下，運用一切的方法，設計不同的教學活動，幫助學生辨別與理解易混字在形、音、義上的差異。

以上兩點主要是就客觀方面的因應策略，但要避免寫錯字，光是依靠客觀的策略是遠遠不夠的。最後，還是得回歸到使用漢字者的主觀態度上，用字態度決定了你用字的準確度。因此，我們不應該以隨便或得過且過的態度來面對我們每天所使用的漢字，而是要以嚴謹的態度書寫每一個字。唯有如此，我們才能真正達到減少錯別字的目的。

---

70 賀師堯《漢字應用辨誤手冊——容易用錯的字和詞》，頁3。

71 教育部《常用國字辨似》編輯說明，頁1。

72 「題材」、「體裁」、「身材」諸詞中，裁、材極易混淆。

附錄

1

字形	字音	字義	詞例
己	ㄐㄧˇ	自己、天干名	知己、視如己出
已	ㄧˇ	完成、停止	已經、興奮不已

2

字形	字音	字義	詞例
戍	ㄕㄨˋ	戍守	戍守、戍卒、戍衛
戌	ㄒㄩ	地支名	戊戌、戌時

3

字形	字音	字義	詞例
沾	ㄓㄢ	浸濕、浸潤	沾惹、沾染、沾溼
拈	ㄋㄧㄢˊ	1. 用手指夾、捏取物；2. 持、拿	拈花惹草、信手拈來

4

字形	字音	字義	詞例
垣	ㄩㄢˊ	矮牆	城垣、牆垣、斷壁殘垣
桓	ㄏㄨㄢˊ	1. 古代郵亭旁邊用為表識的柱子； 2. 徘徊、流連不前	盤桓、齊桓公

5

字形	字音	字義	詞例
掇	ㄉㄨㄛˊ	拾取	撿掇
輟	ㄔㄨㄛˋ	停止、暫停	輟學、中輟、不輟
綴	ㄓㄨㄟˋ	縫補、連結	補綴、綴連

6

字形	字音	字義	詞例
黜	ㄔㄨˋ	1. 貶降、革職；2. 擯除、排斥；3. 廢免、廢除	罷黜
拙	ㄓㄨㄛˊ	1. 愚笨、不靈活；2. 謙稱自己的	笨拙、拙見

7

字形	字音	字義	詞例
鎩	ㄕㄚ	1. 有劍鼻的劍；2. 長矛；3. 摧殘、傷害	鎩羽而歸
鍛	ㄉㄨㄢˋ	打鐵，以金入火，焠而鍾打成形。	鍛鍊、鍛鐵

8

字形	字音	字義	詞例
髫	ㄊㄧㄠˊ	小孩額前垂下的頭髮	垂髫
髻	ㄐㄧˋ	挽在頭頂或腦後的髮結	髮髻、雲髻

9

字形	字音	字義	詞例
跋	ㄅㄚˊ	1. 仆倒；2. 踏、踩； 3. 踏草而行或越山過嶺	跋山涉水、跋扈、題跋、跋語
拔	ㄅㄚˊ	1. 抽拔，連根拽出；2. 超出；3. 挺；4. 動搖	拔草、拔地、挺拔、堅忍不拔

10

字形	字音	字義	詞例
浚	ㄐㄩㄣˋ	1. 挹取；2. 疏浚；3. 深	疏浚
俊	ㄐㄩㄣˋ	1. 才智超群的人；2. 出色、卓越不凡；3. 漂亮、姿容秀美	俊秀、才俊、英俊、俊美、俊俏
峻	ㄐㄩㄣˋ	1. 高而陡峭；2. 嚴厲的、苛刻的	險峻、嚴峻、嚴刑峻法、峻峭、冷峻

11

字形	字音	字義	詞例
裁	ㄘㄞˊ	1. 裁剪，用刀、剪把紙或布割裂；2. 減削、刪減；3. 決斷；4. 體制、格式	裁縫、裁員、裁判、總裁、制裁、體裁
栽	ㄗㄞ	1. 築牆的立板；2. 種植；3. 安上	栽培、栽種、盆栽

12

字形	字音	字義	詞例
低	ㄉㄧ	1. 矮，離地面近；2. 等級在下；3. 俯下，垂下	高低、貶低、低調、低空、低劣、低頭、低速、降低、低垂
抵	ㄉㄧˇ	1. 排擠；2. 抗拒；3. 到達；4. 價值相當	抵擋、抵禦、抵達、返抵、抵押、抵制、抵觸（牴觸）、抵賴

13

字形	字音	字義	詞例
摧	ㄘㄨㄟ	1. 推擠；2. 折斷、毀壞	摧折、摧枯拉朽、摧毀、無堅不摧
催	ㄘㄨㄟ	催促、促使	催促、催眠、催討、催化、催生

14

字形	字音	字義	詞例
撩	ㄌㄧㄠˊ，ㄌㄧㄠ	1. 紛亂；2. 用手取物；3. 撥弄	眼花撩亂、撩動、撩撥
繚	ㄌㄧㄠˊ	1. 纏繞；2. 圍繞	繚繞、繚亂
瞭	ㄌㄧㄠˇ	1. 眼珠明亮；2. 明白、清楚	瞭解、瞭然、瞭望、瞭亮

15

字形	字音	字義	詞例
稿	ㄍㄠˇ	1. 禾稈；2. 詩文、圖畫等的草底。也指寫成的文章。	草稿、文稿、稿紙、投稿
槁	ㄍㄠˇ	1. 枯木；2. 乾枯	枯槁、槁木

16

字形	字音	字義	詞例
蓬	ㄆㄥˊ	1. 蓬草；2. 散亂、蓬松	蓬勃、蓬蓽生輝、蓬鬆、蓬萊
篷	ㄆㄥˊ	遮蔽風雨和陽光的器具。用篾席或帆布制成。	車篷、斗篷、帳篷

17

字形	字音	字義	詞例
蹋	ㄊㄚˋ	腳著地或踩物。通「踏」。	糟蹋（蹧蹋）
塌	ㄊㄚ	1. 傾頹；2. 下陷	倒塌、塌陷、坍塌、一塌糊塗、死心塌地
榻	ㄊㄚˋ	長狹而低的坐臥用具	臥榻、病榻、床榻

18

字形	字音	字義	詞例
靡	ㄇㄧˇ ㄇㄧˊ	1. 倒下；2. 浪費；3. 否定副詞，相當於「不」、「沒」。	披靡、風靡、靡費、鉅細靡遺、靡麗、靡爛、靡靡之音
糜	ㄇㄧˊ	1稠粥；2毀傷、碎爛	糜爛、糜糜之音

19

字形	字音	字義	詞例
躁	ㄗㄠˋ	1. 性情急，不冷靜；2. 浮躁、不專一；3. 動。	急躁、暴躁、煩躁、浮躁、躁動、躁進
燥	ㄗㄠˋ	1. 乾枯；2. 焦，焦急	乾燥、枯燥、口乾舌燥、天乾物燥、暴燥
噪	ㄗㄠˋ	1. 蟲鳥喧叫；2. 喧嘩、吵鬧	鼓噪、聒噪、名噪一時、噪音

20

字形	字音	字義	詞例
響	ㄒㄧㄤˇ	1. 回聲；2. 發出聲音；3. 聲音高而大	影響、響應、絶響、響亮
嚮	ㄒㄧㄤˋ	1. 趨向、向著；2. 方向；3. 從前、原來	嚮往、嚮導

21

字形	字音	字義	詞例
戴	ㄉㄞˋ	1. 把東西附加在頭、面、胸、臂等處；2. 以頭頂著；3. 擁護、推崇。	戴眼鏡、披星戴月、擁戴、戴罪立功、穿戴、配戴
載	ㄗㄞˋ	1. 乘坐；2. 裝運；3. 承受；4. 記錄；5. 充滿	載貨、轉載、怨聲載道、承載

22

字形	字音	字義	詞例
齒	ㄔˇ	1. 牙齒；2. 並列	不齒
恥	ㄔˇ	1. 羞辱、2. 侮辱	可恥、不恥下問、無恥

23

字形	字音	字義	詞例
絕	ㄐㄩㄝˊ	1. 斷絕；2. 切斷；3. 停止；4. 回拒，不接受	斷絕、絕對、絕非、杜絕、拒絕、絕跡、恩斷意絕、讚不絕口
決	ㄐㄩㄝˊ	1. 開鑿壅塞，疏通水道；2. 大水沖破堤岸或溢出；3. 判斷、斷案；4. 較量；5. 處死	決定、判決、處決、決鬥、懸而未決、猶豫不決

24

字形	字音	字義	詞例
戴	ㄉㄞˋ	1. 把東西附加在頭、面、胸、臂等處；2. 以頭頂著	戴眼鏡、配戴、佩戴、披星戴月、戴罪立功、穿戴
帶	ㄉㄞˋ	1. 大帶，束衣的腰帶；2. 掛，佩帶；3. 隨身拿着，攜帶；4. 附帶、連帶、順便做	帶來、連帶、佩帶、披星帶月、帶罪立功、穿帶

25

字形	字音	字義	詞例
爛	ㄌㄢˋ	1. 食物或瓜果熟透後的鬆軟狀態；2. 精通；3. 腐敗的；4. 程度深	天真爛漫、腐爛、爛醉、海枯石爛

字形	字音	字義	詞例
濫	ㄌㄢˋ	1. 河水氾濫；2. 蔓延；3. 質量低劣；4. 肆意妄為，漫無準則；5. 過度、失當	陳腔濫調、濫竽充數、濫用、寧缺勿濫

26

字形	字音	詞例	例句
朦	ㄇㄥˊ	1. 月不明；2. 暗	朦朧
矇	ㄇㄥˊ ㄇㄥ	1. 眼失明、盲者；2. 昏暗不明；3. 欺騙	矇矓、矇昧、矇騙、矇蔽、矇混

27

字形	字音	字義	詞例
複	ㄈㄨˋ	1. 有內裏的衣服；2. 重疊、繁雜	重複、複雜、繁複、複方、複製、複試
復	ㄈㄨˋ	1. 返回、還；2. 恢復；3. 報復	康復、恢復、復習、復學、回復
覆	ㄈㄨˋ	1. 翻轉、翻覆；2. 顛覆、滅亡；3. 覆蓋、掩藏	反覆、天覆地載、覆滅、覆蓋、

28

字形	字音	字義	詞例
暗	ㄢˋ	1. 光線不足、不明亮；2. 深幽；3. 天黑；4. 默不作聲；5. 沒有光澤	暗無天日、昏暗、暗淡無光
黯	ㄢˋ	1. 深黑色；2. 昏暗、沒有光澤；3. 失色貌；4. 失色貌，表感傷。	黯然銷魂

附表

附表一

常用國字標準字體表（4,808 字）

一丁七三下丈上丑丐不丙世丕且丘丞丟並丫中串丸凡丹主乃久么之尹乍乏乎乒乓乖乘乙
九也乞乩乳乾亂了予事二于云井互五亙些亞亟亡交亦亥亨享京亭亮人仁什仃仆仇仍今介
仄以付仔仕他仗代令仙仞仿伉伙伊伕伍伐休伏仲件任仰仳份企位住佇佗佞伴佛何估佐佑
伽伺伸佃佔似但佣作你伯低伶余佝佯依侍佳使佬供例來侃佰併侈佩佻侖佾侏信侵侯便俠
俑俏保促侶俘俟俊俗侮俐俄係俚俎俞倌倍倣俯倦倥俸倩倖倆值借倚倒們俺倀倔倨俱倡個
候倘俳修倭倪俾倫倉偺偽停假偃偌做偉健偶偎偕偵側偷偏倏傢傍傅備傑傀傖傘傭債傲傳
僅傾催傷傻傯僧僮僥僖僭僚僕像僑僱億儀僻僵價儂儈儉儒儘儔儐優償儡儲儷儼兀元允充
兄光兇兆先兌克免兔兒兕兗兜兢入內全兩八六兮公共兵具其典兼冀冉冊再冒冑冕最冗冠
冤冥冢冬冰冶冷冽凍凌准凋凜凝几凰凱凳凶凹出凸函刀刁刃分切刈刊列刑划刎別判利刪
刨刻券刷刺到刮制剁剎剃削前剌剋則剖剜剔剛剝剪副割剴創剩剿剷剽劃劇劈劉劍劑力加
功劣劫助努劬劾勇勉勃勁勒務勘動勞勝勛募勦勤勢勵勸勻勾勿包匆匈匍匐匏匕化北匙匝
匡匠匣匪匯匱匹匿區匾十千午升卅仟半卉卒協卓卑南博卜卞卡占卦卯卮印危即卵卷卸卹
卻卿厄厚原厝厥厭厲去參又叉友及反取叔受叛叟曼叢口可古右召叮叩叨叼司叵叫另只史
叱臺句叭吉吏同吊吐吁吋各向名合吃后吆吒吝吭吞吾否呎吧呆呃吳呈呂君吩告吹吻吸吮
吵吶吠吼呀吱含吟味呵咖呸咕咀呻呷咄咒咆呼咐呱呶和咚呢周咋命咎咬哀咨哎哉咸咦咳
哇哂咽咪品哄哈咯咫咱咻哨唐唁唷哼哥哲唆哺唔哩哭員唉哮哪哦唧商啪啦啄啞啡啃啊唱
啖問啕唯啤唸售啜唬啣唳啻喀喧啼喊喝喘喂喜喪喔喇喋喃喳單喟唾喲喚喻喬喱啾喉嗟嗨
嗓嗦嗎嗜嗇嗑嗣嗤嗯嗚嗡嗅嗆嗥嗾嘀嘛嘗嗽嘔嘆嘉嘍嘎嗷嘖嘟嘈嘮嘻嘹嘲嘿嘴嘩噓噎噗
噴嘶嘯嘰噙噫噹噩噤噸噪器噥噱噯噬噢嚎嚀嚐嚅嚇嚏嚕嚮嚥嚨嚷嚶嚴嚼囁囀囂囈囊囉囌
囑四囚因回囪困囤固圃圈國圍園圓團圖土圳地在圭圩圯坊坑址坍均坎圾坐坏垃坷坪坩坡
坦坤坼垂型垠垣垢城垮埂埔埋埃域堅堊堆埠埤基堂堵執培堯堪場堤堰報堡塞塑塘塗塚塔
填塌塭塊塢塵塾境墓墊塹墅墀墟增墳墜墮壁墾壇壅壕壓壑壙壘壞壟壢壤壩士壬壯壹壺壽
夏夔夕外夙多夜夠夥夢夤大天夫太夭央失夷夸夾奉奇奈奄奔奕契奏奎奐套奘奚奢奠奧奪
奩奮女奴奶妄奸妃好她如妁妝妒妨妞妣妙妖妍妤妓妊妥妾妻委妹妮姑姆姐姍始姓姊妯妳
姒姜姘姿姣姨娃姥姪姚姦威姻娑娘娜娟娛娓姬娠娣娩娥娌娶婁婉婦婪婀娼婢婚婆婊婷媚
婿媒媛嫁嫉嫌媾媽媼媳嫂媲嫡嫦嫩嫗嫖嫘嫣嬉嫻嬋嫵嬌嬝嬴嬰嬪嬤嬸孀子孑孓孔孕字存
孝孜孚孟孤季孩孫孰孳孱孵學孺孽孿它宇守宅安完宋宏宗定官宜宙宛宣宦室客宥宰害家
宴宮宵容宸寇寅寄寂宿密寒富寓寐寞寧寡寥實寨寢寤察寮寬審寫寵寶寸寺封射尉專將尊

尋對導小少尖尚尤尬就尷尸尺尼局屁尿尾屈居屆屎屏屍屋屑展屐屠屜屢層履屬屯山屹岐
岑岔岌岷岡岸岩岫岱岳峙峭峽峻峪峨峰島炭崇崆崎崛崖崢崑崩崔崙嵌嵐嵩嶄嶇嶝嶼嶺嶽
巍巔巒巖川州巢工巨巧左巫差己已巳巴巷巽巾市布帆希帘帚帖帕帛帑帝帥席師常帶帳帷
幅帽幀幌幃幣幕幗幔幢幟幫干平并年幸幹幻幼幽幾序庇床庚店府底庖庠度庫庭座康庸庶
庵庾廊廁廂廉廈廓廖廢廚廟廝廣廠龐廬廳廷延建廿弁弄弈弊式弒弓弔引弘弗弛弟弦弧弩
弭弱張強弼彆彈彌彎彗彙彝彤形彥彬彩彫彭彰影彷役往征彿彼很待徊律徇後徒徑徐得徙
從徘御復循徨徬微徹德徵徽心必忙忖忘忌志忍忱快忝忠忽念忿怏怔怯怵怖怪怕怡性怒思
怠急怎怨恍恰恨恢恆恃恬恫恪恤恙恣恥恐恕恭恩息悄悟悚悍悔悌悅悖恿患悉悠您惋悴惦
悽情悻悵惜悼惘惕惆惟悸惚惑惡悲悶惠愜愣惺愕惰惻惴慨惱愎惶愉愀愚意慈感想愛惹愁
愈慎慌慄慍愾愴愧慇愿態慷慢慣慟慚慘慶慧慮慝慕憂慼慰慫慾憧憐憫憎憬憚憤憔憲憑憩
憊懍憶憾懊懈應懂懇懦懣懲懷懶懵懸懺懼懾懿戀戈戊戎戌戍成戒我或戕戚戛戟戡戢截戮
戰戲戴戳戶房戾所扁扇扈扉手才扎打扔扒扣扛托抄抗抖技扶抉扭把扼找批扳抒扯折扮投
抓抑承拉拌拄抿拂抹拒招披拓拔拋拈抨抽押拐拙拇拍抵拚抱拘拖拗拆抬拎拜挖按拼拭持
拮拽指拱拷拯括拾拴挑拳挈拿捎挾振捕捂捆捏捉挺捐挽挪挫挨掠控捲掖探接捷捧掘措捱
掩掉掃掛捫推掄授掙採掬排掏掀捻捩捨掣掌描揀揩揉揆揍插揣提握揖揭揮捶援揪換摒揚
搓搾搞搪搭搽搬搏搜搔損搶搖搗撇摘摔撤摸摟摺摑摧摩摯摹撞撲撈撐撰撥撓撕撩撒撮播
撫撚撬擅擁擋撻撼據擄擇擂操撿擒擔擎擊擘擠擰擦擬擱擴擲擾攆擺擻攀攏攘攔攙攝攜攤
攣攫攪攬支收改攻放政故效敝敖救教敗啟敏敘敞敦敢散敬敲敵敷數整斂斃文斑斐斗料斜
斟斡斤斥斧斫斬斯新斷方於施旁旅族旋旌旎旗旖既日旦早旨旬旭旱旺昔易昌昆昂明昀昏
春昭映昧是星昨時晉晏晃晒晌晝晚晤晨晦普晰晴晶景暑智暗暉暇暈暖暢暨暮暫暴曆曉暹
曙曖曠曝曦曰曲曳更曷書曹勗曾替會月有服朋朔朕朗望期朝朦朧木朮本未末札朽朴朱朵
束李杏材村杜杖杞杉杭枋枕東果杳杷枇枝林杯杰板枉松析杵枚柿染柱柔某柬架枯柵柩柯
柄柑枴柚查枸柏柞柳校核案框桓根桂桔栩梳栗桌桑栽柴桐桀格桃株桅栓梁梯梢梓梵桿桶
梱梧梗械梃棄梭梆梅梔條梨梟棺棕棠棘棗椅棟棵森棧棹棒棲棣棋棍植椒椎棉棚椰業楚楷
楠楔極榔概楊楨楫楞楓楹榆榜榨榕槁榮槓構榛榷榻榫榴槐槍榭槌樣樟槨椿樞標槽模樓樊
槳樂樅樽樸樺橙橫橘樹橄橢橡橋橇樵機檀檔檄檢檜櫛檳檬櫃檻檸櫂櫥櫝櫚櫓櫻欄權欖欠
次欣欲款欺欽歇歉歌歐歙歟歡止正此步武歧歪歲歷歸歹死歿殃殆殊殉殘殖殤殮殯殲段殷
殺殼毀殿毅毆毋母每毒毓比毗毛毫毯毽氏民氐氓氛氟氣氧氨氦氬氫氮氯氰氳水永汁汀氾
求汝汗汙江池汐汕汞沙沁沈沉沅沛汪決沐汰沌汩沖沒汽沃汲汾泣注泳沱泌泥河沽沾沼波
沫法泓沸泄油況沮泗泅泱沿治泡泛泊泉泰洋洲洪流津洌洱洞洗活洽派洶洛浪涕消涇浦浸
海浙涓浬涉浮浚浴浩涎涼淳淙液淡淌淤添淺清淇淋涯淑涮淞淹涸混淵淅淒渚涵淚淫淘淪
深淮淨淆淄港游湔渡渲湧湊渠渥渣減湛湘渤湖湮渭渦湯渴湍渺測湃渝渾滋溉渙溢溯滓溶
滂源溝滇滅溥溘溼溺溫滑準溜滄滔溪漳演滾漓滴漩漾漠漬漏漂漢滿滯漆漱漸漲漣漕漫漯
澈漪滬漁滲滌漿潼澄潑潦潔澆潭潛潸潮澎潺潰潤澗潘濂澱澡濃澤濁澧澳激澹濘濱濟濠濛

濤濫濯澀濬濡瀉瀋濾瀆濺瀑瀏瀛瀟瀨瀚瀝瀕瀾瀰灌灑灘灣灤火灰灶灼災灸炕炎炒炊炙炫
為炳炬炯炭炸炮烊烘烤烙烈烏烹焉焊烽焙焚焦焰無然煮煎煙煩煤煉照煜煬煦煌煥煞熔熙
煽熊熄熟熬熱熨熾燉燐燒燈燕熹燎燙燜燃燄燧營燮燦燥燭燬燴燻爆爍爐爛爨爪爬爭爰爵
父爸爹爺爻爽爾牆片版牌牒牖牘牙牛牟牝牢牡牠牧物牲牯牴特牽犁犄犀犒犖犛犢犧犬犯
狄狂狀狎狙狗狐狩狠狡狼狹狽狸狷猜猛猖猓猙猶猥猴猩猷獅猿猾獄獐獎獗獨獰獲獷獵獸
獺獻玀玄率王玉玖玩玨玟玫玷珊玻玲珍珀珉班琉珮珠琅琊球理現琍琺琪琳琢琥琵琶琴瑯
瑚瑕瑟瑞瑁瑋瑙瑛瑜瑤瑣瑪瑰瑩璋璃璜璣璩環璦璧璽瓊瓏瓜瓠瓢瓣瓦瓶瓷甄甌甕甘甚甜
生產甥甦用甩甬甫甭田由甲申男甸甽畏界畔畝畜畚留略畦畢異畫番當畸疇疆疊疋疏疑疝
疙疚疫疤疥疾病症疲疳疽疼疹痔痕疵痢痛痣痙痘痊痞瘀痰瘁痲痱痺痿痴瘧瘍瘋瘉瘓瘠瘩
瘟瘤瘦瘡瘴瘸瘺療癌癖癘癒癢癥癩癮癬癱癲癸登發白百皂的皆皇皈皎皖皓皚皮皰皴皺皿
盂盈盆盃益盍盎盔盒盛盜盞盟盡監盤盧盥盪目盯盲直省盹相眉看盾盼眩真眠眨眷眾眼眶
眸眺睏睛睫睦睞督睹睪睬睜睥睨瞄睽睿睡瞎瞇瞌瞑瞠瞞瞟瞥瞳瞪瞰瞬瞧瞭瞽瞿瞻矇矓矗
矚矛矜矢矣知矩短矮矯石矽砂研砌砍砰砧砸砝破砷砥砭硫硃硝硬硯碎碰碗碘碌碉硼碑磁
碟碧碳碩磋磅確磊碾磕碼磐磨磚磬磷磺磴磯礁礎礙礦礪礬礫示社祀祁祆祉祈祇祕祐祠祟
祖神祝祗祚祥票祭祺祿禁禎福禍禦禧禪禮禱禹萬禽禾私秀禿秉科秒秋秤秣秧租秦秩移稍
稈程稅稀稜稚稠稔稟種稱稿稼穀稽稷稻積穎穆穌穗穡穢穫穩穴究空穹穿突窄窈窒窕窘窗
窖窟窠窪窩窯窮窺窿竅竇竊立站童竣竭端競竹竺竿竽笆笑笠笨笛第符笙笞等策筆筐筒答
筍筋筏筷節筠管箕箋筵算箝箔箏箭箱範箴篆篇篁篙簑築篤篛篡篩簇簍篾篷簫簧簪簞簣簡
簾簿簸簽簷籌籃籍籐籠籟籤籬籮籲米粉粒粗粟粥粱粳粵粹粽精糊糕糖糠糜糞糢糟糙糧糯
糸系糾紂紅紀紉紇約紡紗紋紊素索純紐紕級紜納紙紛絆絃統紮紹紼絀細紳組累終絞結絨
絕紫絮絲絡給絢經絹綑綁綏綻綰綜綽綾綠緊綴網綱綺綢綿綵綸維緒緇締練緯緻緘緬緝編
緣線緞緩緟縊縑縈縛縣縮績繆縷縲繃縫總縱繅繁織繕繞繚繡繫繭繹繩繪辮繽繼纂纏續纓
纖纜缶缸缺缽罄罈罐罕罔罟置罩罪署罰罵罷罹羅羈羊羌羋美羔羞羚善義羨群羯羲羶羹羸
羽羿翅翁翌翎習翔翕翠翡翟翩翰翱翳翼翹翻耀老考者耆而耐耍耒耘耕耙耗耜耳耶耽耿聊
聆聖聘聞聚聱聲聰聯聳職聶聾聽聿肆肄肅肇肉肋肌肖肓肝肘肛肚育肺肥肢肱股肫肩肴肪
肯胖胥胚胃胄背胡胛胎胞胤胱脂胰脅胭胴脆胸胳脈能脊脯脖脣脫脩腕腔腋腑腎脹腆脾腐
腱腰腸腥腮腳腫腹腺腦膀膏膈膊腿膛膜膝膠膚膳膩膨臆臃膺臂臀膿膽臉膾臍臏臘臚臟臣
臥臧臨自臭臬至致臺臻臼臾舀舂舅與興舉舊舌舍舐舒舔舛舜舞舟舢航舫舨般舵舷舶船艇
艘艙艦艮良艱色艾芒芋芍芳芝芙芭芽芟芹花芬芥芻苧范茅苣苛苦茄若茂茉苒苗英茁苜苔
苑苞苓苟茫荒荔荊茸荐草茵茴荏茲茹茶茗荀茱莎莞莘莩莢莖莽莫莒莊莓莉莠荷荻荼菩萃
菸萍菠菅萋菁華菱菴著萊菰萌菌菽菲菊萸萎萄菜蒂菫落萱葵葦葫葉葬葛萼萵葡董葩蓉蒿
蓆蓄蒙蒞蒲蒜蓋蒸蓀蓓蒐蒼蔗蔽蔚蓮蔬蔭蔓蔑蔣蔡蔔蓬蔥蓿蕊蕙蕈蕨蕩蕃蕉蕭蕪薪薄蕾
薜薑薔薯薛薇藏薩藍藐藉薰藩藝藪藕藤藥藻藹蘑藺蘆蘋蘇蘊蘗蘭蘚蘸蘿虎虐虔處彪虛虞
虜號虧虫虱虹蚊蚪蚓蚤蚩蚌蚣蛇蛀蚶蛄蚵蛆蛋蚱蚯蛟蛙蛭蛔蛛蛤蛹蜓蜈蜇蜀蛾蛻蜂蜃蜿

蜜蜻蜢蜥蜴蜘蝕螂蝴蝶蝠蝦蝸蝨蝙蝗蝌螃螟螞螢融蟀蟑螳蟒蟆螯螻螺蟈蟋蟯蟬蟲蟻蠅蠍
蟹蠔蠕蠣蠢蠡蠟蠱蠶蠹蠻血行衍術街衙衛衝衡衢衣初表衫衰衷袁袂衮袈被袒袖袍袋裁裂
袱裟裔裙補裘裝裡裊裕裳褂裴裹裸製裨褚褐複褒褓褪褲褥褫褻褶襄褸襠襟襖襤襪襲襯西
要覃覆見覓規視親覦覬覲覺覽觀角解觴觸言計訂訃記訐討訌訕訊託訓訖訪訝訣訥許設訟
訛註詠評詞証詁詔詛詐詆訴診詫該詳試詩詰誇詼詣誠話誅詭詢詮詬詹誦誌語誣認誡誓誤
說誥誨誘誑誼諒談諄誕請諸課諉諂調誰論諍諦諺諫諱謀諜諧諮諾謁謂諷諭謎謗謙講謊謠
謝謄謨謹謬譁譜識證譚譎譏議譬警譯譴護譽讀變讓讒讖讚谷谿豁豆豈豉豌豎豐豔豕豚象
豢豪豬豫豺豹貂貊貉貍貌貓貝貞負財貢販責貫貨貪貧貯貼貳賊資賈賄貲賃賂賓貽賅賁費
賀貴買貶貿貸賑賒賠賞賦賤賬賭賢賣賜質賴賺賽購贅贈贊贏贍贓贖贗贛赤赧赦赫赭走赴
赳起越超趁趙趕趟趣趨足趴趾跎距跋跚跑跌跛跆跡跟跨路跳跺跪跼踉踐踝踢踏踩踟踹踱
踴蹂踹踵蹉蹋蹈蹊蹩蹣蹦蹤蹼蹲蹭蹶蹬蹺躉躁躅躂躊躍躑躡躪身躬躲躺軀車軋軍軌軒軔
軛軟軻軸軼較載軾輊輔輒輕輓輝輛輟輩輦輪輜輻輯輸轄輾轂轅輿轉轍轔轎轟轡辛辜辟辣
辨辦辭辯辰辱農迂迆迅迄巡迎返近述迦迢迪迥迭迫送逆迷退迺迴逃追逅這逍通逗連速逝
逐逕逞造透逢逖逛途逮逵週逸進運遊道遂達逼違遐遇遏過遍遑逾遁遠遘遜遣遙遞適遮遨
遭遷遵遴選遲遼遺避遽還邁邂邀邇邊邐邏邑邕邢邪邦那邵邸邱郊郎郁郡部郭都鄂郵鄉鄒
鄙鄰鄭鄧鄱鄹酉酋酊酒配酌酗酣酥酬酪酩酵酸酷醇醉醋醃醒醣醞醜醫醬醺釀釁采釉釋里
重野量釐金釘針釗釜釵釦鈔釣釧鈕鈣鈉鈞鈍鈴鈷鉗鈸鈽鉀鈾鉛鉋鉤鉑鈴鉸銀銅銘銖鉻銓
銜鋅銻銷鋪銬鋤鋁銳銼鋒錠錶鋸錳錯錢鋼錫錄錚錐錦鍍鎂錨鍵鍊鍥鍋錘鍾鍬鍛鍰鎔鎊鎖
鎢鎳鎮鏡鏑鏟鏃鏈鏜鏝鏖鏢鏍鏘鏤鏗鐘鐃鏽鐮鐳鐵鐺鐸鐲鑄鑑鑒鑣鑠鑲鑰鑽鑾鑼鑿長門
閂閃閉閔閏開閑間閒閘閡閨閩閣閥閤閭閱閻闊闋闌闈闆闔闖闐闕闡闢阜阡防阮阱阪陀阿
阻附限陋陌降院陣陡陛陝除陪陵陳陸陰陴陶陷隊階隋陽隅隆隍陲隘隔隕隙障際隧隨險隱
隴隸隻雀雁雅雄集雇雍雋雉雌雕雖離雜雙雛雞難雨雪雯雲雷電雹零需霄霆震霉霎霑霖霍
霓霏霜霞霪霧霸霹露霽靆靂靈靄青靖靛靜非靠靡面靦靨革靴靶靼鞅鞍鞋鞏鞘鞠鞣鞦鞭韃
韁韆韋韌韓韜韭音章竟韶韻響頁頂頃項順須預頑頓頊頒頌頗領頡頰頸頻頷頭頹頤顆額顏
題顎顓類願顛顧顫顯顰顱風颯颱颳颶颺颼飄飛食飢飧飪飯飩飲飭飼飴飽飾餃餅餌餉養餓
餒餘餐館餞餛餡餵餾餿餽饅饒饑饜饞首香馥馨馬馮馭馳馱馴駁駝駐駟駛駑駕駒駙駭駢駱
騁駿騎騖騙騫騰騷驅驃驀騾驕驚驛驗驟驢驥驪骨骯骰骷骸骼髏髒髓體高髦髮髯髻髭鬃鬆
鬍鬚鬢鬥鬧鬨鬱鬼魁魂魅魄魏魔魘鬲魚魷魯鮑鮮鮫鮪鯊鯉鯽鯨鯧鯤鰍鰭鰥鰲鰱鰾鰻鱔鱗
鱖鱷鱸鳥鳩鳴鳶鳳鴆鴉鴕鴣鴦鴨鴿鴛鴻鴿鵑鵝鵠鵓鵡鵲鵪鵬鶯鶴鷂鷓鷗鷥鷹鷺鸚鸞鹹鹼
鹽鹿麂麋麒麗麓麝麟麥麩麴麵麻麼麾黃黍黎黏黑墨默黔點黜黝黛黠黨黯黴黷黿鼎鼓鼙鼕
鼠鼬鼴鼻鼾齊齋齒齟齣齡齜齦齬齪齷齲龍龔龜

附表二

常用聲符及其從屬字表

編號	聲符	讀音	構字數	形聲字
1.	各（客）	ㄍㄜˋ（ㄎㄜˋ）	18	恪
	各	ㄍㄜˋ		咯、客、格、洛、烙、略、絡、胳、貉、賂、路、酪、閣、鉻、額、駱、骼
2.	古	ㄍㄨˇ	17	估、咕、固、姑、故、枯、沽、牯、罟、胡、苦、蛄、詁、辜、鈷、骷、鴣
3.	肖（[illegible]）	ㄒㄧㄠˋ，ㄒㄧㄠ（ㄑㄧˋ）	17	屑
	肖	ㄒㄧㄠˋ，ㄒㄧㄠ		鞘、霄、銷、逍、趙、稍、硝、消、梢、捎、悄、峭、宵、哨、削、俏
4.	包	ㄅㄠ	16	刨、咆、庖、抱、泡、炮、皰、胞、苞、袍、跑、鉋、雹、飽、鮑、匏
5.	隹	ㄓㄨㄟ	16	唯、堆、崔、帷、惟、推、椎、淮、誰、錐、維、稚
	隹（雀）	ㄓㄨㄟ（ㄑㄩㄝˋ）		截
	隹（雥）	ㄓㄨㄟ（ㄗㄚˊ）		焦
	隹（讎）	ㄓㄨㄟ（ㄔㄡˊ）		售
	隹（閵）	ㄓㄨㄟ（ㄌㄧㄣˋ）		進
6.	者	ㄓㄜˇ	16	堵、奢、屠、暑、渚、煮、睹、緒、署、著、褚、諸、豬、賭、赭、都
7.	白	ㄅㄞˊ，ㄅㄛˊ	15	魄、陌、鉑、迫、舶、碧、珀、泊、柏、替、拍、怕、伯、帛、帕
8.	且	ㄑㄧㄝˇ，ㄐㄩ	15	齟、阻、詛、蛆、組、粗、租、祖、疽、狙、沮、姐、咀、助、爼
9.	由	ㄧㄡˊ	15	鼬、鈾、釉、迪、軸、袖、胄、笛、油、柚、抽、岫、宙、妯、冑
10.	莫	ㄇㄨˋ，ㄇㄛˋ	15	募、墓、寞、幕、慕、摸、摹、暮、模、漠、糢、膜、蟆、謨、驀

編號	聲符	讀音	構字數	形聲字
11.	分	ㄈㄣ	14	份、吩、忿、扮、氛、汾、盆、盼、粉、紛、芬、貧、釁、頒
12.	尚	ㄕㄤˋ	14	黨、躺、趟、賞、裳、當、淌、棠、敞、掌、常、堂、嘗、倘
13.	非	ㄈㄟ，ㄈㄟˇ	14	霏、輩、裴、菲、翡、痱、斐、排、扉、悲、徘、啡、匪、俳
14.	台	ㄊㄞˊ，ㄧˊ	14	飴、颱、跆、貽、苔、胎、笞、治、殆、抬、怡、怠、始、冶
15.	令	ㄌㄧㄥˋ	14	齡、鴒、領、零、鈴、苓、聆、翎、羚、玲、拎、命、冷、伶
16.	方	ㄈㄤ	13	仿、坊、妨、彷、房、旁、枋、紡、肪、舫、芳、訪、防
17.	羊	ㄧㄤˊ	13	鮮、養、詳、翔、羌、祥、烊、洋、氧、恙、庠、姜、佯
18.	卑	ㄅㄟ	13	鼙、陴、裨、脾、碑、睥、痺、牌、婢、埤、啤、俾、顰
19.	工	ㄍㄨㄥ	13	功、攻、項、空、江、扛、紅、缸、肛、虹、訌、汞、貢
20.	交	ㄐㄧㄠ	13	咬、姣、效、校、狡、皎、絞、蛟、較、郊、鉸、餃、鮫
21.	龍	ㄌㄨㄥˊ	13	嚨、壟、寵、龐、攏、朧、瓏、曨、籠、聾、隴、龔
	龍（龘）	ㄌㄨㄥˊ（ㄉㄚˊ）		襲
22.	圭	ㄍㄨㄟ	12	鞋、閨、佳、卦、哇、奎、娃、崖、畦、蛙、街、桂
23.	俞	ㄩˊ	12	逾、輸、諭、覦、瘉、瑜、渝、榆、愉、愈、喻、偷
24.	辟	ㄅㄧˋ	12	霹、闢、避、譬、薜、臂、癖、璧、擘、壁、劈、僻
25.	艮	ㄍㄣˋ	12	垠、很、恨、根、狠、痕、眼、艱、跟、銀、限、齦
26.	丁	ㄉㄧㄥ，ㄓㄥ	11	亭、仃、叮、成、打、汀、盯、訂、酊、頂、釘

編號	聲符	讀音	構字數	形聲字
27.	占	ㄓㄢ，ㄓㄢˋ	11	點、黏、貼、站、砧、玷、沾、拈、店、帖、佔
28.	里	ㄌㄧˇ	11	鯉、貍、裏、理、狸、浬、娌、埋、哩、俚、裡
29.	青	ㄑㄧㄥ，ㄐㄧㄥ	11	靖、請、蜻、菁、精、睛、猜、清、晴、情、倩
30.	堯	ㄧㄠˊ	11	饒、鐃、蹺、蟯、翹、繞、燒、澆、曉、僥、撓
31.	僉	ㄑㄧㄢ	11	鹼、驗、險、臉、簽、殮、檢、斂、撿、劍、儉
32.	亥	ㄏㄞˋ	11	刻、劾、咳、孩、核、氦、該、賅、閡、駭、骸
33.	甫	ㄈㄨˇ	11	匍、哺、圃、埔、捕、浦、脯、補、輔、鋪、牖
34.	巴	ㄅㄚ	11	吧、把、杷、爬、爸、琶、疤、笆、耙、芭、靶
35.	合	ㄏㄜˊ，ㄍㄜˇ	11	哈、恰、拾、洽、盒、答、給、翕、蛤、閤、鴿
36.	高	ㄍㄠ	11	喬、搞、敲、槁、毫、犒、稿、篙、膏、蒿、豪
37.	婁	ㄌㄡˊ，ㄌㄩˇ	11	嘍、屢、摟、數、樓、簍、縷、螻、褸、鏤、髏
38.	皮	ㄆㄧˊ，ㄆㄛˊ	11	坡、彼、披、波、玻、疲、破、簸、被、跛、頗
39.	其	ㄑㄧˊ，ㄐㄧ，ㄐㄧˋ	11	基、斯、旗、期、棋、欺、淇、琪、祺、箕、麒
40.	干	ㄍㄢ	11	刊、奸、岸、旱、汗、竿、罕、肝、軒、鼾、訐
41.	監	ㄐㄧㄢ，ㄐㄧㄢˋ	11	尷、檻、濫、籃、艦、藍、襤、覽、鑑、鑒、鹽
42.	比	ㄅㄧˇ，ㄅㄧˋ	10	仳、妣、屁、庇、批、枇、毗、琵、紕、陛

編號	聲符	讀音	構字數	形聲字
43.	可	ㄎㄜˇ，ㄎㄜˋ	10	何、呵、坷、奇、柯、河、苛、蚵、軻、阿
44.	寺	ㄙˋ	10	詩、等、痔、特、時、持、恃、待、峙、侍
45.	奇	ㄑㄧˊ，ㄐㄧ	10	騎、綺、畸、犄、漪、椅、旖、崎、寄、倚
46.	乍	ㄓㄚˋ	10	詐、蚱、窄、祚、炸、昨、怎、咋、作、柞
47.	倉	ㄘㄤ，ㄔㄨㄤˋ	10	蒼、艙、瘡、滄、槍、搶、愴、嗆、創、傖
48.	尞	ㄌㄧㄠˊ	10	遼、繚、瞭、燎、潦、撩、嘹、僚、寮、療
49.	登	ㄉㄥ	10	凳、嶝、橙、澄、燈、瞪、磴、證、蹬、鄧
50.	票	ㄅㄧㄠ，ㄆㄧㄠ，ㄆㄧㄠˋ	10	剽、嫖、標、漂、瓢、瞟、鏢、飄、驃、鰾
51.	巠	ㄐㄧㄥ	10	勁、徑、氫、涇、痙、經、莖、輕、逕、頸
52.	支	ㄓ	10	吱、妓、屐、岐、技、枝、歧、翅、肢、跂
53.	今	ㄐㄧㄣ	10	含、吟、岑、念、琴、矜、禽、貪、鈐、黔
54.	曷	ㄏㄜˊ	10	喝、揭、歇、渴、羯、葛、褐、謁、遏、竭
55.	區	ㄑㄩ，ㄡ，ㄍㄡ	10	嘔、嫗、嶇、樞、歐、毆、甌、軀、驅、鷗
56.	昜	ㄧㄤˊ	10	場、揚、楊、湯、煬、瘍、腸、陽、颺、暢
57.	召	ㄓㄠˋ，ㄕㄠˋ	10	招、昭、沼、紹、詔、貂、超、迢、邵、韶
58.	加	ㄐㄧㄚ	9	駕、迦、賀、袈、茄、架、咖、嘉、伽
59.	句	ㄐㄩˋ，ㄍㄡ	9	駒、鉤、苟、狗、枸、拘、夠、劬、佝

編號	聲符	讀音	構字數	形聲字
60.	朱	ㄓㄨ	9	銖、誅、蛛、茱、硃、珠、殊、株、侏
61.	夋	ㄑㄩㄣ	9	駿、酸、竣、皴、浚、梭、峻、俊、唆
62.	每	ㄇㄟˇ	9	霉、誨、莓、海、梅、晦、敏、悔、侮
63.	旁	ㄆㄤˊ，ㄅㄤˋ	9	鎊、謗、螃、膀、磅、滂、榜、徬、傍
64.	也	ㄧㄝˇ	9	馳、迆、牠、池、施、弛、她、地、他
65.	周	ㄓㄡ	9	雕、週、調、綢、稠、碉、惆、彫、凋
66.	反	ㄈㄢˇ	9	叛、扳、板、版、舨、販、返、飯、阪
67.	吾	ㄨˊ	9	唔、寤、悟、捂、晤、梧、衙、語、齬
68.	屯	ㄓㄨㄣ、ㄊㄨㄣˊ	9	囤、春、沌、盹、純、肫、鈍、頓、飩
69.	果	ㄍㄨㄛˇ，ㄎㄜˇ	9	夥、棵、猓、窠、裹、裸、課、踝、顆
70.	亡	ㄨㄤˊ，ㄨˊ	9	妄、忙、忘、望、氓、盲、肓、芒、罔
71.	䜌	ㄌㄨㄢˊ	9	攣、蠻、變、鑾、巒、孿、鸞、彎、戀
72.	爭	ㄓㄥ，ㄓㄥˋ	9	崢、掙、淨、猙、睜、箏、諍、錚、靜
73.	章	ㄓㄤ	9	幛、彰、樟、漳、獐、璋、瘴、蟑、障
74.	央	ㄧㄤ、ㄧㄥ	9	怏、映、殃、泱、盎、秧、英、鞅、鴦
75.	戔	ㄐㄧㄢ	9	棧、殘、淺、盞、箋、賤、踐、錢、餞
76.	賣（瀆）	ㄇㄞˋ（ㄉㄨˊ，ㄉㄡˋ）	9	犢
	賣	ㄇㄞˋ		竇
	賣（𧶠）	ㄇㄞˋ（ㄩˋ）		櫝、瀆、牘、續、讀、贖、黷
77.	亢	ㄍㄤ，ㄎㄤˋ	8	伉、吭、坑、抗、杭、炕、航、骯
78.	氐	ㄉㄧˇ，ㄉㄧ	8	邸、詆、祇、砥、牴、抵、底、低
79.	共	ㄍㄨㄥˋ，ㄍㄨㄥ，ㄍㄨㄥˇ	8	鬨、烘、洪、拱、恭、巷、哄、供
80.	兆	ㄓㄠˋ	8	逃、跳、窕、眺、桃、挑、姚、佻
81.	甬	ㄩㄥˇ	8	通、誦、蛹、痛、桶、恿、勇、俑
82.	咅	ㄆㄡˇ	8	陪、部、賠、菩、焙、剖、倍、培
83.	韋	ㄨㄟˇ	8	闈、違、諱、衛、葦、緯、圍、偉
84.	扁	ㄅㄧㄢˇ，ㄆㄧㄢ	8	騙、遍、蝙、翩、編、篇、匾、偏
85.	鬼	ㄍㄨㄟˇ	8	魁、魏、餽、瑰、槐、愧、塊、傀
86.	賓	ㄅㄧㄣ，ㄅㄧㄣˋ	8	鬢、臏、繽、濱、殯、檳、嬪、儐
87.	皇	ㄏㄨㄤˊ	8	凰、徨、惶、篁、蝗、隍、遑、煌

編號	聲符	讀音	構字數	形聲字
88.	重（童）	ㄔㄨㄥˊ，ㄓㄨㄥˋ（ㄊㄨㄥˊ）	8	董
	重	ㄔㄨㄥˊ，ㄓㄨㄥˋ		動、種、腫、衝、踵、鍾、童
89.	畐	ㄈㄨˊ	8	副、匐、富、幅、福、蝠、輻、逼
90.	甲	ㄐㄧㄚˇ	8	匣、呷、押、狎、胛、鉀、閘、鴨
91.	于	ㄩˊ，ㄒㄩ	8	吁、宇、汙、盂、芋、訏、迂、竽
92.	文	ㄨㄣˊ，ㄨㄣˋ	8	吝、玟、紋、紊、虔、蚊、閔、雯
93.	耑	ㄉㄨㄢ，ㄓㄨㄢ	8	喘、惴、揣、湍、瑞、端、踹、顓
94.	麻（靡）	ㄇㄚˊ（ㄇㄧˊ，ㄇㄧˇ）	8	磨
	麻	ㄇㄚˊ		嘛、摩、糜、靡、魔、麼、麾
95.	立（昱）	ㄌㄧˋ（ㄩˋ）	8	翌
	立	ㄌㄧˋ		垃、拉、泣、笠、粒、颯、位
96.	勺	ㄕㄨㄛˋ，ㄕㄠˊ	8	妁、灼、的、約、芍、豹、酌、釣
97.	生	ㄕㄥ	8	姓、性、旌、星、牲、甥、笙、青
98.	辰	ㄔㄣˊ	8	娠、宸、振、晨、脣、蜃、賑、震
99.	單	ㄉㄢ，ㄕㄢˋ，ㄔㄢˊ	8	嬋、彈、憚、戰、簞、蟬、闡、禪
100.	敝	ㄅㄧˋ	8	幣、弊、彆、撇、斃、瞥、蔽、鱉
101.	軍	ㄐㄩㄣ	8	揮、暉、暈、渾、琿、葷、輝、運
102.	告	ㄍㄠˋ，ㄍㄨˋ	8	浩、皓、窖、誥、造、酷、靠、鵠
103.	粦	ㄌㄧㄣˊ	8	憐、磷、轔、遴、鄰、鱗、麟、燐
104.	主	ㄓㄨˇ	7	住、拄、注、柱、蛀、註、駐
105.	它	ㄊㄚ	7	佗、沱、舵、跎、陀、駝、鴕
106.	弗	ㄈㄨˊ	7	佛、彿、拂、氟、沸、紼、費
107.	并（幷）	ㄅㄧㄥ，ㄅㄧㄥˋ	7	駢、餅、瓶、拼、姘、併、屏
108.	我	ㄨㄛˇ	7	鵝、餓、蛾、峨、娥、哦、俄
109.	昔	ㄒㄧˊ，ㄘㄨㄛˋ	7	錯、醋、措、惜、厝、借、鵲
110.	奄	ㄧㄢˇ，ㄧㄢ	7	鵪、醃、菴、淹、掩、庵、俺
111.	侖	ㄌㄨㄣˊ	7	輪、論、綸、淪、掄、崙、倫
112.	童	ㄊㄨㄥˊ	7	鐘、瞳、潼、撞、憧、幢、僮

編號	聲符	讀音	構字數	形聲字
113.	需	ㄒㄩ，ㄖㄨˊ，ㄖㄨㄢˇ，ㄋㄨㄢˋ	7	蠕、糯、濡、懦、孺、嚅、儒
114.	壽	ㄕㄡˋ	7	鑄、躊、籌、禱、疇、濤、儔
115.	出	ㄔㄨ	7	咄、屈、拙、祟、絀、茁、黜
116.	秋	ㄑㄧㄡ	7	啾、愀、愁、揪、鍬、鞦、鰍
117.	盍	ㄏㄜˊ	7	嗑、溘、瞌、磕、蓋、醯、闔
118.	啇（啻）	（ㄔˋ，ㄉㄧˋ，ㄊㄧˋ）	7	嘀、滴、鏑、嫡、摘、敵、適
119.	襄	ㄒㄧㄤ	7	嚷、囊、壤、攘、讓、釀、鑲
120.	昷	ㄨㄣ	7	醞、塭、媪、慍、氳、溫、瘟
121.	吉	ㄐㄧˊ	7	拮、桔、結、詰、頡、髻、黠
122.	予	ㄩˊ，ㄩˇ	7	妤、序、抒、舒、豫、野、預
123.	宛	ㄨㄢˇ，ㄩㄢ	7	剜、婉、惋、碗、腕、蜿、豌
124.	己（妃）	ㄐㄧˇ（ㄈㄟ，ㄆㄟˋ）	7	配
	己	ㄐㄧˇ		妃、忌、改、杞、紀、記
125.	正	ㄓㄥˋ，ㄓㄥ	7	定、征、怔、政、整、証、症
126.	蜀	ㄕㄨˇ	7	屬、濁、燭、獨、觸、躅、鐲
127.	曼	ㄇㄢˋ，ㄨㄢˋ	7	幔、慢、漫、蔓、鏝、饅、鰻
128.	盧	ㄌㄨˊ	7	廬、爐、臚、蘆、顱、驢、艫
129.	余	ㄩˊ，ㄊㄨˊ	7	徐、敘、斜、荼、途、除、餘
130.	兌	ㄉㄨㄟˋ	7	悅、稅、脫、蛻、說、銳、閱
131.	卒	ㄗㄨˊ，ㄘㄨˋ	7	悴、瘁、碎、粹、翠、萃、醉
132.	睪	ㄍㄠ，ㄧˋ，ㄗㄜˊ	7	擇、澤、繹、譯、驛、釋、鐸
133.	王（𡉚）	ㄨㄤˊ（ㄏㄨㄤˊ）	7	往、狂、汪、匡
	王	ㄨㄤˊ，ㄨㄤˋ		枉、逛、旺
134.	此	ㄘˇ	7	柴、疵、紫、貲、雌、髭、齜
135.	咼	ㄎㄨㄞ	7	渦、禍、窩、過、鍋、萵、蝸
136.	不	ㄅㄨˋ，ㄈㄡˇ，ㄈㄡ	6	丕、否、坏、杯、盃、肧
137.	止	ㄓˇ	6	址、徙、扯、祉、趾、齒
138.	半	ㄅㄢˋ	6	伴、判、拌、畔、絆、胖
139.	申	ㄕㄣ	6	紳、神、砷、呻、伸、坤

編號	聲符	讀音	構字數	形聲字
140.	田（囟）	ㄊㄧㄢˊ（ㄒㄧㄣˋ）	6	細、思
	田（畾）	ㄊㄧㄢˊ（ㄌㄟˊ）		累、雷
	田	ㄊㄧㄢˊ		甸、佃
141.	夾	ㄐㄧㄚ，ㄐㄧㄚˊ	6	頰、莢、狹、挾、峽、俠
142.	谷	ㄍㄨˇ，ㄌㄨˋ，ㄩˋ	6	裕、浴、欲、峪、容、俗
143.	利（黎）	ㄌㄧˋ（ㄌㄧˊ）	6	犁
	利	ㄌㄧˋ		莉、痢、琍、梨、俐
144.	官	ㄍㄨㄢ	6	館、菅、綰、管、棺、倌
145.	門	ㄇㄣˊ	6	閩、聞、捫、悶、問、們
146.	長	ㄔㄤˊ，ㄓㄤˇ，ㄓㄤˋ	6	賬、脹、悵、張、帳、倀
147.	委	ㄨㄟˇ，ㄨㄟ	6	諉、萎、矮、痿、巍、倭
148.	叚	ㄐㄧㄚˇ	6	霞、遐、蝦、瑕、暇、假
149.	尃	ㄈㄨ	6	膊、縛、溥、搏、博、傅
150.	敖	ㄠˊ	6	傲、嗷、熬、鼇、遨、聱
151.	喬	ㄑㄧㄠˊ	6	驕、轎、矯、橋、嬌、僑
152.	免	ㄇㄧㄢˇ，ㄨㄣˋ	6	輓、晚、挽、娩、勉、冕
153.	元	ㄩㄢˊ	6	頑、阮、玩、沅、完、冠
154.	齊	ㄑㄧˊ，ㄓㄞ，ㄐㄧˋ，ㄓ	6	擠、劑、濟、臍、霽、齋
155.	奴	ㄋㄨˊ	6	努、呶、帑、弩、怒、駑
156.	雚	ㄍㄨㄢˋ	6	勸、權、歡、灌、罐、觀
157.	丩	ㄐㄧㄡ	6	勾、叫、句、收、糾、赳
158.	乞（气）	ㄑㄧˇ，ㄑㄧˋ	6	吃、屹、疙、紇、訖、迄
159.	少	ㄕㄠˇ，ㄕㄠˋ	6	吵、抄、炒、秒、鈔、妙
160.	牙	ㄧㄚˊ	6	呀、芽、訝、邪、雅、鴉
161.	因	ㄧㄣ	6	咽、姻、恩、氤、胭、茵
162.	炎	ㄧㄢˊ	6	啖、毯、氮、淡、痰、談
163.	帝	ㄉㄧˋ	6	啻、啼、締、蒂、諦、蹄
164.	咸	ㄒㄧㄢˊ	6	喊、感、減、箴、緘、鹹
165.	枼	ㄧㄝˋ	6	喋、牒、碟、葉、蝶、諜
166.	垂	ㄔㄨㄟˊ	6	唾、捶、睡、綞、錘、陲

編號	聲符	讀音	構字數	形聲字
167.	馬	ㄇㄚˇ	6	嗎、媽、瑪、碼、罵、螞
168.	幾	ㄐㄧ，ㄐㄧˇ，ㄐㄧˋ	6	嘰、機、璣、磯、譏、饑
169.	羅	ㄌㄨㄛˊ	6	囉、玀、籮、蘿、邏、鑼
170.	甘	ㄍㄢ	6	坩、柑、疳、蚶、酣、鉗
171.	真	ㄓㄣ	6	填、慎、滇、鎮、闐、顛
172.	至	ㄓˋ	6	姪、室、窒、致、蛭、輊
173.	良	ㄌㄧㄤˊ	6	娘、朗、浪、狼、琅、郎
174.	肙	ㄩㄢ	6	娟、捐、涓、狷、絹、鵑
175.	弟	ㄉㄧˋ，ㄊㄧˋ	6	剃、娣、悌、梯、涕、銻
176.	兼（廉）	ㄐㄧㄢ（ㄌㄧㄢˊ）	6	賺
	兼	ㄐㄧㄢ		廉、嫌、歉、縑、謙
177.	冓	ㄍㄡˋ	6	媾、構、溝、講、購、遘
178.	叟	ㄙㄡˇ	6	嫂、搜、艘、颼、餿、瘦
179.	累	ㄌㄟˇ，ㄌㄟˋ， ㄌㄟˊ，ㄌㄨㄛˇ	6	嫘、漯、縲、螺、鏍、騾
180.	翏（膠）	ㄌㄧㄡˋ（ㄐㄧㄠ）	6	寥
	翏	ㄌㄧㄡˋ		廖、戮、繆、膠、謬
181.	宗	ㄗㄨㄥ	6	崇、棕、淙、粽、綜、鬃
182.	廷	ㄊㄧㄥˊ	6	庭、挺、梃、艇、蜓、霆
183.	厶	ㄙ	6	私
	厶（㠯）	ㄙ（ㄧˇ）		台、允、矣
	厶（凵）	ㄙ（ㄎㄢˇ）		去
	厶（厷）	ㄙ（ㄍㄨㄥ）		弘
184.	玄	ㄒㄩㄢˊ	6	弦、炫、眩、絃、舷、牽
185.	采	ㄘㄞˇ，ㄘㄞˋ	6	彩、採、睬、綵、菜、踩
186.	旬	ㄒㄩㄣˊ	6	徇、殉、筍、絢、荀、詢
187.	复	ㄈㄨˋ，ㄈㄡˋ	6	復、愎、腹、複、馥、覆
188.	冘	ㄧㄣˊ	6	忱、枕、沈、沉、耽、鴆
189.	夬（決）	ㄍㄨㄞˋ（ㄐㄩㄝˊ）	6	缺、訣
	夬	ㄍㄨㄞˋ		快、抉、決、袂

編號	聲符	讀音	構字數	形聲字
190.	同	ㄊㄨㄥˇ	6	恫、洞、桐、筒、胴、銅
191.	卓	ㄓㄨㄛˊ	6	悼、掉、桌、棹、綽、罩
192.	易	ㄧˋ	6	剔、惕、蜴、賜、踢、錫
193.	柬	ㄐㄧㄢˇ	6	揀、煉、練、諫、鍊、闌
194.	詹	ㄓㄢ，ㄉㄢˋ	6	擔、澹、瞻、簷、膽、贍
195.	享（𩫖）	ㄒㄧㄤˇ（ㄍㄨㄛ）	6	郭
	享（𦎧）	ㄒㄧㄤˇ（ㄔㄨㄣˊ）		敦、諄、醇、鶉、淳
196.	公	ㄍㄨㄥ	6	松、翁、蚣、衮、訟、頌
197.	𤇾（熒）	ㄧㄥˊ	6	榮、營、瑩、縈、螢、鶯
198.	將	ㄐㄧㄤˋ，ㄐㄧㄤ，ㄑㄧㄤ	6	槳、漿、獎、蔣、鏘、醬
199.	彔	ㄌㄨˋ	6	氯、碌、祿、綠、錄、剝
200.	胡	ㄏㄨˊ	6	湖、瑚、鬍、糊、葫、蝴
201.	臽	ㄒㄧㄢˋ	6	焰、餤、諂、餡、閻、陷
202.	川	ㄔㄨㄢ	6	馴、釧、巡、訓、甽、圳
203.	倝	ㄍㄢˋ	5	乾、斡、翰、韓、幹
204.	九	ㄐㄧㄡˇ	5	仇、旭、究、軌、鳩
205.	山	ㄕㄢ	5	仙、汕、疝、舢、訕
206.	刃	ㄖㄣˋ	5	仞、忍、紉、軔、韌
207.	司	ㄙ	5	飼、詞、祠、嗣、伺
208.	列	ㄌㄧㄝˋ	5	裂、烈、洌、冽、例
209.	呂	ㄌㄩˇ	5	閭、鋁、莒、侶
	呂（躳）	ㄌㄩˇ（ㄍㄨㄥ）		宮
210.	昌	ㄔㄤ	5	鯧、猖、娼、唱、倡
211.	攸	ㄧㄡ	5	脩、條、悠、修、倏
212.	禺	ㄩˋ，ㄩˊ，ㄡˇ	5	隅、遇、愚、偶、寓
213.	皆	ㄐㄧㄝ	5	階、諧、楷、揩、偕
214.	則	ㄗㄜˊ	5	賊、測、惻、廁、側
215.	責	ㄗㄜˊ，ㄓㄞˋ	5	嘖、債、積、漬、績
216.	曾	ㄗㄥ，ㄘㄥˊ	5	憎、層、增、僧、贈
217.	喜	ㄒㄧˇ	5	禧、熹、嬉、嘻、僖

編號	聲符	讀音	構字數	形聲字
218.	菐	ㄆㄨˊ	5	蹼、樸、噗、僕、撲
219.	會	ㄏㄨㄟˋ，ㄎㄨㄞˋ，ㄍㄨㄟˇ，ㄏㄨㄟˇ	5	繪、燴、檜、儈、膾
220.	夌	ㄌㄧㄥˊ	5	陵、菱、綾、稜、凌
221.	豦	ㄐㄩˋ	5	劇、噱、據、璩、遽
222.	卯（丣）	ㄇㄠˇ（ㄧㄡˇ）	5	劉、留、柳
	卯（丣）	ㄇㄠˇ		貿、聊
223.	甚	ㄕㄣˋ，ㄕㄣˊ，ㄕㄜˊ	5	勘、堪、戡、斟、湛
224.	員	ㄩㄢˊ，ㄩㄣˊ，ㄩㄣˋ	5	勛、圓、損、隕、韻
225.	关（季）	（ㄐㄩㄢˋ）	5	券、卷、拳、豢、眷
226.	㐱	ㄓㄣˇ	5	珍、診、趁、參、疹
227.	取	ㄑㄩˇ	5	叢、娶、聚、趣、鄒
228.	土	ㄊㄨˇ，ㄉㄨˋ	5	吐、徒、杜、牡、肚
229.	及	ㄐㄧˊ	5	吸、圾、岌、級、汲
230.	未	ㄨㄟˋ	5	味、妹、寐、昧、魅
231.	付	ㄈㄨˋ	5	咐、府、符、附、駙
232.	次	ㄘˋ	5	咨、姿、恣、瓷、資
233.	𢦏（𢦏）	ㄗㄞ	5	哉、栽、裁、載、戴
234.	折	ㄓㄜˊ	5	哲、浙、蜇、誓、逝
235.	匋	ㄊㄠˊ	5	啕、掏、淘、萄、陶
236.	奐	ㄏㄨㄢˋ	5	喚、換、渙、煥、瘓
237.	曹	ㄘㄠˊ	5	嘈、槽、漕、糟、遭
238.	肅	ㄙㄨˋ	5	嘯、簫、繡、蕭、鏽
239.	當	ㄉㄤ，ㄉㄤˋ，ㄉㄤˇ	5	噹、擋、檔、襠、鐺
240.	喿	ㄘㄠ	5	噪、操、澡、燥、躁
241.	寧	ㄋㄧㄥˊ，ㄋㄧㄥˋ	5	嚀、擰、檸、濘、獰
242.	才	ㄘㄞˊ	5	在、存、材、豺、財
243.	平	ㄆㄧㄥˊ，ㄆㄧㄢˊ，ㄅㄧㄥˋ	5	坪、抨、砰、秤、評
244.	斬	ㄓㄢˇ	5	塹、嶄、慚、暫、漸

編號	聲符	讀音	構字數	形聲字
245.	亶	ㄉㄢˇ，ㄉㄢˋ，ㄕㄢˋ	5	壇、擅、檀、羶、顫
246.	廣	ㄍㄨㄤˇ，ㄍㄨㄤˋ	5	壙、擴、曠、獷、礦
247.	丑	ㄔㄡˇ	5	妞、扭、紐、羞、鈕
248.	林	ㄌㄧㄣˊ	5	婪、淋、霖、琳、禁
249.	爰	ㄩㄢˊ	5	媛、援、暖、緩、鍰
250.	代	ㄉㄞˋ	5	岱、玳、袋、貸、黛
251.	戠	ㄓˋ	5	幟、熾、織、職、識
252.	庶	ㄕㄨˋ	5	席、度、蔗、遮、鷓
253.	相	ㄒㄧㄤ，ㄒㄧㄤˋ	5	廂、想、湘、箱、霜
254.	黃	ㄏㄨㄤˊ	5	廣、橫、璜、磺、簧
255.	耳	ㄦˇ	5	弭、恥、洱、餌、茸
256.	旱	ㄏㄢˋ	5	悍、桿、焊、稈、趕
257.	從	ㄘㄨㄥˊ，ㄘㄨㄥ，ㄗㄨㄥˋ，ㄗㄨㄥ	5	慫、樅、縱、聳、蹤
258.	焦	ㄐㄧㄠ	5	憔、樵、瞧、礁、蕉
259.	害	ㄏㄞˋ，ㄏㄜˊ	5	割、憲、瞎、豁、轄
260.	賴	ㄌㄞˋ	5	懶、瀨、獺、癩、籟
261.	韱	ㄒㄧㄢ	5	懺、殲、籤、纖、讖
262.	咠	ㄑㄧˋ	5	戢、揖、楫、緝、輯
263.	翟	ㄉㄧˊ，ㄓㄞˊ	5	戳、櫂、濯、耀、躍
264.	巨	ㄐㄩˋ，ㄑㄩˊ	5	拒、炬、矩、苣、距
265.	安	ㄢ	5	按、晏、案、氨、鞍
266.	旨	ㄓˇ	5	指、稽、耆、脂、詣
267.	舌（𠯑）	ㄕㄜˊ（ㄍㄨㄚ）	5	括、話、颳、刮、活
268.	全	ㄑㄩㄢˊ	5	拴、栓、痊、詮、銓
269.	京	ㄐㄧㄥ	5	掠、景、涼、諒、鯨
270.	番	ㄈㄢ，ㄆㄛˊ，ㄆㄢ	5	播、潘、翻、蕃、鄱
271.	闌	ㄌㄢˊ，ㄌㄢˋ	5	攔、欄、瀾、爛、蘭
272.	久	ㄐㄧㄡˇ	5	柩、灸、玖、畝、疚
273.	容	ㄖㄨㄥˊ	5	榕、溶、熔、蓉、鎔

編號	聲符	讀音	構字數	形聲字
274.	辡	ㄅㄧㄢˋ	5	瓣、辨、辦、辮、辯
275.	豆	ㄉㄡˋ，ㄒㄧㄡ	5	頭、逗、豎、短、痘
276.	䍃	ㄧㄠˊ	5	搖、謠、瑤、遙、鷂
277.	卜（仆）	ㄅㄨˇ（ㄆㄨ）	4	赴
	卜	ㄅㄨˇ		仆、朴、訃
278.	乃	ㄋㄞˇ，ㄞˇ	4	仍、奶、扔、氖
279.	子	ㄗˇ，ㄗ˙	4	仔、字、孜、李
280.	夫	ㄈㄨ，ㄈㄨˊ	4	伕、扶、芙、麩
281.	中	ㄓㄨㄥ，ㄓㄨㄥˋ	4	忠、衷、仲、沖
282.	卬	ㄤˊ，ㄧㄤˇ	4	抑、昂、迎、仰
283.	旦	ㄉㄢˋ	4	靼、袒、坦、但
284.	矣	ㄧˇ	4	挨、埃、唉、俟
285.	空	ㄎㄨㄥ，ㄎㄨㄥˋ，ㄎㄨㄥˇ	4	腔、控、崆、倥
286.	直	ㄓˊ	4	置、殖、植、值
287.	屈	ㄑㄩ	4	窟、掘、崛、倔
288.	若	ㄖㄨㄛˋ，ㄖㄜˇ	4	諾、惹、匿、偌
289.	建	ㄐㄧㄢˋ，ㄐㄧㄢˇ	4	鍵、腱、毽、健
290.	畏	ㄨㄟˋ	4	餵、猥、喂、偎
291.	貞	ㄓㄣ	4	禎、楨、幀、偵
292.	專	ㄓㄨㄢ	4	團、傳、磚、轉
293.	堇	ㄐㄧㄣˇ，ㄐㄧㄣˋ	4	僅、勤、謹、覲
294.	悤	ㄘㄨㄥ	4	傯、聰、蔥、總
295.	朁	ㄘㄢˇ	4	蠶、簪、潛、僭
296.	意	ㄧˋ	4	臆、憶、噫、億
297.	義	ㄧˋ	4	議、蟻、羲、儀
298.	農	ㄋㄨㄥˊ	4	膿、濃、噥、儂
299.	麗	ㄌㄧˋ，ㄌㄧˊ，ㄌㄧˇ	4	驪、邐、灑、儷
300.	㕣	ㄧㄢˇ	4	沿、兗、船、鉛
301.	豈	ㄑㄧˇ，ㄎㄞˇ	4	凱、剴、皚、覬
302.	孛	ㄅㄛˊ，ㄅㄟˋ	4	勃、悖、脖、荸

編號	聲符	讀音	構字數	形聲字
303.	熏	ㄒㄩㄣ	4	勳、燻、薰、醺
304.	夸	ㄎㄨㄚ	4	垮、瓠、誇、跨
305.	是	ㄕˋ	4	匙、堤、提、題
306.	貴	ㄍㄨㄟˋ	4	匱、潰、簣、遺
307.	八	ㄅㄚ	4	匹、叭、扒、趴
308.	厂	ㄏㄢˇ	4	彥、雁、厄、反
309.	尗	ㄕㄨˊ	4	叔、寂、戚、椒
310.	丂	ㄎㄠˇ	4	可、巧、朽、考
311.	口	ㄎㄡˇ	4	叩、扣、釦
	口（向）	ㄎㄡˇ（ㄒㄧㄤˋ）		杏
312.	寸（肘）	ㄘㄨㄣˋ（ㄓㄡˇ）	4	紂
	寸	ㄘㄨㄣˋ		吋、忖、村
313.	乇	ㄓㄜˊ，ㄊㄨㄛ	4	吒、宅、托、託
314.	勿	ㄨˋ	4	刎、吻、忽、物
315.	內	ㄋㄟˋ，ㄋㄚˋ	4	吶、納、訥、鈉
316.	瓜	ㄍㄨㄚ	4	呱、孤、弧、狐
317.	冬	ㄉㄨㄥ	4	咚、疼、終、鼕
318.	尼	ㄋㄧˊ	4	呢、妮、旎、泥
319.	屋	ㄨ	4	喔、握、渥、齷
320.	差	ㄔㄚ，ㄔㄚˋ，ㄔㄞ，ㄔㄞˋ，ㄘ，ㄘㄨㄛ	4	嗟、搓、磋、蹉
321.	勞	ㄌㄠˊ，ㄌㄠˋ	4	嘮、撈、犖、癆
322.	奧	ㄠˋ，ㄩˋ	4	噢、懊、澳、襖
323.	豪	ㄏㄠˊ	4	嚎、壕、濠、蠔
324.	嬰	ㄧㄥ	4	嚶、櫻、纓、鸚
325.	聶	ㄋㄧㄝˋ，ㄕㄜˋ	4	囁、懾、攝、躡
326.	袁	ㄩㄢˊ	4	園、猿、轅、遠
327.	更	ㄍㄥ，ㄍㄥˋ	4	埂、梗、硬、粳
328.	宲（塞）	（ㄙㄜˋ，ㄙㄞ，ㄙㄞˋ）	4	賽、寨
	宲（寒）	（ㄏㄢˊ）		騫
	宲（䆲）	（ㄙㄜˋ，ㄙㄞ，ㄙㄞˋ）		塞

編號	聲符	讀音	構字數	形聲字
329.	唐	ㄊㄤˊ	4	塘、搪、糖、醣
330.	雍	ㄩㄥ，ㄩㄥˋ，ㄩㄥˇ	4	壅、擁、甕、臃
331.	厭	ㄧㄢˋ，ㄧㄢ	4	壓、靨、饜、魘
332.	爿	ㄑㄧㄤˊ，ㄅㄢˋ	4	壯、戕、牆、狀
333.	戶	ㄏㄨˋ	4	妒、所、扈、扉
334.	冊（刪）	ㄘㄜˋ（ㄕㄢ）	4	珊、跚、姍
	冊	ㄘㄜˋ		柵
335.	沙	ㄕㄚ	4	娑、莎、裟、鯊
336.	吳	ㄨˊ	4	娛、虞、蜈、誤
337.	無	ㄨˊ，ㄇㄛˊ	4	嫵、撫、舞、蕪
338.	茲	ㄗ，ㄘˊ	4	孳、磁、慈、滋
339.	夗	ㄩㄢˋ	4	宛、怨、苑、鴛
340.	有	ㄧㄡˇ，ㄧㄡˋ	4	宥、賄、郁、鮪
341.	之	ㄓ	4	寺、志、芝、蚩
342.	介	ㄐㄧㄝˋ	4	尬、界、疥、芥
343.	夆（峯）	ㄈㄥ	4	逢
	夆	ㄈㄥˊ，ㄆㄤˊ		峰、鋒、蜂
344.	逢	ㄈㄥˊ，ㄆㄥˊ	4	烽、篷、縫、蓬
345.	昆	ㄎㄨㄣ	4	崑、棍、混、餛
346.	朋	ㄆㄥˊ	4	崩、棚、硼、鵬
347.	與	ㄩˇ，ㄩˋ，ㄩˊ	4	嶼、歟、舉、譽
348.	式	ㄕˋ	4	弒、拭、試、軾
349.	开（幵）	（ㄐㄧㄢ）	4	形、研、邢、妍
350.	回	ㄏㄨㄟˊ，ㄎㄨㄟˋ	4	徊、茴、蛔、迴
351.	聿（𦘔）	ㄩˋ（ㄐㄧㄣˋ）	4	津、律
	聿（隶）	ㄩˋ（ㄉㄞˋ，ㄧˋ，ㄉㄧˋ）		肆
	聿	ㄩˋ		筆
352.	妻	ㄑㄧ，ㄑㄧˋ	4	悽、棲、淒、萋
353.	星	ㄒㄧㄥ	4	惺、猩、腥、醒

編號	聲符	讀音	構字數	形聲字
354.	咢	ㄜˋ	4	愕、萼、鄂、顎
355.	既	ㄐㄧˋ，ㄑㄧˋ	4	塈、概、溉、慨
356.	虍	ㄏㄨ	4	慮、處、虛、虜
357.	末	ㄇㄛˋ	4	抹、沫、秣、茉
358.	犮	ㄅㄚˊ	4	拔、跋、鈸、髮
359.	困	ㄎㄨㄣˋ	4	捆、梱、睏、綑
360.	匊	ㄐㄩˊ	4	掬、菊、鞠、麴
361.	苗	ㄇㄧㄠˊ	4	描、瞄、貓、錨
362.	癸	ㄍㄨㄟˇ	4	揆、睽、葵、闋
363.	知	ㄓ	4	踟、智、蜘、痴
364.	蒙	ㄇㄥˊ	4	朦、檬、濛、矇
365.	凡	ㄈㄢˊ	4	帆、梵、風、鳳
366.	風	ㄈㄥ，ㄈㄥˋㄈㄣ	4	楓、瘋、諷
	風（葻）	ㄈㄥ（ㄌㄢˊ）		嵐
367.	留	ㄌㄧㄡˊ，ㄌㄧㄡˇ	4	榴、溜、瘤、餾
368.	敫	ㄐㄧㄠˇ	4	檄、激、邀、竅
369.	斤	ㄐㄧㄣ，ㄐㄧㄣˋ	4	欣、祈、芹、近
370.	乏	ㄈㄚˊ	4	泛、眨、砭、貶
371.	前	ㄑㄧㄢˊ	4	剪、湔、煎、箭
372.	舀	ㄧㄠˇ，ㄨㄞˇ，ㄎㄨㄞˇ	4	滔、稻、蹈、韜
373.	奚	ㄒㄧ	4	溪、谿、蹊、雞
374.	連	ㄌㄧㄢˊ，ㄋㄧㄢˇ	4	漣、蓮、鏈、鰱
375.	覃	ㄊㄢˊ，ㄑㄧㄣˊ	4	潭、罈、蕈、譚
376.	樂	ㄩㄝˋ，ㄌㄜˋ，ㄧㄠˋ	4	爍、礫、藥、鑠
377.	厥	ㄐㄩㄝˊ，ㄑㄩ	4	獗、蕨、蹶、鱖
378.	芻	ㄔㄨˊ	4	雛、鄒、趨、皺
379.	堂	ㄊㄤˊ	4	鏜、螳、膛、瞠
380.	失	ㄕ，ㄧˋ	4	迭、軼、跌、秩
381.	君	ㄐㄩㄣ	4	郡、裙、群、窘
382.	云	ㄩㄣˊ	4	魂、雲、耘、紜

編號	聲符	讀音	構字數	形聲字
383.	臤	ㄒㄧㄢˊ	4	賢、腎、緊、堅
384.	岡	ㄍㄤ，ㄍㄤˇ	4	鋼、綱、剛、崗
385.	殸	ㄕㄥ，ㄑㄧㄥˋ	4	謦、聲、罄、磬
386.	化	ㄏㄨㄚˋ	4	靴、貨、訛、花
387.	卂	ㄒㄩㄣˋ	4	迅、訊、虱、蝨
388.	十	ㄕˊ	3	什、汁、針
389.	壬	ㄖㄣˊ	3	任、妊、飪
390.	宁	ㄓㄨˋ	3	佇、苧、貯
391.	用	ㄩㄥˋ	3	甬、庸、佣
392.	百	ㄅㄞˇ，ㄅㄛˊ	3	貊、佰、弼
393.	多	ㄉㄨㄛ	3	移、爹、侈
394.	足	ㄗㄨˊ，ㄐㄩˋ	3	齪、捉、促
395.	孚	ㄈㄨˊ，ㄈㄨ	3	浮、孵、俘
396.	母（每）	ㄇㄨˇ（ㄇㄟˇ）	3	姆
	毋	ㄇㄨˇ		拇、每
397.	府	ㄈㄨˇ	3	腑、腐、俯
398.	卷	ㄐㄩㄢˋ，ㄑㄩㄢˊ，ㄐㄩㄢˇ	3	捲、圈、倦
399.	奉	ㄈㄥˇ，ㄈㄥˋ	3	棒、捧、俸
400.	幸（㚔）	ㄒㄧㄥˋ	3	倖、悻
	幸（卒）	ㄒㄧㄥˋ（ㄋㄧㄝˋ）		執
401.	侯	ㄏㄡˊ	3	猴、喉、候
402.	兒	ㄦˊ，ㄋㄧˊ	3	霓、睨、倪
403.	匽	ㄧㄢˇ	3	鼴、堰、偃
404.	家	ㄐㄧㄚ，ㄍㄨ	3	稼、嫁、傢
405.	堇（堇）	ㄐㄧㄣˋ，ㄐㄧㄣˇ	3	難
	堇（難）	ㄐㄧㄣˋ，ㄐㄧㄣˇ（ㄋㄢˊ）		漢
	堇（歎）	ㄐㄧㄣˋ，ㄐㄧㄣˇ（ㄊㄢˋ）		嘆

編號	聲符	讀音	構字數	形聲字
406.	昜（煬）	（ㄕㄤ）	3	傷、觴
	昜（傷）	（ㄕㄤ）		殤
407.	畺	ㄐㄧㄤ，ㄐㄧㄤˋ	3	韁、薑、僵
408.	豖	ㄔㄨˋ	3	琢、啄、冢
409.	冫(仌)	ㄅㄧㄥ	3	憑、馮、冰
410.	東	ㄉㄨㄥ	3	棟、凍、陳
411.	隼	ㄓㄨㄣˇ	3	準、榫、准
412.	疑	ㄧˊ，ㄋㄧㄥˊ，ㄋㄧˇ，ㄧˋ	3	凝、擬、礙
413.	巢	ㄔㄠˊ	3	剿、勦、繅
414.	朕	ㄓㄣˋ	3	勝、幐、騰
415.	埶	ㄧˋ	3	勢、熱、褻
416.	厲	ㄌㄧˋ，ㄌㄞˋ	3	勵、礪、蠣
417.	去	ㄑㄩˋ	3	劫、怯、砝
418.	凶	ㄒㄩㄥ	3	匈、酗、兇
419.	劦	ㄒㄧㄝˊ	3	協、脅、荔
420.	卩（卪）	（ㄐㄧㄝˊ）	3	絕、即、卹
421.	萬（蠆）	ㄨㄢˋ（ㄔㄞˋ，ㄌㄧˋ）	3	癘、邁、厲
422.	冒	ㄇㄠˋ，ㄇㄛˋ	3	曼、帽、瑁
423.	刀	ㄉㄠ	3	到、召、叨
424.	天	ㄊㄧㄢ	3	吞、忝、祆
425.	厄（戹）	ㄜˋ	3	軛、呃、扼
426.	呈	ㄔㄥˊ	3	程、聖、逞
427.	禾	ㄏㄜˊ	3	和、科、委
428.	夷	ㄧˊ	3	咦、姨、胰
429.	米	ㄇㄧˇ	3	咪、迷、麋
430.	孝	ㄒㄧㄠˋ	3	哮、教、酵
431.	那	ㄋㄚˋ，ㄋㄟˋ，ㄋㄚˇ，ㄋㄟˇ，ㄋㄚ，ㄋㄨㄛˊ	3	哪、娜、挪
432.	即	ㄐㄧˊ	3	唧、節、鯽

編號	聲符	讀音	構字數	形聲字
433.	亞	ㄧㄚˋ，ㄧㄚˇ，ㄧㄚ	3	啞、堊、惡
434.	念	ㄋㄧㄢˋ	3	唸、捻、稔
435.	叕	ㄔㄨㄛˋ	3	啜、綴、輟
436.	戾	ㄌㄧˋ	3	唳、捩、淚
437.	宣	ㄒㄩㄢ	3	喧、渲、萱
438.	剌	ㄌㄚˋ，ㄌㄚˊ	3	喇、賴、辣
439.	烏	ㄨ	3	嗚、鎢、塢
440.	族	ㄗㄨˊ	3	嗾、簇、鏃
441.	朝	ㄔㄠˊ，ㄓㄠ	3	嘲、廟、潮
442.	黑	ㄏㄟ	3	嘿、墨、默
443.	華	ㄏㄨㄚˊ，ㄏㄨㄚ，ㄏㄨㄚˋ	3	嘩、樺、譁
444.	賁	ㄅㄣ，ㄅㄧˋ，ㄈㄣˊ	3	噴、墳、憤
445.	斯	ㄙ	3	嘶、廝、撕
446.	愛	ㄞˋ	3	噯、曖、璦
447.	向	ㄒㄧㄤˋ	3	尚、晌、餉
448.	或	ㄏㄨㄛˋ	3	國、惑、域
449.	巳	ㄙˋ	3	圯、祀、起
450.	勻	ㄩㄣˊ	3	均、昀、鈞
451.	斥（㡿）	ㄔˋ	3	坼、拆、訴
452.	亘	ㄒㄩㄢ，ㄍㄣˋ	3	垣、宣、桓
453.	后	ㄏㄡˋ	3	垢、詬、逅
454.	成	ㄔㄥˊ	3	城、盛、誠
455.	保	ㄅㄠˇ	3	堡、褒、褓
456.	荅	ㄉㄚˊ	3	塔、搭、瘩
457.	𦐇	ㄊㄚˋ	3	塌、榻、蹋
458.	隋	ㄙㄨㄟˊ，ㄉㄨㄛˋ	3	墮、橢
	隋（㙑）	ㄙㄨㄟˊ，ㄉㄨㄛˋ		隨
459.	歷	ㄌㄧˋ	3	壢、瀝、靂
460.	亦	ㄧˋ	3	奕、弈、跡
461.	示	ㄕˋ	3	祁、視、奈

編號	聲符	讀音	構字數	形聲字
462.	壯	ㄓㄨㄤˋ，ㄓㄨㄤ	3	奘、莊、裝
463.	夭	一ㄠ，一ㄠˊ，ㄠˇ	3	妖、笑
	夭（芺）	一ㄠ，一ㄠˊ，ㄠˇ		沃
464.	某	ㄇㄡˇ	3	媒、煤、謀
465.	廉	ㄌ一ㄢˊ	3	濂、簾、鐮
466.	臼	ㄐ一ㄡˋ	3	學、舅、舊
467.	厷	ㄍㄨㄥ	3	宏、肱、雄
468.	祭	ㄐ一ˋ，ㄓㄞˋ	3	蔡、察、際
469.	匕	ㄅ一ˇ	3	尼、旨、牝
470.	尸	ㄕ	3	屎、履、屍
471.	民	ㄇ一ㄣˊ	3	岷、抿、眠
472.	朿	ㄘˋ	3	刺、策、責
473.	國	ㄍㄨㄛˊ	3	幗、摑、蟈
474.	坐	ㄗㄨㄛˋ	3	座、挫、銼
475.	郎	ㄌㄤˊ	3	廊、榔、螂
476.	發	ㄈㄚ，ㄅㄛ	3	廢、撥、潑
477.	壬	ㄊ一ㄥˇ	3	廷、聽、呈
478.	彡	ㄕㄢ	3	彭、衫、杉
479.	微	ㄨㄟˊ	3	徽、薇、黴
480.	光	ㄍㄨㄤ	3	恍、晃、胱
481.	灰	ㄏㄨㄟ	3	恢、盔、詼
482.	如	ㄖㄨˊ	3	恕、絮、茹
483.	𡿺（⿺乚𡿺）	（ㄋㄠˇ）	3	惱、腦、瑙
484.	原	ㄩㄢˊ	3	愿、源、願
485.	解	ㄐ一ㄝˇ，ㄒ一ㄝˋ，ㄐ一ㄝˋ，ㄒ一ㄝˋ	3	懈、蟹、邂
486.	𤸰	一ㄥˋ	3	應、膺、鷹
487.	殳	ㄕㄨ	3	投、股、骰
488.	石	ㄕˊ，ㄉㄢˋ	3	拓、斫、碩
489.	幼	一ㄡˋ，一ㄠˋ	3	拗、窈、黝

編號	聲符	讀音	構字數	形聲字
490.	考	ㄎㄠˇ	3	拷、烤、銬
491.	夜	ㄧㄝˋ	3	掖、液、腋
492.	柔	ㄖㄡˊ	3	揉、蹂、鞣
493.	般	ㄅㄢ，ㄆㄢˊ，ㄅㄢˇ，ㄅㄛ	3	搬、盤、磐
494.	敢	ㄔㄜˋ	3	撤、澈、轍
495.	達	ㄉㄚˊ，ㄊㄚˋ	3	撻、躂、韃
496.	雷	ㄌㄟˊ，ㄌㄟˋ	3	擂、蕾、鐳
497.	敬	ㄐㄧㄥˋ	3	擎、警、驚
498.	毚	ㄔㄢˊ	3	攙、讒、饞
499.	難	ㄋㄢˊ，ㄋㄢˋ	3	攤、灘、癱
500.	覽	ㄌㄢˇ	3	攬、欖、纜
501.	求	ㄑㄧㄡˊ	3	救、球、裘
502.	並	ㄅㄧㄥˋ，ㄅㄤˋ	3	普、碰、踫
503.	析	ㄒㄧ	3	晰、淅、蜥
504.	暴	ㄅㄠˋ，ㄆㄨˋ	3	曝、瀑、爆
505.	午	ㄨˇ	3	杵、許、卸
506.	丙	ㄅㄧㄥˇ	3	柄、炳、病
507.	匡	ㄎㄨㄤ	3	框、眶、筐
508.	危	ㄨㄟˊ	3	桅、詭、跪
509.	疋	ㄙㄨ，ㄆㄧˇ，ㄧㄚˇ	3	楚、疏、胥
510.	隺	ㄏㄨˊ	3	榷、鶴、確
511.	射	ㄕㄜˋ，ㄕˊ，ㄧㄝˋ，ㄧˋ	3	榭、謝、麝
512.	尊	ㄗㄨㄣ	3	樽、蹲、遵
513.	𠂤	ㄉㄨㄟ	3	歸、追、帥
514.	殸	ㄑㄩㄝˋ	3	殼、轂、穀
515.	必	ㄅㄧˋ	3	泌、瑟、祕
516.	㐬	ㄌㄧㄡˊ	3	流、琉、硫
517.	延	ㄧㄢˊ	3	涎、誕、筵
518.	於	ㄨ，ㄩˊ	3	淤、瘀、菸
519.	叔	ㄕㄨˊ	3	淑、督、菽

編號	聲符	讀音	構字數	形聲字
520.	甾	ㄗ，ㄗㄞ	3	淄、緇、輜
521.	度	ㄉㄨˋ，ㄉㄨㄛˋ	3	渡、踱、鍍
522.	垔	ㄧㄣ	3	湮、煙、甄
523.	胃	ㄨㄟˋ	3	喟、渭、謂
524.	益	ㄧˋ，ㄧˊ	3	溢、隘、縊
525.	离	ㄔ	3	漓、璃、離
526.	㒼	ㄇㄢˊ	3	滿、蹣、瞞
527.	魚	ㄩˊ	3	漁、穌、魯
528.	豊	ㄌㄧˇ	3	澧、禮、體
529.	孟	ㄇㄥˋ，ㄇㄤˇ	3	猛、蜢、錳
530.	蒦	ㄏㄨㄛˋ	3	護、獲、穫
531.	巤	ㄌㄧㄝˋ	3	獵、臘、蠟
532.	見	ㄐㄧㄢˋ，ㄒㄧㄢˋ	3	現、硯、靦
533.	爾	ㄦˇ	3	璽、邇、獮
534.	完	ㄨㄢˊ	3	院、莞、皖
535.	氏	ㄕˋ，ㄓ	3	紙、衹、舐
536.	彖	ㄊㄨㄢˋ	3	蠡、緣、篆
537.	定	ㄉㄧㄥˋ	3	靛、錠、綻
538.	善	ㄕㄢˋ	3	鱔、膳、繕
539.	井	ㄐㄧㄥˇ	3	阱、耕、刑
540.	几	ㄐㄧˇ，ㄐㄧ	3	麂、飢、肌
541.	名	ㄇㄧㄥˊ	3	銘、酩、茗
542.	食	ㄕˊ，ㄙˋ，ㄧˋ	3	蝕、飭、飾
543.	朮	ㄓㄨˊ	3	術、述、怵
544.	秀	ㄒㄧㄡˋ	3	莠、誘、透
545.	朵	ㄉㄨㄛˇ	3	剁、跺、躲
546.	丈	ㄓㄤˋ，ㄓㄤˇ	2	仗、杖
547.	弋	ㄧˋ	2	代、式
548.	尹	ㄧㄣˇ	2	伊、君
549.	五	ㄨˇ	2	伍、吾

編號	聲符	讀音	構字數	形聲字
550.	右	ㄧㄡˋ	2	祐、佑
551.	以	ㄧˇ	2	似、姒
552.	尔	ㄦˇ	2	妳、你
553.	衣	ㄧ，ㄧˋ	2	哀、依
554.	老	ㄌㄠˇ	2	姥、佬
555.	兩	ㄌㄧㄤˇ	2	輛、倆
556.	居	ㄐㄩ，ㄐㄧ	2	鋸、倨
557.	具	ㄐㄩˋ	2	颶、俱
558.	固	ㄍㄨˋ	2	涸、個
559.	亭	ㄊㄧㄥˊ	2	婷、停
560.	散	ㄙㄢˋ，ㄙㄢˇ	2	潸、撒
561.	頃	ㄑㄧㄥˇ，ㄑㄧㄥ	2	傾、穎
562.	崔	ㄘㄨㄟ	2	催、摧
563.	象	ㄒㄧㄤˋ	2	橡、像
564.	雇	ㄍㄨˋ	2	顧、僱
565.	憂	ㄧㄡ	2	擾、優
566.	畾	ㄌㄟˊ	2	壘、儡
567.	嚴	ㄧㄢˊ，ㄧㄢˇ	2	巖、儼
568.	育	ㄩˋ	2	唷、充
569.	異	ㄧˋ	2	翼、冀
570.	稟（㐭）	ㄅㄧㄥˇ（ㄌㄧㄣˇ）	2	凜、懍
571.	產	ㄔㄢˇ	2	剷、鏟
572.	力	ㄌㄧˋ	2	勒、肋
573.	敄	ㄨˋ，ㄇㄡˊ	2	務、鶩
574.	千	ㄑㄧㄢ	2	仟、阡
575.	皀	ㄐㄧˊ	2	卿、鄉
576.	七	ㄑㄧ	2	切、叱
577.	史	ㄕˇ	2	吏、駛
578.	亐	ㄩˊ	2	圬、夸
579.	气	ㄑㄧˋ	2	氣、汽

編號	聲符	讀音	構字數	形聲字
580.	幺	ㄧㄠ	2	幼、吆
581.	庚	ㄍㄥ	2	唐、康
582.	言	ㄧㄢˊ，ㄧㄣˊ	2	唁、這
583.	囗	ㄨㄟˊ	2	員、韋
584.	阿	ㄜ，ㄚ，ㄚˋ	2	啊、婀
585.	虎	ㄏㄨˇ，ㄏㄨ	2	唬、琥
586.	南	ㄋㄢˊ，ㄋㄚˊ	2	喃、楠
587.	查	ㄔㄚˊ，ㄓㄚ	2	喳、渣
588.	耆	ㄑㄧˊ	2	嗜、鰭
589.	皋	ㄍㄠ	2	嗥、翱
590.	虛	ㄒㄩ	2	噓、墟
591.	壹	ㄧ	2	噎、懿
592.	禽	ㄑㄧㄣˊ	2	噙、擒
593.	禁	ㄐㄧㄣˋ，ㄐㄧㄣ	2	噤、襟
594.	魯	ㄌㄨˇ	2	嚕、櫓
595.	屬	ㄓㄨˇ，ㄕㄨˇ	2	囑、矚
596.	欠	ㄑㄧㄢˋ	2	坎、砍
597.	刑	ㄒㄧㄥˊ	2	型、荊
598.	朔	ㄕㄨㄛˋ	2	塑、溯
599.	孰	ㄕㄨˊ	2	塾、熟
600.	竟	ㄐㄧㄥˋ，ㄐㄧㄥˇ	2	境、鏡
601.	執	ㄓˊ	2	墊、摯
602.	犀	ㄒㄧ	2	墀、遲
603.	豤（豤）	ㄎㄣˇ	2	墾、懇
604.	褱	ㄏㄨㄞˊ	2	壞、懷
605.	瞢	ㄇㄥ，ㄇㄥˋ	2	夢、懵
606.	寅	ㄧㄣˊ	2	夤、演
607.	乙	ㄧˇ	2	札、軋
608.	丰（丯）	ㄈㄥ	2	蚌、邦
609.	㓞	ㄑㄧˋ	2	契、挈

編號	聲符	讀音	構字數	形聲字
610.	少（沙）	ㄕㄠˇ（ㄕㄚ）	2	砂、紗
611.	尾	ㄨㄟˇ，ㄧˇ	2	娓、犀
612.	叵	ㄧˊ	2	頤、姬
613.	波	ㄅㄛ，ㄆㄛ	2	婆、菠
614.	表	ㄅㄧㄠˇ	2	婊、錶
615.	息	ㄒㄧˊ	2	媳、熄
616.	羸	ㄌㄨㄛˊ	2	贏、嬴
617.	審	ㄕㄣˇ	2	嬸、瀋
618.	絲	ㄙ	2	茲、鷥
619.	宓	ㄇㄧˋ	2	密、蜜
620.	丿	ㄆㄧㄝˇ，ㄧˋ	2	延、系
621.	鳥	ㄋㄧㄠˇ，ㄉㄧㄠˇ	2	島、裊
622.	顛	ㄉㄧㄢ，ㄊㄧㄢˊ	2	巔、癲
623.	父	ㄈㄨˋ，ㄈㄨˇ	2	斧、釜
624.	臾	ㄩˊ，ㄩˇ，ㄩㄥˇ	2	庾、萸
625.	郭	ㄍㄨㄛ	2	廓、槨
626.	尌	ㄕㄨˋ	2	廚、樹
627.	弘	ㄏㄨㄥˊ	2	強、泓
628.	景	ㄐㄧㄥˇ，ㄧㄥˇ	2	影、憬
629.	隶	ㄉㄞˋ	2	棣、逮
630.	盾	ㄉㄨㄣˋ，ㄕㄨㄣˇ	2	循、遁
631.	布	ㄅㄨˋ	2	怖、鈽
632.	巩	ㄍㄨㄥˇ	2	恐、鞏
633.	自	ㄗˋ	2	息、臬
634.	罔	ㄨㄤˇ	2	惘、網
635.	荒	ㄏㄨㄤ	2	慌、謊
636.	康	ㄎㄤ	2	慷、糠
637.	參	ㄘㄢ，ㄕㄣ，ㄘㄣ，ㄙㄢ	2	慘、滲
638.	戚	ㄑㄧ，ㄘㄨˋ	2	慼、蹙
639.	尉	ㄨㄟˋ，ㄩˋ	2	慰、蔚

編號	聲符	讀音	構字數	形聲字
640.	感	ㄍㄢˇ	2	憾、撼
641.	徵	ㄓㄥ，ㄓˇ	2	懲、癥
642.	瞿	ㄑㄩ，ㄑㄩˊ，ㄐㄩˋ	2	懼、衢
643.	斗	ㄉㄡˇ，ㄓㄨˇ	2	抖、蚪
644.	呙	ㄍㄨㄚˇ	2	挧、椇
645.	弁	ㄅㄧㄢˋ，ㄆㄢˊ	2	拚、畚
646.	丞	ㄔㄥˊ，ㄓㄥˇ，ㄓㄥ，ㄕㄥˋ	2	承、拯
647.	罙	ㄕㄣ，ㄕㄣˋ	2	探、深
648.	妾	ㄑㄧㄝˋ	2	接、霎
649.	疌	ㄐㄧㄝˊ，ㄑㄧㄝˋ	2	捷、睫
650.	厓	ㄧㄚˊ	2	捱、涯
651.	卦	ㄍㄨㄚˋ	2	掛、褂
652.	制	ㄓˋ	2	掣、製
653.	奏	ㄗㄡˋ，ㄘㄡˋ	2	揍、湊
654.	窄	ㄓㄞˇ	2	搾、榨
655.	蚤	ㄗㄠˇ，ㄓㄠˇ	2	搔、騷
656.	率	ㄕㄨㄞˋ，ㄌㄩˋ，ㄕㄨㄛˋ	2	摔、蟀
657.	習	ㄒㄧˊ	2	摺、褶
658.	巽	ㄒㄩㄣˋ，ㄓㄨㄢˋ	2	撰、選
659.	然	ㄖㄢˊ	2	撚、燃
660.	毳	ㄘㄨㄟˋ，ㄑㄧㄠ，ㄒㄧㄚ	2	撬、橇
661.	毄	ㄐㄧˋ，ㄐㄧ	2	擊、繫
662.	鄭	ㄓㄥˋ	2	擲、躑
663.	數	ㄕㄨˇ，ㄕㄨˋ，ㄕㄨㄛˋ	2	擻、藪
664.	樊	ㄈㄢˊ	2	攀、礬
665.	貝	ㄅㄟˋ	2	敗、狽
666.	亲	ㄓㄣ，ㄓㄣˇ	2	新、親
667.	音	ㄧㄣ，ㄧㄣˋ	2	暗、黯
668.	厤	ㄌㄧˋ	2	曆、歷

編號	聲符	讀音	構字數	形聲字
669.	署	ㄕㄨˇ，ㄕㄨˋ	2	曙、薯
670.	羲	ㄒㄧ	2	曦、犧
671.	𠬝	ㄈㄨˊ	2	服、赧
672.	屰	ㄆㄨㄛˋ	2	朔、逆
673.	矛	ㄇㄠˊ，ㄇㄡˊ	2	柔、茅
674.	疏	ㄙㄨ，ㄕㄨ，ㄕㄨˋ	2	梳、蔬
675.	宰	ㄗㄞˇ	2	梓、滓
676.	戒	ㄐㄧㄝˋ	2	械、誡
677.	邦	ㄅㄤ	2	梆、綁
678.	契	ㄑㄧˋ，ㄑㄧㄝˋ，ㄒㄧㄝˋ	2	楔、鍥
679.	耶	ㄧㄝˊ，ㄧㄝ，ㄒㄧㄝˊ	2	椰、爺
680.	秦	ㄑㄧㄣˊ	2	榛、臻
681.	羕	ㄧㄤˋ	2	樣、漾
682.	矞	ㄩˋ	2	橘、譎
683.	敢	ㄍㄢˇ	2	橄、瞰
684.	金	ㄐㄧㄣ，ㄐㄧㄣˋ	2	欽、錦
685.	𠬛	ㄇㄛˋ	2	歿、沒
686.	夕	ㄒㄧˋ	2	汐、矽
687.	市（巿）	（ㄅㄟˋ）	2	肺、沛
688.	大	ㄉㄚˋ，ㄉㄞˋ，ㄊㄞˋ	2	汰、馱
689.	永	ㄩㄥˇ	2	泳、詠
690.	四	ㄙˋ	2	泗、駟
691.	州	ㄓㄡ	2	洲、酬
692.	𠂢	ㄆㄞˋ	2	派、脈
693.	匈	ㄒㄩㄥ	2	洶、胸
694.	㚔（𡨄）	（ㄑㄧㄣˇ）	2	浸、寢
695.	忝	ㄊㄧㄢˇ	2	添、舔
696.	松	ㄙㄨㄥ	2	淞、鬆
697.	勇	ㄩㄥˇ	2	湧、踴
698.	弱	ㄖㄨㄛˋ	2	溺、篛

編號	聲符	讀音	構字數	形聲字
699.	骨	ㄍㄨˇ，ㄍㄨˊ	2	滑、猾
700.	桼	ㄑㄧ	2	漆、膝
701.	軟	ㄕㄨㄛˋ	2	漱、嗽
702.	彭	ㄆㄥˊ，ㄅㄤ，ㄆㄤˊ	2	澎、膨
703.	間（閒）	ㄐㄧㄢ，ㄐㄧㄢˋ，ㄒㄧㄢˊ	2	澗、簡
704.	殿	ㄉㄧㄢˋ	2	澱、臀
705.	冋	ㄐㄩㄥ	2	炯、迥
706.	湯	ㄊㄤ，ㄉㄤˋ，ㄕㄤ，ㄧㄤˊ	2	燙、盪
707.	遂	ㄙㄨㄟˋ	2	燧、隧
708.	秝	ㄌㄧˊ	2	釐、犛
709.	酋	ㄑㄧㄡˊ	2	猷、猶
710.	師	ㄕ	2	獅、篩
711.	肖	ㄙㄨㄛˇ	2	瑣、鎖
712.	睘	ㄑㄩㄥˊ	2	還、環
713.	彥	ㄧㄢˋ	2	顏、諺
714.	志	ㄓˋ	2	誌、痣
715.	㥯	ㄧㄣˇ	2	隱、穩
716.	鮮	ㄒㄧㄢ，ㄒㄧㄢˇ	2	蘚、癬
717.	明	ㄇㄧㄥˊ	2	萌、盟
718.	坴	ㄌㄧㄡˋ	2	陸、睦
719.	來	ㄌㄞˊ，ㄌㄞˋ	2	萊、睞
720.	迷	ㄇㄧˊ	2	謎、瞇
721.	冥	ㄇㄧㄥˊ	2	螟、瞑
722.	典	ㄉㄧㄢˇ	2	腆、碘
723.	展	ㄓㄢˇ	2	輾、碾
724.	惠	ㄏㄨㄟˋ	2	蕙、穗
725.	嗇	ㄙㄜˋ	2	薔、穡
726.	弓	ㄍㄨㄥ	2	躬、穹

編號	聲符	讀音	構字數	形聲字
727.	羔	ㄍㄠˋ	2	糕、窯
728.	竹	ㄓㄨˊ	2	竺、篤
729.	伐	ㄈㄚˊ，ㄈㄚ	2	閥、筏
730.	㔾（ㄢ）	（ㄏㄢˋ）	2	氾、犯
731.	算	ㄙㄨㄢˋ	2	纂、篡
732.	蔑	ㄇㄧㄝˋ	2	襪、篾
733.	溥	ㄆㄨˇ	2	薄、簿
734.	耤	ㄐㄧˊ，ㄐㄧㄝˋ	2	藉、籍
735.	滕	ㄊㄥˊ	2	藤、籐
736.	妥	ㄊㄨㄛˇ	2	餒、綏
737.	面	ㄇㄧㄢˋ	2	麵、緬
738.	泉（線）	ㄑㄩㄢˊ（ㄒㄧㄢˋ）	2	腺
	泉	ㄑㄩㄢˊ		線
739.	段	ㄉㄨㄢˋ	2	鍛、緞
740.	宿	ㄙㄨˋ，ㄒㄧㄡˋ，ㄒㄧㄡˇ	2	蓿、縮
741.	崩	ㄅㄥ	2	蹦、繃
742.	本	ㄅㄣˇ	2	缽、笨
743.	殹	ㄧˋ	2	翳、醫
744.	而	ㄦˊ	2	需、耐
745.	毛	ㄇㄠˊ	2	髦、耗
746.	甹	ㄆㄧㄥ	2	騁、聘
747.	爻	ㄧㄠˊ	2	駁、肴
748.	思	ㄙ，ㄙˋ，ㄙㄞ	2	鰓、腮
749.	鬲	ㄌㄧˋ，ㄍㄜˊ，ㄜˋ	2	隔、膈
750.	退	ㄊㄨㄟˋ	2	褪、腿
751.	臧	ㄗㄤ，ㄘㄤˊ，ㄗㄤˋ	2	贓、藏
752.	乂	ㄧˋ	2	艾、刈
753.	冉	ㄖㄢˇ	2	髯、苒
754.	任	ㄖㄣˊ，ㄖㄣˋ	2	荏、賃

編號	聲符	讀音	構字數	形聲字
755.	辛	ㄒㄧㄣ	2	鋅、莘
756.	狄	ㄉㄧˊ，ㄊㄧˋ	2	逖、荻
757.	孫	ㄙㄨㄣ，ㄙㄨㄣˋ	2	遜、蓀
758.	頻	ㄆㄧㄣˊ	2	蘋、瀕
759.	丘	ㄑㄧㄡ	2	邱、蚯
760.	虒	ㄙ	2	褫、遞
761.	厃	ㄨㄟˇ，ㄧㄢˊ	2	詹、危
762.	贊	ㄗㄢˋ	2	讚、鑽
763.	卉	ㄏㄨㄟˋ	2	賁、奔
764.	武	ㄨˇ	2	賦、鵡
765.	束	ㄕㄨˋ	2	速、悚
766.	斿	ㄧㄡˊ	2	遊、游
767.	㒸	ㄙㄨㄟˋ	2	遂、隊
768.	酉	ㄧㄡˇ	2	酒、醜
769.	鹿	ㄌㄨˋ	2	麓
	鹿（麀）	ㄌㄨˋ（ㄧㄡ）		塵
770.	路	ㄌㄨˋ	2	露、鷺
771.	鄉	ㄒㄧㄤ，ㄒㄧㄤˋ	2	響、嚮
772.	丶	ㄓㄨˇ	1	主
773.	人	ㄖㄣˊ	1	仁
774.	士	ㄕˋ	1	仕
775.	火	ㄏㄨㄛˇ	1	伙
776.	左	ㄗㄨㄛˇ，ㄗㄨㄛˋ	1	佐
777.	舍	ㄕㄜˋ，ㄕㄜˇ	1	捨
778.	吏	ㄌㄧˋ	1	使
779.	[illegible]	ㄑㄧˋ，ㄧˋ	1	佾
780.	夾	ㄕㄢˇ	1	陜
781.	𥝢（利）	ㄌㄧˋ	1	黎
782.	系	ㄒㄧˋ	1	係
783.	放	ㄈㄤˋ，ㄈㄤˇ	1	倣

編號	聲符	讀音	構字數	形聲字
784.	到	ㄉㄠˋ	1	倒
785.	昝	ㄗㄢˇ	1	偺
786.	為	ㄨㄟˊ，ㄨㄟˋ	1	偽
787.	葡（葡）	ㄅㄟˋ	1	備
788.	桀	ㄐㄧㄝˊ	1	傑
789.	㪚	ㄙㄢˋ	1	散
790.	庸	ㄩㄥ	1	傭
791.	㚒	ㄇㄧㄢˇ	1	傻
792.	畺	ㄑㄧㄤˊ，ㄑㄧㄤˇ，ㄐㄧㄤˋ	1	疆
793.	賈	ㄍㄨˇ，ㄐㄧㄚˋ，ㄐㄧㄚˇ	1	價
794.	盡	ㄐㄧㄣˋ	1	儘
795.	賞	ㄕㄤˇ	1	償
796.	諸	ㄓㄨ	1	儲
797.	丽	ㄌㄧˋ	1	麗
798.	仁	ㄖㄣˊ	1	佞
799.	允	ㄩㄣˇ	1	吮
800.	㒳	ㄌㄧㄤˇ	1	兩
801.	冃	ㄇㄠˋ	1	冒
802.	冖	ㄇㄧˋ	1	冥
803.	畫	ㄏㄨㄚˋ	1	劃
804.	七	ㄏㄨㄚˋ	1	化
805.	淮	ㄏㄨㄞˊ	1	匯
806.	谷	ㄐㄩㄝˊ	1	卻
807.	欮	ㄐㄩㄝˊ	1	厥
808.	猒	ㄧㄢ	1	厭
809.	刁	ㄉㄧㄠ	1	叼
810.	攵（文）	ㄆㄨ（ㄨㄣˊ）	1	玟
811.	尺	ㄔˇ	1	呎
812.	刍（及）	ㄐㄧˊ	1	急

編號	聲符	讀音	構字數	形聲字
813.	孔	ㄎㄨㄥˇ	1	吼
814.	丕	ㄆㄧ	1	呸
815.	乎	ㄏㄨ，ㄏㄨˊ	1	呼
816.	艾	ㄞˋ，ㄧˋ	1	哎
817.	西	ㄒㄧ	1	哂
818.	只	ㄓˇ	1	咫
819.	休	ㄒㄧㄡ，ㄒㄩˇ	1	咻
820.	亨	ㄏㄥ，ㄆㄥ，ㄏㄥˊ	1	哼
821.	拍	ㄆㄞ	1	啪
822.	拉	ㄌㄚ	1	啦
823.	肯	ㄎㄣˇ，ㄎㄥˇ	1	啃
824.	卸	ㄒㄧㄝˋ	1	啣
825.	客	ㄎㄜˋ	1	喀
826.	約	ㄩㄝ	1	喲
827.	厘（釐）	ㄌㄧˊ	1	喱
828.	海	ㄏㄞˇ	1	嗨
829.	桑	ㄙㄤ	1	嗓
830.	索	ㄙㄨㄛˇ，ㄙㄨㄛˊ	1	嗦
831.	蚩	ㄔ	1	嗤
832.	恩	ㄣ	1	嗯
833.	翁	ㄨㄥ	1	嗡
834.	臭	ㄔㄡˋ，ㄒㄧㄡˋ	1	嗅
835.	戛	ㄐㄧㄚˊ	1	嘎
836.	都	ㄉㄡ，ㄉㄨ	1	嘟
837.	觜	ㄗ，ㄗㄨㄟˇ	1	嘴
838.	頓	ㄉㄨㄣˋ，ㄉㄨˊ	1	噸
839.	筮	ㄕˋ	1	噬
840.	嘗	ㄔㄤˊ	1	嚐
841.	赫	ㄏㄜˋ	1	嚇
842.	疐	ㄓˋ	1	嚏

編號	聲符	讀音	構字數	形聲字
843.	燕	ㄧㄢˋ，ㄧㄢ	1	嚥
844.	嚴	ㄧㄣˊ	1	巖
845.	爵	ㄐㄩㄝˊ	1	嚼
846.	轉	ㄓㄨㄢˇ，ㄓㄨㄢˋ	1	囀
847.	藝	ㄧˋ	1	囈
848.	蘇	ㄙㄨ	1	囌
849.	丹	ㄉㄢ	1	坍
850.	昱	ㄩˋ	1	煜
851.	巫	ㄔㄨㄟˊ	1	垂
852.	阜	ㄈㄨˋ	1	埠
853.	涂	ㄊㄨˊ	1	塗
854.	冢	ㄓㄨㄥˇ	1	塚
855.	野	ㄧㄝˇ	1	墅
856.	隊	ㄉㄨㄟˋ，ㄓㄨㄟˋ	1	墜
857.	隓	ㄏㄨㄟ	1	隋
858.	隨	ㄙㄨㄟˊ	1	髓
859.	墮	ㄉㄨㄛˋ	1	惰
860.	叡	ㄏㄨㄛˋ	1	壑
861.	霸	ㄆㄛˋ，ㄅㄚˋ	1	壩
862.	垚	ㄧㄠˊ	1	堯
863.	牀	ㄔㄨㄤˊ	1	妝
864.	㐏	ㄗˇ	1	姊
865.	弟（弟）	（ㄉㄧˋ）	1	第
866.	昏	ㄏㄨㄣ	1	婚
867.	眉	ㄇㄟˊ	1	媚
868.	胥	ㄒㄩ	1	婿
869.	疾	ㄐㄧˊ	1	嫉
870.	毘	ㄆㄧˊ	1	媲
871.	常	ㄔㄤˊ	1	嫦
872.	焉	ㄧㄢ	1	嫣

編號	聲符	讀音	構字數	形聲字
873.	閑	ㄒㄧㄢˊ	1	嫻
874.	裊	ㄋㄧㄠˇ	1	嬝
875.	賏	ㄧㄥˋ	1	嬰
876.	麼	ㄇㄛˊ，ㄇㄛ˙，ㄇㄚ˙，ㄇㄚˊ	1	嬤
877.	霜	ㄕㄨㄤ	1	孀
878.	皿	ㄇㄧㄣˇ，ㄇㄧㄥˇ	1	孟
879.	辥	ㄒㄩㄝ	1	孽
880.	辥	ㄒㄩㄝ	1	薛
881.	丯	ㄐㄧㄝˋ	1	害
882.	妟	ㄧㄢˋ	1	宴
883.	躬（躳）	ㄍㄨㄥ	1	窮
884.	佰（俩）	ㄅㄞˇ（ㄙㄨˋ）	1	宿
885.	寍	ㄋㄧㄥˊ	1	寧
886.	萈	ㄏㄨㄢˊ	1	寬
887.	舄	ㄒㄧˋ	1	寫
888.	缶	ㄈㄡˇ	1	寶
889.	叀	ㄓㄨㄢ	1	專
890.	将（牆）	（ㄐㄧㄤˋ）	1	將
891.	道	ㄉㄠˋ，ㄉㄠˇ	1	導
892.	孨	ㄓㄨㄢˇ	1	孱
893.	凷	ㄎㄨㄞˋ	1	屆
894.	㠭（襄）	（ㄓㄢˋ）	1	展
895.	屖	ㄊㄧˋ	1	屜
896.	网	ㄨㄤˇ	1	罔
897.	坎	ㄎㄢˇ	1	崁
898.	欿（歁）	（ㄎㄢˇ，ㄎㄜˋ）	1	嵌
899.	舁	ㄩˊ	1	輿
900.	領	ㄌㄧㄥˇ	1	嶺
901.	獄	ㄩˋ	1	嶽
902.	吅	ㄓㄨㄢˋ	1	巽

編號	聲符	讀音	構字數	形聲字
903.	晃	ㄏㄨㄤˇ，ㄏㄨㄤˋ	1	幌
904.	丝	ㄧㄡ	1	幽
905.	𠀐（臾）	（ㄩˊ，ㄩㄥˇ）	1	貴
906.	夏	ㄒㄧㄚˋ	1	廈
907.	敞	ㄔㄤˇ	1	廠
908.	盧	ㄌㄨˊ	1	廬
909.	聽	ㄊㄧㄥ，ㄊㄧㄥˋ	1	廳
910.	目	ㄧˇ	1	耜
911.	廾（幵）	ㄍㄨㄥˇ（ㄐㄧㄢ）	1	羿
912.	㝵	ㄉㄜˊ	1	得
913.	从	ㄘㄨㄥˊ	1	從
914.	溦	ㄨㄟˊ	1	微
915.	悳	ㄉㄜˊ	1	德
916.	圣	ㄕㄥˋ	1	怪
917.	甜	ㄊㄧㄢˊ	1	恬
918.	血	ㄒㄩㄝˋ，ㄒㄧㄝˇ	1	恤
919.	你	ㄋㄧˇ	1	您
920.	店	ㄉㄧㄢˋ	1	惦
921.	季	ㄐㄧˋ	1	悸
922.	忽	ㄏㄨ	1	惚
923.	匧	ㄒㄧㄝˋ	1	愜
924.	㤅	ㄞˋ	1	愛
925.	栗	ㄌㄧˋ	1	慄
926.	氣	ㄑㄧˋ	1	愾
927.	殷	ㄧㄣ，ㄧㄢ，ㄧㄣˇ	1	慇
928.	貫	ㄍㄨㄢˋ，ㄨㄢ	1	慣
929.	動	ㄉㄨㄥˋ	1	慟
930.	彐（彗）	（ㄏㄨㄟˋ）	1	雪
931.	彗	ㄏㄨㄟˋ	1	慧
932.	匿	ㄋㄧˋ	1	慝

編號	聲符	讀音	構字數	形聲字
933.	悥	ㄧㄡ	1	憂
934.	欲	ㄩˋ	1	慾
935.	閔	ㄇㄧㄣˇ	1	憫
936.	備	ㄅㄟˋ	1	憊
937.	董	ㄉㄨㄥˇ	1	懂
938.	滿	ㄇㄢˇ，ㄇㄣˋ	1	懣
939.	縣	ㄒㄩㄢˊ，ㄒㄧㄢˋ	1	懸
940.	亙	ㄍㄣˋ，ㄍㄥˋ	1	恆
941.	虛	ㄒㄧ	1	戲
942.	爪	ㄓㄨㄚˇ，ㄓㄠˇ	1	抓
943.	㐌	ㄧˊ	1	拖
944.	空	ㄧㄚˋ，ㄨㄚ	1	挖
945.	曳	ㄧˋ，ㄧㄝˋ	1	拽
946.	呈	ㄋㄧㄝˋ	1	捏
947.	帚	ㄓㄡˇ	1	掃
948.	受	ㄕㄡˋ	1	授
949.	欣	ㄒㄧㄣ	1	掀
950.	臿	ㄔㄚ	1	插
951.	屏	ㄆㄧㄥˊ，ㄅㄧㄥˇ，ㄅㄧㄥ	1	摒
952.	茶	ㄔㄚˊ	1	搽
953.	島	ㄉㄠˇ	1	搗
954.	掌	ㄔㄥ，ㄔㄥˋ	1	撐
955.	最	ㄗㄨㄟˋ，ㄘㄨㄛˋ	1	撮
956.	虜	ㄌㄨˇ	1	擄
957.	察	ㄔㄚˊ	1	擦
958.	閣	ㄍㄜˊ	1	擱
959.	輦	ㄋㄧㄢˇ	1	攆
960.	罷	ㄅㄚˋ，ㄆㄧˊ	1	擺
961.	巂	ㄒㄧ，ㄍㄨㄟ	1	攜
962.	矍	ㄐㄩㄝˊ	1	攫

編號	聲符	讀音	構字數	形聲字
963.	覺	ㄐㄩㄝˊ，ㄐㄧㄠˋ	1	攪
964.	㡀	ㄅㄧˋ	1	敝
965.	䏌	ㄑㄧˇ，ㄑㄧˇ	1	啟
966.	尃	ㄈㄨ	1	敷
967.	丐	ㄍㄞˋ	1	鈣
968.	匃（丐）	（ㄍㄞˋ）	1	曷
969.	关（弅）	（ㄓㄨㄢˋ）	1	朕
970.	冡	ㄇㄥˊ	1	蒙
971.	市	ㄕˋ	1	柿
972.	羽	ㄩˇ	1	栩
973.	刅	ㄔㄨㄤ	1	梁
974.	戹	ㄓ	1	梔
975.	亟	ㄐㄧˊ，ㄑㄧˋ	1	極
976.	盈	ㄧㄥˊ	1	楹
977.	貢	ㄍㄨㄥˋ	1	槓
978.	追	ㄓㄨㄟ，ㄉㄨㄟ	1	槌
979.	舂	ㄔㄨㄥ	1	樁
980.	楙	ㄈㄢˊ	1	樊
981.	節	ㄐㄧㄝˊ	1	櫛
982.	匱	ㄎㄨㄟˋ	1	櫃
983.	廚	ㄔㄨˊ	1	櫥
984.	閭	ㄌㄩˊ	1	櫚
985.	哥	ㄍㄜ	1	歌
986.	翕	ㄒㄧˋ	1	歙
987.	戌	ㄒㄩ	1	歲
988.	杀	ㄕㄚ	1	殺
989.	毇	ㄏㄨㄟˇ	1	毀
990.	屍（㞒）	ㄊㄨㄣˊ	1	殿
991.	豙	ㄧˋ	1	毅
992.	女	ㄋㄩˇ，ㄋㄩˋ	1	汝

編號	聲符	讀音	構字數	形聲字
993.	心	ㄒㄧㄣ	1	沁
994.	木	ㄇㄨˋ	1	沐
995.	世	ㄕˋ	1	泄
996.	兄	ㄒㄩㄥ，ㄎㄨㄤˋ	1	況
997.	囚	ㄑㄧㄡˊ	1	泅
998.	先	ㄒㄧㄢ，ㄒㄧㄢˋ	1	洗
999.	刷	ㄕㄨㄚ	1	涮
1000.	函	ㄏㄢˊ，ㄒㄧㄢˊ	1	涵
1001.	㸒	ㄧㄣˊ	1	淫
1002.	肴	ㄧㄠˊ	1	淆
1003.	巷	ㄒㄧㄤˋ	1	港
1004.	榘	ㄐㄩˇ	1	渠
1005.	勃	ㄅㄛˊ	1	渤
1006.	眇	ㄇㄧㄠˇ，ㄇㄧㄠˋ	1	渺
1007.	拜	ㄅㄞˋ	1	湃
1008.	威	ㄇㄧㄝˋ	1	滅
1009.	㬎	ㄒㄧㄢˇ	1	顯
1010.	巠（㬎）	（ㄒㄧㄢˇ）	1	溼
1011.	衮	ㄍㄨㄣˇ	1	滾
1012.	旋	ㄒㄩㄢˊ，ㄒㄩㄢˋ， ㄒㄧㄢˋ	1	漩
1013.	屚	ㄌㄡˋ	1	漏
1014.	帶	ㄉㄞˋ	1	滯
1015.	張	ㄓㄤ，ㄓㄤˋ	1	漲
1016.	扈	ㄏㄨˋ	1	滬
1017.	條	ㄊㄧㄠˊ	1	滌
1018.	絜	ㄐㄧㄝˊ，ㄒㄧㄝˊ	1	潔
1019.	孱	ㄔㄢˊ，ㄘㄢˋ	1	潺
1020.	閏	ㄖㄨㄣˋ	1	潤
1021.	澀	ㄙㄜˋ	1	澀

編號	聲符	讀音	構字數	形聲字
1022.	睿	ㄖㄨㄟˋ	1	濬
1023.	寫	ㄒㄧㄝˇ，ㄒㄧㄝˋ	1	瀉
1024.	慮	ㄌㄩˋ，ㄌㄨˋ，ㄌㄨˊ	1	濾
1025.	賤	ㄐㄧㄢˋ	1	濺
1026.	劉	ㄌㄧㄡˊ	1	瀏
1027.	嬴	ㄧㄥˊ	1	瀛
1028.	蕭	ㄒㄧㄠ	1	瀟
1029.	翰	ㄏㄢˋ，ㄍㄢˋ	1	瀚
1030.	彌	ㄇㄧˊ，ㄇㄧˇ	1	瀰
1031.	彎	ㄨㄢ	1	灣
1032.	欒	ㄌㄨㄢˊ	1	灤
1033.	巛	ㄗㄞ	1	災
1034.	吹	ㄔㄨㄟ，ㄔㄨㄟˋ	1	炊
1035.	屵（岸）	（ㄢˋ）	1	炭
1036.	肰	ㄖㄢˊ	1	然
1037.	昭	ㄓㄠ	1	照
1038.	昫	ㄒㄩ，ㄒㄩˇ	1	煦
1039.	配	ㄧˊ	1	熙
1040.	扇	ㄕㄢˋ，ㄕㄢ	1	煽
1041.	敦	ㄉㄨㄣ，ㄉㄨㄟˋ，ㄉㄨㄟ，ㄊㄨㄣˊ，ㄉㄨㄣˋ，ㄊㄨㄢˊ	1	燉
1042.	悶	ㄇㄣˋ，ㄇㄣ	1	燜
1043.	粲	ㄘㄢˋ	1	燦
1044.	毀	ㄏㄨㄟˇ	1	燬
1045.	尒	ㄦˇ	1	爾
1046.	嘼	ㄔㄨˋ，ㄒㄩˋ	1	獸
1047.	守	ㄕㄡˇ，ㄕㄡˋ	1	狩
1048.	鬳	ㄐㄩㄢˋ	1	獻
1049.	邪	ㄒㄧㄝˊ，ㄧㄝˊ	1	琊

編號	聲符	讀音	構字數	形聲字
1050.	法	ㄈㄚˇ，ㄈㄚ，ㄈㄚˊ	1	珐
1051.	琅	ㄌㄤˊ，ㄌㄤˋ	1	瑯
1052.	英	ㄧㄥ	1	瑛
1053.	敻	ㄒㄩㄥˋ	1	瓊
1054.	凧（佩）	（ㄆㄟˋ）	1	珮
1055.	产（彥）	（ㄧㄢˋ）	1	產
1056.	矢	ㄕˇ	1	雉
1057.	役	ㄧˋ	1	疫
1058.	否	ㄈㄡˇ，ㄆㄧˇ	1	痞
1059.	𣏟	ㄆㄞˋ	1	痳
1060.	虐	ㄋㄩㄝˋ	1	瘧
1061.	脊	ㄐㄧˊ，ㄐㄧˇ	1	瘠
1062.	嵒	ㄧㄢˊ	1	癌
1063.	愈	ㄩˋ	1	癒
1064.	養	ㄧㄤˇ，ㄧㄤˋ	1	癢
1065.	隱	ㄧㄣˇ，ㄧㄣˋ	1	癮
1066.	癶	ㄆㄛ	1	發
1067.	早	ㄗㄠˇ	1	草
1068.	𦘒	ㄐㄧㄣˋ	1	盡
1069.	𠤏	ㄌㄨˊ	1	盧
1070.	牟	ㄇㄡˊ	1	眸
1071.	舜	ㄕㄨㄣˋ	1	瞬
1072.	鼓	ㄍㄨˇ	1	瞽
1073.	䀠	ㄐㄩˋ	1	瞿
1074.	切	ㄑㄧㄝ，ㄑㄧㄝˋ，ㄑㄧˋ	1	砌
1075.	匝	ㄗㄚ	1	砸
1076.	炭	ㄊㄢˋ	1	碳
1077.	楚	ㄔㄨˇ	1	礎
1078.	御	ㄩˋ，ㄩˇ，ㄧㄚˋ	1	禦
1079.	希	ㄒㄧ	1	稀

編號	聲符	讀音	構字數	形聲字
1080.	爯	ㄔㄥ	1	稱
1081.	畟	ㄘㄜˋ	1	稷
1082.	㣎	ㄇㄨˋ	1	穆
1083.	歲	ㄙㄨㄟˋ	1	穢
1084.	窐	ㄨㄚ，ㄍㄨㄟ	1	窪
1085.	規	ㄍㄨㄟ，ㄒㄧ	1	窺
1086.	禼	ㄒㄧㄝˋ	1	竊
1087.	囪	ㄘㄨㄥ，ㄔㄨㄤ	1	窗
1088.	快	ㄎㄨㄞˋ	1	筷
1089.	均	ㄐㄩㄣ	1	筠
1090.	拑	ㄑㄧㄢˊ	1	箝
1091.	泊	ㄅㄛˊ，ㄆㄛˋ	1	箔
1092.	笵	ㄈㄢˋ	1	範
1093.	氾	ㄈㄢˋ	1	范
1094.	衰	ㄕㄨㄞ，ㄘㄨㄟ	1	簑
1095.	筑	ㄓㄨˊ	1	築
1096.	離	ㄌㄧˊ	1	籬
1097.	籥	ㄩㄝˋ	1	籲
1098.	梁	ㄌㄧㄤˊ	1	粱
1099.	造	ㄗㄠˋ，ㄘㄠˋ	1	糙
1100.	量	ㄌㄧㄤˊ，ㄌㄧㄤˋ	1	糧
1101.	充	ㄔㄨㄥ	1	統
1102.	札	ㄓㄚˊ	1	紮
1103.	戎	ㄖㄨㄥˊ	1	絨
1104.	堅	ㄐㄧㄢ	1	鏗
1105.	致	ㄓˋ	1	緻
1106.	緐	ㄈㄢˊ	1	繁
1107.	黽（蠅）	ㄇㄧㄣˇ（ㄧㄥˊ）	1	繩
1108.	廛	ㄔㄢˊ	1	纏
1109.	矣	ㄧˊ	1	肄

編號	聲符	讀音	構字數	形聲字
1110.	肁（肇）	（ㄓㄠˋ）	1	肇
1111.	小	ㄒㄧㄠˇ	1	肖
1112.	月（肉）	（ㄖㄡˋ）	1	育
1113.	北	ㄅㄟˇ，ㄅㄛˋ，ㄅㄟˋ	1	背
1114.	要	ㄧㄠ，ㄧㄠˋ	1	腰
1115.	郤	ㄑㄩㄝˋ	1	腳
1116.	貳	ㄦˋ	1	膩
1117.	藏	ㄘㄤˊ，ㄗㄤˋ，ㄗㄤ	1	臟
1118.	戕	ㄑㄧㄤˊ	1	臧
1119.	品	ㄆㄧㄣˇ	1	臨
1120.	与	ㄩˇ	1	與
1121.	葛	ㄍㄜˊ，ㄍㄜˇ	1	藹
1122.	戊	ㄨˋ，ㄇㄠˋ	1	茂
1123.	目	ㄇㄨˋ	1	苜
1124.	汒	ㄇㄤˊ	1	茫
1125.	巟	ㄏㄨㄤ	1	荒
1126.	存	ㄘㄨㄣˊ	1	荐
1127.	莽	ㄇㄤˇ	1	蟒
1128.	茻	ㄇㄤˇ	1	莽
1129.	何	ㄏㄜˊ，ㄏㄜˋ	1	荷
1130.	苹	ㄆㄧㄥˊ，ㄆㄧㄢˊ，ㄆㄥ	1	萍
1131.	孤	ㄍㄨ	1	菰
1132.	囷	ㄐㄩㄣ，ㄐㄩㄣˇ	1	菌
1133.	洛	ㄌㄨㄛˋ	1	落
1134.	匍	ㄆㄨˊ	1	葡
1135.	爬	ㄆㄚ，ㄅㄚ	1	葩
1136.	席	ㄒㄧˊ	1	蓆
1137.	畜	ㄒㄩˋ，ㄔㄨˋ	1	蓄
1138.	浦	ㄆㄨˇ	1	蒲
1139.	祘	ㄙㄨㄢˋ	1	蒜

編號	聲符	讀音	構字數	形聲字
1140.	烝	ㄓㄥ	1	蒸
1141.	倍	ㄅㄟˋ，ㄅㄟ	1	蓓
1142.	陰	ㄧㄣ，ㄧㄣˋ	1	蔭
1143.	匐	ㄈㄨˊ，ㄆㄛˋ	1	蔔
1144.	惢	ㄙㄨㄛˇ，ㄖㄨㄟˇ	1	蕊
1145.	募	ㄔㄤ，ㄧㄤˊ，ㄊㄤ	1	蕩
1146.	新	ㄒㄧㄣ	1	薪
1147.	貌	ㄇㄠˋ	1	藐
1148.	潘	ㄆㄢ，ㄆㄢˊ	1	藩
1149.	澡	ㄗㄠˇ	1	藻
1150.	磨	ㄇㄛˋ，ㄇㄛˊ，ㄇㄚ	1	蘑
1151.	藺	ㄌㄧㄣˋ，ㄌㄧㄢˊ	1	藺
1152.	穌	ㄙㄨ	1	蘇
1153.	溫	ㄨㄣ，ㄩㄣˋ	1	蘊
1154.	号	ㄏㄠˋ，ㄏㄠˊ	1	號
1155.	虐	ㄏㄨ	1	虧
1156.	引	ㄧㄣˇ，ㄧㄣˋ	1	蚓
1157.	叉	ㄓㄠˇ	1	蚤
1158.	科	ㄎㄜ	1	蝌
1159.	虫（蟲）	ㄏㄨㄟˇ（ㄔㄨㄥˊ）	1	融
1160.	赦	ㄕㄜˋ	1	螫
1161.	悉	ㄒㄧ	1	蟋
1162.	歇	ㄒㄧㄝ	1	蠍
1163.	春	ㄔㄨㄣ，ㄔㄨㄣˇ	1	蠢
1164.	橐	ㄊㄨㄛˊ	1	蠹
1165.	行	ㄏㄤˊ，ㄒㄧㄥˊ，ㄏㄤˋ，ㄒㄧㄥˋ	1	衡
1166.	伏	ㄈㄨˊ	1	袱
1167.	𥁕	ㄋㄚˋ	1	裔
1168.	庫	ㄎㄨˋ	1	褲

編號	聲符	讀音	構字數	形聲字
1169.	辱	ㄖㄨˋ，ㄖㄨˇ	1	褥
1170.	親	ㄑㄧㄣ，ㄑㄧㄣˋ	1	櫬
1171.	𦥯（學）	（ㄒㄩㄝˊ）	1	覺
1172.	宅	ㄓㄞˊ，ㄓㄜˋ	1	詫
1173.	巫	ㄨ，ㄨˊ	1	誣
1174.	忍	ㄖㄣˇ	1	認
1175.	狂	ㄎㄨㄤˊ	1	誑
1176.	宜	ㄧˊ	1	誼
1177.	咨	ㄗ	1	諮
1178.	普	ㄆㄨˇ	1	譜
1179.	遣	ㄑㄧㄢˇ	1	譴
1180.	皃	ㄇㄠˋ	1	貌
1181.	串（毌）	ㄔㄨㄢˋ（ㄍㄨㄢˋ）	1	患
1182.	毌	ㄍㄨㄢˋ	1	貫
1183.	弍	ㄦˋ	1	貳
1184.	襾	ㄧㄚˋ，ㄒㄧㄚˋ	1	賈
1185.	㝉（丏）	（ㄇㄧㄢˋ，ㄅㄧㄣ）	1	賓
1186.	佘	ㄕㄜˊ	1	賒
1187.	買	ㄇㄞˇ	1	賣
1188.	鴈	ㄧㄢˋ	1	贗
1189.	贑	ㄎㄢˇ	1	贛
1190.	赤	ㄔˋ	1	赦
1191.	戉	ㄩㄝˋ	1	越
1192.	局	ㄐㄩˊ	1	跼
1193.	沓	ㄊㄚˋ	1	踏
1194.	著	ㄓㄨˋ，ㄓㄨㄛˊ，ㄓㄠˊ，ㄓㄠ，˙ㄓㄜ	1	躇
1195.	藺	ㄌㄧㄣˋ	1	躪
1196.	耴	ㄓㄜˊ	1	輒
1197.	幸（羍）	（ㄉㄚˊ）	1	達

編號	聲符	讀音	構字數	形聲字
1198.	𦍋	ㄑㄧㄢˇ	1	遣
1199.	䙴（䙪）	（ㄑㄧㄢ）	1	遷
1200.	㝵	ㄇㄧㄢˊ	1	邊
1201.	冄	ㄖㄢˇ	1	那
1202.	啚	ㄅㄧˇ，ㄊㄨˊ	1	鄙
1203.	奠	ㄉㄧㄢˋ	1	鄭
1204.	叉	ㄔㄚ，ㄔㄚˊ，ㄔㄚˇ	1	釵
1205.	助	ㄓㄨˋ	1	鋤
1206.	美	ㄇㄟˇ	1	鎂
1207.	臬	ㄋㄧㄝˋ	1	鎳
1208.	㦸	ㄓˋ	1	鐵
1209.	麃	ㄅㄧㄠ，ㄆㄠˊ	1	鑣
1210.	侖	ㄩㄝˋ	1	鑰
1211.	鑿	ㄗㄨㄛˋ	1	鑿
1212.	活	ㄏㄨㄛˋ	1	闊
1213.	𢇍	ㄍㄨㄢ	1	關
1214.	丙（㔷）	（ㄌㄡˋ）	1	陋
1215.	夅	ㄐㄧㄤˋ	1	降
1216.	走	ㄗㄡˇ	1	陡
1217.	侌	ㄧㄣ	1	陰
1218.	降	ㄐㄧㄤˋ，ㄒㄧㄤˊ	1	隆
1219.	㡭	ㄒㄧˋ	1	隙
1220.	隶	ㄋㄞˋ	1	隸
1221.	唯	ㄨㄟˊ，ㄨㄟˇ	1	雖
1222.	集	ㄐㄧˊ	1	雜
1223.	沾	ㄓㄢ	1	霑
1224.	淫	ㄧㄣˊ	1	霪
1225.	務	ㄨˋ	1	霧
1226.	革	ㄍㄜˊ，ㄍㄥˋ	1	霸
1227.	貍	ㄌㄧˊ	1	霾

編號	聲符	讀音	構字數	形聲字
1228.	霝	ㄌㄧㄥˊ	1	靈
1229.	謁（藹）	ㄞˇ	1	靄
1230.	便	ㄅㄧㄢˋ，ㄆㄧㄢˊ	1	鞭
1231.	遷	ㄑㄧㄢ	1	韆
1232.	玉	ㄩˋ	1	頊
1233.	含	ㄏㄢˊ，ㄏㄢˋ	1	頷
1234.	頪	ㄌㄟˋ	1	類
1235.	奴	ㄘㄢˊ	1	餐
1236.	聚	ㄐㄩˋ	1	驟
1237.	冀	ㄐㄧˋ	1	驥
1238.	葬	ㄗㄤˋ	1	髒
1239.	須	ㄒㄩ	1	鬚
1240.	鬱	ㄩˋ	1	鬱
1241.	尤	ㄧㄡˊ	1	魷
1242.	罙	ㄊㄚˋ	1	鰥
1243.	噩	ㄜˋ	1	鱷
1244.	江	ㄐㄧㄤ	1	鴻
1245.	壴	ㄓㄨˋ	1	鼓
1246.	畀	ㄅㄧˋ	1	鼻
1247.	禹	ㄩˇ	1	齲
1248.	戈	ㄍㄜ	1	划
1249.	歹（歺）	ㄉㄞˇ（ㄌㄧㄝˋ）	1	列
1250.	帍（㕞）	（ㄕㄨㄚ）	1	刷
1251.	杀（殺）	（ㄕㄚ，ㄕㄞˋ）	1	剎
1252.	克	ㄎㄜˋ	1	剋
1253.	乘	ㄔㄥˊ，ㄕㄥˋ	1	剩
1254.	嬴	ㄧㄥˊ	1	嬴
1255.	故	ㄍㄨˋ	1	做
1256.	歬	ㄑㄧㄢˊ	1	前
1257.	奐（夐）	（ㄒㄩㄢˋ，ㄒㄩㄥˋ）	1	奐

編號	聲符	讀音	構字數	形聲字
1258.	舛	ㄔㄨㄢˇ	1	舜
1259.	旡	ㄐㄧˋ	1	既
1260.	𠱠（㲋）	（ㄋㄧㄥˊ）	1	襄
1261.	耦	ㄡˇ	1	藕
1262.	能	ㄋㄥˊ	1	態
1263.	契	ㄐㄧㄚ	1	瘈

附表三
聲符省略為成字部件表

編號	楷書	小篆	聲符	省聲符	結構說明
1.	恪	愙	客	各	《說文・心部》：「敬也。从心，客聲」《正字通》：「愙，同恪。」《集韻》：「愙，或作恪。」
2.	杏	杏	向	口	《說文・木部》：「杏果也。从木，向省聲。」
3.	恬	恬	甜	舌	《說文・心部》：「安也。从心，甜省聲。」
4.	沃	浂	芺	夭	《說文・水部》：「溉灌也。从水，芺聲。」段注：「隸作沃。」
5.	津	津	𦘔	聿	《說文・水部》：「水渡也。从水，𦘔聲。」段注：「隸省作津。」
6.	焦	𤓉	雥	隹	《說文・火部》：「火所傷也。从火，雥聲。焦，或省。」焦為𤓉之或體。段注：「按廣韻𤓉為籀文。此必有所據。」
7.	爛	爤	蘭	闌	《說文・火部》：「火孰也。从火，蘭聲。」段注：「隸作爛。」
8.	犁	𤛆	黎	利	《說文・牛部》：「耕也。从牛，黎聲。」段注：「俗省作犂。」《說文・刀部》：「𥝢古文利。」王念孫《疏證》：「犁，本作𤛆，或作犂。」
9.	疫	疫	役	殳	《說文・疒部》：「民皆疾也。从疒，役省聲。」
10.	癘	癘	蠆	萬	《說文・疒部》：「惡疾也。从疒，蠆省聲。」
11.	厲	厲	蠆	萬	《說文・厂部》：「旱石也。从厂，蠆省聲。」 筆者案：大、小徐本《說文》癘、厲作「癘」、「厲」，段注本改作「[illegible]」、「[illegible]」。學者已論其非（見《說文解字詁林》，頁7636-7638，頁9295-9299）。本文癘、厲二字小篆字形說解從大徐本。
12.	砂		沙	少	《玉篇》：「砂，俗沙字。」 《正中》：「从石，沙省聲。」（頁1148） 《集韻・麻韻》：「沙，亦從石。」
13.	紗		沙	少	《集韻・麻韻》：「紗，絹屬也，一曰紡纑，通作沙。」 《正中》：「少為沙之省文。」（頁1294）

編號	楷書	小篆	聲符	省聲符	結構說明
14.	紨	[illegible]	肘	寸	《說文・糸部》:「馬緧也。从糸,肘省聲。」
15.	累	[illegible]	畾	田	《說文・糸部》:「綴得理也。一曰大索也。从糸,畾聲。」段注:「大索也,其隸變不得作累。纍在十六部,增也,引申延及也。其俗體作『累』。」筆者案:段玉裁認為纍、絫是不同的二字,累為絫之俗體,源自絫而非纍。筆者認為纍、絫小篆為不同的二字,然而至隸書系統中,二字形義相混為「累」字。在古書中「纍」字亦用作「累」,如:《莊子外物》:「揭竿累」,成玄英注:「累,細繩也。」《論語・公冶長》:「雖在縲紲之中」,孔傳云:「縲,黑索也。」《史記・仲尼弟子傳》:「累世之中」(王念孫《廣雅疏證》)。其次,就字形言,纍,從畾聲,段注:「即靁省聲」,而靁,隸省作「雷」。因此,「累」於字形上,由纍字省略聲符而來,亦是極有可能的。
16.	雷	[illegible]	畾	田	《說文・雨部》:「靁易薄,動生物者也。从雨,畾象回轉形。」王筠《句讀》:「靁从畾聲,亦裘从求聲之比。」《韻會》:引作「从雨畾聲」。《玉篇》:「雷,同靁。」
17.	珊	[illegible]	删	冊	《說文・玉部》:「珊瑚,色赤。生於海,或生於山。从玉,删省聲。」
18.	姍	[illegible]	删	冊	《說文・女部》:「誹也。从女,删省聲。」
19.	跚		珊/姍	冊	《廣韻》:「蹣跚,破行皃。」《史記・司馬相若傳》:「媻現勃窣。」《漢書》作「媻姍」。《集韻》、《韻會》相干切,並音珊。蹣跚,跛行貌。《類篇》:「行不進也,又與散通。」《史記・平原君傳》:「有躄者槃散行汲。」註:散亦作跚。又與珊、姍通。《史記・司馬相若傳》:「媻現勃窣。」《漢書》:「媻姍」。筆者案:「跚」字的產生,應取「珊」、「姍」之讀音,抽換形符。
20.	辣		剌	束	《正中》:「从辛,剌省聲。本義作『辛辢』解(見玉篇),乃指猛烈之辛味而言,故从辛。又以束為剌之省,剌本作『戾』解,為舛逆之意,辣味入口如火,有剌戾意,故辣从剌省聲。」(頁1851)
21.	進	[illegible]	閵	隹	《說文・辵部》:「登也。从辵,閵省聲。」

編號	楷書	小篆	聲符	省聲符	結構說明
22.	鏖	鏖	麀	鹿	《說文・金部》:「𥁕器也。一曰金器。从金，麀聲。讀若奧。」段注：「或作爊，或作鏖。」《廣韻》:「鏖，同鏕。」
23.	繩	繩	蠅	黽	《說文・糸部》:「索也。从糸，蠅省聲。」
24.	腺		線	泉	《正中》:「从肉，線省聲。」（頁1419）
25.	融	融	蟲	虫	《說文・鬲部》:「炊器上出也。从鬲，蟲省聲。[illegible]，籀文融不省。」
26.	襲	襲	龖	龍	《說文・衣部》:「左衽袍。从衣，龖省聲。」
27.	賺	賺	廉	兼	《說文新附・貝部》:「重買也，錯也。从貝，廉聲。」《龍龕手鑑》:「賺，俗；賺，正。」
28.	准	准	隼	隹	《說文・水部》:「平也。从水，隼聲。」段注：「準，五經文字云《字林》作准。按古書多用准。蓋魏晉時恐與淮字亂而之耳。」筆者案：現行楷書準、准二字，本為一字，應源自準，後分化為二字，準為「標準」義；准為「准許」義。
29.	姆	姆	每	母	《說文・女部》:「女師也。从女，每聲。讀若母同。」筆者案：每、母二聲符通用，例如：梅（楳）、海（㴁）、晦（晦）等，從每得聲之字均為小篆字體，從母得聲之字則為隸楷或楚簡字體。每、母應是同源聲符。就「姆」字而言，由小篆的從「每」聲，至楷書的從「母」聲。形體確有省略，因此，筆者將之列入聲符省略例中。
30.	嵐	嵐	葻	風	《說文新附・山部》:「山名。从山，葻省聲。」筆者案：鄭珍《新附考》云：「畢氏沅以為嵐為葻俗，孫氏星衍說葻上艸省作中，訛為山，是也。」（見《說文解字詁林》，頁9203）聊備一說。
31.	配	配	妃	己	《說文・酉部》:「酒色也。从酉，己聲。」段注「已非聲，當本是妃省聲。」筆者案：本文從段注。
32.	磨	磨	靡	麻	《說文・石部》:「石磑也。从石，靡聲。」段注「礳今字省作磨。」

附表四

聲符省略為不成字部件表

編號	楷書	小篆	聲符	省聲符	結構
1.	席	席	庶	庐	《說文・巾部》:「藉也。禮，天子諸侯席有黼繡純飾。从巾，庶省聲。」
2.	度	度	庶	庐	《說文・又部》:「法制也。从又，庶省聲。」
3.	惰	憜	憜	育	惰為憜之省。《說文・心部》:「憜，从心，𡐦省聲。惰，憜或省𠂤。」
4.	隋	隋	隓	阹	《說文・肉部》:「裂肉也。从肉，隓省聲。」
5.	髓		隨	遀	髓，小篆作髓。段注：「隸作髓。」《集韻・寘韻》:「髓，骨脂也。或省。」《龍龕手鑑》:「髓省；髓正。」《洪武正韻》:「髓，骨中脂，亦作髓。」筆者案：今之「髓」應由「髓（从骨，隨聲）」省略聲符「隨」而來。
6.	惱	㛴	𡿺	㐫	《說文・女部》:「㛴，有所恨也。从女，𡿺省聲。」《正字通》:「㛴，今作惱。」《集韻・皓韻》:「㛴……或作惱」
7.	瑙		腦	㐫	《正中》:「从玉，腦省聲。本指『瑪瑙』一詞而言，瑪瑙之本義作『文石』解，（見增韻）即內有諸種錯畫紋理之寶石；以其似玉，故瑙从玉。又以此類寶石似馬腦，故瑙从腦省聲。」（頁1035） 《集韻・皓韻》:「碯，或作瑙。」「瑪瑙」亦作「碼碯」。
8.	憲	憲	害	宔	《說文・心部》:「敏也。从心目，害省聲。」
9.	毀	毀	毇	𣪏	《說文・土部》:「缺也。从土，毇省聲。」
10.	豪	豪	高	亠	《說文・希部》:「豪，豕，鬣如筆管者，出南郡。从希，高聲。豪，籀文从豕。」《五經文字》:「豪、豪，上《說文》；下經典相承，隸省」
11.	毫		高	亠	《正中》:「楷書毫從毛，高省聲。」（頁42）
12.	浸	浸	㝷	㑴	《說文・水部》:「㴇水。出魏郡武安。東北入呼沱水。从水，㝷聲。」

編號	楷書	小篆	聲符	省聲符	結構
13.	寢	寢	𡪢	⿱彐又	《說文・㾖部》:「病臥也。从㾖省，𡪢省聲。」
14.	渠	渠	榘	⿱巨木	《說文・水部》:「水所居也。从水，榘省聲。」
15.	烽	熢	逢	夆	《說文・火部》:「熢燧、候表也。邊有警則舉火。从火，逢聲。」《廣韻・鍾韻》:「烽，同熢。」清王玉樹《拈字》:「今俗省作烽。」(《說文解字詁林》，頁9997)
16.	鋒	鏠	逢	夆	《說文・金部》:「兵耑也。从金，逢聲。」段注「凡金器之尖曰鏠，俗作鋒。」《集韻・鍾韻》「鏠，或从鋒。」
17.	逢	逢	峯	夆	《說文・辵部》:「遇也。从辵，峯省聲。」
18.	營	營	熒	炏	《說文・宮部》:「帀居也。从宮，熒省聲。」
19.	瑩	瑩	熒	炏	《說文・玉部》:「玉色也。从玉，熒省聲。」
20.	縈	縈	熒	炏	《說文・糸部》:「收卷也。从糸，熒省聲。」
21.	鶯	鶯	熒	炏	《說文・鳥部》:「鳥有文章皃。从鳥，熒省聲。」
22.	螢		熒	炏	《爾雅・釋蟲》:「熒火，即炤。」陸德明《經典釋文》:「熒，本；今作螢。」《字彙》:「熒，蟲名。別作螢。」
23.	犖	犖	勞	炏	《說文・牛部》:「駁牛也。从牛，勞省聲。」
24.	珮		佩	凧	《玉篇・玉部》:「珮，玉珮也。本作佩，或从玉。」段注佩「俗作珮」。
25.	第	第	弟	弟	《說文》段注本據《毛詩正義》卷一引《說文》補第篆文，作「第」，並云「次也。从竹弟。」段注:「俗省作弟作第耳。」《正中》:「竹謂簡牘，弟謂束韋之次弟；編集簡冊使其先後有序為第；其本義作『編簡之次第』解，(見說文古本考)……按亦从弟聲，隸變作第，為今所行者。」(頁1235)
26.	範	範	笵	⿱⺮㔾	《說文・車部》:「範軷也。从車，笵省聲。讀與犯同。」
27.	篾		蔑	⿱罒戍	《正中》:「从竹，蔑省聲，本義作『竹皮』(見玉篇)。」
28.	陋	陋	㔷	丙	《說文・𨸏部》:「阸陝也。从𨸏，㔷聲。」《字彙補・阜部》:「《說文》陋字从阜、从㔷聲。《字彙》从丙，……」

編號	楷書	小篆	聲符	省聲符	結構
29.	雪	䨮	彗	⺕	《說文‧雨部》:「冰雨說物者也。从雨，彗聲。」《玉篇‧雨部》:「雪，同䨮。」
30.	韓	韓	倝	𠦝	《說文‧韋部》:「井橋也。从韋，取其帀也。倝聲。」鈕樹玉《校錄》:「韓，俗作韓。」(《說文解字詁林》，頁5668)
31.	鷹	鷹籀文	應	雁	《說文‧隹部》:「䧹，䧹鳥也。从隹，从人。瘖省聲。鷹，籀文䧹从鳥。」段注：「籀文則从鳥而應省聲。非兼用隹鳥也。」筆者案：本文從段注定鷹字為從鳥，應省聲。
32.	膺	膺	䧹	雁	《說文‧肉部》:「匈也。从肉，䧹聲。」
33.	黴	黴	微	微	《說文‧黑部》:「中久雨青黑也。从黑，微省聲。」
34.	徽	徽	微	微	《說文‧糸部》:「衺幅也。一曰三糾繩也。从糸，微省聲。」
35.	薛	薛	辥	辥	《說文‧艸部》:「艸也。从艸，辥聲。」
36.	蠹	蠹	橐	槖	《說文‧䖵部》:「木中蟲。从䖵，橐聲。」
37.	裊		鳥	鳥	《正字通》:「俗褭字。」《說文‧衣部》:「褭，以組帶馬也。从衣从馬。」《古今韻會舉要》:「褭，或作裊。」筆者案：裊字音ㄋㄧㄠˇ，應從鳥省聲。
38.	覺	覺	學	𦥯	《說文‧見部》:「悟也。从見，學省聲。」
39.	觴	觴	𥏻	昜	《說文‧角部》:「實曰觴。虛曰觶。从角，𥏻省聲。」
40.	傷	傷	𥏻	昜	《說文‧戈部》:「創也。从戈，𥏻省聲。」
41.	贛	贛	竷	𠦝	《說文‧貝部》:「賜也。从貝。竷省聲。」筆者案：贛字，小篆作贛，聲符「竷」省略為「𠦝」，部件「夅」又隸變作「**夂**」。
42.	充	充	育	𠫓	《說文‧儿部》:「長也，高也。从儿，育省聲。」
43.	刹	刹	殺	杀	《說文新附‧刀部》:「柱也，从刀，未詳。殺省聲。」
44.	囊	囊	襄	𧛠	《說文‧㯻部》:「橐也。从㯻省，襄省聲。」筆者案：段注本作「从㯻省，𤅩聲。」依現行楷書的「囊」字形觀之，作為「襄」省聲，亦無不可。
45.	夢	夢	瞢	苜	《說文‧夕部》:「不明也。从夕，瞢省聲。」
46.	嬴	嬴	羸	𣎆	《說文‧女部》:「帝少之姓也。从女，羸省聲。」
47.	將	將	牆	𤖨	《說文‧寸部》:「帥也。从寸，牆省聲。」

編號	楷書	小篆	聲符	省聲符	結構
48.	嵌	嵌	歁	欺	《說文新附・山部》:「山深皃。从山，歁省聲。」
49.	撤	勶	徹	敵	《說文・力部》:「勶，發也。从力，从徹，徹亦聲。」段注:「或作撤，乃勶之俗也。」
50.	轍	轍	徹	敵	《說文新附・車部》:「車迹也。从車，徹省聲。本通用徹，後人所加。」
51.	澈		徹	敵	《正中》:「从水，徹省聲。」(頁876)
52.	哩		釐	厘	《正中》:「厘為釐之省字，而釐為我國衡名，克冷略當我國之釐。故哩从釐省聲。」(頁236)
53.	產	產	彥	产	《說文・生部》:「生也。从生，彥省聲。」
54.	潸	潸	散	散	《說文・水部》:「涕流皃。从水，散省聲。」
55.	奐	奐	夐	[illegible]	《說文・廾部》:「取奐也。一曰大也。从廾。夐省聲。」

附表五

多體形符表

編號	多體形符	結構說明
1.	寸	冠字的形符，《說文・冖部》：「冠，絭也。所以絭髮，弁冕之緫名也。**从冖从元**，元亦聲。冠有法制，从寸。」
2.	昗	冥字的形符，《說文・冥部》：「窈也。**从日、六**，从冖。日數十，十六日而月始虧，冥也。冖亦聲。」
3.	釗	劉字的形符，《說文》無「劉」字，《玉篇・金部》：「鎦，古劉字」。《說文・金部》：「鎦，殺也。」《正中形音義綜合大字典》：「**从刀金**，卯聲。本義作『殺』解，殺賴利器，故从刀金。」（頁154）
4.	冊口	嗣字的形符，《說文・冊部》：「諸侯嗣國也。从冊口，司聲。」
5.	斈	學字的形符，《說文・教部》「覺悟也。从教从冖。冖，尚矇也。臼聲。」
6.	宀口	害字的形符，《說文・宀部》：「傷也。从宀、口，言从家起也。丰聲。」
7.	寊	寶字的形符，《說文・宀部》：「珍也。从宀玉貝，缶聲。」
8.	復	履字的形符，《說文・履部》：「足所依也。从尸从彳从夊，舟象履形。一曰尸聲。」
9.	敕	整字的形符，《說文・攴部》：「齊也。从攴从束从正，正亦聲。」
10.	思	憲字的形符，《說文・心部》：「敏也。从心从目，害省聲。」
11.	朢	望字的形符，《說文・亡部》：「出亡在外，望其還也。从亡，朢省聲。」林義光《文源》說望字：「按即朢之或體，从月，从壬，亡聲。望、亡同音，臣、亡形近，故致譌。」（《說文解字詁林》，頁3667）從之。
12.	𠱾	歸字的形符，《說文・止部》：「《說文》女嫁也。从止，从婦省，𠂤聲。」
13.	㒳	爾字的形符，《說文・㸚部》：「麗爾，猶靡麗也。从冂从㸚，其孔㸚，尒聲。」
14.	牢	牽字的形符，《說文・牛部》：「引前也。从牛，冖象引牛之縻也。玄聲。」
15.	亩	畝字的形符，《說文・田部》：「畮，六尺爲步，步百爲畮。从田每聲。

編號	多體形符	結構說明
		畂，畮或从田、十、久。」段注「十者、阡陌之制。久聲也。每久古音皆在一部。今惟周禮作畮。五經文字曰。經典相承作畝。干祿字書曰。畝通、畂正。」
16.	王石	碧字的形符，《說文・玉部》：「石之青美者。从玉石，白聲。」
17.	秔	稽字的形符，《說文・稽部》：「留止也。从禾从尤，旨聲。」
18.	穼	竊字的形符，《說文・米部》：「竊，盜自中出曰竊。从穴、从米，禼、廿皆聲。」
19.	糸刀	絕字的形符，《說文・糸部》：「斷絲也。从刀糸。卩聲。」
20.	耳悳	聽字的形符，《說文・耳部》：「聆也。从耳悳，壬聲。」
21.	奐	衡字的形符，《說文・角部》：「牛觸，橫大木其角。从角从大，行聲。《詩》曰：『設其楅衡。』」
22.	八言	詹字的形符，《說文・八部》：「多言也。从言从八从产。」段注「此當作产聲。淺人所改也。厂部曰。屋梠、秦謂之楣。齊謂之产。木部曰。屋櫋聯、秦謂之楣。齊謂之檐。楚謂之梠。产與檐同字同音。詹、产聲。」從段說。
23.	釁省	釁字的形符，《說文・爨部》：「血祭也。象祭竈也。从爨省，从酉。酉，所以祭也。从分，分亦聲。」
24.	倠	雁字的形符，《說文・隹部》：「鳥也。从隹从人，厂聲，讀若鴈。」
25.	仂	飭字的形符，《說文・力部》：「致堅也。从人从力，食聲。」
26.	伂	飾字的形符，《說文・巾部》：「㕞也。从巾从人，食聲，讀若式。一曰襐飾。」
27.	男	虜字的形符，《說文・毌部》：「獲也。从毌从力。虍聲。」
28.	止卩	卸字的形符，《說文・卩部》：「舍車解馬也。从卩止，午聲。讀若汝南人寫書之寫。」

附表六
常用形符構字能力統計表

構字數	形符數	形符
251	1	氵（水）
199	1	扌（手）
196	1	口
170	1	亻（人）
169	1	木
158	1	艹（艸）
118	1	言
104	1	金
95	1	糹（糸）
93	1	女
92	1	忄（心）
88	1	土
84	1	月（肉）
80	1	辶（辵）
74	1	虫
65	1	阝
62	1	竹
57	1	疒
53	1	心
52	1	𧾷（足）
51	1	火
50	1	石
49	1	貝
48	1	王（玉）
47	1	目
41	1	日

構字數	形符數	形符
40	1	山
37	1	馬
35	2	刂（刀）、犭（犬）
34	1	車
33	1	禾
31	1	宀
30	3	頁、衤（衣）、鳥
29	2	广、食
26	1	雨
25	1	力
23	3	攵（攴）、礻（示）、魚
22	2	彳、酉
21	1	巾
20	2	米、衣
19	1	門
18	1	穴
16	3	牛、羽、革
13	3	弓、手、皿
12	4	灬（火）、糸、耳、舟
11	7	大、尸、欠、歹（歺）、气、田、走
10	3	隹、髟、黑
9	5	冫、口、戈、月、骨
8	5	子、犬、見、豸、齒
7	2	風、鬼
6	5	立、缶、羊、行、鹿
5	14	儿、寸、匸、彡、斤、斗、㫃、片、瓦、白、矢、罒（网）、耒、蚰
4	10	几、刀、勹、厂、又、殳、毛、玨（珡）、示、身
3	17	一、匚、㔾（卩）、[illegible]（㝱）、⺌（心）、夊、林、水、父、玉、瓜、皮、豖、韋、音、鹵、麥
2	39	尢、冃、卩、壴、士、夕、多、屵、工、廾、戊、戶、死、

構字數	形符數	形符
		止、男、二、光、至、舌、舛、虍、角、谷、豆、赤、辛、 䢃、釆、里、青、非、面、香、共、黍、鼓、鼠、十、厶
1	126	乙、亯（高）、亽、北、[illegible]、昗、冖、刂（刀）、剣、匕、 卜、皀（皀）、血、卯、丵、半、[illegible]（橐）、吅、旨、帛、 尺、兀、[illegible]、耂（老）、老、[illegible]、[illegible]、攴、支（攴）、卵、 八、[illegible]、復、[illegible]（尾）、邑、巳（邑）、干、廴、延、希、 思、[illegible]、異、扌（手）、敕、文、立、申、旦、曰、扶、 肉、[illegible]、步、[illegible]、𠂉（屮）、民、炎、爪、爾、嗇、罕、 生、马、亩、㐬、矛、[illegible]、[illegible]、[illegible]、[illegible]、[illegible]、冗 （网）、冂（网）、兮、瓜、聽、長、聿、臣、臥、具 （舁）、萑、舍、莫（堇）、処、丘（丘）、虎、亏、鬲、 臭、[illegible]（衣）、西、會、[illegible]、豊、象、足、[illegible]、帛、隶、 隹、巫、頻、方、市、鬥、幺、黽、自、鼻、[illegible]、宮、 夸、厹、彣、恣、去、男、[illegible]、[illegible]、丸、[illegible]、弜、旡、向

附表七

形聲字形音兼用部件表

序號	字符	用作形符的形聲字數	用作形符時的形聲字例	用作聲符的形聲字數	用作聲符時的形聲字例
1.	乙	1	乾	2	札軋
2.	亯（高）	1	亭	2	毫豪
3.	亻（人）	169	什仃仆仇仍仔仕仗代仙仞仿伉伙伊佚伍仲任仰仳份住佇佗伴佛何估佐佑伽伺伸佃佔似但佣作你伯低伶佝佯依佳使佬供例佰併侈侀佾佅俠俑俏促侶俘俟俊俗侮俐俄係俚倌倍倣俯倦倥俸倩倖倆值借倚倒們俺倀倔倨俱倡個候倘俳修倭倪俾倫偕偽停假偃偌偉健偶偎偕偵側偷偏條傢傍傅備傑傀傖傭債傲傳僅傾催傷傻傯僧僮僥僖僭僚僕像僑僱億儀僻僵價儂儈儉儒儘儔儐優償儡儲儷儼他佞侍化仟位	1	仁
4.	女	91	奶妄奸她妁妝妒妨妞妣妖妍妤妓妊妹妮姑姆姐姍始姓姊妯妳姒姜姘姿姣姨娃姥姪姚姻娑娘娜娟娛娓姬娠娣娩娥娌娶婉婪婀娼婢婚婆婊婷媚婿媒媛嫁嫉嫌媾媽媼媳嫂媲嫡嫦嫗嫖嫘嫣嬉嫻嬋嫵嬌嬝嬴嬰嬪嬤嬸孀妃	1	汝
5.	北	1	冀	1	背
6.	目	47	冒盯盲盹盼眩眠眨眷眼眶眸眺睏睛睫睦睞督睹睬睜睥睨瞄睽睡瞎瞇瞌瞑瞠瞞瞟瞥瞳瞪瞰瞬瞧瞭瞽瞿瞻矇矓矚	1	苜
7.	冃	2	冑冕	1	冒
8.	寸	5	寺專將導耐	3	吋忖村
9.	冫	9	冶冷冽凍凌准凋凜凝	3	憑馮冰
10.	几	4	凰凱凳殼	3	凴飢肌
11.	刀	4	切券剪劈	2	召叨

序號	字符	用作形符的形聲字數	用作形符時的形聲字例	用作聲符的形聲字數	用作聲符時的形聲字例
12.	刂（刀）	34	刈刊列刑划刎判刨刻刷刺刮剁剎剃削剋剖剜剔剛剝副割剴創剩剿剷剽劃劇劍劑	1	到
13.	力	24	功助努劬劾勇勉勃勁務勘動勝勛募勦勤勢勵勸勳劫幼辦	2	勒肋
14.	匕	1	匙	3	尼旨牝
15.	卜	1	卦	3	仆朴訃
16.	皀（艮）	1	即	1	卿
17.	卩	2	卻叩	2	即衈
18.	血	1	衈	1	恤
19.	厂	4	厝厥厭厲	3	彥雁厄
20.	半	1	叛	6	伴判拌畔絆胖
21.	口	196	可召叮叨叼叫叱臺句叭吐吁吋吃吆吒吝吭吞吾否呎吧呃呈君吩吻吸吮吵吶吼呀吱含吟味呵咖呸咕咀呻呷咄咆呼咐呱呶和咚呢咋命咬哀咨哎哉咦咳哇哂咽咪哄哈咯咻哨唐唁唷哼哲唆哺唔哩唉哮哪哦唧啪啦啄啞啡啃啊唱啖問啕唯啤唸售啜唬唧喉啻喀喧啼喊喝喘喂喔喇喋喃喳喟唾喲喚喻喬喱啾喉嗟嗨嗓嗦嗎嗜嗑嗤嗯嗚嗡嗅嗆嗥嗾嘀嘛嗽嘔嘆嘍嘎嗷嘖嘟嘈嘮嘻嘹嘲嘿噹嘩噓噎噗噴嘶嘯嘰噙噫噹噤噸噪噥噱噯噬噢嚎嚀嚐嚅嚇嚏嚕嚥嚨嚷嚶嚼囁囀囈囉囌囑	3	叩扣釦
22.	壴	2	嘉彭	1	鼓
23.	旨	1	嘗	5	指稽耆脂詣
24.	尺	1	咫	1	呎
25.	囗	9	囤固圃圈國圍園圓團	2	員韋
26.	土	86	地在圬圯坊坑址坍均坎圾坏垃坷坪坩坡坦坼垂型垠垣垢城垮埂埔埃堊埠埤基堂堵培堪場堤堰堡塞塑塘塗塚塔填塌塭塊塢塾境墓墊塹墅墀墟增墳墜墮壁墾壇壅	5	吐徒杜牡肚

序號	字符	用作形符的形聲字數	用作形符時的形聲字例	用作聲符的形聲字數	用作聲符時的形聲字例
			壕壓壑壙壘壞壟壢壤壩堆埋圳坤堅毀疆墨		
27.	士	1	壯	1	仕
28.	老	1	耆	2	姥佬
29.	夕	3	夜夢夤	2	汐矽
30.	多	2	夠夥	3	移爹侈
31.	大	8	夸奕契奎奘奢奇樊	2	汰馱
32.	子	9	存孟孤季孩孳孺孽孿	4	仔字孜李
33.	八	1	尚	4	匹叭扒趴
34.	尸	11	孱尼屁屈屆屏屑展屠屢層	2	屎履
35.	米	20	屎氣粉粒粗粱粳粹粽精糊糕糖糠糜糢糟糙糧糯	3	咪迷麋
36.	山	40	屹岐岑岌岷岡岫岱峙峭峽峻峪峨峰島崁崇崆崎崛崢崑崩崔崙嵌嵐嶄嶇嶝嶼嶺嶽巍巔巒巖崗幽	5	仙汕疝舢訕
37.	工	2	巧式	13	功攻項空江扛紅缸肛虹訌汞貢
38.	杀（殺）	1	弒	2	殺剎
39.	弓	13	弘弛弧弩弭張強彆彈彌彎弦發	2	躬穹
40.	彡	5	形彩彫彰影	3	彭衫杉
41.	心	52	忘忌志忍忠忽念忿怒思怠急怨恙恣恥恐恕恩息恿患悠您惑惡悲悶愚慈感想惹愁愈慇愿慧慝慼慰慫慾憑憊應懇懣懲懸戀怎	1	沁
42.	思	1	慮	2	鰓腮
43.	戈	9	戕戡戢戮戰戲戳截賊	1	划
44.	戊	2	成戚	1	茂
45.	異	1	戴	2	翼冀
46.	戶	2	房扉	4	妒所扈雇

序號	字符	用作形符的形聲字數	用作形符時的形聲字例	用作聲符的形聲字數	用作聲符時的形聲字例
47.	斤	5	所斧斫斯新	4	欣祈芹近
48.	文	1	斐	8	吝玟紋紊虔蚊閔雯
49.	斗	5	斜斟斡科魁	2	抖蚪
50.	申	1	暢	6	紳神砷呻伸坤
51.	旦	1	暨	4	靼袒坦但
52.	月（肉）	83	散肋肌肖肓肝肛肚肺肢肱股肫肴肪胖胥胚背胡胛胎胞胱脂胰脅胭胴胸胳脯脖脣脫脩腕腔腋腑腎脹腆脾腱腰腸腥腮腳腫腹腺膀膏膈膊腿膛膜膝膠膚膳膩膨臆臃膺臂臀膿膽臉膾臍臏臘臚臟脈腦隋	1	育
53.	木	168	寨札朽朴李杏材村杜杖杞杉杭枋枕杷枇枝杯板枉松杵柿柱柔架枯柵柩柯柄柑枴柚枸柏柞柳校核案框桓根桂桔栩梳桌栽柴桐格桃株桅栓梁梯梢梓梵桿桶梱梧梗械梃梭梆梅梔條梨棺棕棠椅楝棵棧棹棒棲棣棋棍植椒椎棚椰楷楠楔極椰概楊楨楫楓楹榆榜榨榕槁榮槓構榛榷榻榫榴槐槍榭槌樣樟槨椿樞標槽模樓槳樅樽樸樺橙橫橘樹橄橢橡橋橇樵機檀檔檄檢檜櫛檳檬櫃檻檸櫂櫥櫝櫚櫓櫻欄權欖築	1	沐
54.	林	3	楚鬱麓	5	婪淋霖琳禁
55.	欠	11	欣欲欺欽歇歉歌歐歙歟歡	2	坎砍
56.	止	2	歧歷	5	址徙扯祉趾
57.	歹（歺）	11	歿殃殆殊殉殘殖殤殮殯殲	1	列
58.	殳	4	殺殿毅毆	3	投股骰
59.	民	1	氓	3	岷抿眠
60.	毛	4	毫毯毽麾	2	髦耗
61.	气	11	氖氛氟氧氨氦氤氫氮氯氳	2	氣汽
62.	火	51	灼災灸炕炒炊炫炳炬炯炭炸炮烊烘烤烙焊烽焙焰煙煤煉煜煬煌煥熔煽熄熾燉燐燒燈燎燙燜燃燧燦燥燭燬燴爊爆爍爐爛	1	伙

序號	字符	用作形符的形聲字數	用作形符時的形聲字例	用作聲符的形聲字數	用作聲符時的形聲字例
63.	炎	1	剡	6	啖毯氮淡痰談
64.	爪	1	爬	1	抓
65.	父	3	爸爹爺	2	斧釜
66.	嗇	1	牆	2	薔穡
67.	王（玉）	47	玖玩玟玫玷珊玻玲珍珀珖琉珠琅琊球理現琍琺琪琳琢琥瑯瑚瑕瑞瑁琿瑙瑛瑜瑤瑣瑪瑰璋璃璜璣璩環璦瓊瓏珮	1	頊
68.	瓜	3	瓠瓢瓣	4	呱孤弧狐
69.	生	1	產	8	姓性旌星牲甥笙青
70.	田	10	界畔留略畦當畸疇甽毗	4	甸佃細思
71.	㐬	1	疏	3	流琉硫
72.	白	4	皎皖皓皚	15	魄陌鉑迫舶碧珀泊柏替拍怕伯帛帕
73.	皮	3	皰皴皺	11	坡彼披波玻疲破簸被跛頗
74.	皿	13	盂盆盃盎盔盒盛盞盡盤盧盪盟	1	孟
75.	矛	1	矜	2	柔茅
76.	矢	5	矣矩短矮矯	1	雉
77.	石	50	矽砂研砌砍砰砧砸砝破砷砥砭硫硃硝硬硯碎碰碗碘碌碉硼碑磁碟碳磋磅確碾磕碼磐磨磚磷磺磴磯礁礎礙礦礪礬礫磬	3	拓斫碩
78.	礻（示）	23	祀祁祆祉祈祇祕祐祠祖神祗祚祥祺祿禎福禍禧禪禮禱	2	祁視
79.	禾	33	私秒秤秣秧租秩移稍稈程稅稀稜稚稠稔種稱稿稼穀稷稻積穎穆穌穗穡穢穫穩	2	和科
80.	立	5	站竣竭端靖	7	垃拉泣笠粒颯位
81.	竹	62	竿笆笑笠笨笛第符笙笞等策筐筒答筍筏筷節筠管箕箋筵箍箔箏箭箱箴篆篇篁篙	2	竺篤

序號	字符	用作形符的形聲字數	用作形符時的形聲字例	用作聲符的形聲字數	用作聲符時的形聲字例
			簑篛篩簇簍篾篷簫簧簪簞簣簡簾簿簸簽簷籌籃籍籐籠籟籤籬籮筆		
82.	馬	37	篤馮馳馱馴駁駝駐駟駛駑駕駒駙駭駢駱騁駿騎騖騙騫騰騷驅驃驀騾驕驚驛驗驟驢驥驪	6	嗎媽瑪碼罵螞
83.	缶	6	缸缺缽罄罈罐	1	寶
84.	羊	6	羞羚群羯羶羸	13	鮮養詳翔羌祥烊洋氧恙庠姜佯
85.	羽	16	羿翅翁翌翎翔翕翠翡翩翰翱翳翼翹翻	1	栩
86.	光	2	耀輝	3	恍晃胱
87.	耳	12	耽聊聆聖聘聞聱聲聰聳職聾	4	弭恥洱餌
88.	镸（長）	1	肆	6	賬脹悵張帳倀
89.	聿	1	肄	1	筆
90.	至	2	到臻	6	姪室窒致蛭輊
91.	舍	1	舒	1	捨
92.	𦰩（堇）	1	艱	3	難漢嘆
93.	虍	2	虔虞	4	慮處虛虜
94.	虎	1	號	2	唬琥
95.	亏	1	虧	2	圬夸
96.	虫	74	虱虹蚊蚪蚓蚤蚩蚌蚣蛀蚶蛄蚵蛆蚱蚯蛟蛙蛭蛔蛛蛤蛹蜓蜈蜇蛾蛻蜂蜃蜿蜜蜻蜢蜥蜴蜘蝕蝍蝴蝶蝠蝦蝸蝙蝗蝌螃螟螞螢蟀蟑螳蟒蟆螯螻螺蟈蟋蟯蟬蟻蠍蟹蠔蠕蠣蠟蠻雖風閩	1	融
97.	鬲	1	融	2	隔膈
98.	行	6	術街衙衛衝衢	1	衡
99.	衣	20	衷衰袈袋裁裂裟裔裘裝裏裊裳裴裹製褒褻襲襄	2	哀依
100.	襾（西）	1	覆	1	賈
101.	見	8	視親覦覬覲覺覽觀	3	現硯靦

序號	字符	用作形符的形聲字數	用作形符時的形聲字例	用作聲符的形聲字數	用作聲符時的形聲字例
102.	言	117	訂訃記訏訌訕訊託訓訖訪訝訣訥許訟訛註詠評詞証詁詔詛詐詆訴診詫該詳試詩詰誇詼詣誠話誅詭詢詮詬誦誌語誣認誡誓誤說誥誨誘誑誼諒談諄誕請諸課諉諂調誰論諍諦諺諫諱謀諜諧諮諾謁謂諷諭謎謗謙講謊謝謄謨謹謬譁譜識證譚譎譏議譬警譯譴護譽讀變讓讒讖讚辯謠	2	唁這
103.	谷	2	豁谿	6	裕浴欲峪容俗
104.	豆	2	豉豌	5	頭逗豎短痘
105.	臤	1	豎	4	賢腎緊堅
106.	象	1	豫	2	橡像
107.	貝	49	員財貢販責貫貨貪貧貯貼貳貽賁費賀貴貶貿貸賊資賈賄貲賂賅賓賑賒賠賞賦賤賬賭賢賜賴賺賽購贈贏贍贓贖贗贛	2	敗狽
108.	赤	2	赧赭	1	赦
109.	走	11	赴赳起越超趁趙趕趟趣趨	1	陡
110.	足	1	蹙	3	齪捉促
111.	辛	2	辜辣	2	鋅莘
112.	酉	22	酊配酌酗酣酬酪酩酵酸酷醇醉醋醃醒醣醞醫醬醺釀	2	酒醜
113.	里	2	野釐	10	鯉貍裏理狸浬娌埋哩俚
114.	金	104	釘針釜釵釦鈔釣釧鈕鈣鈉鈞鈍鈐鈷鉗鈸鈽鉀鈾鉛鉋鉤鉑鈴鉸銀銅銘銖鉻銓鋅銻銷鋪銬鋤鋁銳銼鋒錠錶鋸錳錯錢鋼錫錄錚錐鍍鎂錨鍵鍊鍥鍋錘鍾鍬鍛鍰鎔鎊鎖鎢鎳鎮鏡鏑鏟鏃鏈鏜鏝鏖鏢鏍鏘鏤鏗鐘鐃鏽鐮鐳鐵鐺鐸鐲鑄鑑鑒鑣鑠鑲鑰鑽鑾鑼鑿	2	欽錦
115.	門	19	閔閘閡閨閣閥閤閭閱閻闊闋闌闈闔闐闢闡闞	6	閩聞捫悶問們

序號	字符	用作形符的形聲字數	用作形符時的形聲字例	用作聲符的形聲字數	用作聲符時的形聲字例
116.	隹	10	雅雄雇雉雌雕離雛雞難	12	唯堆崔帷惟推椎淮誰錐維稚
117.	巫	1	靈	1	誣
118.	青	2	靛靜	11	靖請蜻菁精睛猜清晴情倩
119.	非	2	靠靡	14	霏輩裴菲翡痱斐排扉悲徘啡匪俳
120.	面	2	靦靨	2	麵緬
121.	韋	3	韌韓韜	8	闈違諱衛葦緯圍偉
122.	音	3	韶韻響	2	暗黯
123.	頻（瀕）	1	顰	2	蘋瀕
124.	風	7	颯颱颳颶颺颼飄	3	楓瘋諷
125.	食	29	飢飪飯飩飼飴飽餃餅餌餉養餓餒餘餐館餞餛餡餵餾餿餽饅饒饑饜饞	3	蝕飭飾
126.	骨	9	骯骰骷骸骼髏髒髓體	2	滑猾
127.	鬼	7	醜魂魅魄魏魔魘	7	魁餽瑰槐愧塊傀
128.	魚	22	魷鮑鮮鮫鮪鯊鯉鯽鯨鯧鰓鰍鰭鰥鱉鰱鰻鱔鱗鱖鱷鱸	2	漁穌
129.	共	1	龔	8	鬨烘洪拱恭巷哄供
130.	鳥	29	鳩鳳鴆鴉鴕鴣鴦鴨鴒鴛鴻鴿鵑鵝鵠鶉鵡鵲鶬鵬鶯鶴鷂鶘鷥鷹鷺鸚鸞	2	島梟
131.	鹿	6	麂麋麒麗麝麟	1	麓
132.	幺	1	麼	2	幼吆
133.	黑	10	黔點黜黝黛黠黨黯黴黷	3	嘿墨默
134.	黽	1	鼇	1	繩
135.	鼓	2	鼕鼙	1	瞽
136.	自	1	鼻	1	息

序號	字符	用作形符的形聲字數	用作形符時的形聲字例	用作聲符的形聲字數	用作聲符時的形聲字例
137.	十	2	協博	3	什汁針
138.	夸	1	匏	4	垮瓠誇跨
139.	攵	23	孜收改攻政故效敝救教敗啟敏敘敞敦敵敷數斂肇繁赦	1	玫
140.	支	1	鼓	10	吱妓屐岐技枝歧翅肢豉
141.	舌	2	舐舔	5	括話颳刮活

引用書目

古典文獻（依朝代排序）

1. 《爾雅》郭璞注，《叢書集成》初編，北京：中華書局，1985年。
2. 〔西漢〕劉向《戰國策》，臺北：藝文印書館，1951年。
3. 〔西漢〕戴聖《禮記》，《十三經注疏》，臺北：藝文印書館，2001年。
4. 〔西漢〕史游《急就篇》，《文淵閣四庫全書》電子版，迪志文化出版有限公司，1999年。
5. 〔東漢〕張機《金匱要略》，《文津閣四庫全書》，子部，醫家類，第243冊。北京：商務印書館，2005年。
6. 〔東漢〕班固《漢書》，臺北市：鼎文書局，1979年。
7. 〔東漢〕許慎《說文解字》（段注本），臺北：藝文印書館，2005年。
8. 〔東漢〕許慎《說文解字》（大徐本），北京：中華書局，1963年。
9. 〔東漢〕劉熙《釋名》，《文淵閣四庫全書》電子版，迪志文化出版有限公司，1999年。
10. 〔晉〕常璩《華陽國志》，《文淵閣四庫全書》第463冊，臺北：臺灣商務印書館，1983年。
11. 〔晉〕干寶《搜神記》《筆記小說大觀》臺北：新興書局，1985年。
12. 〔曹魏〕張揖《廣雅》，《文淵閣四庫全書》電子版，迪志文化出版有限公司，1999年。
13. 〔北魏〕賈思勰《齊民要術》，《文津閣四庫全書》，子部，農家類，第243冊。北京：商務印書館，2005年。
14. 〔唐〕顧野王撰《玉篇》，《文淵閣四庫全書》，臺北：臺灣商務印書館，1983年。
15. 〔唐〕柳宗元《柳河東集》，北京：中華書局，1964年。
16. 〔唐〕張說《張說之文集》，《叢書集成續編》第123冊，臺北：新文豐出版公司印行，1989年。
17. 〔唐〕王冰撰《黃帝內經素問》，《文淵閣四庫全書》第733冊，臺北：臺灣商務印書館，1983年。
18. 〔唐〕王燾《外臺祕要方》，《文淵閣四庫全書》，子部，醫家類，第736冊。臺北：臺灣商務印書館，1983年。
19. 〔南唐〕釋靜編著《祖堂集》，臺北：廣文書局，1972年。

20. 〔北宋〕王懷隱《太平聖惠方》，臺北：新文豐出版公司，1980年。
21. 〔北宋〕陳師道《後山集》，《文津閣四庫全書》，集部，別集類第372冊。北京：商務印書館，2005年。
22. 〔北宋〕李昉《太平御覽》，《文津閣四庫全書》，子部，類書，第298冊。北京：商務印書館，2005年。
23. 〔北宋〕李昉《文苑英華》，臺北：新文豐公司，1979年。
24. 〔北宋〕陳摶秘傳；明袁忠徹訂正《神相全編》，出版地不詳，出版者不詳，1927年。
25. 〔北宋〕陳師道《後山叢談》，《文津閣四庫全書》，子部，小說家，第345冊。北京：商務印書館，2005年。
26. 〔北宋〕丁度等編著《集韻》，上海：上海古籍出版社，1985年。
27. 〔北宋〕陳彭年編著《廣韻》，臺北：廣文書局，1961年。
28. 〔南宋〕鄭樵《通志》，《十通》，臺北：新興書局，1963年。
29. 〔南宋〕周去非《嶺外代答》，《筆記小說大觀》，臺北：新興書局，1962年。
30. 〔南宋〕周密著《齊東野語》，《文津閣四庫全書》，子部，雜家類，第286冊。北京：商務印書館，2005年。
31. 〔南宋〕宋慈著《洗冤集錄》，《零玉碎金集刊》，臺北：新文豐公司，1983年。
32. 〔南宋〕吳自牧《夢粱錄》，《文淵閣四庫全書》，史部，地理類，第590冊。臺北：臺灣商務印書館，1983年。
33. 〔南宋〕周密著《武林舊事》，《文淵閣四庫全書》，史部，地理類，第590冊。臺北：臺灣商務印書館，1983年。
34. 〔南宋〕楊士瀛《仁齋直指》，《文淵閣四庫全書》，子部，醫家類，第744冊。臺北：臺灣商務印書館，1983年。
35. 〔遼〕釋行均編著《新修龍龕手鑑》，《四部叢刊續編・經部》，臺北：臺灣商務印書館，1966年。
36. 〔元〕李文仲《字鑑》，《文淵閣四庫全書》電子版，迪志文化出版有限公司，1999年。
37. 〔元〕脫脫等撰；楊家駱主編《新校本宋史并附編三種》，臺北：鼎文書局，1980年)。
38. 〔元〕無名氏《居家必用事類全集》，北京圖書館古籍珍本叢刊，北京：書目文獻出版社，1988年。
39. 〔元〕魯明善《農桑衣食撮要》，《文津閣四庫全書》，子部，農家類，第242冊。北京：商務印書館，2005年。
40. 〔元〕楊瑀《山居新話》《文津閣四庫全書》，子部，小說家類，第346冊。北京：商務印書館，2005年。

41. 〔元〕汪汝懋《山居四要》,《醫方類聚》〔朝鮮〕金禮蒙輯，北京：人民衛生出版社，1981-1982年。
42. 〔元〕湯允謨《雲煙過眼錄續錄》,《文津閣四庫全書》，子部，雜家類，第288冊。北京：商務印書館，2005年。
43. 〔元〕朱震亨《丹溪醫集》，浙江省中醫藥研究院文獻研究室編校，北京：人民衛生出版社，1993年。
44. 〔元末〕《樸通事諺解》,《奎章閣叢書》（日本昭和十九年（1944）韓國京城帝大圖書館影印奎章閣叢書活字排印本），臺北：聯經出版公司，1978年。
45. 〔明〕李時珍《本草綱目》,《文淵閣四庫全書》電子版，迪志文化出版有限公司，1999年。
46. 〔明〕張自烈撰，清廖文英續《正字通》,《續修四庫全書・經部》，上海：上海古籍出版社，1995年。
47. 〔明〕梅膺祚《字彙》,《續修四庫全書》上海：上海古籍出版社，1995-2002年。
48. 〔明〕鄒智《立齋遺文》,《文淵閣四庫全書》，集部，別集類。臺北：臺灣商務印書館，1983年。
49. 〔明〕李實《蜀語》（李雨村函海本），臺北：藝文印書館影印，1968年。
50. 〔明〕李東陽等奉敕撰，申明行等奉敕重修《大明會典》，臺北：國風出版社，1963年。
51. 〔明〕王世貞《弇州四部稿》,《文津閣四庫全書》，集部，別集類，第428冊。北京：商務印書館，2005年。
52. 〔明〕馮夢龍《三遂平妖傳》，臺北：桂冠出版社，1983年。
53. 〔明〕作者不詳《對相四言難字》，和刻本中國古逸書叢刊，經部，小學類，第15冊，南京：鳳凰出版社，2012年。
54. 〔清〕顧藹吉著，顧南原撰集《隸辨》（清康熙57年項絪氏玉淵堂刻本），臺南：大孚書局，1993年。
55. 〔清〕桂馥《札樸》,《續修四庫全書・子部》上海：上海古籍出版社，1997年。
56. 〔清〕吳任臣撰《字彙補》,《續修四庫全書・經部》，上海：上海古籍出版社，1995年。
57. 〔清〕張玉書，陳廷敬等編纂《御定康熙字典》,《文津閣四庫全書》，經部，小學類，第79冊。北京：商務印書館，2005年。
58. 〔清〕胡鳴玉《訂訛雜錄》,《文津閣四庫全書》，子部，雜家類，第285冊。北京：商務印書館，2005年。
59. 〔清〕彭定求、沈三曾、汪士紘、汪繹、俞梅等人奉敕編校《全唐詩》，北京：中華書局，2003年。

二、現代著作（依姓名筆畫排序）

1. 丁福保編纂《說文解字詁林》，北京：中華書局，1988年。
2. 于省吾主編《甲骨文字詁林》，北京：中華書局，1996年。
3. 中央研究院歷史語言研究所校勘《明實錄》，臺北：中央研究院歷史語言研究所，1966年。
4. 王力《同源字典》，臺北：文史哲出版社，1991年。
5. 〔美〕王士元著，石鋒譯《語言的探索——王士元語言學論文選譯》〈詞匯擴散原理〉篇，北京：北語語言文化大學出版社，2002年。
6. 王寧《漢字構形學講座》，臺北：三民書局，2013年。
7. 王寧〈漢字構形理據與現代漢字部件拆分〉，《語文建設》，1997年第3期。
8. 王輝〈殷人火祭說〉《一粟集——王輝學術文存》，臺北：藝文印書館印行，2002年。
9. 王貴元〈現代漢字字形三論〉，《語言文字應用》，2005年02期。
10. 王志成、葉紘宙著，葉紘宙繪畫《部首字形演變淺說》，臺北：文史哲出版社，2000年。
11. 王平《韓國現代漢字研究》，北京：商務印書館，2013年。
12. 王小寧〈從形聲字聲旁的表音度看現代漢字的性質〉，《清華大學學報》（哲學社會科學版）第14卷第1期，1999年。
13. 王鳳陽《漢字學》，吉林：吉林文史出版社，1989年。
14. 方勇編著《秦簡牘文字編》，福州：福建人民出版社，2012年。
15. 石定果、萬業馨〈關於對外漢字教學的調查報告〉，《語言教學與研究》1998年第1期。
16. 史有為〈漢字的重新發現〉，《漢學問題學術討論會論文集》，中國社科院語用所編，1988年。
17. 史玥〈《常用漢字表》形聲字形符義類分布分析〉，《重慶科技學院學報》（社會科學版）2010年第4期。
18. 左民安、王盡忠著《細說漢字部首》，北京：九州出版社，2005年。
19. 朱歧祥《殷墟甲骨文字通釋稿》，臺北：文史哲出版社，1989年。
20. 老志鈞《語文與教學》，臺北：師大書苑有限公司，2006年。
21. 李孝定《漢字史話》，臺北：聯經出版公司，1977年。
22. 李國英《小篆形聲系統研究》，北京師範大學博士論文，1991年。
23. 李國英《小篆形聲字研究》，北京：北京師範大學出版社，1996年。
24. 李國英〈論漢字形聲字的義符系統〉，《中國社會科學》1996年3期。

25. 李海霞〈現代形聲字的表音功能〉,《西南師範大學(哲學社會科學版)》1992年第2期。
26. 李燕、康加深〈現代漢語形聲字研究〉,《語言文字應用》1995年第1期;亦收入《對外漢字教學研究》,北京:商務印書館,2006年。
27. 李學銘《中國語文教學的現況與發展》,香港:學思出版社,1997年。
28. 吳越編《漢語通用字繁簡對照手冊》,北京:群言出版社,1993年。
29. 吳剛輯、吳大敏編《唐碑俗字錄》,西安:三秦出版社,2004年。
30. 何琳儀《戰國古文字典》,北京:中華書局,1998年。
31. 呂浩《漢字學十講》,上海:學林出版社,2006年。
32. 呂菲《現代形聲字意符表義研究》,中央民族大學,文學與新聞傳播學院碩士論文,2012年。
33. 竺家寧〈形聲字聲符表音功能研究〉,見中國文字學主編《文字論叢》,臺北:文史哲出版社,2004年。
34. 周有光《漢字聲旁讀音便查》,吉林:吉林人民出版社,1980年。
35. 周法高主編《金文詁林》,京都:中文出版社,1981年。
36. 林碧慧〈形聲字於華語識字教學的價值與侷限性研究〉,《2011第十屆臺灣華語文教學年會暨學術研討會論文集》,2011年。
37. 林濤〈兩用偏旁初析〉,《語文建設》1994年第10期。
38. 林慶勳、竺家寧著《古音學入門》,臺北:學生書局,1989年。
39. 邱昭瑜《字的家族3》,臺北:大千文化出版事業公司,2005年。
40. 孟坤雅〔德〕〈通用漢字中的理想聲旁與漢字等級大綱〉,《第七屆國際漢語教學討論會論文選》北京:北京大學出版社,2004年。
41. 季旭昇總策畫,司馬特著《誰還在寫錯字》,臺北:商周出版,2002年。
42. 胡雙寶《漢字史話》,北京:首都師範大學出版社,2008年。
43. 施正宇〈現代形聲字形符意義的分析〉,《語言教學與研究》1994年3期。
44. 施正宇〈現代漢語形聲字形符表義功能測查報告〉,《北京師範大學學報》1992年,增刊。
45. 范可育、高家鶯、敖小平〈論方塊漢字和拼音文字的讀音規問題〉,《文字改革》1984年第3期。
46. 范常喜〈「卵」和「蛋」的歷時替換〉,《漢語史學報》第6輯,2006年。
47. 柯彼德〔德〕〈關於漢字教學的一些新設想〉,《第四屆國際漢語教學討論會論文選》,北京:北京語言大學出版,1995年。
48. 容庚《金文編》,北京:中華書局,1985年。
49. 高樹藩編著、王修明校正《正中形音義綜合大字典》,臺北:正中書局,1971年初版，1974年第二版。
50. 徐珂《清稗類鈔》，北京：中華書局，1984年。
51. 徐征《全元曲》，石家莊：河北教育出版社，1998年。
52. 徐富昌編撰《武威儀禮漢簡文字編》，臺北：國家出版社，2006年。
53. 孫海波〈卜辭文字記〉，《考古學社社刊》第3期。
54. 孫化龍〈常用形符的表義特點〉，《青海民族學院學報》（社會科學版）1998年第2期。
55. 秦公編著《碑別字新編》，北京：文物出版社，1985年。
56. 秦公．劉大新著《廣碑別字》，北京：國際文化出版公司，1995年。
57. 殷寄明、王如東著《現代漢語文字學》，上海：復旦大學出版社，2007年。
58. 許錟輝《文字學簡編》基礎編，臺北：萬卷樓圖書公司，1999年。
59. 許錟輝先生〈形聲字形符之形成及其演化〉，《中央研究院第二屆國際漢學會議論文集》，臺北：中央研究院發行，1989年。
60. 許錟輝先生〈形聲字形符表義釋例〉，中國文字會主編《文字論叢》第2輯，臺北：文史哲出版社，2004年。
61. 許淑華〈漢字簡化對漢語教學的衝擊〉，《第十六屆中國文字學全國學術研討會論文集》，高雄師範大學，2005年。
62. 教育部《常用國字標準字體表》（甲表），臺北：正中書局，1987年。
63. 教育部《常用國字辨似》，臺北：教育部，1996年。
64. 馮麗萍〈對外漢語教學用2905 漢字的語音狀況分析〉，《北京師範大學學報》（社會科學版）1998年第6期。
65. 張守中編撰《張家山漢簡文字編》，北京：文物出版社，2012年。
66. 張世超〈北京大學藏西漢竹書的文字學啟示〉復旦大學出土文獻與古文字研究網 http://www.gwz.fudan.edu.cn/SrcShow.asp?Src_ID=2011，2013年2月。
67. 張顯成《尹灣漢墓簡牘校理》，天津：天津古籍出版社，2011年。
68. 張海媚〈現代漢字形聲字聲符研究〉，蘭州大學碩士論文，2007年。
69. 張翔〈現代漢字形聲字義符功能類型研究〉，《青海師範大學學報》（哲學社會科學版）2010年第1期。
70. 張光裕主編《郭店楚簡研究》，臺北：藝文印書館，1998年。
71. 張書岩、王鐵昆、李青梅、安寧編著《簡化字溯源》，北京：語文出版社，1997年。
72. 陸錫興編著《漢代簡牘草字編》，上海：上海書畫出版社，1989年。
73. 黃沛榮〈漢字部首及其教學問題〉，《中國文化大學中文學報》第24期，2012年。
74. 黃沛榮〈漢字審思〉，《華語文教學研究》第3卷第2期，2006年。

75. 黃沛榮〈兩岸語文比較〉1999年8月4日。網站「華語處處通」http://www.chinesewaytogo.org/teachers_comer/expert/twoshore/twoshore.php
76. 黃征《敦煌俗字典》，上海：上海教育出版社，2005年。
77. 黃秀仍《常用形聲字聲符表音功能探究——國語讀音》，逢甲大學中國文學研究所碩士論文，1997年。
78. 陳原主編《現代漢語用字信息分析》，上海：上海教育出版社，1993年。
79. 陳松長編著《馬王堆簡帛文字編》，北京：文物出版社，2001年。
80. 陳楓《漢字義符研究》，北京：中國社會科學出版社，2006年。
81. 陳瑩漣《對外漢字教學中「同聲旁字組」分析與應用》，國立臺灣師範大學碩士論文，2010年。
82. 陳序經《疍民的研究》，《民國叢書》第三編，第18冊，上海：上海書店，1991年。
83. 陳橋驛主編《浙江古今地名詞典》，杭州：浙江教育出版社，1991年。
84. 陳婉君、許秋萍、李思賢、張榛容、陳虹靜《形聲字研究與教學》，育達商業科技大學應用中文系97學年度畢業專題。
85. 梁春勝《楷書部件演變研究》，復旦大學漢語文字學博士論文，2009年。
86. 曾昭聰《形聲字聲符示源功能研究》，合肥：黃山書社，2002年。
87. 賀師堯《漢字應用辨誤手冊——容易用錯的字和詞》，上海：上海教育出版，2008年。
88. 葉德明《中文教學理論與實踐的回顧與展望》，臺北：師大書苑有限公司，2005年。
89. 裘錫圭著，許錟輝校訂《文字學概要》，臺北：萬卷樓圖書公司，2003年。
90. 楊潤陸《現代漢字學通論》，長城出版社，2000年。
91. 漢語大字典編輯委員會《漢語大字典》，湖北辭書出版社、四川辭書出版社、湖北省新華書店，1986年。
92. 萬業馨《應用漢字學概要》，北京：商務印書館，2012年。
93. 趙金銘主編《對外漢字教學研究》，北京：商務印書館，2006年。
94. 寧寧《現付常用形聲字聲符系統研究》，天津師範大學漢語言文字學碩士論文，2007年。
95. 蔡信發《辭典部首淺說》，臺北：漢光文化事業公司，1985年。
96. 劉承修《《說文》形聲字形符綜論》，東吳大學中國文學系碩士論文，2001年。
97. 劉釗《新甲骨文編》，福州：福建人民出版社，2014年。
98. 劉英茂、蘇友瑞、陳紹慶《漢字聲旁表音功能》，高雄：高雄復文圖書出版，2001年。
99. 劉翔、陳抗、陳初生、董琨編著《商周古文字讀本》，北京：語文出版社，2007年。
100. 駢宇騫編著《銀雀山漢簡文字編》，北京：文物出版社，2001年。

101. 蔣炳釗〈蛋民的歷史來源及其文化遺存〉,《廣西民族研究》,1998年第4期。
102. 鄭張尚芳《上古音系》,上海:上海教育出版社,2003年。韻典網 http://ytenx.org/。
103. 賴佳瑜〈文字層面的詞匯擴散現象〉*Proceedings of the 22nd North American Conference on Chinese Linguistics (NACCL-22) & the 18th International Conference on Chinese Linguistics (IACL-18). Volume1. 2010.(Edited by Lauren E. by Clemens and Chi-Ming Louis Liu).*
104. 戴汝潛、謝錫金、郝嘉杰《漢字教與學》,濟南:山東教育出版社,2000年。
105. 羅振玉《碑別字拾遺》,《石刻史料新編》,臺北:新文豐出版公司,1978年。
106. 羅秋昭《字族識字活用寶典》,臺北:小魯文化事業股份有限公司,2006年。
107. 蘇培成《現代漢字學綱要》(增訂本),北京:北京大學出版社,2001年。
108. 蘇建州〈北大簡《老子》字詞補正與相關問題討論〉,《中國文字》新41期臺北:藝文印書館,2015年。
109. 龔嘉鎮《現行漢字形音關係研究》,武漢:湖北人民出版社,1995年。

三、數位資料(依網站、資料庫名稱筆畫排列)

1. 文淵閣四庫全書電子版(《景印文淵閣四庫全書》),香港迪志文化出版有限公司和上海人民出版社爲底本,1998年出版。
2. 「殷周金文暨青銅器資料庫」http://app.sinica.edu.tw/bronze/qry_bronze.php 中央研究院歷史語言研究所。
3. 「教育部異體字字典」http://dict2.variants.moe.edu.tw/variants/rbt/word_attribute.rbt 教育部。
4. 「教育部重編國語辭典修訂本」http://dict.revised.moe.edu.tw/ 教育部國語推行委員會編纂。
5. 復旦大學出土文獻與古文字研究網 http://www.gwz.fudan.edu.cn/SrcShow.asp?Src_ID=2011
6. 「華語處處通」http://www.chinesewaytogo.org/teachers_comer/expert/twoshore/twoshore.php
7. 「漢字構形資料庫」中央研究院資訊研究所。
8. 「漢籍電子文獻資料庫」中央研究院歷史語言研究所。
9. 「韻典網」http://ytenx.org/ 郭家寶建置。

語言文字叢書 1000A02

形聲字研究與教學

作　　者　胡雲鳳
責任編輯　蔡雅如
特約校稿　林秋芬

發 行 人　陳滿銘
總 經 理　梁錦興
總 編 輯　陳滿銘
副總編輯　張晏瑞
編 輯 所　萬卷樓圖書股份有限公司
排　　版　林曉敏
印　　刷　維中科技有限公司
封面設計　百通科技股份有限公司

發　　行　萬卷樓圖書股份有限公司
地址　臺北市羅斯福路二段 41 號 6 樓之 3
電話　(02)23216565
傳真　(02)23218698
電郵　SERVICE@WANJUAN.COM.TW
香港經銷　香港聯合書刊物流有限公司
電話　(852)21502100
傳真　(852)23560735

ISBN 978-957-739-976-2
2018 年 12 月初版三刷
2016 年 8 月初版二刷
2015 年 12 月初版
定價：新臺幣 480 元

如何購買本書：

1. 劃撥購書，請透過以下郵政劃撥帳號：
   帳號：15624015
   戶名：萬卷樓圖書股份有限公司
2. 轉帳購書，請透過以下帳戶
   合作金庫銀行　古亭分行
   戶名：萬卷樓圖書股份有限公司
   帳號：0877717092596
3. 網路購書，請透過萬卷樓網站
   網址　WWW.WANJUAN.COM.TW

大量購書，請直接聯繫我們，將有專人為您服務。客服：(02)23216565 分機 610

如有缺頁、破損或裝訂錯誤，請寄回更換

國家圖書館出版品預行編目資料

形聲字研究與教學 / 胡雲鳳著. -- 初版. -- 臺北市：萬卷樓, 2015.12
面；　公分. -- (語言文字叢書；1000A02)
ISBN 978-957-739-976-2(平裝)

1.漢字 2.六書 3.聲韻 4.漢語教學

802.23　　104024077